BAND 129

Wenn Lesen zur Mutprobe wird …

www.Festa-Verlag.de

BRAD THOR

MIT ALLER HÄRTE

Aus dem Amerikanischen von Michael Weh

FESTA

Für Duane »Dewey« Clarridge
Mitternachtswächter
Gute Reise!

Citius venit malum quam revertitur.

**Das Böse kommt schneller,
als es uns wieder verlässt.**

PROLOG

Hauptquartier der italienischen Küstenwache
Koordinationszentrum für Seerettung
Rom

Ein Donnerschlag ließ das Gebäude erbeben, als Leutnant Pietro Renzi, der seine weiße Marineuniform trug, an das Telefon ging, das sich vor ihm befand.

»Mayday, Mayday!«, sagte eine Stimme auf Englisch mit schwerem Akzent. »Mein Breitengrad ist Nord, drei, drei, vier, neun.«

Renzi schnippte mit den Fingern, um seine Kollegen auf sich aufmerksam zu machen. »Drei, drei *Grad?*«, fragte er.

»Vier, neun«, erwiderte der Anrufer.

Dies war genau die Sorte Anruf, die Renzi und sein Team heute Nacht befürchtet hatten. Nordafrikanische Menschenschmuggler waren Abschaum. Ihnen ging es nur ums Geld. Sobald sie bezahlt worden waren, schoben sie die Flüchtlinge auf seeuntüchtige Boote. Sie warfen ihnen einen Kompass und ein Satellitentelefon zu, auf dem die Notrufnummer der *Guardia Costiera* gespeichert war, und zeigten ihnen, in welcher Richtung Italien lag.

Nur selten gaben die Schlepper ihnen genügend Benzin für die Überfahrt. Noch seltener beachteten sie die Wettervorhersage. Heute Nacht waren bereits bis zu 15 Meter hohe Wellen gemeldet worden, und der Sturm sollte noch schlimmer werden.

»33 Grad 49 Minuten nördlicher Breite«, wiederholte Renzi und bestätigte die Position des Anrufers.

9

»Ja.«

»Und darunter? Ich brauche die Zahl darunter.«

»Bitte!«, flehte der Mann. »Mein Akku ist fast leer.«

»Beruhigen Sie sich, Sir! Ich brauche die Nummer darunter.«

Der Mann las die Zahlen auf dem Display ab: »Eins, drei. Punkt, vier, eins.«

Renzi gab die vollständigen Koordinaten in seinen Computer ein: 33°49'N, 13°41'O. Die Position des in Not geratenen Boots erschien auf dem riesigen Bildschirm an der vorderen Wand der Einsatzzentrale. Das Boot war 120 Seemeilen von der Insel Lampedusa entfernt, Italiens südlichstem Territorium.

»Bitte, Sie müssen uns helfen!«, flehte der Anrufer. »Im Boot ist viel Wasser. Wir gehen unter.«

»Sir, bitte! Wir werden Hilfe schicken, aber Sie müssen sich beruhigen. Wie viele Menschen befinden sich an Bord?«

»150. Viele Frauen. Viele Kinder. *Bitte* beeilen Sie sich. Wir sind in Gefahr. Wir *sinken!*«

Ein Helikopter der italienischen Küstenwache kam nicht infrage. Die Flüchtlinge waren zu weit entfernt, und es waren zu viele.

Leutnant Renzi studierte den Bildschirm am Kopfende des Raums. Darauf waren die Schiffe und Boote im zentralen Mittelmeer angezeigt. Renzi prüfte, ob sich eines davon nahe genug an dem Flüchtlingsboot befand, um eine Rettungsaktion durchführen zu können.

Aber da waren keine. Alle erfahrenen Kapitäne hatten sich bereits vor dem Sturm in Sicherheit gebracht. Es würde Stunden dauern, irgendein Schiff zu den Flüchtlingen zu bewegen.

»Hallo?«, sagte der Mann. »Können Sie mich noch hören?«

»Ja, ich höre Sie noch.«

»Die Wellen sind sehr hoch. Den Leuten ist schlecht. Wir brauchen Ihre Hilfe.«

»Sir«, wiederholte Renzi und versuchte, den Mann zu beruhigen, »wir schicken ein Schiff, um alle zu retten, aber Sie müssen die Ruhe bewahren.«

»In Ordnung, ja.«

»Gut. Wie viele Rettungswesten haben Sie?«

»Rettungswesten?«, fragte der Mann.

»Schwimmwesten«, sagte Renzi. »Wie viele *Schwimmwesten* haben Sie?«

Es entstand eine Pause, während der Mann den Menschen auf dem Boot etwas in seiner Sprache zurief. Als er sich wieder über das Telefon meldete, ließ seine Antwort Renzis Blut in den Adern gefrieren.

»Wir haben keine Schwimmwesten.«

1

Burning Man Festival
Black Rock Desert, Nevada
Zwei Tage später

Scot Harvath dürfte eigentlich nicht hier sein. Die CIA durfte keine Operationen innerhalb der Vereinigten Staaten durchführen – vor allem keine Operation von der Sorte, die er gleich in Gang setzen würde. Verzweifelte Zeiten erforderten jedoch verzweifelte Maßnahmen.

Das Burning Man war ein extremes, siebentägiges Festival, das zur Sommersonnenwende in einem flachen, prähistorischen Seebett stattfand. Das Gelände lag drei Stunden von Reno, Nevada, entfernt. Schrille Kostüme waren erwünscht – ebenso wie »geschmackvolle« Nacktheit. Die Kostümskala reichte von Mad Max bis zu Karneval in Rio de Janeiro.

So fit, wie er war, wäre Harvath auch damit durchgekommen, so gut wie nichts zu tragen. Aber das war nicht sein Stil. Und im Rahmen seines Auftrags wäre es auch wenig sinnvoll gewesen.

Stattdessen trug der knapp 1,80 Meter große Harvath, dessen Haare sandbraun und dessen Augen gletscherblau waren, einen Mantel der Kontinentalarmee. Sein Gesicht war mit Cherokee-Kriegsbemalung vollständig überzogen, die auch sein gutes Aussehen verbarg.

Als der Wind wieder stärker wurde, setzte er eine Steampunk-Brille auf und wickelte sich eine Kufija, ein Palästinensertuch, um den Kopf. Überall schwirrten Wolken aus dem feinen Alkalistaub umher, der den ausgetrockneten Salzsee überzog. Die Sichtweite nahm ab.

»50 Meter«, sagte eine körperlose Stimme aus dem Gerät, das tief in seinem linken Ohr steckte. Er ging weiter und suchte die Umgebung von links nach rechts ab.

Das Burning-Man-Festival fand in einer temporären Stadt in der Black-Rock-Wüste statt, die Black Rock City hieß. Mit mehr als 70.000 Besuchern war Black Rock City im Verhältnis zur Größe des Geländes doppelt so dicht bevölkert wie London.

Von oben gesehen sah das Festivalgelände aus wie ein riesiger Buchstabe C oder wie zwei Drittel eines Kreises. Es ähnelte dem Bauplan des Todessterns, von dem allerdings ein gutes Stück weggesprengt worden war.

Zweieinhalb Kilometer vom Rand entfernt und ziemlich genau im Mittelpunkt des C stand der »Mann«, eine riesige Holzstatue, die Samstagabend angezündet werden würde.

In Black Rock City gab es keine Unterkünfte, sondern nur das, was die Besucher mitbrachten (und wieder mitnahmen). Die »Burner«, wie die Besucher genannt wurden, verbrachten Monate im Voraus damit, Dörfer und Camps einem kunstvollen Thema entsprechend zu planen. Nur die Superreichen reisten schon am ersten Tag an, meistens mit dem Helikopter. Sie wohnten in bezugsfertigen Luxuscamps, die bereits für sie gebaut worden waren.

Fast genauso umstritten wie die Lager der Superreichen war das sogenannte Kidsville. Dabei handelte es sich um eines der größten Camps des Festivals. Es war für Familien mit Kindern bestimmt. Eher ungewöhnlich für ein Erwachsenenfestival dieser Art. Trotzdem gehörten in diesem Jahr rund 1000 Kinder zu den Besuchern.

Eine ganze Armee von Freiweilligen hatte mit Unterstützung einer privaten Sicherheitsfirma alle Fahrzeuge bei der Ankunft am Festivalort kontrolliert. Hin und wieder bekamen die Freiwilligen Unterstützung von undercover arbeitenden Polizisten.

Aufgrund des enormen Verkehrsaufkommens und der entspannten Atmosphäre der Veranstaltung war es unmöglich, gründliche Kontrollen durchzuführen. Die Sicherheitsmaßnahmen waren mehr Schein als Sein.

Beamte der Bundespolizei und der örtlichen Polizei patrouillierten auf dem Festival, ebenso wie Park Ranger des Bureau of Land Management. Aber wer nicht ausgerechnet öffentlich Drogen nahm oder Minderjährigen Alkohol gab, konnte ihrer Aufmerksamkeit leicht entgehen. Die Beamten hatten mehr als genug zu tun. Insofern war es nicht verwunderlich, dass Terroristen auf das Burning-Man-Festival aufmerksam geworden waren.

Wieder sprach die Stimme in Harvaths Ohr. »Sie sollten es jetzt sehen können.«

Er blieb stehen, hob eine Flasche Wasser an den Mund und nutzte die Gelegenheit, sich umzuschauen.

Banner und die Eingangsplanen von Zelten wehten im Wind. Es gab eine behelfsmäßige Bar namens *7 Deadly Gins,* ein *Camp Woo Woo,* ein Lokal, das sich *No Bikini Atoll* nannte, und einen *Toxic Disco Clam* betitelten Bereich. Gleich dahinter stand das blaue Wohnmobil.

»Jetzt kann ich's sehen«, sagte Harvath und warf die Wasserflasche weg.

»Ey!«, beschwerte sich eine Frau hinter ihm, aber er ignorierte sie und ging weiter. Er hatte einen zu weiten Weg zurückgelegt, als dass er Hamza Rahim entkommen lassen würde.

In der Abendluft vermischte sich der Staub mit dem Rauch von Lagerfeuern und brennenden Tonnen. Aus allen

Richtungen dröhnte Musik. Versteckte Dieselgeneratoren brummten und versorgten Plattenspieler, Soundsysteme und riesige Lichtershows mit Strom. Auf dem salzigen Wüstenboden wirbelten Tänzer brennende Kugeln an langen Ketten umher.

Hell beleuchtete Kunstinstallationen auf Rädern strahlten in den Nachthimmel hinauf.

Er drehte eine langsame Runde um das Lager, in dem das blaue Wohnmobil stand. Alle Besucher schienen sich in einem großen Zelt versammelt zu haben. Sie waren glücklich damit, einfach zu feiern und das Ende des Sandsturms abzuwarten.

Eine Gruppe Fahrradfahrer, die in aufeinander abgestimmte LED-Lichter gehüllt waren, fuhr an ihm vorbei. Dann ging Harvath auf das Wohnmobil zu.

Im Inneren war es dunkel. Er versuchte, durch mehrere Fenster etwas zu erkennen, aber die Rollos waren heruntergezogen. Ein Sonnenschutz bedeckte die Windschutzscheibe.

Er drückte sein Ohr gegen die Tür und lauschte. *Nichts.* Falls jemand in dem Campingwagen war, verhielt er sich sehr leise.

Harvath versuchte, die Tür zu öffnen, aber sie war verschlossen.

Er zog ein paar Dietriche hervor und warf einen Blick über seine Schulter, um sich zu vergewissern, dass er unbeobachtet war. War er. Innerhalb weniger Sekunden hatte er die Tür entriegelt, den Schalldämpfer auf seine Sig-Sauer-Pistole geschraubt und war in den Wohnwagen geschlüpft.

Selbst durch seinen Palästinenserschal hindurch roch es furchtbar in dem Wohnmobil – wie abgestandener Rauch und eine Toilette mit schlecht funktionierender Spülung. Er zog seine Schutzbrille ab. Er brauchte einen Augenblick, um sich an das Licht zu gewöhnen.

Halb leer gegessene Teller standen auf dem Tisch. In der Spüle stapelte sich das Geschirr. An einem der Schubladengriffe hing ein überquellender weißer Plastikmüllbeutel. Die Sitzbezüge waren zerschlissen, der Teppich war verschmutzt, und alles war von einer Sandschicht überzogen. Hamza Rahim lebte wie ein Tier.

Harvath bemerkte etwas, das auf dem Boden lag. Er bückte sich, um es aufzuheben. *Ein paar Elektrokabel.* Sein Puls schlug schneller.

Innerhalb der CIA war bekannt, dass Rahim geschickt worden war, um beim Burning Man die Lage im Vorfeld eines Anschlags auszukundschaften. Seine Aufgabe lautete, Informationen zu sammeln und sie an die höheren Stellen weiterzureichen. Harvath hatte den Auftrag, Rahim zu schnappen und sein Netzwerk zu zerschlagen – mit welchen Mitteln auch immer. Die Kabel legten jedoch nahe, dass die CIA mit ihren Informationen gefährlich weit danebenlag. Harvath hob seine Waffe und schlich in den hinteren Teil des Fahrzeugs.

Als Erstes überprüfte er einen kleinen Schrank. Doch darin befand sich nur Müll. Gegenüber stand ein Etagenbett. Beide Betten sahen so aus, als hätte jemand darin geschlafen. *Ein schlechtes Zeichen.* Rahim sollte angeblich allein sein.

Hinter dem Etagenbett befand sich das eigentliche Schlafzimmer. Auch in diesem Bett hatte jemand geschlafen.

Damit blieb nur ein Bereich, den er noch nicht abgesucht hatte: das Badezimmer.

Die Tür zum Bad war geschlossen. Harvath brachte sich neben der Tür in Stellung und drehte langsam den Knauf. *Verschlossen.*

Er lauschte, konnte aber nur das Wummern der elektronischen Musik hören, die draußen gespielt wurde.

Er stellte sich vor die Tür und trat mit seinem Stiefel direkt gegen den Knauf. Das gesamte Schloss brach aus der Tür und hinterließ nur ein Loch an der Stelle, wo sich der Mechanismus befunden hatte.

Da sich die Scharniere an der Außenseite befanden, müsste sich die Tür in den Wohnraum öffnen, nicht ins Bad.

Harvath nahm eine Hand von der Pistole und griff nach der Tür. In diesem Moment krachte sie ihm entgegen.

2

Ein arabisch aussehender Mann befand sich in dem Badezimmer und trat die Tür auf. Er schleuderte den Inhalt eines großen Plastikbechers in die Richtung, in der er Harvath vermutete.

Der hochgradig ätzende Cocktail aus Abflussreiniger und Haushaltsbleichmittel verfehlte Harvath und spritzte gegen die Wand und die Rollos links von ihm.

Harvath erwiderte den Angriff, indem er seine Pistole gegen das Nasenbein des Mannes rammte.

Sein Gegner bekam weiche Knie und sank langsam auf den Boden. Harvath schwang sich hinter ihn und nahm ihn mit dem linken Arm in den Würgegriff. »Wo ist Hamza Rahim?«

Der Mann musste gesehen haben, wie Harvath durch die Fenster des Wohnmobils gespäht hatte, oder er hatte ihn beim Betreten gehört. Er versuchte, sich aus Harvaths Griff zu befreien.

Harvath schlug ihn erneut mit seiner Waffe, dieses Mal seitlich gegen den Kopf. »Wo ist er? Wo ist Rahim?«

Der Angreifer wehrte sich immer noch. Deswegen richtete Harvath seine Pistole auf dessen linken Fuß und drückte ab.

Der darauf folgende Schrei war so laut, dass Harvath dem Mann den Mund zuhalten musste. Ansonsten würden die Schreie vielleicht ungewollte Aufmerksamkeit auf sich ziehen. »Sag mir, wo Rahim ist, oder ich schieße auch in den anderen Fuß!«

Der Mann versuchte, Harvath zu kratzen. Dabei fiel Harvath auf, dass ihm zwei Finger der linken Hand fehlten. Damit waren Harvaths schlimmste Befürchtungen bestätigt. *Der Typ ist ein Bombenbauer.*

Jetzt hatte er noch mehr Fragen. Aber Augen, Nase und Hals brannten ihm von der giftigen Gaswolke, die der Mann mit seiner Reinigungsmittelbombe freigesetzt hatte. Sie mussten schnellstmöglich raus aus dem Wohnmobil!

Mit dem linken Arm hielt Harvath immer noch den Hals des Mannes umklammert. Er drückte ihm den Schalldämpfer der Pistole in den Rücken und schob ihn so in den vorderen Teil des Wagens. Auf halbem Weg erschien jemand an der Tür.

Die Gestalt trug etwas, das wie eine Mönchskutte aussah, sowie eine gesichtslose Maske aus Chrom. Zudem hatte der Mann eine Waffe, und bevor Harvath reagieren konnte, begann er zu schießen.

Harvath benutzte den Bombenbauer als Schutzschild, bis er den leblosen Körper fallen lassen musste und in Deckung ging. Die Schüsse des Angreifers mit der Chrommaske bohrten sich in die Wände des Campingwagens.

Harvath wollte das Feuer erwidern, aber wegen der Giftwolke konnte er nichts sehen. Er konnte noch nicht mal atmen.

Er schoss auf eines der Rückfenster. Mit seiner Waffe brach er das zerborstene Glas aus dem Rahmen und hechtete nach draußen. Er fiel hart auf den Boden.

Sein Instinkt riet ihm, sich zum Schutz unter das Wohnmobil zu rollen, aber er wusste, dass Chlorgas schwerer als Sauerstoff war. Falls der Dampf aus dem Wagen dringen sollte, würde er sich darunter sammeln. Harvath musste sich schleunigst von dem Wohnmobil entfernen.

Er überzog die Front des Wohnmobils mit schallgedämpften Schüssen aus seiner Sig Sauer und rannte hinter einen Pick-up, der in der Nähe stand. Dabei hoffte er, dass der Sandsturm ihn dabei tarnen würde.

Hinter dem Geländewagen zog er die Schutzbrille wieder auf, straffte sein Palästinensertuch und versuchte, zu Atem zu kommen. Seine Lungen brannten. Er hatte keine Ahnung, ob seine Atemnot mehr vom Wüstensand oder dem Chlorgas herrührte. Er wusste nur, dass seine Brust höllisch schmerzte.

»Rahim ist nicht allein«, keuchte Harvath in sein Funkgerät. »Da war jemand anderes in dem Campingwagen.«

»Wer?«, fragte die Stimme.

»Ein Bombenbauer. Die sind nicht zum Auskundschaften hier, sondern für einen Anschlag!«

»Verdammt! Hast du sie erwischt?«

»Der Bombenbauer ist tot«, sagte Harvath, »aber Rahim ist geflüchtet. Er trägt eine braune Kutte und eine Maske aus Chrom. Lass die Drohne steigen!«

»Sie wird den Sturm nicht überleben.«

»Mir egal. Bring sie hoch! Sofort!«

»Verstanden«, antwortete die Stimme.

Harvath steckte ein neues Magazin in seine Waffe und gab einen letzten Befehl, bevor er hinter dem Pick-up hervortrat: »Das Evakuierungsteam soll sich aufteilen. Wir müssen Rahim finden.«

»Und dann?«

»Schalten wir ihn aus.«

Damit beendete Harvath seine Funknachricht und setzte sich in Bewegung.

Mike Haney war ein schlauer Kerl. Die CIA hatte ihn vor zwei Jahren angeheuert. Bevor er ihrer verschwiegenen paramilitärischen Abteilung Special Operations Group beigetreten war, hatte er als Force Recon Marine gedient. Harvath wusste, dass er sich auf ihn verlassen konnte.

Das Evakuierungsteam bestand aus vier weiteren, äußerst erfahrenen früheren Militärangehörigen: dem Navy SEAL Tim Barton, dem Delta-Force-Agenten Tyler Staelin, dem Green Beret Jack Gage und Matt Morrison, der wie Haney früher ein Force Recon Marine gewesen war.

Haney leitete den Einsatz von einem großen Tourbus aus, den sie als Einsatzzentrale verwendeten. Das Evakuierungsteam befand sich mehrere Blocks entfernt in einem umgebauten Golfwagen für sechs Personen.

Black Rock City war zwar für Fußgänger und Fahrradfahrer angelegt. Aber das Team hatte den Golfwagen auf das Gelände bringen dürfen, weil sie eine gefälschte Bescheinigung über einen körperbehinderten Mitfahrer vorgelegt hatten.

Unter einer Sitzreihe befand sich ein Stauraum, der gerade groß genug war, um Rahim darin zu verstecken und vom Festival zu schmuggeln. In dem Zwischenraum unter einer anderen Sitzreihe hatten sie ihre Waffen versteckt.

Den Wagen hatten sie mit Sprayfarbe, Lichterketten und Schwimmnudeln »dekoriert«, die sie auf dem Weg zum Festival gekauft hatten. Das Ganze sah bescheuert aus, aber das kümmerte sie nicht. Solange die Tarnung ihren Zweck erfüllte, war alles in Ordnung.

Rahim konnte nicht weit gekommen sein. Harvath schraubte den Schalldämpfer ab, verbarg die Waffe wieder unter seinem Mantel und lief von Zelt zu Zelt.

Neben einer Kunstinstallation, die aus Münztelefonen und der Aufforderung »Sprich mit Gott!« bestand, beschrieb Harvath mehreren Leuten Rahims Kostüm und fragte, ob sie seinen »Freund« gesehen hätten.

Eine Frau, die einen Motorradhelm trug und ansonsten herzlich wenig, zeigte auf eine Straße links von ihnen. Harvath dankte ihr und eilte davon.

Immer noch wehten Staubwolken durch Black Rock City, doch die Sichtverhältnisse besserten sich. Harvath gab Haney seine Position durch und wies ihn an, das Evakuierungsteam anrücken zu lassen. Unmittelbar nachdem er seine Befehle mitgeteilt hatte, sah er vor sich eine Gestalt in einer Kutte, die eine Chrommaske trug.

Harvath ging schneller und versuchte, den Abstand zu dem Mann zu verringern. Dieser schlängelte sich durch die Camps und quetschte sich an geparkten Autos, Zelten und Vorratskisten vorbei. Er vermied freie Plätze. Jemand hatte ihm sein Handwerk gut beigebracht.

»Wo ist meine Drohne, Haney?«, verlangte Harvath, als er über eine Palette mit Wasserflaschen sprang und die Verfolgung fortsetzte.

»Kommt! 30 Sekunden.«

»In 30 Sekunden ist der Typ weg. Beeil dich!«

»Ich seh ihn«, sagte eine andere Stimme über Harvaths Ohrenstöpsel. Er erkannte die Stimme. Es war Staelin, der Delta-Agent, der mit dem SEAL Barton ein Zweierteam bildete.

»Wo bist du?«

Staelin nannte ihm seine Position.

»Du bist noch zwei Blocks entfernt«, entgegnete Harvath. »Du hast den falschen Typen!«

»Quatsch. Ich seh ihn direkt vor mir. Braune Mönchskutte, Maske aus Chrom.«

3

»Bleib an ihm dran!«, befahl Harvath, der sich nicht sicher war, womit er es hier zu tun hatte oder wen er überhaupt verfolgte. »Aber er darf dich nicht sehen.«

»Verstanden!«, antwortete Staelin.

»Haney …«, setzte Harvath an, aber er wurde unterbrochen.

»Die Drohne ist jetzt über dir.«

Er zog einen kleinen Infrarotsender aus seiner Manteltasche und klemmte ihn an sein Revers, während er in Bewegung blieb.

»Hast du mich?«

»Warte«, antwortete Haney. Mit der Infrarotkamera der Drohne suchte er nach Harvaths blinkendem Signal. Dann meldete er sich wieder über Funk: »Ich hab dich.«

»Vor mir ist ein Typ, der eine Kutte trägt«, erklärte Harvath. »Selbe Richtung wie ich. Bewegt sich, als wäre er zu spät dran für ein Bewerbungsgespräch. Siehst du ihn?«

Haney machte eine Pause, bevor er sagte: »Negativ. Ich sehe nichts.«

»Was soll das heißen?«

»Das soll heißen, dass ich ihn nicht sehe. Die Drohne kann ihn nicht finden.«

Plötzlich mischte sich eine weitere Stimme ein. Es war Morrison, der andere Marine, der mit dem Green Beret Gage unterwegs war. »Ich bin hinter ihm her.«

»Was ist deine Position?«, fragte Harvath.

Als Morrison durchgab, wo er sich auf dem Gelände befand, sagte Haney: »Du bist weit weg von Harvath oder Staelin. Ihr verfolgt drei verschiedene Ziele!«

Scheiße, dachte Harvath. *Wie viele von diesen Typen gibt es hier?*

»Schaltet eure Sender an!«, befahl er.

Ein mehrstimmiges »Verstanden!« erklang über den Funk, als die Männer ihre Infrarotgeräte einschalteten, die nur mithilfe der Drohnen-Infrarotkamera zu sehen waren. »Sender eingeschaltet.«

Die Kabelstücke und die Anwesenheit des Bombenbauers ließen vermuten, dass sich etwas Ungutes anbahnte. *Aber ist der Anschlag für heute Abend geplant? Oder haben sie sich nur einen Überblick verschafft und warten noch zwei Tage, bis die meisten Burner hier versammelt sind?* Schwer zu sagen. Er wusste nur, dass mindestens einer der Männer bewaffnet war. Und wenn einer bewaffnet war, dann waren es die anderen wahrscheinlich auch.

Über Funk gab Harvath Haney Anweisung, die beiden anderen Gestalten auf der Karte zu verorten. Er versuchte, sich den Aufbau von Black Rock City vor seinem geistigen Auge vorzustellen. *Wo zum Teufel wollen die hin?* Und, was noch wichtiger war: *Hat Rahim da draußen noch weitere Unterstützer?*

Die wichtigste Frage lautete jedoch: *Wobei habe ich sie gestört? Wollten diese Männer gerade eine Bombe platzieren? Oder hatten sie das bereits getan? Oder hatten sie etwas komplett anderes vor?*

Als kurz darauf Haneys Stimme in seinem Ohr zu hören war, hatte der keine guten Nachrichten. »Ich kann sie nicht sehen.«

»Liegt es am Wetter?«, fragte Harvath, aber sein Bauchgefühl verriet ihm, dass dies nicht der Grund war.

»Negativ. Was auch immer sie anhaben – es verbirgt ihre Wärmesignatur.«

Verdammt! Die kennen sich wirklich aus. Diese Typen wussten, wie sie einer Infrarot-Überwachung entgehen konnten. Harvaths schlimmste Befürchtungen bewahrheiteten sich.

»Angesichts der Richtung, in die sie sich bewegen – was glaubst du, wohin sie wollen?«, fragte er.

Haney studierte die Festivalkarte auf der Anzeige vor ihm. »Könnte alles Mögliche sein.«

»Denk wie diese Typen!«

»Das mache ich!«, entgegnete Haney. »Aber jedes einzelne dieser Camps symbolisiert irgendwas.«

Sie wurden von Staelins Stimme unterbrochen. »Unser Kerl hat gerade die Richtung geändert und ist scharf nach links abgebogen. Er geht jetzt Richtung Westen.«

Ein paar Augenblicke später gab Morrison durch: »Unsere Zielperson hat eine Abkürzung durch zwei Camps genommen und ist Richtung Osten unterwegs.«

Die verhüllte Gestalt, der Harvath folgte, hielt inne und sah sich um, als ob sie sich orientieren würde. Dann bewegte sie sich nach Norden. *Sie wechseln alle ihre Richtung.*

»Wo wollen sie hin, Mike?«, fragte Harvath und setzte seine Verfolgung fort. »Komm schon, was verbirgt sich dahinter?«

»Ich sagte doch schon, es könnte alles Mögliche sein.«

In diesem Moment mischte sich Morrison ein. »Ich weiß, wohin meine Zielperson unterwegs ist. Wir müssen ihn *sofort* außer Gefecht setzen.«

»Langsam!«, mahnte Harvath. »Wohin will er?«

»*Kidsville.* Das Familien-Camp.«

Mit einem Mal war die Lage noch wesentlich dringlicher geworden. Sie mussten etwas unternehmen.

Harvath durchquerte ein weiteres Lager und sah eine Rolle Gewebeklebeband an einer Zeltstange hängen. Er schnappte sich das Klebeband und setzte seinen Weg fort. Jetzt ging er schneller.

»Ist jemand nah genug dran, um sehen zu können, ob sie einen Schalter haben?«, fragte er.

Selbstmordattentäter waren oft mit einem sogenannten Totmannschalter ausgestattet. Dabei handelte es sich um einen Knopf, der die Bombe scharf machte, wenn er gedrückt wurde. Wenn ein Attentäter erschossen oder auf sonstige Weise ausgeschaltet wurde, führte das Loslassen des Knopfes dazu, dass die Bombe explodierte.

Möglicherweise verfügte der Attentäter auch über einen »Feiglingsschalter« – eine Ausfallsicherung, die den Bombengürtel mit einem Mobiltelefon verband. Wenn die Bombe nicht am vorgesehenen Ort zur richtigen Zeit losging, konnte jemand anderes sie aus der Ferne zünden.

Das Risiko, dass eines dieser Verfahren – oder beide – hier zum Einsatz kommen würde, machte die Lage nur umso gefährlicher.

»Negativ«, antwortete Staelin. »Ich kann nichts erkennen. Unsere Zielperson hat die Hände unter der Kutte.«

»Unsere ebenfalls«, sagte Morrison.

Auch Harvath hatte die Hände des Mannes, den er verfolgte, nicht gesehen – außer in dem kurzen Moment, als der Mann seine Waffe auf ihn gerichtet hatte.

Potenzielle Selbstmordattentäter zu überwältigen war nicht Teil dieses Auftrags gewesen. Harvath und sein Team sollten jemanden überwachen, der einen Terroranschlag plante, und ihn anschließend festnehmen. Sobald sie ihn aus Black Rock City rausgebracht hätten, sollten sie ihn zum Verhör an einen vorher vereinbarten Ort bringen. Die Schwerstarbeit blieb Harvath überlassen. Alle anderen waren zur Unterstützung hier.

Er wusste nicht viel über die Männer, mit denen er zusammenarbeitete. Aber er wusste, dass er sich auf sie verlassen konnte. Sie würden auf jeden Fall das Richtige tun.

»Wie ist die Stimmung?«, fragte Harvath über die Funkverbindung. »Wenn jemand aussteigen will, dann jetzt!«

»Negativ«, lauteten sämtliche Antworten.

Harvath erklärte seinen Plan. »Gehen wir davon aus, dass sie bewaffnet sind und eine Sprengstoffweste tragen. Gehen wir auch davon aus, dass sie einen Schalter haben. Wenn sie den Knopf loslassen, ist es vorbei. Wenn ihr zuschlagt, konzentriert sich jeder von euch auf eine Hand. Verstanden?«

»Verstanden«, antworteten die Männer.

Haney wusste, dass Harvath kein Partner zur Seite stand. Seine Aufgabe war also noch schwieriger. Er musste ohne Hilfe die Hände der Zielperson in den Griff bekommen. »Ich kann in weniger als fünf Minuten bei dir sein«, bot Haney an.

Harvath sah in die Richtung, in die sein Ziel lief, und verstand, wohin der Attentäter unterwegs war: zum größten der Luxuscamps. Von beinharten Burnern wurde es am meisten abgelehnt. Es nannte sich Crystal Sky.

Dort wimmelte es von reichen und mächtigen Silicon-Valley-Managern. Ein erfolgreicher Anschlag auf Crystal Sky würde sich auf die ganze Tech-Industrie auswirken und weltweit Schlagzeilen machen.

»Kümmer dich um die Drohne«, befahl Harvath. »Und sorg dafür, dass Langley die Polizei informiert. Wenn hier noch mehr von den Typen sind, müssen wir sie schnell aufspüren.«

Sobald Haney dies bestätigt hatte, funkte Harvath Morrison und Staelin an. »Eure Teams können zuschlagen. Macht sie unschädlich.«

Von der Crystal-Sky-Bühne konnte er eine Hochgeschwindigkeitsversion von Rick James' »Super Freak« hören. Die verhüllte Gestalt vor ihm bog in die dicht gedrängte Straße ab und bewegte sich auf den Eingang des Camps zu. Noch gut 180 Meter, und er würde das Camp betreten haben.

Harvath hatte keine Wahl. Es war Zeit zu handeln.

4

Die größte Herausforderung bestand für Harvath darin, dass ihn der verhüllte Mann nicht sehen durfte. Andernfalls hieße das: Game over. Aber sein Vorteil war, dass er das Ziel des Terroristen kannte.

Der Sandsturm flaute langsam ab. Dadurch wurde die Sicht zunehmend besser. Harvath bewegte sich durch die Menschenmenge und achtete darauf, dass der Mann nicht auf ihn aufmerksam wurde.

Die Menschen drängten sich dichter aneinander, während sie auf den Eingang zugingen. Das Innere des Lagers sah aus wie ein mit Leuchtstäben und LED-Springseilen durchsetzter Moshpit. Über den Köpfen der tanzenden Menge pulsierten phosphoreszierende Quallen.

Harvaths Blick blieb auf den Mann gerichtet. Er versuchte, ihm seinen Willen aufzudrängen: *Zeig mir deine Hände, du Mistkerl. Mach schon. Ich will sie sehen.*

Wie zur Antwort auf Harvaths stilles Gebet bewegte sich die Menge plötzlich vorwärts, wobei ein betrunkener Burner gegen den verhüllten Mann stieß. Der Terrorist stolperte nach vorn.

Er zog nur seine linke Hand aus der Robe. Nachdem er sich an der Person vor ihm abgestützt hatte, versteckte er seine Hand schnell wieder. Er hielt also nichts in der Linken. Mehr musste Harvath nicht sehen.

Harvath drängte sich zwischen den Festivalbesuchern hindurch und brachte sich in Fünf-Uhr-Position hinter dem Terroristen in Stellung. Er holte tief Luft, ignorierte seine schmerzende Lunge und sprang auf den Mann zu. Harvath schlug ihm direkt hinters Ohr und packte gleichzeitig seine rechte Hand. Mit der hielt der Vermummte einen Schalter umklammert.

Die Knie des Terroristen gaben nach, und er ging zu Boden. Harvath landete auf ihm. Leute begannen zu schreien.

»Totmannschalter!«, rief Harvath in sein Mikrofon, damit Haney und der Rest seines Teams Bescheid wussten.

Auf dem sandigen Boden begann Harvath, dem Terroristen seinen Ellbogen ins Gesicht zu rammen. Als die Chrommaske zerbrach, konnte er das Gesicht des Mannes sehen. Es war Rahim. Harvath verabreichte ihm zwei weitere Schläge und zerschmetterte Rahims Nase.

Ein paar Burner, denen nicht klar war, worum es hier ging, wollten Harvath von dem Terroristen wegziehen. Harvath trat einem von ihnen in den Magen und brachte einen weiteren mit dem nächsten Tritt zu Fall.

Anstatt Abstand zu nehmen, versuchten die Burner umso entschlossener, die beiden Gegner auseinanderzubringen. Die Schwachköpfe hatten keine Ahnung, was sie anrichteten.

Sie bildeten eine Gruppe, wappneten sich für den Kampf und bewegten sich auf Harvath zu. Harvath hatte keine Alternative.

Er zog seine Sig Sauer und schoss dreimal in die Luft. Sofort verzog sich die Gruppe.

Rahim bewegte sich, und Harvath versetzte ihm erneut einen Stoß mit dem Ellbogen. Da er nicht wusste, wie viel Zeit ihm blieb, ließ er seine Pistole fallen und griff nach dem Klebeband, das er hatte mitgehen lassen.

Mit den Zähnen hielt er das Ende des Klebebands fest. So stramm, wie er konnte, wickelte er das Band um Rahims Hand mit dem Totmannschalter. Selbst wenn der Terrorist den Zünder hätte loslassen wollen, wäre es nicht möglich gewesen.

Sobald Harvath mit dem Ergebnis zufrieden war, wickelte er das Klebeband noch ein paarmal um die Hand. Über seinem Ohrenstöpsel hörte er, dass Staelin und Morrison ebenfalls ihre Zielpersonen neutralisiert hatten.

Harvath zog sein Messer und schnitt Rahims Mönchs-kutte auf. Sie war mit einem Material gefüttert, das wie eine Rettungsdecke aussah. Wahrscheinlich hatte es seine Wärme-signatur gedämpft. So etwas wie diese Sprengstoffweste hatte Harvath jedoch noch nie gesehen. Der Terrorist trug genug Sprengstoff mit sich, um ein ganzes Gebäude einstürzen zu lassen.

Harvath suchte nach einem Feiglingsschalter, aber den schien es nicht zu geben. »Gott sei Dank«, sagte er, als er Rahim die Pistole abnahm und auch seine eigene wieder auf-hob.

Er setzte sich wieder und nahm sich einen Moment Zeit, um zu Atem zu kommen. Dann verkündete er: »Ziel neutra-lisiert.« *Wir haben es geschafft.*

Der Moment dauerte jedoch nicht lange. Ihm ging bereits all das durch den Kopf, worum sie sich kümmern mussten. Wenn er hierblieb, würde die örtliche Polizei ihn finden. Dann würde er Rahim verlieren und der Terrorist würde außer Reichweite der CIA verwahrt werden. Sein Auftrag war also noch nicht erledigt. Sie mussten die Terroristen aus der Wüste holen und verhören.

»Haney«, sagte Harvath und zwang sich aufzustehen. »Ich gehe mit Rahim nach Westen. Sag dem Piloten, sie sollen sich bereit machen. Dann schnapp dir den Golfwagen und hol uns ab. Beeil dich.«

Harvath zog den Terroristen auf die Beine und schleifte ihn in Richtung des Stadtrands von Black Rock City, wo ihr Fluchtwagen stand.

Was der Rausch aus Leuten machte, war immer wieder erstaunlich. Als sich Harvath mit seinem Gefangenen in Bewegung setzte, wollte eine weitere Gruppe vom Alkohol ermutigter Burner sie aufhalten.

Harvath deutete auf Rahims Sprengstoffweste, aber die Burner schienen die Weste für ein Kostüm zu halten. Dann schwenkte Harvath seine Waffe, und die Burner verstanden offenbar, was er ihnen mitteilen wollte. Harvath hatte ernsthaft in Betracht gezogen, ein paar weitere Schüsse in die Luft abzugeben, aber die Burner traten auch ohne diese Maßnahme einen Schritt zurück. Mit einem Kopfschütteln stieß Harvath den Terroristen vor sich her.

Während der Crystal-Sky-DJ von Rick James zu George Clinton überging, füllte Harvath seine Lunge mit einem weiteren tiefen Luftzug.

Genau in diesem Moment ließ ein weiterer Selbstmordattentäter seine Bombenweste in der Mitte von Black Rock City hochgehen.

5

Rafschan Tursunow rieb mit seinen rauen Händen eine gelbe Zitronenschale gegen den Rand einer Espressotasse aus Porzellan.

Er hatte der planlosen italienischen Kellnerin gesagt, dass er »keinen Zucker« benötige, aber sie hatte dennoch Zucker gebracht. Er schmiss ihn wie zwei braune Würfel auf die gepflasterte Straße. Zucker gehörte zu den vielen Dingen, die er aufgegeben hatte. Ebenso wie Brot, Reis und Pasta. Der Arzt hatte darauf bestanden. Wenn die Verwandlung funktionieren sollte, musste er 40 Pfund verlieren.

Als gehorsamem Muslim blieben ihm nur wenige Laster. Kaffee war eines davon. Zigaretten waren ein weiteres, auch wenn der Islamische Staat sie verboten hatte.

Er war zu einem Experten für beide Laster geworden. Mit dem Geld, das sie ihm zahlten, konnte er sie sich auch problemlos leisten.

In seinem Heimatland Tadschikistan war das Einzige, was noch schlechter schmeckte als der Kaffee, die Zigaretten. Das galt umso mehr für Syrien. Mittlerweile hatte er jedoch beide Länder hinter sich gelassen.

Das winzige Café ganz in der Nähe des Wassers war eines der bestgehüteten Geheimnisse der Stadt. Und auch wenn die Bedienung nicht viel taugte, war der Barista ein Michelangelo des Kaffees.

Sowohl die Russen als auch die Amerikaner hatten ihm beigebracht, niemals denselben Ort mehr als einmal aufzusuchen.

Manche Dinge im Leben waren es jedoch wert, eine Ausnahme zu machen. Dieses Café war so eine Ausnahme. Außerdem kannte ihn hier niemand.

Er sah zu seinem Spiegelbild auf der Glastür des Cafés. Er hatte sich noch nicht an den Anblick gewöhnt. Blepharoplastik und Kanthoplastik hatten seine Augenlider weicher gemacht, damit er weniger eurasisch aussah. Dank Rhinoplastik war seine Nase jetzt schmaler, ein Höcker war entfernt worden und die Spitze war pointierter.

Mit einem otoplastischen Verfahren war die Form seiner Ohren ausgebessert worden, indem die Ohrenläppchen verkleinert wurden. Wangen- und Kinnimplantate verliehen seinem Gesicht vornehmere, abgerundete Züge.

Eine Haartransplantation hatte das Problem seiner Glatzköpfigkeit gelöst und ihm volles Haupthaar verliehen. Die Überreste seines Rettungsrings um die Hüfte waren abgesaugt worden.

Mit anderen Worten: Der pakistanische Chirurg hatte hervorragende Arbeit geleistet. Die Operationen hatten kaum Narben hinterlassen, und in weniger als zwei Wochen war er bereit für sein neues Passfoto gewesen. Der Trip nach Lahore hatte sich gelohnt.

Und nun war er endlich in Europa.

Der Selbstmordanschlag in Amerika beherrschte überall die Schlagzeilen. Von seinem Tisch auf der Terrasse aus konnte er den Fernseher im Inneren des Cafés sehen. Die gezeigten Szenen waren mit Handykameras aufgenommen worden. Festivalbesucher liefen blutverschmiert umher, viele davon im Schockzustand. Andere wanden sich voller Qualen auf dem Boden. Etliche Menschen hatten Gliedmaßen verloren. Noch mehr waren tot. *Aber nicht einmal ansatzweise genug.*

Zeugenaussagen zufolge hatte es eine enorme Explosion gegeben. *Es hätten vier sein sollen.* Irgendetwas war schiefgegangen.

Anschlagsziel und -methode waren seine Idee gewesen. Er hätte stärker in den Anschlag eingebunden sein wollen. Aber seine Oberen hatten andere Pläne. Sie wollten das Risiko, ihn in die Vereinigten Staaten zu schmuggeln, nicht eingehen. Sie wollten, dass er sich auf Europa konzentrierte. Dort brauchten sie ihn am dringendsten.

Aber was sollte er tun, falls sich verdeckte Vermittler in die US-Zelle eingeschlichen hatten und sich die Amerikaner bis an die Spitze der Organisation durcharbeiteten?

Die Vorstellung hatte ihn schon den ganzen Morgen verfolgt, aber er wollte nicht mehr darüber nachdenken. Er hatte selbst zu viele Probleme, allen voran den Verlust seines Chemikers.

Die Inkompetenz regte ihn immer noch furchtbar auf. Das Boot hätte niemals in See stechen sollen – nicht bei einem solchen Sturm und erst recht nicht ohne Rettungsboote oder wenigstens Rettungswesten.

Die Menschenschmuggler waren dieses Risiko bereitwillig eingegangen. Sie interessierten sich ausschließlich für das Geld. Deswegen verlangten sie immer, im Voraus bezahlt zu werden.

Wenn es nach Tursunow gegangen wäre, hätten die Schmuggler ihre Bezahlung erst bei Ankunft des Bootes erhalten. Vor allem mit jemandem an Bord, der so wertvoll wie Mustafa Marzouk gewesen war. Wie sie ihn zu diesem späten Zeitpunkt noch ersetzen sollten, erschloss sich ihm nicht.

Er wandte seine Aufmerksamkeit wieder der Straße zu und zog eine Packung Treasurer-Zigaretten aus der Tasche seines Jacketts. Er zog die Aluminiumfolie ab. Die Zigaretten hatten goldene Filter und sahen wie kleine Kunstwerke aus. Tursunow steckte sich eine davon zwischen die Lippen, zündete sie mit einem Streichholz an und inhalierte tief.

Wir haben so viel investiert, dachte er. *So viel in Bewegung gesetzt. Zu viel, um jetzt einen Rückzieher zu machen.* Das Gewicht der Operation lastete schwer auf seinen Schultern.

Er schüttelte seine Armbanduhr unter seinem Hemdsärmel hervor und kontrollierte die Uhrzeit. Es war fast neun.

Langsam ausatmend legte er ein paar Münzen auf den Tisch, schlürfte den Rest seines Espressos und verließ die Terrasse. Er wollte sich einen Eindruck von dem Ort verschaffen, an dem er abgeholt werden würde, bevor es losging.

Reggio befand sich an der Spitze des italienischen Stiefels. Östlich davon befand sich der Aspromonte und westlich die Straße von Messina, die die italienische Halbinsel von Sizilien trennte.

Unter bestimmten Wetterverhältnissen kam es hier zu einer Fata Morgana und es entstand der Eindruck, dass in ein paar Metern Entfernung in Sizilien Leute spazieren gingen. Dabei war Sizilien mehrere Kilometer entfernt.

Heute trat allerdings keine Illusion auf. Die Sonne schien, und die Temperatur kletterte bereits in die Höhe.

Auf seinem Weg bewunderte Tursunow die exotischen Palmen und prächtigen Magnolien. Reggio wurde auch die »Stadt der Bergamotte« genannt, eine angenehm duftende, grüne und genoppte Zitrusfrucht mit gelbem Fruchtfleisch. Sie wuchs ausschließlich in der Region und wurde für die Aromatisierung von Parfüms und Earl-Grey-Tee verwendet.

Reggio war eine Hafenstadt mit einer florierenden Fischereigemeinde. Aber auch die Landwirtschaft in der Umgebung spielte eine wichtige wirtschaftliche Rolle. Von Frühling bis in den Herbst strömten Touristen an Reggios Strände und das himmelblaue Meer.

In einem heruntergekommenen Viertel unweit des Castello Aragonese gab es ein kleines Lokal mit einem schmalen Tresen, das Eis und Gebäck verkaufte. Es hieß Ranieri. Gleich daneben befanden sich ein leer stehendes Grundstück und dahinter ein ausgebranntes Gebäude, das seit Langem dem Verfall überlassen worden war.

Graffitis waren auf die Wände mehrerer Gebäude gesprüht. Die Fenster anderer Häuser waren mit Gittern verriegelt. Unter dem Neonschild einer Biermarke bedeckten Zigarettenstummel den Gehweg wie tote Motten. Tursunow fügte seinen eigenen Stummel dem Haufen hinzu und trat durch die Hintertür.

Ein korpulenter Mann in zerknittertem Hemd saß hinter dem Tresen und polierte ohne große Leidenschaft Gläser. Er hatte dunkle Augenränder und hatte sich seit Tagen nicht rasiert. Er sah so aus, als hätte er wochenlang kein Bett und keine Badewanne mehr gesehen.

Tursunow schnappte sich einen Hocker am Tresenende. Er wollte mit dem Rücken zur Wand sitzen und die Tür im Blick behalten, die sich zur Straße öffnete.

Die verschlissene Inneneinrichtung hatte schon bessere Tage gesehen. Jahrzehntealte Sport- und Rockband-Poster waren mit Reißzwecken an die Wände geheftet.

Der Barkeeper grüßte ihn nicht. Es schien ihn zu ärgern, dass er nun einen Gast hatte. Er unterbrach die Gläserpolitur und hob eine Augenbraue in Richtung des Fremden.

»Negroni«, erklärte Tursunow, während er die *Gazzetta di Reggio* vor sich auf den Tresen legte und die Kleinanzeigen aufschlug.

Der Barkeeper sah ihn an, sah auf die Zeitung, und fing wieder an, das Glas zu polieren. Kurz darauf stellte er das Glas auf das Regal hinter ihm und machte sich an die Zubereitung des Cocktails.

Tursunow hätte lieber einen weiteren Kaffee getrunken, aber er war angewiesen worden, den Negroni zu bestellen. Die Bestellung und die Zeitung dienten als Erkennungszeichen.

Da ihm eine Zutat fehlte, rief der Barkeeper etwas in Richtung Küche. Tursunow konnte das italienische Wort für Orange ausmachen, *Arancia,* aber nicht viel mehr.

Kurz darauf tauchte die Frau des Barkeepers mit einer Tasse Orangenschalen auf. Sie warf einen Blick auf Tursunow, nahm ihn aber kaum zur Kenntnis. Aus ihrem Mund baumelte eine Zigarette, an der gut ein Zentimeter Asche hing.

Sie stellte die Tasse auf die Theke, zog ein iPhone aus ihrer fleckigen Schürze und tippte eine Nachricht, während sie sich zurück in die Küche begab.

Drei Minuten später fuhr draußen ein schwarzer Mercedes mit dunklen Fensterscheiben vor und hielt an.

6

Tursunow war einen Tag zuvor nach Italien geflogen, um sich umzuschauen. Wenn es keine Probleme gab, würde er das Land heute Abend wieder verlassen. Alles hing davon ab, wie das Treffen laufen würde.

Die zwei Männer, die ihn mitnehmen sollten, waren schwere Brocken. Tursunow war knapp 1,80 Meter groß und wog 80 Kilo. Die beiden Männer mussten mindestens 1,90 Meter groß sein und mehr als 90 Kilo auf die Waage bringen. Damit war eine Botschaft verbunden: *Versuch keine Tricks.*

Sie verlangten sein Handy. Als er es aushändigte, steckten sie es in eine Tasche, die speziell dazu diente, das Senden und Empfangen von Signalen zu unterbinden. Er erwartete fast, dass ihm die Augen verbunden werden würden, aber die Männer verzichteten darauf. Nachdem sie ihn nach Waffen durchsucht hatten, ließen sie ihn auf dem Rücksitz des Mercedes Platz nehmen und fuhren anschließend aus der Stadt.

Während die beiden Männer auf den Vordersitzen Radio hörten, betrachtete Tursunow die Landschaft, die sich veränderte, während sie sich durch die Ausläufer und dichten Wälder des Aspromonte schlängelten.

Sie durchquerten Oliven- und Bergamottehaine. Überall wuchsen Eichen. Je höher sie stiegen, desto mehr Kiefern, Buchen und Sizilianische Tannen sah Tursunow. Die Landschaft war ebenso rau wie schön. Auf den Straßen war allerdings schon bald niemand mehr unterwegs.

Sie fuhren in eine der gefährlichsten Gegenden Italiens. Der Aspromonte war auch als Hochburg der ’Ndrangheta, der kalabrischen Mafia, bekannt. Sowohl Touristen als auch Italiener mieden die Region.

Die südliche Spitze Italiens war größtenteils verarmt, aber die Umgebung des Aspromonte erst recht. Erdbeben, Bergstürze und der eiserne Griff der ’Ndrangheta hatten ihre Spuren hinterlassen. Der Mercedes fuhr durch ein verlassenes Dorf nach dem anderen. Jedes davon war noch verwahrloster als das vorherige.

Tursunow hatte angenommen, dass ihr Ziel irgendwo in der Nähe der Hauptstadt der ’Ndrangheta lag, einem Dorf auf der östlichen Seite des Aspromonte, das San Luca hieß. Stattdessen endete ihre Fahrt vor einer kleinen Stadt auf einem Hügel westlich eines Berges namens Monterosso.

Sie verließen die Hauptstraße und folgten einem kleinen Schotterweg, der an einem Bach entlangführte. Nach einer schmalen Brücke weitete sich der Weg.

Hier und da konnte Tursunow Kapernsträucher und stachelige Kakteen sehen. Vor ihnen befand sich ein halb zerfallenes Bauernhaus aus Stein.

Früher einmal musste das Haus ein beeindruckendes Gebäude gewesen sein: massiv, mit zwei Meter dicken Wänden und einem schrägen Dach aus Terrakottaziegeln. Bougainvilleen hingen von einem alten Balkon herunter. Teile des Hauses waren immer noch von Jasminstreifen überwachsen.

Der Fahrer parkte vor dem Haus und schaltete den Motor ab. Tursunow wartete keine Aufforderung ab. Er stieg aus, um sich die Beine zu vertreten.

Es war warm hier, wärmer als in Reggio. Tursunow sah in den blauen Himmel. Er konnte nicht anders. Er hatte drei Drohnenangriffe überlebt. Den letzten davon nur knapp. Seine Frau hatte nicht so viel Glück gehabt.

Jeden Tag bereute er seinen Vorschlag, sie solle ihn nach Syrien begleiten. Es hätte keine Rolle spielen dürfen, dass die anderen Kämpfer ihre Frauen mitgebracht hatten. Dass der IS ihm aufgrund seiner Rolle in der Organisation ein Haus zur Verfügung stellte. Dass sie keine Kinder hatten und aneinander hingen. Dass sie ebenso dringend wie er aus Tadschikistan fliehen wollte. Er hätte sie zurücklassen sollen. Dann wäre sie vielleicht noch am Leben.

Er schloss die Augen. Die Sonne stand fast direkt über ihm. Er spürte ihre Wärme auf dem Gesicht und hörte aus der Ferne Vögel in den Bäumen zwitschern. Eine aufkommende Brise trug den Duft von Rosmarin zu ihm. Einen Augenblick lang versuchte er, an nichts zu denken und einfach ruhig zu sein. Aber so plötzlich, wie der Augenblick begonnen hatte, endete er auch wieder.

Sie hörten, wie sich auf der Straße zwei Autos näherten. Er atmete tief ein und öffnete die Augen. *Zurück ins wahre Leben.*

Er zog eine Zigarette aus der Packung, steckte sie sich in den Mund und lehnte sich gegen den Mercedes. Während er ein Streichholz anzündete, beobachtete er, wie sich zwei marineblaue Range Rover näherten und hinter sich eine Staubwolke aufwirbelten.

Das waren auffällige Autos, vor allem in diesem Teil Italiens. Das war wahrscheinlich Absicht. Kurz vor Ende der Auffahrt bog einer der Range Rover zu einem großen Nebengebäude ab. Der andere Wagen rollte bis zu dem Mercedes und parkte dort.

Ein bulliger Leibwächter stieg vom Beifahrersitz und öffnete die Hintertür.

Als Erstes sah Tursunow einen zierlichen Fuß in Gucci-Schuhen. Es folgte eine kleine, manikürte Hand, an der eine sehr große Golduhr hing. Antonio Vottari war eingetroffen.

Mit seiner Größe von 1,65 Meter war er in ganz Kalabrien als *La Formícula* bekannt – die Ameise. Er war ein Neffe innerhalb einer der mächtigsten kriminellen Familien der 'Ndrangheta. Seine Brutalität war der Stoff von Legenden.

Gerüchten zufolge lebte der Mann für die Rache. Angeblich war dies der einzige Grund, weshalb er morgens das Bett verließ.

Tursunow musterte ihn. Er war Anfang 30, dünn, blasse Haut. Seine Augen waren schwarz wie die einer Krähe. Seine spitze Nase sah aus wie ein Schnabel.

Er trug einen teuren Anzug, der wahrscheinlich maßgeschneidert war. Seine Manschettenknöpfe passten zu dem Gold seiner Uhr. Seine Haare waren mit viel Öl zurückgekämmt, sodass sie so nass aussahen, als wäre er gerade aus einem Swimmingpool gestiegen. Selbst durch den Rauch seiner Zigarette konnte Tursunow sein Aftershave riechen.

Als Vottari sich bewegte, tat er es wie ein Dschungeltier. Der Blick aus seinen dunklen Augen war starr auf Tursunows eigene Augen gerichtet. Er schien alles um sich herum zu registrieren, jede Person, jeden Stein, jeden Grashalm. Jeder seiner Schritte war bewusst geplant und selbstsicher. Dies hier war sein Territorium. Er entschied, ob du am Leben bliebst oder nicht.

Innerhalb eines Sekundenbruchteils nachdem der Kalabrier aus dem Auto gestiegen war, wusste Tursunow, wie er ihn töten würde. Zunächst galt es aber, sich ums Geschäft zu kümmern. Mit einem Lächeln streckte er seine rechte Hand aus. »Schön, Sie zu sehen, Signore. Danke, dass Sie sich mit mir treffen.«

»Fangen wir an«, entgegnete Vottari und erwiderte den Händedruck.

»Wie Sie wünschen. Haben Sie alles?«

»Wir haben genug.«

Tursunow sah ihn an. »Wie bitte?«

Der Italiener machte eine Kopfbewegung in Richtung des Nebengebäudes. »Kommen Sie. Hier lang.«

Tursunow verstand nicht, was er mit *genug* gemeint hatte, aber er hielt mit Vottari Schritt. Zwei Leibwächter folgten ihnen. Der Rest blieb bei den Autos.

Der Weg war von Unkraut überwuchert. Während sie auf das Gebäude zugingen, sah Tursunow wieder in den Himmel. *Das hier ist Italien,* sagte er sich. *Hier gibt es keine Drohnenangriffe.*

Andernfalls, wandte eine Stimme in seinem Kopf ein, *wäre es der perfekte Moment, erst einmal abzuwarten, bis sich alle im Haus befinden.*

Tursunow spürte, wie sich ein Hauch von Paranoia am Rande seines Verstands regte, aber er unterdrückte sie. Er musste die Kontrolle behalten.

An der Eingangstür des Gebäudes deutete Vottari auf Tursunows Zigarette. »Kein Rauchen im Haus!«

Der Italiener war übervorsichtig. Dennoch fügte sich Tursunow. Er nahm einen letzten Zug und ließ die Zigarette auf den Boden fallen. Er drückte sie mit dem Absatz aus.

Als er den Rauch ausatmete, warf er erneut einen Blick in den Himmel und folgte dem Mann ins Innere.

Die Mauern bestanden aus Zementblöcken. Das Gebäude schien ein Stall gewesen zu sein.

»Keine Sorge«, sagte Vottari, der offenbar seine Gedanken gelesen hatte. »Schafe, keine Schweine.«

Im Islam war der Kontakt mit Schweinen verboten, ebenso wie der Kontakt mit Alkohol. Offensichtlich wusste der Italiener das. Vottari wollte ihn ärgern. Deswegen hatte er ihn in eine Bar beordert und ihn einen Negroni bestellen lassen. Und deswegen war sich Tursunow auch sicher, dass sie sich auf einer Schweinefarm befanden.

Er würde den Tod des kleinen Mafioso doch noch etwas langwieriger und qualvoller gestalten müssen.

»Kommen Sie, kommen Sie!«, sagte Vottari und winkte ihn vorwärts. Auf einem langen Tisch waren drei olivgrün angemalte Holzkisten aufgereiht. Die Deckel waren entfernt worden, so wie auch ein Teil des Verpackungsstrohs.

Tursunow studierte die Beschriftung der ersten Kiste, bevor er den Inhalt herausnahm und die Einzelteile zusammensetzte.

»Nicht Ihr erstes Mal«, vermutete der Italiener.

Bevor er dem IS beigetreten war, hatte Tursunow in der tadschikischen Armee und einer Elite-Polizeieinheit gedient. Doch das ging Vottari nichts an. Deswegen ignorierte er ihn.

Er ging zur zweiten und dritten Kiste über, inspizierte ihre Aufschrift und die Inhalte.

»Wo ist der Rest?«

Der Italiener grinste. »Vertrauen Sie mir nicht?«

Tursunow sah auf die Haufen getrockneter Schweinescheiße auf dem Boden – denn um nichts anderes handelte es sich, nahm er an – und lächelte zurück. »Wo ist der Rest?«, wiederholte er.

»Den bekommen Sie, wenn ich mein Geld habe. Die Hälfte jetzt, die andere Hälfte bei Lieferung.«

Tursunow schüttelte den Kopf. »Wir haben vereinbart, dass ich die Ware überprüfen kann. *Vor* der Lieferung.«

Vottari schnipste mit den Fingern, und einer seiner Männer reichte ihm ein Tablet.

»Was soll das?«

»Hier sind Bilder Ihrer Waren.«

Tursunow swipte verärgert durch die Fotos.

»Sie können alle Beschriftungen und Seriennummern deutlich erkennen«, erklärte der Italiener.

»So haben wir das nicht vereinbart.«

»Wir haben etwas Ähnliches vereinbart.«

Tursunow überlegte kurz. Dann sagte er: »30 Prozent.«

»Mein Freund, das hier ist keine Verhandlung.«

»Und auch keine Geschäftsbeziehung«, entgegnete er und gab dem Italiener das Tablet zurück. »Wir geben unser Geld jemand anderem. Viel Glück beim Verkauf.«

»*Pazzo*«, kicherte Vottari seinen Männern zu. *Verrückt.* Aber verrückt gefiel Vottari. Um so verrückt zu sein, musstest du Eier haben.

Er ließ Tursunow den ganzen Weg bis zum Bauernhaus laufen, bevor er seine Männer losschickte, um ihn zurückzuholen.

Als Tursunow wieder vor ihm stand, sagte Vottari: »Die von Ihnen bestellte Ware war sehr schwer zu organisieren. Nur ein Schwachsinniger würde alles zusammen am selben Ort aufbewahren. Sollte der Ware etwas zustoßen, bevor ich mein Geld bekommen habe, wäre das sehr schlecht.«

Tursunow antwortete nicht. Der Italiener hatte keine Frage gestellt, sondern eine Feststellung gemacht. Wer meinte, ein unangenehmes Schweigen beenden zu müssen, schwächte seine Position.

»40 Prozent«, bot der Italiener an. »Und Sie erlauben mir, die Lieferadresse zu ändern.«

»Warum das? Und wo soll das sein?«

»Ein sichererer Ort. Nicht weit von dem Ort entfernt, den wir vereinbart haben.«

Sicherer? Das gefiel Tursunow nicht. Vottari veränderte alle Bedingungen ihres Deals. »25 Prozent.«

»*Molto pazzo!*«, rief der Italiener und lächelte. »30 Prozent, und ich lege zwei von denen hier drauf. Gratis.«

Er nickte einem seiner Männer zu, der eine kleinere Kiste aus dem Kofferraum des Range Rovers holte, und brachte sie zur Begutachtung in das Gebäude.

Tursunow hob den Deckel. *Splittergranaten.* Er brauchte sie nicht für seinen Plan. Aber es war besser, etwas zu haben, das man nicht brauchte, als etwas zu brauchen, das man nicht hatte. »Abgemacht.«

Vottari schüttelte Tursunows Hand, ließ aber nicht los. »Denken Sie dran«, warnte er, »dass die gesamten Waren Italien verlassen müssen. Bringen Sie sie nach Frankreich. Oder nach Deutschland. Oder auf den Mond. Mir egal. Aber wenn ich rausfinde, dass Sie das nicht getan haben, sind Sie und Ihre Leute tot. Sie *alle*.«

Tursunow lächelte ungerührt zurück und erwiderte: »Das Letzte, was ich und meine Leute wollen, ist Ärger. Vor allem nicht mit Ihnen und Ihren Leuten.«

7

Samstag
Washington, D. C.

Das kleine Haus des Schleusenwärters war nur eine kurze Autostrecke von D. C. entfernt und stand am Chesapeake and Ohio Canal. Es war ein gedrungenes, zweistöckiges Gebäude aus Steinen aus der Gegend und weiß angemalt.

Die Fensterläden und die Tür waren blau wie Rotkehlchen-eier. Daher stammte auch der Spitzname des Hauses.

Im Gegensatz zu anderen Schleusenhäusern im C&O National Historic Park, die zum Übernachten gemietet werden konnten, war das »Blaue Schleusenhaus« für die Öffentlichkeit nicht zugänglich. Und das aus gutem Grund. Eigentümer und Instandhalter war die Central Intelligence Agency.

Als einer der vielen sicheren Unterschlupfe der Agency war das Haus während des Kalten Krieges ausgiebig zur Nachbesprechung mit hochkarätigen sowjetischen Über-läufern genutzt worden. Aktuell wurde es für äußerst wich-tige und äußerst diskrete Treffen verwendet.

Als Harvath vorfuhr, sah er drei schwer gepanzerte SUVs, die vor dem Haus parkten. Die vor dem Eingang Wache stehen-den Agenten der Sicherheitsabteilung hatten trotz ziviler Klei-dung eine starke »Leg dich nicht mit uns an!«-Ausstrahlung.

Einen solchen Eindruck zu vermitteln war eine wichtige Voraussetzung für den Job.

Noch wichtiger waren Kenntnisse und Fähigkeiten. Terroristen auf der ganzen Welt hätten nur allzu gern die zwei Leute in ihre Finger bekommen, die sich in dem Haus aufhielten.

Harvath stellte seinen Chevy Tahoe auf dem Gras ab und gab dem leitenden Agenten die Hand, einem Mann namens Haggerty. Sie plauderten kurz miteinander.

Haggerty hatte an der University of Notre Dame studiert. Harvath, ein Absolvent der University of Southern California, erklärte stets, dass der Mann nichts dafürkönne. Seine Eltern hätten offenkundig nicht viel auf ihn gegeben.

Es war eine muntere Stichelei, die auf der weit zurückreichenden Rivalität zwischen den beiden Universitäten beruhte. Haggerty hatte größtmögliches Vertrauen in das Footballteam, das Notre Dame dieses Jahr aufs Feld schickte. Sein Vertrauen war in der Tat so groß, dass er eine Wette auf das Spiel gegen USC abschließen wollte.

Nachdem er ihn daran erinnert hatte, dass der Code of Federal Regulations das Glücksspiel während der Arbeit für eine US-Behörde verbot, grinste Harvath und stimmte den gebotenen 100 Dollar zu.

»Und nur Bargeld!«, präzisierte Haggerty. »Nicht diesen Bitcoin-Quatsch.«

Harvath lachte, und sie schüttelten sich die Hände. Er wandte sich ab, stieg die drei Schieferstufen zu dem Schleusenhaus hinauf und klopfte.

»Herein!«, antwortete eine Stimme. »Die Tür ist offen.«

Harvath trat ein und fand den CIA-Direktor Bob McGee und die stellvertretende Direktorin Lydia Ryan an einem abgenutzten Holztisch vor.

McGee war Anfang 60. Er hatte dunkles, gewelltes Haar, das immer schneller ergraute. Sein markantestes Merkmal war jedoch sein dichter Schnurrbart. Einen Schnurrbart dieser Art gab es nur selten in Washington zu sehen, und noch seltener in Regierungskreisen.

Ryan war eine wunderschöne Frau. Sie war die 1,50 Meter große Tochter eines irischen Vaters und einer griechischen Mutter. Sie hatte lange schwarze Haare und dunkelgrüne Augen.

Sowohl McGee als auch Ryan kamen aus dem Geheimdienstbereich der CIA. Sie waren klug, erfahren und redeten nicht um den heißen Brei herum. Der Präsident hatte sie speziell zu dem Zweck ernannt, im CIA-Hauptquartier in Langley aufzuräumen und die Agency wieder zu ihrem alten Glanz zurückzuführen.

»In der Küche ist Kaffee«, sagte Ryan, als Harvath den Raum betrat.

Er ging in die Küche, nahm einen Emaillebecher aus einem der Regale und schenkte sich einen Kaffee ein.

Zurück im Wohnzimmer begab er sich zu McGee und Ryan an den Tisch. Darauf lagen unzählige Akten.

Sie hatten schon viele Treffen dieser Art abgehalten, außerhalb des CIA-Hauptquartiers, nachts oder am Wochenende. Je weniger Leute wussten, was sie hier planten, desto besser.

Der Terrorismus war geradezu explosionsartig wie ein Blinddarmdurchbruch gekommen und verbreitete sein Gift überall. Auf der ganzen Welt kam es zu Attentaten, vor allem in Europa. Aber jetzt auch in den Vereinigten Staaten.

Der IS hatte Gebiete verloren und wurde in Kämpfen immer wieder besiegt. Die Terrororganisation war wie ein verwundetes, in die Ecke gedrängtes Tier. Verzweifelt schlug sie um sich und rief zu weltweiten Anschlägen auf Amerikaner auf. Ihre Botschaft war unmissverständlich: Kein Ort der Welt war sicher.

Im Gegenzug hatte der amerikanische Präsident ebenfalls eine unmissverständliche Botschaft verkündet: Kein Stein war groß genug, als dass sich der IS darunter verkriechen könnte. Kein Loch war tief genug, um sich darin einzubuddeln. Wo auch immer sich die IS-Anhänger versteckten – die Vereinigten Staaten würden sie alle finden. *Ausnahmslos.* Amerika würde seine Feinde aufspüren, bis in den letzten Winkel der Erde. Und würde dabei unerbittlich vorgehen.

Das Problem war, dass nicht jeder in den USA die Meinung des Präsidenten teilte. Einige Leute hielten seinen Ansatz für zu antagonistisch. Sie befürchteten, dass er den Terroristen genau das lieferte, was sie wollten, und ihnen somit in die Hände spielte. Sie wollten einen Präsidenten, der weniger Cowboy, sondern eher Samurai war – weise und geduldig. Und dass er nur zuschlug, wenn es absolut notwendig war, und sich anschließend wieder in die Dunkelheit zurückzog.

Dann wiederum gab es Leute, die überhaupt keine Schläge gegen den IS befürworteten. Sie behaupteten, dass jegliche Vergeltung die Gewaltspirale nur noch weiter anheizen würde. Wenn wir nicht aufhören, wird der IS es auch nicht tun, lautete die Warnung. Die bereits schlimme Lage würde sich nur noch weiter verschlimmern.

Viele hatten den Eindruck, der Präsident wüsste ihre Vorschläge nicht zu schätzen und würde sich nicht einmal die Mühe machen, darüber nachzudenken. Doch der kleine Kreis von Personen, die den Präsidenten gut kannten und mit denen er sich beratschlagte, wusste, dass dieser Eindruck täuschte.

Der Präsident führte den Kampf nicht gern, aber es war ein gerechter Krieg. Er nahm es nicht auf die leichte Schulter, Gewalt anzuwenden. Sein größter Wunsch war der Friede. Mehr als alles andere wollte er die Sicherheit der Menschen in Amerika. Die Sicherheit der Amerikaner im In- und Ausland war seine wichtigste Aufgabe als oberster Befehlshaber. Diese Pflicht stand für ihn an erster Stelle.

Er war außerdem in etwas eingeweiht, das seinen Mitbürgern nicht zugänglich war. Jeden Morgen erhielt er einen geheimdienstlichen Bericht, der darlegte, wie gefährlich Organisationen wie der IS oder Al-Qaida wirklich waren.

Ihre Mitglieder waren Fanatiker, die glaubten, sie wären auserwählt worden, um die Erde zu beherrschen. Zu diesem Zweck mussten sie Amerika und seine Verbündeten durch den Dschihad unterwerfen. Wer sich nicht vollkommen diesem Ziel hingab, verstieß gegen Gottes Willen.

Der Fundamentalismus dieser Menschen war ein Krebsgeschwür. Es befiel fast jeden, der damit in Kontakt kam. Und doch fehlte es denjenigen, die es am ehesten entfernen könnten, an Mut und Bereitschaft, dies auch zu tun. Die muslimische Welt war gänzlich außerstande, das Problem zu bekämpfen. Egal wie viele Grausamkeiten im Namen ihrer Religion und ihres Gottes begangen wurden.

Angesichts dieser geringen Kooperation blieben dem Präsidenten wenige Möglichkeiten. Und es wurden sogar noch weniger, da viele von Amerikas Verbündeten mit knappen Ressourcen und Radikalisierungswellen im eigenen Land beschäftigt waren.

Obwohl der Präsident die Meinungen der Amerikaner respektierte, die ihm nicht zustimmten, konnte er die Zukunft bereits erahnen. Er konnte sehen, was auf die Vereinigten Staaten zukam, wenn das Land nichts unternahm.

So wie die Israelis würden auch die Amerikaner einer ständigen Bedrohung ausgesetzt sein. Strände, Restaurants, Züge, Busse, Clubs, Lebensmittelläden, Schulen, Spielplätze, Hundeparks, Kinos, Sportveranstaltungen, Paraden, Einkaufszentren und sogar ihre eigenen Gebetshäuser – alles kam für einen Anschlag infrage.

Je mehr Anschläge es gab, desto mehr würde die verängstigte Bevölkerung verlangen, dass etwas getan werden müsse. Überall würde es bewaffnetes Sicherheitspersonal und Kontrollen geben. Aber auch das würde nicht reichen, um Amerikas Feinde abzuschrecken. Die Terroristen würden zuschlagen, wenn die Amerikaner ihre Kinder zur Schule brachten oder in der Schlange für den Körperscanner vor der neuesten Broadway-Show standen. Es war einfach nicht möglich, rund um die Uhr die Sicherheit aller Amerikaner zu gewährleisten.

Die Forderungen, mehr zu machen, würden lauter werden. Letztlich würden die Bürokraten und Politiker versuchen, den Terrorismus mit einer Unmenge an Sicherheitsmaßnahmen zu besiegen. An diesem Punkt würde Amerika in eine äußerst gefährliche Richtung abbiegen. Wie Benjamin Franklin angeblich gesagt hatte: Wer bereit ist, ein wenig Freiheit für ein wenig Sicherheit aufzugeben, verdient weder das eine noch das andere und wird beides verlieren.

Das war, knapp zusammengefasst, die größte Sorge des Präsidenten. Also entschied er sich zu handeln.

Obwohl der Präsident einen großen Teil seiner politischen Möglichkeiten für eine deutliche Erhöhung des FBI-Haushalts aufgewendet hatte, stand die Behörde vor enormen Schwierigkeiten. Sie führte in allen 50 Bundesstaaten Ermittlungen durch, verfügte aber nicht einmal ansatzweise über die notwendigen Ressourcen, um diese

Ermittlungen auch abzuschließen. Die Terroristen waren schnell. Sie kamen aus allen Richtungen und Gesellschaftsschichten. Es gab einfach zu viele Fälle, zu viele Spuren und nicht genügend Agenten.

Dem Präsidenten blieb nur eine einzige Möglichkeit. Und die würde höchstwahrscheinlich zu seiner Amtsenthebung führen, sollte etwas darüber bekannt werden.

McGee sah Harvath an und sagte: »Reden wir über das, was beim Burning-Man-Festival passiert ist.«

8

Harvath arbeitete inoffiziell. Normalerweise würde die Öffentlichkeit ohnehin nichts davon mitbekommen. Aber im Zeitalter von Hackern und Dokumenten-Leaks gab er sich große Mühe, kaum etwas schriftlich festzuhalten, falls überhaupt.

Die Regierungen wechselten, und auch die Vorstellungen davon, worin die Aufgabe der CIA bestand – und worin nicht. Maßnahmen, die in den Wochen und Monaten nach dem 11. September noch gerechtfertigt erschienen, mochten unter anderen Gesichtspunkten in Zukunft anders bewertet werden. Die beste Methode, im historischen Rückblick nicht schlecht abzuschneiden, bestand darin, gar nicht erst Teil der Geschichte zu werden, fand Harvath.

Er konnte die Haltung des Präsidenten nachvollziehen. Die individuelle Freiheit war für ihn ein wichtiges Gut. Aber die Sicherheit der Amerikaner war ihm ebenfalls wichtig.

Er hatte die Barbarei von Gruppen wie dem Islamischen Staat oder Al-Qaida hautnah miterlebt. Er war Zeuge dessen geworden, was sie ihren Opfern antaten, auch Frauen und Kindern.

Einer der schmerzhaftesten Momente seiner Laufbahn war die Rettung des entführten Sohns eines irakischen Polizisten gewesen. Die Befreiung war geglückt, aber der kleine Junge war in seinen Armen gestorben. Das Kind war auf unfassbar grausame Weise gefoltert worden.

Solche Erfahrungen ließen sich nicht unbegrenzt wegstecken. Deswegen brauchte Harvath hin und wieder etwas Zeit für sich allein, mit ein paar Sixpacks oder einer Flasche Bourbon. Lange Joggingrunden und ein anstrengendes Krafttraining reichten nicht, um mit den Belastungen fertigzuwerden.

Das war nicht die gesündeste Art und Weise, alles zu verarbeiten, aber der menschliche Verstand verfügte leider über keine LÖSCHEN-Taste. Manchmal musste Harvath einfach alles vergessen, wenn auch nur für kurze Zeit.

Solche Erlebnisse waren eine schwere Bürde, aber das gehörte zum Beruf. Ohne jemanden, der die Wölfe jagte, würden die Schafe niemals in Sicherheit sein. Die Wölfe vermehrten sich zu schnell. Die Hirtenhunde waren der Aufgabe nicht mehr gewachsen. Es ging ums Überleben.

Als der Präsident entschied, Amerikas Spielregeln zu ändern, war Harvath einverstanden gewesen.

Im Zuge dieser neuen Regeln war er zum Burning-Man-Festival entsandt worden und hatte ohne offizielle Billigung gehandelt. Das FBI hatte nicht genügend Finger und Zehen, um all die undichten Stellen im Terrorismus-Eimer zu stopfen.

Wenn möglich, teilte die CIA ihre Erkenntnisse mit dem Bureau. Nur allzu oft wurden diese Erkenntnisse jedoch hintangestellt. Es war nicht die Schuld des FBI. Die Behörde hatte einfach zu viel um die Ohren.

Mit stiller Zustimmung des Präsidenten hatte man in Langley damit begonnen, mehr eigenständige Operationen zu entwerfen, zu planen und durchzuführen. Je nach Gesichtspunkt war Burning Man entweder ein spektakulärer Erfolg oder Misserfolg gewesen.

McGee und Ryan hörten sich den Abschlussbericht an und bewerteten den Einsatz als Erfolg. Wenn die anderen Attentäter ihre Bomben gezündet hätten, wären sehr viel mehr Menschen getötet beziehungsweise verletzt worden.

Bis kurz vor der Explosion hatten die Behörden nicht gewusst – und auch Harvath nicht –, dass sie es mit einem aktiven Anschlagsplan zu tun hatten. Selbst wenn sie ihren Berg an Hinweisen mit dem FBI geteilt hätten, hätte es zu lange gedauert, ein Überwachungsteam auf Hamza Rahim anzusetzen.

»Sobald der Flieger vom Flughafen Back Rock City gestartet war, habe ich Rahim bearbeitet. Den Rest kennen Sie«, beendete Harvath seinen Bericht.

So war es. Rahim hatte sich extrem unkooperativ gezeigt. Harvath hatte nicht lange abgewartet und den Druck erhöht. Zu diesem Zweck hatte er die Furcht des Möchtegern-Attentäters ausgenutzt, in sein Heimatland Ägypten zurückgeschickt zu werden.

Harvath hatte Rahim davon überzeugt, dass ihr Flieger genügend Treibstoff bis nach Ägypten getankt hatte. Und dass die Ägypter ihn nur allzu gern in Empfang nehmen und Harvath dabei helfen würden, Rahim die von Harvath benötigten Informationen zu entlocken.

Rahim wusste nur allzu gut, wie die Ägypter vorgingen. Er war bereits einmal von der ägyptischen Geheimpolizei brutal gefoltert worden. Er verspürte kein Verlangen, die Erfahrung zu wiederholen. Egal was die Amerikaner mit ihm vorhatten – schlimmer, als nach Ägypten zurückzukehren, konnte es nicht sein.

Also hatte er langsam angefangen, sich zu fügen. Er verriet, wie der Anschlag geplant und finanziert worden und warum er in das Wohnmobil zurückgekehrt war.

Zur besseren Tarnung waren die Materialien für die Bombenwesten voneinander getrennt auf das Gelände geschmuggelt und vor Ort zusammengebaut worden. Der Bombenbauer war jedoch nervös geworden. Rahim machte sich Sorgen, der Mann könnte es sich anders überlegt und Angst davor bekommen haben, nach dem Anschlag geschnappt zu werden.

Es war eine kurzfristige Entscheidung im Zuge seines Auftrags gewesen, nicht mehr und nicht weniger. Der Bombenbauer war ein Sicherheitsrisiko, um das er sich kümmern musste.

Rahim und die anderen Mitglieder der Terrorzelle waren in eine geheime Einrichtung in Colorado zum weiteren Verhör verlegt worden. Direkt nach der Übergabe hatte man Harvath und sein Team nach D. C. geflogen. Dort trennten sich ihre Wege.

Harvath hatte eine Wohnung in Boston gemietet, um seiner Freundin und ihrer Familie näher zu sein, aber er hatte sein Haus in Virginia nicht offiziell aufgegeben. Es lag am Potomac River, in der Nähe von George Washingtons Landsitz Mount Vernon. Die meisten Möbel waren schon abtransportiert worden, aber er hatte gerade genug zurückgelassen, damit das Haus noch bewohnbar war.

Jedenfalls war es gut, in so etwas wie einem Zuhause zu sein, den Wüstenstaub abzuduschen und seine Kleidung in die Waschmaschine zu schmeißen.

Er war gerade dabei, seine Rückreise nach Boston zu organisieren, als der Anruf kam. Sie würden sich in dem blauen Schleusenhaus treffen. Harvath nahm an, es würde vor allem darum gehen, was sie wegen der IS-Verschwörer unternehmen sollten, die Rahim mit dem Anschlag beauftragt hatten.

»Was steht als Nächstes an?«, fragte Harvath. »Das Flüchtlingslager, in dem die Mitglieder der Zelle angeworben wurden?«

McGee verneinte. »Darum kümmert sich jemand anderes.«

»*Jemand anderes?* Warum?«

»Deswegen«, antwortete der Direktor und öffnete eine Akte. Er zog ein Foto aus der Mappe und reichte es Harvath.

Harvath sah sich das Foto genau an.

»Sein Name ist Mustafa Marzouk«, sagte Ryan und übernahm die Lagebesprechung. »Er hat in Tunesien Chemie studiert. Vor drei Jahren wurde bei der Razzia eines IS-Lagers in Syrien durch eine von der CIA unterstützte Rebellengruppe ein Laptop gefunden. Zunächst dachte sich niemand etwas dabei. Der Laptop war nicht passwortgeschützt und die Festplatte war leer. Aber dann haben wir den Rechner genauer unter die Lupe genommen. Wir fanden darauf 146 Gigabyte versteckter Daten.

Zu den mehr als 35.000 Dateien gehörte das Übliche, was man auf einem IS-Laptop erwarten würde. Rechtfertigungsschriften für den Dschihad, Militärhandbücher, Terrorvideos und so weiter. Dann fanden wir die interessanten Sachen: unzählige Dokumente, die belegten, dass der Besitzer des Laptops Nachforschungen über Massenvernichtungswaffen anstellte.«

Seitdem das Wort *Chemie* gefallen war, hatte Harvath ein ungutes Gefühl beschlichen. »Lassen Sie mich raten. Der Besitzer des Laptops ist Mustafa Marzouk.«

Ryan nickte. »Korrekt. Wir haben ihn drei Jahre lang gesucht. Im Irak, in Syrien, in Tunesien. Wir sind sogar einem

Hinweis nachgegangen, er halte sich in Somalia auf. Aber wir haben ihn nirgendwo gefunden.«

»Und warum ist er jetzt ein Thema?«

»Im Laufe der letzten Monate haben wir immer wieder das Gerede über eine bevorstehende Anschlagsserie abgehört. Den Höhepunkt soll etwas sehr Großes bilden, irgendwo in Europa.«

»Und haben wir eine Vorstellung davon, was *etwas sehr Großes* sein könnte?«

»Der Laptop enthielt eine 30-seitige Fatwa eines obskuren saudischen Geistlichen, der mittlerweile im Gefängnis sitzt. Darin rechtfertigt er den Einsatz chemischer und biologischer Waffen.«

Harvath erschauderte.

Ryan öffnete die Mappe, die vor ihr lag, und las aus einer islamischen Rechtsauskunft vor: »Wenn Muslime die Ungläubigen nicht auf andere Weise besiegen können, ist es erlaubt, Massenvernichtungswaffen einzusetzen. Selbst wenn diese alle Ungläubigen töten und sie und ihre Nachfahren vom Antlitz der Erde fegen.«

Einen Moment lang fehlten Harvath die Worte. »Ich vermute, die Saudis haben ihn nicht wegen unbezahlter Knöllchen verhaftet.«

»Keineswegs. Er wurde zum Problem. Die Saudis entschieden sich zu handeln, bevor er noch mehr Anhänger gewinnen würde. Der Schaden war allerdings bereits angerichtet. In den abgehörten Gesprächen gab es Verweise auf eine gewisse Fatwa eines obskuren Geistlichen.«

»Also wollen Sie, dass ich diesen Mustafa Marzouk finde, stimmt's?«

»Nicht ganz«, erwiderte McGee, als er der Mappe ein weiteres Foto entnahm und es Harvath gab. Darauf war eine aufgedunsene Leiche zu sehen. Teile des Körpers waren herausgerissen.

»Mustafa Marzouk ist tot. Die italienische Marine hat gestern seine Leiche aus dem Mittelmeer gefischt, in der Nähe von Lampedusa. Sie sind sich nicht sicher, ob er ertrunken ist, bevor oder nachdem ihn die Haie angefallen haben. Nicht dass es eine Rolle spielen würde. Wir hatten seine Fingerabdrücke von dem Laptop. Obwohl Marzouk mehrere Tage im Wasser trieb, konnten wir ihn identifizieren. Er war auf dem Boot eines Menschenschmugglers nach Sizilien unterwegs, vollgestopft mit Flüchtlingen. Das Boot sank Dienstagnacht in einem Sturm.«

Harvath gab das Foto zurück. »Drei Jahre lang war der Kerl ein Gespenst, das sich im Nahen Osten, Nordafrika und Somalia rumtrieb. Und dann springt er plötzlich auf ein Boot nach Italien. Warum?«

»Genau das sollen Sie herausfinden. Was auch immer er geplant hat – wir glauben, dass dieser Plan bald umgesetzt werden soll.«

»Wann soll ich aufbrechen?«

»So schnell wie möglich«, sagte McGee. »Ein Flugzeug wartet auf Sie. Sie müssen lediglich sagen, wohin es fliegen soll.«

»Fangen wir mit den Informationen an, die Sie zusammengetragen haben.«

Der Direktor schob ihm einen Aktenhaufen über den Tisch. »Das hier darf den Raum nicht verlassen.«

»Verstanden.«

»Was benötigen Sie noch?«

Vor allem musste er Lara anrufen. In absehbarer Zeit würde er nicht nach Boston zurückkehren können. Außerdem hatte er Hunger. Er sah auf seine Uhr und sagte: »Bestellen wir etwas zu essen. Wir werden noch eine Weile hierbleiben.«

9

Da sie immer gut vorbereitet waren, hatten McGee und Ryan ihre verschlüsselten Laptops mitgebracht. Mittels einer sicheren Verbindung nach Langley konnten sie sämtliche Informationen abrufen, die Harvath benötigte.

Nach und nach entwickelte er drei verschiedene Pläne. Die ersten beiden wurden sofort abgelehnt. Von dem dritten waren seine Vorgesetzten ebenfalls nicht begeistert. Harvath mochte ein fähiger Agent sein, aber dieser Plan würde ihn ohne Unterstützung in ein feindliches Gebiet führen. Dennoch handelte es sich um die einzige realistische Option. McGee stimmte zögerlich zu, aber nur unter einer Bedingung: Er würde Harvath nicht allein in diesen Hexenkessel schicken.

McGee zog sein Handy und ging in den nächsten Raum, um alles von Harvath Angeforderte in Bewegung zu setzen. Ryan blieb an dem Tisch sitzen. Sie räusperte sich.

Harvath sah von der Akte auf, die er gerade las.

»Ich hatte auf einen besseren Zeitpunkt gehofft, um Ihnen etwas mitzuteilen«, sagte sie. »Ich verlasse die Agency.«

Er konnte es nicht fassen. »Das ist doch ein Scherz?!«

»Nein. Ich meine es ernst.«

»Weiß es der Präsident schon?«

Sie nickte.

»McGee?«

Sie nickte erneut. »Die Idee stammt von den beiden.«

Er schloss die Mappe und legte sie auf den Tisch. »Das verstehe ich nicht. Sie wurden doch angeheuert, um den Laden aufzuräumen. Und jetzt geben Sie diese Verantwortung ab?«

»Ich werde Leiterin der Carlton Group.«

Harvath war verblüfft. »*Meiner* Organisation?«

Zur Antwort hob Ryan eine Augenbraue.

Die Carlton Group *war* Harvaths Organisation. Oder genauer gesagt: Für diese Organisation hatte Harvath die letzten Jahre gearbeitet. Es handelte sich dabei um einen privaten Nachrichtendienst, der von einem der Gründer des Counter Terrorism Centers der CIA ins Leben gerufen worden war.

Reed Carlton, ein legendärer Spion mit mehr als 30-jähriger Berufserfahrung, hatte genug gehabt von dem bürokratischen Amtsschimmel in Langley. Also war er gegangen und hatte sein eigenes Unternehmen gegründet.

Als ein früherer Präsident Harvath entlassen hatte, war er von Carlton angeheuert worden. Carlton wurde zu Harvaths Mentor. Er brachte ihm alles bei, was er wusste. Und dann ließ er ihn von der Leine und hetzte ihn auf Amerikas Feinde.

Sie waren ein ausgezeichnetes Duo. Harvath war ein Raubtier an der Spitze der Nahrungskette. Carlton war einer der besten Strategen, welche die Geheimdienstwelt jemals hervorgebracht hatte. Gemeinsam waren sie unaufhaltsam.

Der alte Mann, wie Harvath ihn nannte, hatte Scot immer als seinen Nachfolger betrachtet und ihn darauf vorbereitet, eines Tages die Leitung der Carlton Group zu übernehmen. Das einzige Problem bestand darin, dass Harvath nicht an dem Job interessiert war.

Er liebte den Feldeinsatz. Und um ganz ehrlich zu sein, war er süchtig nach dem Nervenkitzel. Außerdem hatte er jemanden kennengelernt.

Mit Lara und Marco, ihrem kleinen Jungen, bestand für Harvath eine reale Chance auf eine Familie. Das hatte er sich immer gewünscht.

Als Lara eine dicke Beförderung erhalten hatte, stand damit fest, dass sie in Boston bleiben musste. Harvath hatte eine Entscheidung zu treffen. Und er entschied, D. C. hinter sich zu lassen.

Der alte Mann hatte ihn dabei ermutigt, aber er hatte sich geweigert, seine Kündigung zu akzeptieren. »Schauen wir mal, was passiert«, hatte er gesagt.

Harvath übernahm weiterhin Aufträge von der Agency. Das Beste daran war, dass er auch Nein sagen konnte.

Aus seiner Sicht besaß er die drei notwendigen Zutaten für ein glückliches Leben: Er hatte etwas zu tun, er hatte jemanden zum Lieben, und er hatte etwas, worauf er sich freute.

Ein Hauch von schlechtem Gewissen überkam Harvath. Ryan würde die Stelle übernehmen, die für ihn gedacht gewesen war. Er hatte den alten Mann im Stich gelassen.

Dennoch hatte er für sich und seine Zukunft die richtige Entscheidung getroffen. Dessen war er sich sicher.

»Glückwunsch!«, sagte er.

»Danke.«

»Aber warum jetzt? Und warum machen McGee und Präsident Porter Druck?«

Ryan lehnte sich in ihrem Stuhl zurück. »Das ist kompliziert.«

»Wie immer.«

»Ich bin mir nicht sicher, ob ich etwas darüber sagen sollte.«

»Worüber?«

Sie atmete tief ein und aus. »Es geht ihm nicht gut.«

»Wie bitte? Dem alten Mann geht es nicht gut? Was stimmt mit ihm nicht?«

»Das Ganze wird nicht an die große Glocke gehängt, aber seit einiger Zeit vergisst er Dinge.«

Harvath sah sie an. »Sie meinen, er ist demenzkrank?«

Sie nickte. »Er hat Alzheimer.«

Die Neuigkeit traf Harvath wie ein Hammerschlag. »Seit wann weiß er davon?«

»Das spielt doch keine Rolle.«

»Lydia, *seit wann?*«, wiederholte er.

»Die Diagnose erfolgte, kurz bevor Sie nach Boston gegangen sind.«

Der Hauch von schlechtem Gewissen wurde zu einem Orkan. »Er hat mir kein Wort davon gesagt.«

Sie brachte ein schwaches Lächeln zustande. »Er wollte Ihre Entscheidung nicht beeinflussen.«

»Wie schlimm ist es?«

»Es fällt ihm schwer, neue Informationen zu behalten. Aber seine alten Erinnerungen sind tipptopp.«

»Wird sich sein Zustand verschlechtern?«

Sie nickte erneut. »Alzheimer fängt üblicherweise damit an, dass sich die Person keine neuen Informationen merken kann. Während sich die Krankheit im Gehirn ausbreitet, werden die Symptome schlimmer. Meistens heißt das, dass man Zeiten, Verabredungen, Orte und Ereignisse durcheinanderbringt. Hinzu kommen Desorientierung und ein zunehmendes Misstrauen gegenüber Freunden und Familie. Oft treten Verhaltensänderungen auf. Früher oder später folgt ein schwerwiegenderer Erinnerungsverlust. Danach kann es dazu kommen, dass man nicht mehr sprechen, schlucken oder gehen kann. Nichts davon ist schön.«

Lächelnd fügte Ryan hinzu: »Er ist ein harter Knochen. Er will nicht, dass ihn jemand bemitleidet.«

»Aber warum haben Sie den Job bekommen?«, fragte Harvath. »Warum wollen McGee und Präsident Porter Sie nicht weiterhin an der CIA-Spitze?«

»Weil die Reform der Agency nicht so gut läuft, wie wir gehofft hatten.«

»Soll heißen?«

»Die Reformen sind so schwierig wie eine Kehrtwende mit einem Schlachtschiff.«

»Aber Sie wussten doch, dass es ein langwieriger Prozess sein würde«, meinte Harvath. »McGee hat doch schon haufenweise unproduktive Leute gefeuert.«

»Das ist auch ein guter Anfang, aber es reicht nicht«, sagte Ryan. »Nicht angesichts dessen, wie schnell die Bedrohungen zunehmen. Bei der CIA arbeiten einige hervorragende Leute, aber wir bräuchten sehr viel mehr davon, um das System zu reparieren. Das wird noch Jahre dauern.«

»Und welche Rolle soll die Carlton Group dabei spielen?«, wollte Harvath wissen.

Sie dachte einen Moment darüber nach, wie sie ihre Antwort am besten formulieren sollte. »Wenn die CIA komplett saniert werden muss, wird die Carlton Group das Haus sein, in dem wir in der Zwischenzeit wohnen.«

Der alte Mann war immer der Meinung gewesen, dass die CIA vollständig abgerissen und nach Vorlage ihres Vorgängers, des flexibleren Office of Strategic Services, wiederaufgebaut werden musste. Harvath hatte diese Meinung geteilt. Angesichts des bürokratischen Filzes in Washington bezweifelte er jedoch, dass er diesen Tag noch erleben würde.

Er wusste, dass jeder, der ein solches Unterfangen auf sich nehmen wollte, mit erheblichem Widerstand zu rechnen hatte – oder mit noch Schlimmerem. »Sie werden einer Menge Leute auf die Füße treten.«

»Deswegen wurde das Ganze diskret behandelt. Ebenso wie Reeds Diagnose. *Sie* weihe ich ein, weil ich finde, dass Sie Bescheid wissen sollen.«

Harvath wusste es zu schätzen, dass sie Klartext redete. Reed Carlton war mehr als nur ein Mentor für ihn gewesen.

Er war wie ein Vater. »Wie kann ich helfen?«, fragte er. »Kann ich etwas für ihn tun? Kann ich etwas für *Sie* tun?«

Die Liste war ellenlang. Was Reed übernommen hatte, war eine Herkulesaufgabe. Ein Punkt stand dabei an allererster Stelle. »Die Carlton Group braucht eine Special Operations Group, eine Sondereinsatzgruppe.«

Harvath war nicht überrascht. Verdeckte Operationen waren ein wesentlicher Bestandteil der nationalen Sicherheit. Ihre Agenten weltweit in Botschaften zu stecken war eine der kontraproduktivsten Maßnahmen gewesen, die die CIA jemals ergriffen hatte. Zu viele von ihnen fingen an, wie Mitarbeiter des Außenministeriums zu denken. Zu ihren zweijährigen Amtszeiten brachten sie ihre Familien mit und konzentrierten sich auf die nächste Beförderung. Die Botschafter – und nicht etwa die Stationsleiter – hatten das letzte Wort, wenn es darum ging, welche Einsätze die Agenten durchführen konnten. Es war verheerend.

In einer vom Außenministerium kontrollierten Umgebung stand die Diplomatie an erster Stelle. Je nachdem, wie entschlossen der Botschafter oder die Botschafterin war, folgte die Spionage erst an späterer Stelle – jedoch mit großem Abstand.

Es gab unzählige Geschichten von guten Männern und Frauen im Geheimdienst, die aufgrund der Zögerlichkeit des Außenministeriums wichtige Informationen verpasst hatten. Sich auf Diplomaten-Cocktailpartys rumzutreiben, ungefährliche Rekrutierungsmissionen durchzuführen und auf unangekündigte ausländische Besucher zu warten hatte durchaus seine Berechtigung. Das galt aber ebenso für hochgradig gefährliche Operationen, die sich als äußerst profitabel erweisen konnten. Solange Foggy Bottom das Sagen hatte, war Langley mindestens eine Hand gebunden.

Wenn die Carlton Group eine schlankere und effizientere Version der CIA werden sollte, würde sie ihre eigene Special Operations Group benötigen.

Angesichts der vielen Arbeit, die die Agency ihm aufgeladen hatte, war Harvath davon nicht überrascht. Ihn überraschte jedoch, dass Ryan das Thema ihm gegenüber ansprach.

»Warum besprechen wir das?«, fragte er. »Der alte Mann hofft doch nicht, dass ich eines der Teams leite, oder?«

Ryan schüttelte den Kopf. »Nein. Er hofft, dass Sie die gesamte Abteilung leiten.«

Harvath traute seinen Ohren nicht. »Haben Sie *beide* den Verstand verloren?«

Sie hob beide Hände. »Jetzt ist nicht der richtige Zeitpunkt. Erst einmal konzentrieren Sie sich darauf, was Mustafa Marzouk vorhatte. Über alles Weitere reden wir, wenn Sie zurück sind.«

Sie arbeiteten noch ein paar Stunden, indem sie Harvaths Plan genauer ausarbeiteten und letzte Vorbereitungen trafen.

Als er sich erhob, um aufzubrechen, brachten McGee und Ryan ihn nach draußen. Der Tag war lang gewesen. Er brauchte einen Drink und etwas Zeit, um über alles nachzudenken.

Vor allem wollte er den alten Mann besuchen. Ryan riet ihm jedoch davon ab. »Treffen Sie sich mit ihm, wenn Sie von Ihrem Einsatz zurück sind. Keine Sorge, er wird immer noch hier sein.«

Sie hatte recht, aber er machte sich dennoch Sorgen. Er konnte sich kaum etwas Schlimmeres vorstellen, als seines eigenen Verstandes beraubt zu werden. Es war herzzerreißend. Ein Teil von ihm hatte den Eindruck, er sollte sich dafür entschuldigen, den alten Mann im Stich gelassen zu haben. So als könnte er dessen Erkrankung dadurch umkehren. Das war Unsinn, und das wusste Harvath auch, aber dennoch empfand er so.

Außerdem wollte er Carlton einfach wissen lassen, dass er nicht allein war. Er war einer der besten Männer, die Harvath je kennengelernt hatte. Er hatte etwas Besseres verdient.

Ryan schien seine Gedanken lesen zu können. Statt eines Händeschüttelns umarmte sie ihn und drückte ihn an sich. McGee gab ihm die Hand und wünschte ihm viel Glück.

Während sie in das Schleusenhaus zurückgingen, wanderten Harvaths Gedanken zu dem, was vor ihm lag.

Wenn er aufmerksamer gewesen wäre, hätte er eine im Wald versteckte Gestalt bemerkt. Aus gut 150 Metern Entfernung machte ein Mann mit einer Digitalkamera samt Teleobjektiv Fotos von ihm.

10

Der katholische Jakobs-Pilgerweg, der Camino de Santiago, war ein riesiges Streckennetzwerk, das ganz Europa durchzog. Sein Ziel war die riesige romanische Kathedrale Santiago de Compostela, in der sich das Grab von Jakobus dem Älteren befand, einem der zwölf Apostel und Schutzpatron Spaniens.

Tursunow hätte sich für irgendein religiöses Gebäude entscheiden können, aber die Kathedrale war etwas Besonderes. Von seinem Standort auf der Plaza do Obradoiro konnte er die Touristenmassen überblicken. Die Zahl der Todesopfer würde enorm sein.

Aber nicht nur ihre Beliebtheit machte die Kathedrale für ihn attraktiv.

Bei seinen Recherchen für den Burning-Man-Anschlag hatte er etwas Bemerkenswertes herausgefunden. Black Rock City war so ausgerichtet, dass seine Mittelachse direkt auf die Kathedrale in Santiago deutete. Er wusste, dass dies kein Zufall war.

Seine Mutter, eine Anhängerin der mystischen Sufismus-Strömung des Islam, hatte ihn immer ermutigt, in allen Dingen und überall das Wirken Gottes zu sehen. Jetzt kam es Tursunow vor, als leitete Allah höchstpersönlich seinen Weg.

Jakobus war auch als Santiago Matamoros oder Sankt Jakobus der Maurentöter bekannt.

Als König Alfons II. von Asturien starb, kontrollierten die Mauren bereits den Großteil der Iberischen Halbinsel. Einer bekannten Legende zufolge gewährte das benachbarte Emirat von Córdoba Alfons' christlichem Königreich, weiterhin autonom zu bleiben. Aber im Gegenzug verlangte das Emirat, den Tribut der 100 Jungfrauen wieder einzuführen. Jährlich wären dem Emirat 50 Jungfrauen adliger Geburt und 50 Jungfrauen bürgerlicher Geburt zu überlassen gewesen. Dafür wurde dem König versprochen, dass die muslimischen Truppen sein Reich nicht angreifen würden.

Alfons' Nachfolger, Ramiro I., weigerte sich, den Tribut zu zahlen, und beide Seiten bereiteten sich auf einen Krieg vor.

Der Legende nach erschien am Vorabend der Schlacht Sankt Jakobus Ramiro im Traum und versicherte ihm, er würde siegreich sein. Am nächsten Tag rief Ramiro bei der Schlacht von Clavijo Jakobus' Namen. Mit seinen Männern tötete er mehr als 5000 maurische Soldaten.

Angeblich sei Sankt Jakobus auf einem Schimmel und mit einer weißen Fahne mit Ramiros Männern geritten und habe alle muslimischen Soldaten abgeschlachtet, die seinen Weg kreuzten. Deswegen wurde Jakobus auch Maurentöter genannt. In der ganzen Stadt gab es Gemälde und Statuen, die ihn beim Verrichten seiner furchtbaren Taten zeigten.

Der Anschlag auf die Kathedrale, die seine Knochen beherbergte und – was noch wichtiger war – seinen Namen trug, würde einen unvergleichlichen Sieg für den Islamischen Staat und die Muslime auf der ganzen Welt darstellen. Tursunow hatte den Termin genau geplant.

Jedes Jahr pilgerten mehr als 250.000 Gläubige zu der Kathedrale. Der August bildete den Höhepunkt. Indem Tursunow bis Ende des Monats abwarten wollte, strapazierte er sein Glück, aber es war wichtig gewesen, zunächst beim Burning-Man-Festival zuzuschlagen. Die Amerikaner waren für ihre heftigen Reaktionen bekannt. Nach einem erfolgreichen Anschlag in Europa hätten sie die Sicherheitsvorkehrungen für mögliche Ziele in Amerika verschärft. Dies hätte einen Anschlag so gut wie unmöglich gemacht. Es war besser gewesen, sie zu überraschen. Und jetzt würden die Europäer ebenfalls eine Überraschung erleben.

Tursunow hatte die Pilgermesse nur ein Mal besucht, aber das hatte gereicht. So wie alle anderen Besucher um ihn herum hatte er die gesamte Messe mit seiner Handykamera gefilmt.

Er schätzte, dass sich etwa 1000 Gläubige vor dem Hochaltar versammelt hatten, die dicht gedrängt auf den Bänken saßen.

Nur allzu gern hätte er die Kathedrale von Santiago de Compostela zum Einsturz gebracht. Aber ihre Struktur war aufgrund der weitläufigen Bogen, der fassförmigen Kuppel und der enormen Säulen zu kompliziert für Tursunow.

Er kannte sich nicht so gut mit Ingenieurtechnik aus wie Bin Laden. Seine Kenntnisse stammten aus seiner Dienstzeit in der tadschikischen Armee und seiner anschließenden

Laufbahn bei der Sondereinsatzgruppe der Nationalpolizei. Dabei war es nie nötig gewesen, Kirchen einstürzen zu lassen. Er kannte sich eher mit Dingen wie großkalibrigen Geschützen und dem Wegsprengen von Türen aus. Dennoch versuchte er, sein Wissen zu erweitern.

Er hatte christliche Kirchen und archäologische Stätten mit reichlich Säulen auf IS-kontrolliertem Territorium für seine Experimente genutzt. Und er hatte zahlreiche Experimente durchgeführt.

Die strukturelle DNA der Gebäude blieb ihm immer noch unverständlich, aber er fand etwas anderes heraus, das höchst bedeutsam war. Mit jedem Test lernten die Terroristen, wie man bessere Bomben baut. Vor allem die Qualität der Märtyrerwesten nahm erheblich zu.

Mit der Technik verbesserte sich auch das Verständnis davon, wie die Wirksamkeit der Anschläge erhöht werden konnte. Der neue Ansatz würde die Tödlichkeit der Anschläge steigern, sowohl in Innenräumen als auch im Freien.

Angesichts dieser Fortschritte hatte Tursunow darauf gedrängt, das Personal umzustrukturieren. Es war nicht nötig, eine einzelne operative Zelle aufzubauen. Er wollte mehrere kleine Zellen, von denen jede glaubte, allein zu handeln.

Falls eine der Zellen verhaftet wurde, konnte die Operation dennoch fortgesetzt werden. Die Sicherheitsbehörden könnten sogar unvorsichtig werden, weil sie glaubten, den Anschlag erfolgreich verhindert zu haben.

Diese Strategie bedeutete mehr Arbeit, den Ausschluss unnötiger Mitwisser und den Einsatz von Mittelsmännern, die nicht wussten, was die jeweils andere Seite vorhatte. Tursunows Fähigkeit, weitreichend zu planen, hatte ihm seine Stellung als leitender IS-Befehlshaber für Europa eingebracht. Wenn seine Brüder in Amerika schlau waren, würden sie seinem Vorbild folgen.

Er machte eine neue Packung Dunhills auf, steckte sich eine in den Mund und zündete sie an. Mit geschlossenen Augen inhalierte er und versuchte sich auszumalen, was sich im Inneren der Kathedrale abspielen mochte.

Der Höhepunkt der Pilgermesse war der Flug des riesigen Weihrauchkessels aus Messing. Das Gefäß hing hoch über dem Hauptaltar. Bewegt wurde das *Botafumeiro* über mehrere Seile. Damit konnte der Kessel erstaunlich weit in die Höhe gezogen werden, während er süßlich riechenden Weihrauch verströmte.

Tursunow stellte sich die stille Anspannung vor, während die rot gewandeten *Tiraboleiros* – die Männer, die das mit Weihrauch vollgestopfte Fass schwingen würden – an den Gläubigen in Richtung des Altars vorbeischritten.

Dort angekommen, entzündete der Vordermann der *Tiraboleiros* das *Botafumeiro,* und der Weihrauch setzte sein schweres Aroma frei.

Sobald alle *Tiraboleiros* bereit waren, gab der Vordermann das Signal, und sie zogen gemeinsam an den Seilen, um den Kessel Richtung Himmel aufsteigen zu lassen.

Der Weihrauchkessel schwang hin und her, und seine pendelgleichen Bewegungen wirkten stets so, als drohte er, gegen die Mauern der Kathedrale zu stoßen. Dabei erfüllten die berauschenden Weihrauchdämpfe die Luft. Das Schwingen sah so mühelos aus, und so wundervoll war der Duft, dass das gesamte Schauspiel wie ein Weg schien, mit Gott zu kommunizieren. Zum Orgelspiel sang eine Nonne.

Tursunow öffnete die Augen, atmete aus und sah auf seine Uhr. Noch ein paar Sekunden.

Im Inneren der Kathedrale hob die Orgel zu einem donnernden Crescendo an, während der leitende *Tiraboleiro* nach dem schwingenden *Botafumeiro* griff. Tursunow zählte von zehn runter und zog erneut an seiner Zigarette.

Er sah nach oben und starrte auf die Glasfenster, die die westliche Fassade des Bauwerks zierten.

Drei Sekunden später bebte die gesamte Stadt, als mehrere Explosionen die Kathedrale erschütterten. Buntglassplitter, brennende Mauersteine, Knochenstücke, Blut und Fetzen menschlichen Fleischs flogen in alle Richtungen.

11

Al-Dschumail, Libyen
Montag

Als die Nachricht von dem Anschlag auf die Kathedrale von Santiago de Compostela eintraf, beschleunigte die CIA Harvaths Zeitplan.

Mehr als 400 Menschen waren getötet worden, davon 92 Amerikaner. Weitere 400 Menschen waren verwundet, darunter mehr als 100 Amerikaner. Die Zahlen stiegen momentan noch weiter.

Obwohl die Spanier gerade erst mit dem Sammeln nachrichtendienstlicher Erkenntnisse begonnen hatten, waren sich McGee und alle anderen in Langley bereits sicher, womit sie es zu tun hatten. Santiago de Compostela war der Beginn der Anschlagsserie, über die sie sich Sorgen gemacht hatten.

Und wenn der Anschlag nur der Anfang war, dann würde alles noch sehr viel schlimmer werden. Dem mussten sie zuvorkommen, oder noch viele weitere Menschen würden sterben.

»Falls ich es offen sagen darf ...«, verkündete Matt Morrison vom Beifahrersitz. »Die Idee ist wirklich beschissen.«

Der 1,80 Meter große frühere Force Reconnaissance Marine aus Cullman, Alabama, betrachtete durch die getönten Fensterscheiben aufmerksam seine Umgebung.

Neben ihm saß der Fahrer Mike Haney, ebenfalls ein Force Recon Marine. Der 40 Jahre alte Einwohner von Marin, Kalifornien, war über 1,80 Meter groß.

Im hinteren Teil des weißen Toyota HiAce Lieferwagens lehnte sich der aus Südkalifornien stammende Harvath in seiner Schutzweste zurück. Er justierte die Bildübertragung der 360-Grad-Kamera, die auf dem Dach angebracht war. Ihm gegenüber saß der knapp 1,80 Meter große, 39 Jahre alte Tyler Staelin. Der Delta-Agent aus Downstate, Illinois, las ein Taschenbuch von Brad Meltzer.

Ihnen folgte mit einem Häuserblock Abstand ein blauer Land Cruiser, in dem der Navy SEAL Tim Barton und der 5th SFG Green Beret Jack Gage saßen.

Sie trugen allesamt zivile Kleidung sowie Basecaps, Sonnenbrillen und Kufiyas. Obwohl sie sonnengebräunt waren, passten sie nicht wirklich in die Umgebung. Aber es ging darum, wenigstens nicht allzu sehr aufzufallen.

Harvath hatte nicht vorgehabt, sein Burning-Man-Team mitzunehmen, aber McGee hatte darauf bestanden.

Libyen war eines der gefährlichsten Länder der Welt. Es hatte sich vom reichsten Land Afrikas mit der höchsten Lebenserwartung auf dem ganzen Kontinent zu einem gescheiterten Staat entwickelt.

Heutzutage wurde Libyen nicht mehr von einem rücksichtslosen Diktator, sondern von örtlichen Milizen mit wechselhaften Bündnissen beherrscht. Dein bester Freund am Morgen konnte am Nachmittag dein schlimmster Feind geworden sein. Dadurch war es schwierig geworden, Geschäfte zu betreiben, und fast unmöglich, Informationen zu sammeln.

Der Schlüssel zum Erfolg bestand darin, so viel von dem sprichwörtlichen Zuckerbrot wie möglich und eine große Peitsche mitzunehmen. Zum Glück konnte McGee Harvath den Zugang zu beidem verschaffen.

Eine neue Regierung der »nationalen Übereinkunft« bemühte sich, Libyen von seiner Hauptstadt Tripolis aus zu vereinigen. Die CIA und das US-Militär boten der Regierung Schutz und Luft zum Atmen, indem sie militante Islamisten jagten und töteten. Das Letzte, was sie wollten, war, dass aus Libyen ein weiteres Kalifat oder Afghanistan vor dem 11. September wurde.

In ihrer viele Millionen Dollar teuren Jagd auf Märtyrer, die aus allen Löchern hervorzukommen schienen, zahlte die CIA für verwertbare Informationen. Das United States Africa Command nutzte diese anschließend für Drohnenangriffe. Auf diese Weise waren alle Beteiligten beschäftigt.

Aber da so viel auf dem Spiel stand, hatte niemand – und erst recht nicht Libyens frischgebackene Regierung – Zeit, sich mit den Menschenschleusern zu beschäftigen. Die Schlepper bestachen die örtlichen Milizen und gingen ihren Geschäften so gut wie ungestört nach.

Für einen bestimmten Schlepper würde sich das aber bald ändern.

Harvath hatte sich das Ziel gesetzt, die Vorgehensweise der Menschenschmuggler zu verstehen. Was er dabei herausgefunden hatte, erweckte in ihm den Wunsch, sie alle zu töten.

Die Schlepper setzten zwei Arten von Booten ein: ausgemusterte Fischdampfer, die nicht mehr seetüchtig waren, und aufblasbare Gummiboote. Auf einen Fischdampfer mittlerer Größe konnten zwischen 300 und 600, manchmal sogar bis zu 1000 Migranten für die Überfahrt nach Italien gepfercht werden. Auf ein Gummiboot passten nur 100 Menschen, ohne dass das Boot sank. Dennoch versuchten die Schleuser immer wieder, mehr an Bord zu zwingen.

Die Migranten kamen aus ganz Afrika und dem Nahen Osten. Aus Ländern wie Niger, Mali, dem Sudan und Syrien. Sie händigten den Schleppern ihre gesamten Ersparnisse aus in der Hoffnung auf einen Neuanfang an einem besseren Ort, in Europa.

Keines der Boote, auf die sie verfrachtet wurden, verfügte über Lampen, Signalpistolen oder Sicherheitsausrüstung. Wenn überhaupt, verkauften die Schleuser Wasserflaschen und Thunfischdosen für 100 Dollar pro Stück. Nur selten wurde genug Benzin für die Überfahrt bereitgestellt. Nur gerade genug, um über das libysche Küstenmeer hinauszukommen.

Natürlich waren die Schmuggler bei der Überfahrt nicht selbst zugegen. Stattdessen wählten sie einen oder zwei Passagiere aus – oft mit vorgehaltener Waffe – und gaben ihnen ein Satellitentelefon und einen Kompass. Dann schickten sie die Flüchtlinge aufs offene Meer.

Für den Notfall, was in der Schleppersprache bedeutete, dass einem Boot das Benzin ausging oder dass es auseinanderbrach und Wasser eindrang, war die Notfallnummer der italienischen Küstenwache in dem Satellitentelefon gespeichert.

Obwohl die Europäer in groß angelegten Operationen versuchten, das Menschenschleusen zu unterbinden, verfügten sie über nicht genügend Personal, um überall zu sein. Bei gutem Wetter starteten die Schlepper zehn bis 15 Boote am Tag entlang der gesamten libyschen Küste. Bei schlechtem Wetter starteten die Boote dennoch, allerdings ein paar weniger.

Auf dem Weg nach Italien starben die Migranten durch Ertrinken, Unterkühlung, Krankheiten, Hunger, Haiangriffe, Vergewaltigung, Schläge und sogar Mord.

Harvath hatte erschütternde Berichte darüber gelesen, dass Menschen sogar Zahnpasta aßen und Urin tranken, um am Leben zu bleiben. Frauen waren über Bord geworfen worden, weil strenge muslimische Männer sie verdächtigten, zu menstruieren und somit »unrein« zu sein. Menschen waren so eng in glutheiße Frachträume unter Deck gequetscht worden, dass sie allesamt erstickten. Die Unmenschlichkeit der Menschenschmuggler – und sogar einiger Passagiere – stand auf einer Stufe mit der Barbarei, die er im Krieg erlebt hatte.

An der Spitze – der Spitze der Unmenschen – stand der Mann, für den Harvath hierhergekommen war: der libysche Menschenschmuggler Umar Ali Halim.

Etliche von Halims Kunden bekamen das Meer gar nicht erst zu sehen, und erst recht kein Boot. Er war bekannt dafür, Familien zu trennen, Frauen und Kinder in die Prostitution zu verkaufen oder in seinen privaten Harem zu zwingen.

Wer sich ihm widersetzte – seien es Ehemänner, Mütter oder Väter –, wurde auf der Stelle niedergemacht. Sie wurden als Warnung für andere brutal zusammengeschlagen, manchmal sogar totgeprügelt.

Halims moralische Verkommenheit umfasste Gruppenvergewaltigungen, Peitschenhiebe und das Einklemmen in seinen »fliegenden Teppich«, ein Folterinstrument aus zwei mit Scharnieren verbundenen Brettern, mit dem die Wirbelsäule des Opfers zerbrochen wurde.

Im Rahmen seiner Arbeit sah Harvath es als öffentlichen Dienst an, Männer wie Halim zu töten. Es musste getan werden, und nicht jeder besaß die erforderliche Entschlossenheit.

Er wusste, dass manche Leute allein bei dem Gedanken an seine Arbeit mit Ablehnung reagierten. Manchmal wünschte sich Harvath, er könnte ihnen die Taten von Bestien wie Halim vor Augen führen. Vielleicht würden sie dann eher verstehen, was er unternahm – und warum es notwendig war.

Harvath hatte diesen Wunsch ein paar Leuten gegenüber ausgesprochen. Einer davon war Reed Carlton. Er konnte sich noch an die Antwort des alten Mannes erinnern: »Alle wollen anerkannt werden. Nicht Sie. Sie wollen keinen Dank. Sie wollen *verstanden* werden. Damit sind Sie anders als die anderen.«

Damals hatte er nicht weiter über die Bemerkung nachgedacht. Vielleicht weil er sich nicht »anders« vorkam. Er nahm an, dass jeder so empfand wie er. Dass jeder dachte: »Es ist kein schöner Job, aber irgendjemand muss ihn erledigen.«

Aber nicht jeder teilte diese Einstellung. Harvath konnte sich daran erinnern, dass neulich ein Kollege zu ihm gesagt hatte: »Die meisten von uns überlegen, wie sie aus diesem Job rauskommen. Du überlegst, wie du dabeibleiben kannst.«

Es stimmte. Er wollte nicht raus. Er glaubte an das, was er machte. Ihm gefiel die Vorstellung, eine Familie zu haben, aber er wollte seine Arbeit nicht aufgeben.

Das war wahrscheinlich der größte Unterschied, den er zwischen sich und den Jungs erkennen konnte, die aufhören wollten. Sie sehnten sich nach einem Leben jenseits der ganzen Aufregung. Wer weitermachte, brauchte entweder das Geld oder wusste keine Alternative. Harvath hingegen wollte alles gleichzeitig.

»Extrem schlechte Idee«, fuhr Morrison fort. »Die Exponate D, E und F tauchen gleich rechts von uns auf.« Sie fuhren an drei weiteren Männern in einem Pick-up vorbei, auf dessen Ladefläche ein Kaliber-0.50-Maschinengewehr montiert war – auch bekannt unter dem Namen *Technical*.

Die Libysche Befreiungsfront war eine brutale örtliche Islamistenmiliz. Sie beschützte Halim und seine Schmuggeloperationen. Noch problematischer für Harvath und sein Team war der Umstand, dass die Libysche Befreiungsfront mit Ansar al-Scharia gemeinsame Sache machte. Dabei handelte es sich um eine mit Al-Qaida verbundene Gruppe, die hinter den Anschlägen auf das US-Konsulat und ein CIA-Gebäude in Bengasi steckte.

Sie zählten nur ein paar Hundert Islamisten, aber sie hatten Zugang zu Unmengen von Waffen. Harvath wollte unbedingt vermeiden, ihnen in die Quere zu kommen. Eine solche Auseinandersetzung würde nicht gut ausgehen. Sein Plan lautete: reingehen, Job erledigen und wieder rausgehen, ohne gesehen zu werden.

Seiner Erfahrung zufolge verlief allerdings selten alles nach Plan. Deswegen hatte McGee sein Einverständnis davon abhängig gemacht, dass Harvath sein Team mitnahm.

Haney bog um die Ecke und unterbrach plötzlich Morrisons Ankündigung und Harvaths Gedankengang. »Wir nähern uns dem Ziel«, rief er. »300 Meter. Linke Seite.«

12

Die Europäer hatten sich dagegen entschieden, Streitkräfte nach Libyen zu schicken. Das war ihre Sache, fand Harvath, aber auch ein Fehler gewesen.

Libyen war Europas Hinterhof. Die Schmuggler brachten extrem viele Flüchtlinge auf den Kontinent. Unter den Flüchtlingen versteckten sich Terroristen, die dann in Europa Anschläge mit vielen Opfern verübten.

Eigentlich schien die Sache glasklar. Warum eine Armee unterhalten, komplett mit operativen Einheiten, und sie dann nicht zum Schutz des eigenen Landes vor Bedrohungen einsetzen? Zum Glück verfolgten die Vereinigten Staaten einen anderen Ansatz.

Es hatte Anschläge auf amerikanische Touristen, auf Botschaften, auf Interessenvertretungen sowie Anschläge im eigenen Land gegeben – je mehr der Terror gedeihen konnte, desto schlimmer waren die Konsequenzen für alle Betroffenen. Europas Probleme von heute würden zu Amerikas Problemen von morgen werden.

Der amerikanische Präsident Paul Porter hatte eine klare Ansage gemacht. Auch wenn Amerikas Verbündete die zunehmenden Bedrohungen in ihrem Einflussbereich nicht in den Griff bekamen – oder nicht in den Griff bekommen wollten –, würden sich die Vereinigten Staaten nicht beirren lassen und das Problem lösen.

Er verstand durchaus, dass die europäischen Geheimdienste ebenso überlastet waren wie sein eigenes FBI. Dennoch bereitete ihm ihr Widerwille, härter durchzugreifen, Sorgen.

Durch seine deutliche Haltung gab Porter den Verbündeten zu verstehen, dass Amerika nicht untätig bleiben würde. Mit anderen Worten: Wundere dich nicht, wenn wir bei dir in der Gegend aktiv werden. Und sag nicht, wir hätten dich nicht gewarnt.

Harvath mochte und bewunderte viele der europäischen Teams, mit denen er im Laufe der Jahre zusammengearbeitet hatte. Ihm war bewusst, dass ihnen eine überbordende Bürokratie die Arbeit erschwerte.

Dennoch standen ihre Länder einer lebensbedrohlichen Gefahr gegenüber. Sie mussten sich einige sehr schwierig zu beantwortende Fragen stellen – und zwar schnell. Und diese Fragen begannen mit: *Wer sind diese Leute? Und was sind sie gewillt zu tun?*

Ihre Feinde hatten diese Fragen bereits gestellt und beantwortet. Und entsprechend gehandelt.

Wenn die Europäer in Libyen offensiv vorgegangen wären, hätten sie sich zunächst auf exakte und schon bereitstehende geheimdienstliche Informationen konzentriert. So war Harvath jedenfalls vorgegangen. Die italienische Küstenwache war eine hervorragende Quelle.

Die meisten Schmuggler stellten den Migranten, die Richtung Italien aufbrachen, nicht nur ein Satellitentelefon zur Verfügung, sondern auch ein GPS-Gerät. Es gab allerdings auch viele Schmuggler, die darauf verzichteten.

Das Seenotrettungszentrum der Küstenwache in Rom erhielt nur allzu oft Notrufe von Migranten in Todesangst. Sie hatten keine Ahnung, wo genau sie sich befanden. Eine Rettung wurde dadurch so gut wie unmöglich.

Selbst wenn ein Anrufer Zugriff auf ein GPS-Gerät hatte, musste das Zentrum seine Position immer noch bestätigen. Selbst die kleinste Abweichung von der korrekten Position des Anrufers konnte den Unterschied zwischen Leben und Tod ausmachen.

Zum Glück konnte das Rettungszentrum die Position über eine externe Quelle bestätigen.

Thuraya war eines der weltweit größten Unternehmen für Satellitentelekommunikation. Der Firmensitz befand sich in Abu Dhabi. Da das Netzwerk von Thuraya eine hervorragende Abdeckung des Mittelmeerraums bot, kauften libysche Schlepper ihre Satellitentelefone immer von diesem Anbieter.

Wenn die italienische Küstenwache einen Notruf von einem Boot mit Migranten erhielt, kontaktierte sie die ständig erreichbare Notfall-Hotline von Thuraya. Daraufhin suchte Thuraya die entsprechende Umgebung ab und übermittelte die GPS-Position des Telefons.

Diese Zusammenarbeit hatte schon Zehntausende von Leben gerettet. Manchmal war es der italienischen Küstenwache jedoch nicht möglich, ein sinkendes Boot schnell genug zu erreichen.

So war es auch vor sechs Tagen gewesen, als der Notruf von Mustafa Marzouks Fischdampfer eintraf. Auch dieser Anruf stammte von einem Thuraya-Satellitentelefon, wie die CIA herausgefunden hatte.

Harvath interessierte sich nicht für die Position des Telefons, als der Anruf getätigt worden war. Er wollte wissen, wer das Telefon gekauft hatte.

Die CIA oder ihr italienisches Pendant hätte Thuraya um diese Auskunft bitten können, aber sie bezweifelten, dass das Unternehmen aus den VAE zustimmen würde. Es wurde entschieden, dass der schnellste und einfachste Weg, an die Daten zu gelangen, darin bestand, sie sich einfach zu nehmen.

Die verschlüsselten Server von Thuraya stellten die NSA vor keine Schwierigkeiten. Deswegen konnte sie der CIA schon bald die gewünschten Informationen liefern.

Nur drei der 150 Passagiere auf Mustafa Marzouks dem Untergang geweihten Fischerboot hatten überlebt.

Sie hielten sich an einem Wrackteil fest und trieben durchs Meer. Nachdem sie gefunden und aus dem Wasser gezogen worden waren, identifizierten alle Überlebenden Umar Ali Halim als den Schlepper, der sie in den drohenden Sturm geschickt hatte.

Die italienischen Behörden wussten um Halims abscheulichen Ruf. Weniger bekannt war sein Aufenthaltsort.

Die von ihm geschleusten Migranten wussten nichts über Libyen. Den Einstiegsort für die Boote wechselte er täglich. Oft beförderten Halims Männer die Migranten übers Wasser zu ihrem eigentlichen Boot, das mehr als einen Kilometer von der Küste entfernt auf sie wartete. Die Migranten hatten keine Ahnung, wo sie festgehalten worden oder von wo genau sie aufgebrochen waren. Deswegen wollte sich Harvath auf die Satellitentelefone konzentrieren.

Das in Mustafa Marzouks Fall benutzte Telefon war Teil eines Großeinkaufs gewesen. Der Käufer hatte sich nicht die Mühe gemacht, seinen Standort zu verschleiern oder von Libyen in die Vereinigten Arabischen Emirate zu reisen, um in bar zu bezahlen und die Telefone einzuschmuggeln.

Stattdessen saß er elf Kilometer südwestlich der hochgradig gefährlichen Hafenstadt Zuwara und tippte auf den KAUFEN-Button des Telefon-Anbieters. Er bezahlte alles mit einem gut gefüllten PayPal-Konto.

Die NSA hatte herausgefunden, dass der Standort seiner Internetnutzung der Lieferadresse der Telefone entsprach.

Dabei handelte es sich um einen schäbigen Elektronikladen, der im Schaufenster für Handys, Digitalkameras und Laptops warb.

»Halt hier an«, befahl Harvath.

Haney tat, wie ihm geheißen.

Sie beobachteten den Laden, während Harvath ihre Kommunikationsausrüstung ein letztes Mal kontrollierte. Dann schnappte er sich eine schwarze Kuriertasche, öffnete die Tür und stieg aus dem Wagen.

Er trat auf eine dieser heißen, staubigen Straßen, die er im Laufe unzähliger Einsätze schon unzählige Male gesehen hatte. Quadratische Betongebäude waren nebeneinander aufgereiht. Sonnengebleichte Markisen hingen über handgemalten und verblassten Schildern mit arabischer Beschriftung. In dem wenigen Schatten, den sie spendeten, war billiger Schrott aufgehäuft. Überall war Sand. Die ganze Stadt wirkte so, als wäre sie nur einen Windstoß davon entfernt, Teil der Wüste zu werden.

Wegen der Qailulah, der Mittagsruhe, oder auch der Hitze waren nur wenige Menschen auf der Straße zu sehen. Dennoch wollte Harvath keine Aufmerksamkeit auf das Elektronikgeschäft ziehen, indem sie den Wagen davor stehen ließen. »Park irgendwo in der Nähe«, sagte er.

Morrison warf einen Blick in den Seitenspiegel und meinte: »Beeil dich. Mir gefällt es hier nicht.«

»Keine Sorge«, erwiderte Harvath, während er die Tür zuschob. »Ich will nicht länger bleiben als unbedingt nötig.«

13

Harvath betrat den Laden und ließ alles auf sich wirken. Es sah aus, als wäre es früher einmal ein kleines Lebensmittelgeschäft oder eine Apotheke gewesen.

An den Wänden hingen leere Metallregale. Im hinteren Bereich stand ein leerer Getränkekühlschrank neben einer alten Tiefkühltruhe, auf der eine Eisreklame klebte. Der Linoleumfußboden war rissig und sollte wie Kacheln aus blauem und weißem Marmor aussehen.

In dem Laden war es fast genauso heiß wie draußen. Eine über der Hintertür angebrachte Klimaanlage röchelte kraftlos vor sich hin. Es roch nach Milch, die vor Monaten abgelaufen war.

Die wenigen Elektrogeräte, die das Geschäft zu bieten hatte, waren auf einer langen Glastheke im vorderen Teil ausgestellt. Dahinter saß ein magerer Mann Mitte 30. Er trug einen Bart, ein grünes Polohemd und schmutzige Jeans. Er bediente einen Computer.

Er hätte überrascht oder zumindest neugierig sein können, dass jemand aus dem Westen seinen Laden betrat. Aber er war weder das eine noch das andere. Er blickte sogar kaum von seiner Arbeit auf.

»*Salam aleikum*«, grüßte Harvath den Mann, als er auf die Theke zuging und seine Kuriertasche darauf abstellte.

Er wartete einen Augenblick, aber der Mann konzentrierte sich weiterhin auf seinen Computer und antwortete nicht. Harvath klopfte auf die Theke und sagte gedehnt: »*Marhaba?*«, grüßte er. *Hallo?*

Der Verkäufer hatte etwas Gefährliches an sich. Eine gewisse Härte. Das hatte Harvath sofort gemerkt. *Vielleicht ein Ex-Soldat? Gehört er zu einer Miliz?* Vielleicht war er einfach nur ein Kleinkrimineller. Harvath konnte es nicht einschätzen. Aber da war etwas.

Der Mann fuhr seinen Computer herunter, stand langsam auf und sah Harvath an. »*Shen tebbee?*«, fragte er. *Was willst du?* Sein linker oberer Schneidezahn war schwarz. Abgestorben.

»*Nibi ma'loumat*«, antwortete Harvath. *Ich will Informationen.*

»*Abie 'illiktruniat, la ma'loumat.*« *Ich verkaufe Geräte, keine Informationen.*

Harvath lächelte. *Na klar.*

»*Shen tebbee?*«, wiederholte der Mann und deutete wütend auf die paar wenigen Handys, Digitalkameras und Laptops auf seiner Glastheke.

Harvath zog einen Reißverschluss an der Seite seiner Tasche auf, zog ein Blatt Papier heraus und legte es vor den Ladenbesitzer hin. Darauf standen mehrere Zahlenfolgen.

»*Shu hadha?*«, fragte der Mann. *Was ist das?*

»Satellitentelefone von Thuraya«, antwortete Harvath auf Englisch. Er zeigte mit dem Finger auf sein Gegenüber. »*Deine* Satellitentelefone.«

Der Mann schob den Zettel über die Theke zurück und sagte: »*Ma bíhki Inglízi.*« *Ich spreche kein Englisch.*

Harvath öffnete das Hauptfach seiner Tasche. Er entnahm ihr zwei Bündel Scheine zu je 10.000 Dollar und legte sie auf die Theke. »*Wáyn hu Umar Ali Halim?*« *Wo ist Umar Ali Halim?*

Bei der Erwähnung des Namens wurde der eisige Blick des Ladenbesitzers zu Stein. Dabei sah Harvath allerdings kurz etwas in seinen Augen aufblitzen – Angst.

»*Ana mish mohtam*«, antwortete er. *Kein Interesse.*

Harvath zog zwei weitere Geldbündel aus der Tasche und platzierte sie nebeneinander. »Das sind 40.000 US-Dollar. *Arab'een-alf.*« *40.000.*

Während der Mann das Geld beäugte, wiederholte Harvath seine Frage. »*Wáyn hu Umar Ali Halim?*«

Als der Mann nicht reagierte, fügte Harvath zwei weitere Bündel hinzu. »*Sitteen-alf.*« *60.000.*

Immer noch keine Antwort.

Harvath drehte seine Tasche um und kippte das restliche Geld auf die Theke. Er schob es dem Mann zu. »*Maya-alf.*« *100.000.*

Er starrte dem Mann, ohne zu blinzeln, in die Augen und fragte noch einmal: »*Wáyn hu Umar Ali Halim?*«

Dem Ladenbesitzer reichte es. »*Barra nayiek*«, sagte er. *Verpiss dich.*

Er schob das Geld zurück und zeigte auf die Eingangstür. Auf Englisch fügte er hinzu: »Sofort.«

So viel zum Thema Sprachbarriere, dachte Harvath.

Er wollte gerade etwas erwidern, als er Staelins Stimme in seinem Ohrenstöpsel hörte. »Boss, wir haben ein Problem. Exponat D, E und F haben gerade vor der Eingangstür angehalten. Sieht so aus, als würden sie gleich reinkommen.«

Verdammt! Das brauchte Harvath jetzt wirklich nicht. Die Libysche Befreiungsfront stand auf Halims Gehaltsliste. Sobald der Ladenbesitzer einen Ton von sich geben würde, wäre alles vorbei. Harvath blieb nur eine Möglichkeit.

Er packte den Mann am Hemd, zog ihn zu sich und verpasste ihm einen möglichst harten Kopfstoß.

Sofort gaben die Knie des Ladenbesitzers nach, und er sank auf den Boden. Harvath zog eine mit Ketamin gefüllte Spritze aus der Kuriertasche und hechtete über die Theke.

Er zog die Kappe von der Nadel, rammte sie dem Mann in den Oberschenkel und drückte den Kolben herunter.

Ketamin war als starkes Schmerzmittel für den Einsatz auf dem Schlachtfeld entwickelt worden. Am bekanntesten war jedoch seine Verwendung zur Betäubung von Pferden. Wenn es Menschen verabreicht wurde, führte es in weniger als einer Minute zu Muskellähmung. Bei einer Überdosierung verursachte es jedoch einen als *K-Hole* bezeichneten halluzinogenen Zustand.

Harvath verstaute das Geld wieder in der Tasche und zog ein paar Einwegfesseln aus Plastik hervor. Er rollte den Ladenbesitzer auf den Bauch und fesselte ihn damit.

»Wie viel Zeit habe ich?«, fragte Harvath über Funk.

»Drei Typen steigen aus dem Truck. Du hast vielleicht 60 Sekunden«, antwortete Staelin.

»Sag Gage und Barton, sie sollen den SUV zum Hinterausgang fahren. Ich komme mit einem Mann raus.«

Er rollte den Ladenbesitzer wieder zurück, packte ihn am Kragen, zog sich die Tasche über die Schulter und schleppte den Mann über den Boden zum Hinterausgang.

Gleich darauf stellte er fest, dass die schwere Sicherheitstür verschlossen war.

Harvath fuhr mit der Hand über die Oberseite des Rahmens, weil er hoffte, dort einen Schlüssel zu finden. Aber da war nichts.

»45 Sekunden«, gab Staelin durch.

Er tastete den Ladenbesitzer ab und kontrollierte dessen Taschen. *Nichts. Wo zur Hölle ist der Schlüssel?*

Staelin setzte den Countdown fort. »30 Sekunden.«

Vielleicht war er unter der Theke. Oder in der Kasse. Er hatte nicht genügend Zeit, um den Laden auseinanderzunehmen. Harvath brauchte dringend einen Plan B.

»Sag mir genau, was du siehst!«, verlangte er und suchte das Geschäft rasch mit den Augen ab.

»Drei Männer mit AK-47. Mischung aus Armee- und Freizeitklamotten. Alle drei tragen Faustfeuerwaffen in Holstern.«

»Körperpanzerung?«

»Negativ«, antwortete Staelin. »Auch keine Funkgeräte. Einer von denen redet am Handy.«

»Sonst noch jemand in dem Truck?«

»Negativ. An deiner Tür in 15 Sekunden.«

»Verstanden. Keine Kommunikation«, befahl er. Die Funkgeräte sollten schweigen.

Harvath schleifte den Ladenbesitzer zur Kühltruhe und öffnete den Deckel. Jetzt verstand er, woher der üble Gestank kam. Aus der geöffneten Truhe roch es noch schlimmer als verdorbene Milch – es roch nach Tod.

Er wollte sich nicht ausmalen, wozu sie während – und auch nach – der Revolution genutzt worden war. Der Boden war mehrere Zentimeter dick mit schimmeligem, schwarzem Schmadder überzogen. Harvath hievte den Ladenbesitzer auf seine Schulter, warf ihn in die Truhe und schloss den Deckel. Ihm war kein besseres Versteck eingefallen.

Als er in Deckung ging, zog er eine schallgedämpfte Heckler & Koch VP Tactical Pistole aus seiner Tasche und kontrollierte, ob sie geladen war.

Harvath hatte keine Ahnung, warum die drei Männer den Elektronikladen betreten wollten, und es war ihm auch egal. Die Mitglieder der Libyschen Befreiungsfront waren üble Zeitgenossen.

Er hatte keine Bedenken, was das weitere Vorgehen betraf.

14

Harvath hatte sich zwischen dem Getränkekühlschrank und der Wand in Position gebracht. Der Kühlschrank war innen mit Rostflecken überzogen. An einer Stelle hatte der Rost ein Loch in den Kühlschrank gefressen, durch das Harvath die Eingangstür sehen konnte.

Der erste Libyer, der den Laden betrat, hatte einen dichten tiefschwarzen Bart. Er hielt seine AK-47 an deren Holzgriff fest und ließ sie an seiner Seite baumeln. Der zweite Mann war groß und dürr. Er hielt seine Waffe in beiden Händen.

An dem dritten Mann war Harvath am meisten interessiert. Er war derjenige am Handy. Doch aufgrund des schmalen Eingangs konnte Harvath ihn nicht gut hinter den beiden anderen erkennen.

»Hallo?«, rief der erste Mann auf Arabisch. »Ist hier jemand?«

Nein, alle ausgeflogen!, flüsterte Harvath lautlos. *Wir sind auf einen Burger und ein paar Bier verschwunden. Kommt morgen wieder.*

Als niemand antwortete, rief der bärtige Mann noch einmal.

Das Röcheln der Klimaanlage war die einzige Antwort.

Kehrt um und haut ab, flüsterte Harvath. *Haut einfach ab.*

Die Männer rührten sich nicht.

Dann befahl der bärtige Mann dem dürren Milizionär, den hinteren Teil des Ladens zu inspizieren.

Schlechte Idee, dachte Harvath und begann, den Abzug leicht zu drücken. Wenn sich der dürre Mann der Hintertür weiter näherte, müsste er sich nur nach links drehen, um Harvath direkt in die Augen zu sehen.

So nahe kam der dürre Mann jedoch gar nicht erst. Auf halbem Weg ertönte ein Geräusch.

Alle Anwesenden hörten es und erstarrten – einschließlich Harvath. Er wusste sofort, was los war. Der Ladenbesitzer! Er hatte ihm eine zu hohe Dosis verpasst.

Da Ketamin zu einem hohen Speichelfluss und manchmal sogar Erbrechen führte, hatte Harvath nicht riskieren wollen, ihn zu knebeln oder ihm den Mund zuzukleben. Er hätte ersticken können.

Als das zweite Stöhnen zu hören war, ging der dürre Mann geradewegs auf die Gefriertruhe zu.

Das einzig Positive daran war, dass Harvath jetzt den dritten Mann sehen konnte. In einer Hand hielt er immer noch sein Mobiltelefon, aber in der anderen eine Pistole. Es wurde Zeit, dass Harvath etwas unternahm.

Er ging in die Hocke, lugte hinter dem Kühlschrank hervor und schoss zweimal schnell hintereinander.

Eine rosafarbene Wolke entstand dort, wo sich eben noch der Kopf des Mannes mit dem Telefon befunden hatte. Er hatte beide Schüsse abbekommen und ging in die Knie.

Noch bevor er auf den Boden schlug, wirbelte Harvath herum und feuerte zwei Kugeln in den Mann neben der Gefriertruhe. Er hatte ungenau gezielt, aber das machte nichts. Eine Kugel bohrte sich durch das Kinn des Mannes in sein Gehirn, die andere durchquerte seinen Hals.

Harvath richtete seine Waffe auf die Eingangstür und sah, dass der Mann mit dem tiefschwarzen Bart seine Pistole jetzt in beiden Händen hielt und zum Schuss ansetzte. Harvath kam ihm zuvor.

Die erste Kugel traf den Mann unter der Nase, die zweite knapp über der linken Augenbraue. Er fiel wie ein Sack feuchter Zement zu Boden.

Harvath trat hinter dem Kühlschrank hervor und schoss jedem der Milizionäre noch einmal direkt in den Kopf, um sicherzustellen, dass sie tot waren.

Er nahm das Handy des dritten Mannes an sich, beendete den Anruf, den der Mann getätigt hatte, nahm den Akku aus dem Gerät und steckte es in seine Tasche.

Dann kontaktierte er sein Team, während er hinter der Theke nach dem Schlüssel des Ladenbesitzers suchte. »Ziele ausgeschaltet. Staelin, ich brauche dich hier drinnen.«

»Verstanden«, antwortete Staelin.

Gerade als Staelin den Laden betrat, fand Harvath den Schlüssel für die Sicherheitstür und das Handy des Ladenbesitzers.

»Gute Treffer«, kommentierte Staelin, als er auf die Leichen am Boden sah.

»Mach die Hintertür auf«, sagte Harvath und warf ihm den Schlüssel zu. »Sag Gage und Barton, dass ich die beiden Benzinkanister und die Warnfackel brauche.«

»Wo ist der Telefonverkäufer?«

»In der Gefriertruhe. Jetzt setz dich in Bewegung. Ich will hier in drei Minuten raus sein.«

Staelin tat, wie ihm befohlen, während Harvath die Waffen der Milizionäre einsammelte. Alle drei hatten Glock-Pistolen bei sich getragen. Das war in dieser Gegend keine allzu gewöhnliche Waffe. Vor ein paar Jahren waren eine Reihe amerikanischer Glocks aus einem Trainingslager hier in der Nähe verschwunden. Harvath hatte aber keine Zeit, um über einen möglichen Zusammenhang nachzudenken.

Trotz der Hitze hatten zwei der Männer Tarnjacken getragen. Harvath zog sie ihnen aus und legte sie auf die Theke. Er nahm den Leichen alles ab, womit sie identifiziert werden könnten.

Staelin kam mit Tim Barton zurück in den Laden. Das frühere SEAL-Team-Six-Mitglied aus Tacoma war Anfang 30 und nur 1,70 Meter groß. Aber seinen Mangel an Länge machte er durch seine Breite mehr als wett. Er war ein leidenschaftlicher Gewichtheber und hatte die Gestalt eines Hydranten. Er hatte rotblondes Haar, einen hellroten Bart und war leicht zwangsneurotisch.

In gewisser Weise war das ein Vorteil, denn Barton prüfte jedes Ausrüstungsstück und jede seiner Handlungen zwei- bis dreimal. Aber er war auch ein Hygienefanatiker und trug stets Unmengen von Handdesinfektionsmittel mit sich. Seine Teamkollegen zogen ihn deswegen ständig auf.

»Wo ist das Paket?«, fragte Barton und warf Harvath die Warnfackel zu.

Harvath nickte in Richtung der Gefriertruhe.

Der SEAL öffnete den Deckel und rief »Herr im Himmel!«, während er den Kopf von dem Gestank abwandte.

Harvath nahm die Benzinkanister von Staelin entgegen und wies ihn an, den Ladenbesitzer aus der Gefriertruhe zu ziehen und in den SUV zu verfrachten. Er drehte den Verschluss des ersten Kanisters ab und verspritzte überall Benzin.

Es musste nicht einmal wie ein Unfall aussehen. Es sollte die örtliche Miliz bloß aufhalten. Sobald er und sein Team Umar Ali Halim in die Finger bekommen hatten, war es Harvath egal, welchen Reim sich die Libysche Befreiungsfront auf die Ereignisse machte.

Barton und Staelin wickelten sich ihre Kufiyas ums Gesicht und hoben den Ladenbesitzer aus der nach Verwesung riechenden Gefriertruhe. Sie trugen ihn nach draußen und warfen ihn in den Kofferraum des SUV.

Barton sprang auf den Rücksitz, holte sein Desinfektionsmittel hervor und behielt den Mann im Auge.

Der 1,90 Meter große Gage aus Edina in Minnesota blieb auf dem Fahrersitz und hatte ein Stück Kautabak in der Wange. Den Motor ließ er laufen.

Staelin ging wieder in den Laden.

»Schlägt hier gleich ein Blitz ein?«, meinte er scherzend.

Harvath nickte. »Ausverkauf wegen Brandschaden. Letzte Reduktionen. Zieh das hier an!« Er warf ihm eine der Tarnjacken zu.

»Nehmen wir das Maschinengewehr mit?«

Harvath nickte erneut und zog selbst eine der Jacken an. Er verstaute die Faustfeuerwaffen der Milizionäre in seiner Kuriertasche, warf sich eine der AK-47 über die Schulter und schickte Staelin mit den anderen zwei nach draußen, um den Truck zu starten.

Als er so weit war, verkündete Staelin: »Wir können los, sobald du bereit bist.«

»Moment!«, entgegnete Harvath, während er den zweiten Kanister öffnete und die Leichen damit übergoss.

Das alles hätte der einfachste Teil der Operation sein sollen, aber es war nicht so gelaufen wie geplant. Das war kein gutes Omen.

Alles, was schiefgehen kann, wird auch schiefgehen, dachte Harvath. Dann kam ihm etwas anderes in den Sinn. Sobald dich Murphy – der mit dem berüchtigten Gesetz – einmal anvisiert hatte, ließ er dich für gewöhnlich nicht mit einer Verwarnung wieder los. Er blieb dir an den Hacken kleben, damit alles noch schlimmer wurde. Harvath versuchte, den Gedanken zu verdrängen.

Er entzündete die Fackel und warf sie in eine Ecke des Raums. Als das Feuer aufflammte, verließ er den Laden.

Dabei breitete sich ein ungutes Gefühl in seinem Magen aus. Sie waren hier noch längst nicht fertig.

15

Washington, D. C.

Paul Page war nicht besonders attraktiv; nicht äußerlich und gewiss nicht innerlich.

Er war Ende 50 und besaß eine hohe Stirn und graue Augenbrauen, welche sich spitz nach oben zogen, wenn er wütend oder überrascht war. Als Lieferant weltweiter geheimdienstlicher Erkenntnisse war er allerdings selten überrascht.

Er war ein harter, berechnender Mann mit einer Vorliebe für Kentucky Bourbon, Maryland Crab Cakes und Callgirls aus Washington. Der Ausdruck, der ihn am besten beschrieb, war *leicht zu vergessen*.

Seine Fähigkeit, im Hintergrund zu verschwinden, war als CIA-Beamter ein Vorteil gewesen. Bis sie ihn entlassen hatten.

Er hasste das Wort *entlassen*, ebenso wie *freistellen*. Er war in der Tat freigestellt worden. Langley hatte seine Nabelschnur durchtrennt, als wäre er ein Astronaut, der einen Weltraumspaziergang machte. Sie hatten ihn durch die kalte Dunkelheit des Alls treiben lassen.

Es war seine Idee gewesen, sich den Terror-Imam auf einer Straße in Mailand zu schnappen. Er hatte alles bis ins kleinste Detail geplant. Hätte er es im Nachhinein anders angehen können? *Vielleicht*. Aber er hatte nie im Leben damit gerechnet, dass es schiefgehen könnte.

Er hatte das Team eigenhändig zusammengestellt. Das waren gute Leute, die er seit Jahren bei der Agency kannte. Sie arbeiteten hart. *Er* arbeitete hart. Perfekt ausgearbeitete Tarnidentitäten zu entwickeln war nervig und dauerte ewig, mindestens ein Jahr. Diesen Luxus hatten sie nicht gehabt.

Als die CIA auf den Imam aufmerksam wurde, ermutigten seine Vorgesetzten Page, rasch zu handeln. Er musste schnell entscheiden. Ironischerweise hatte es aus seinem Team keinen Widerstand gegeben.

Sie reisten allesamt unter ihren echten Namen, benutzten ihre eigenen Handys und checkten mit ihren Treuekarten im Hotel ein, damit sie ihre Bonuspunkte bekamen. Warum auch nicht, wenn die Regierung doch den ganzen Italien-Trip bezahlte? Es war ja nicht so, als würden sie sich aus der Portokasse bedienen.

Page hatte allerdings nicht geahnt, dass die Informationen über den Imam unzutreffend waren. Diese Möglichkeit war ihm gar nicht erst in den Sinn gekommen.

Auch den ägyptischen Vernehmungsbeamten, auf die sie zurückgriffen, war dieser Gedanke nicht gekommen. Nachdem sie sich den Imam geschnappt und ihn in ein Geheimgefängnis in Kairo gebracht hatten, flogen Page und sein Team zurück in die Vereinigten Staaten und warteten darauf, dass der Mann seine Geheimnisse ausplauderte.

Es stellte sich jedoch heraus, dass der Imam keine Geheimnisse hatte. Er hatte rein gar nichts mit Terrorismus zu tun.

Das war ein Problem.

Es war ein Problem, weil er während des Jahres in ägyptischer Haft geschlagen, gefoltert und sogar mehrmals vergewaltigt worden war.

Irgendwann erkannte der ägyptische Geheimdienst, dass die CIA einen Riesenfehler begangen hatte. Der Imam wurde aus dem Geheimgefängnis geholt und unter Hausarrest gestellt.

In dem Haus befand sich jedoch ein Telefon. Und sobald er allein war, rief der Imam alle seine Freunde und Familienangehörigen an.

Zunächst waren sie hocherfreut, seine Stimme zu hören. Dann waren sie empört über das, was ihm angetan worden war. Sofort wandten sie sich an Journalisten.

Die Geschichte verbreitete sich wie ein Lauffeuer. Die Öffentlichkeit war schockiert. Die CIA schien genauso monströs zu sein wie die Ägypter. Kurz nachdem die Nachricht bekannt geworden war, starteten die Italiener ihre Ermittlungen.

Weil sich Pages Team nicht die Mühe gemacht hatte, die Akkus während ihres Aufenthalts in Italien aus den Handys zu entfernen – und erst recht keine Wegwerftelefone benutzt hatten –, konnten die italienischen Behörden jeden ihrer Schritte nachverfolgen. In den neun Tagen, die sie dem Imam nachgestellt und sein Haus und seine Moschee observiert hatten, hatten sie eine deutliche digitale Spur hinterlassen.

Die Italiener stellten Haftbefehle für Page und sein gesamtes Team aus. Erwartungsgemäß ignorierten diese die Aufforderung, sich zu stellen.

In Mailand kam es zum Prozess. Page und die anderen CIA-Agenten wurden in Abwesenheit für schuldig befunden. Sie wurden zu Gefängnisstrafen verurteilt sowie zur Zahlung von jeweils einer Million Euro an den Imam und 500.000 Euro an dessen Frau.

Da die Urteile jetzt rechtsgültig waren, stellten die Italiener neue Haftbefehle aus. Von Interpol wurden sogenannte *Red Notices* erlassen, mit denen die Länder ersucht wurden, die Straftäter vorläufig festzunehmen. Sollte einer der verurteilten CIA-Agenten jemals wieder europäischen Boden betreten, würde er auf der Stelle verhaftet werden.

Der Vorgang galt als einer der peinlichsten Momente in der Geschichte der Agency. Die Schuldzuweisungen begannen sofort. Der Präsident wollte Blut sehen. Die Geheimdienstgremien wollten mehrere Köpfe vor dem Kapitol aufspießen. Alle im siebten Stockwerk in Langley versteckten sich, so schnell sie konnten.

Während alle in Deckung gingen, sprachen sie sich ab, um ein passendes Opfer zu finden. Sie brauchten nicht lange, um sich auf einen Namen zu einigen – auf seinen.

Page war entbehrlich. Eigentlich war jeder in der Agency entbehrlich. Aber nach vielen Jahren des treuen Dienstes hatte er eine bessere Behandlung erwartet. Er hatte erwartet, dass jemand in einer Führungsposition aufstehen und ihn in Schutz nehmen würde. Vor allem hoffte er, dass sein alter Mentor Reed Carlton ihn verteidigen würde.

Die Hoffnung erfüllte sich nicht. Stattdessen saß Carlton in einem Untersuchungsausschuss und stimmte gegen ihn. Carlton nannte die Operation »fehlgeleitet und unprofessionell«.

Die Kritik verletzte Page. Sicher, er hatte Fehler gemacht. Ja, Carlton hatte ihn schon zuvor zur Seite genommen und ihn wegen seines Verhaltens gewarnt. Aber das hier war anders. Carlton entschied, dass seine geliebte Agency wichtiger war als ihre Freundschaft. Page hielt diese Entscheidung für unverzeihlich.

Obwohl er gut vernetzt war und viele Freunde in der CIA hatte, konnte ihn niemand retten. Die Entscheidung kam vom CIA-Direktor höchstpersönlich. Die aufgebrachten Götter weiter im Süden mussten beschwichtigt werden. Sie würden ihr Menschenopfer bekommen.

Ohne seinen Beruf, der ihn definiert hatte, verließ Page das Glück. Er fing an, stark zu trinken. Seine (zweite) Ehe ging in die Brüche. Seine Frau verließ ihn. Er brauchte seine 400.000 Dollar Ersparnisse auf. Er stand kurz davor, sich eine Kugel seiner Walther in den Kopf zu jagen.

Dann bot ihm einer seiner alten Freunde aus der Agency völlig unerwartet eine Chance. Eine große, goldene Chance.

Ein amerikanisches Unternehmen, das mit mehreren russischen Satellitenstaaten Geschäfte machen wollte, benötigte höchst vertrauliche Informationen. Mit diesen Informationen würde das Unternehmen einen strategischen Vorteil gegenüber seinen Konkurrenten genießen. Der angezielte Vertragsabschluss wäre mehr als 100 Millionen Dollar wert.

Zufälligerweise verfügte Pages Freund über Zugang zu den Informationen, an denen das amerikanische Unternehmen interessiert war. Als aktiver CIA-Angestellter konnte er aber nicht direkt mit dem Unternehmen verhandeln. Page hingegen schon.

Und so entstand Page Partners, Ltd., ein globaler, privater Nachrichtendienst, der sich an multinationale Firmen als Kunden richtete. Paul Page kommunizierte mit den Kunden und sorgte dafür, dass Geld floss. Sein Kumpel in der Agency sorgte dafür, dass Informationen flossen. Die beiden waren wie füreinander geschaffen.

Doch obwohl Page alles zu haben schien, was er wollte – die teure Wohnung in der City, einen neuen Mercedes, teure Kleidung, Geld zum Verpulvern –, fehlte noch etwas. Etwas, wonach er sich mehr sehnte als nach allem anderen. *Rache.*

Als es an der Tür klingelte, legte er seine Ausgabe der *Washington Post* auf den Tisch und ging hin, um zu öffnen.

Er atmete tief ein. Dies war ein historischer Augenblick. Er hatte jahrelang darauf gewartet. Wenn alles nach Plan lief, wäre dies der Anfang vom Ende des Reed Carlton.

16

»Hast du draußen keinen Mülleimer gefunden?«, fragte Page, als Andrew Jordan an ihm vorbei in die Küche eilte und die Überreste seines Lunchbeutels auf dem Marmortresen auskippte.

Jordan war ein Mann Mitte 40 mit Hängebacken. Sein blondes Haar war perfekt frisiert, sein Anzug saß schlecht. Seine Krawatte war armselig gebunden, aber seine braunen

Schuhe waren auf Hochglanz poliert. Er war ein wandelnder Widerspruch.

Er hob eine zerquetschte Dose Coke Zero in die Höhe und neigte sie bewundernd seitwärts im Licht, als präsentierte er einen kostbaren Diamanten. Dann warf er sie seinem Freund und geheimen Geschäftspartner zu. »Frohe Weihnachten!«

Page fing die Dose mit der linken Hand. »Was soll das?«

»Schau mal rein.«

»Was soll das heißen, *schau mal rein?*«

»Dass du reinschauen sollst.«

Page blickte sein Gegenüber an. Dann hielt er die Dose an der Ober- und Unterseite fest und untersuchte sie. Irgendetwas war in der Dose. Er hielt sie sich ans Ohr und schüttelte die Dose. Darin klimperte etwas.

Jordan lächelte. »Ich hab mit dem Gedanken gespielt, sie in einem Apfelstrunk zu verstecken, aber das hier war weniger klebrig.«

Page drehte die zerknitterte Dose über der Theke auf den Kopf. Eine Mikro-SD-Karte fiel aus der Öffnung.

»Wenn mich jemand durchsucht hätte«, fuhr Jordan fort, »wäre dabei nichts rausgekommen.«

Der CIA-Mann war offenkundig höchst zufrieden mit sich selbst. Page hingegen war weitaus mehr als nur zufrieden. Wenn die Karte brauchbar war, bedeutete es den Beginn eines neuen Zeitalters. »Du bist damit ein hohes Risiko eingegangen.«

»Ich gehe *immer* ein hohes Risiko ein.«

Page grinste. Die CIA hatte keine Ahnung, was sich gerade vor ihrer Nase abspielte. Jordan war nicht nur ein Experte darin, die üblichen Lügendetektortests zu bestehen. Er war auch sehr gut im Erkennen von Kollegen, die sich rekrutieren ließen.

Beim Informationsdiebstahl innerhalb der CIA lag der Schlüssel zum Erfolg darin, dass niemand das Fehlen bemerkte.

Darin ähnelte der Vorgang einem Kunstraub. Nur ein Schwachsinniger würde versuchen, die Mona Lisa zu stehlen. Allein die Sicherheitsvorkehrungen machten das Vorhaben sinnlos.

Der kluge Dieb setzte ein paar Stufen tiefer an. Er zielte auf weniger kostbare Kunststücke ab, die nicht so stark beachtet wurden.

Und im Gegensatz zur Kunstwelt musste Page in der Spionagewelt keine Fälschungen zurücklassen, um den Diebstahl zu tarnen. Er benötigte nur eine Kopie des Originals. Solange niemand den Diebstahl bemerkte, war alles bestens.

Selbst falls jemand etwas bemerkte, waren Pages Spuren so kompliziert angelegt, dass es eine Ewigkeit dauern würde, sie zu ihm zurückzuverfolgen.

»Wo ist dein Computer?«, fragte Jordan. »Du *musst* dir ansehen, was auf der Karte ist.«

Page ging in sein Arbeitszimmer, um seinen Laptop zu holen. Er war weniger als zwei Minuten lang verschwunden. Als er in die Küche zurückkam, hatte Jordan bereits eine Flasche Dom Pérignon – die Sonderedition für 400 Dollar – aus dem Kühlschrank geholt und die Aluminiumfolie abgepult. Jetzt drehte er den Draht ab, mit dem der Korken gesichert war.

»Klar, bedien dich«, kommentierte Page.

»Wenn du nicht meinst, dass dieses Material eine Feier wert ist, kaufe ich dir als Ersatz einen ganzen Karton davon. Wo sind deine Champagnergläser?«

Page neigte den Kopf in Richtung des Schränkchens über der Mikrowelle und fuhr sein MacBook hoch.

Es dauerte einen Augenblick, bis der Rechner bereit war. Dann verband Page ihn mit einem Lesegerät für SD-Karten, steckte die Karte hinein und klickte auf das Icon. Mehrere Ordner waren zu sehen.

»Womit soll ich anfangen?«, fragte er.

Mit einem Knall schob Jordan den Korken aus der Flasche. »Nimm den Ordner *Burning Man.*«

Page öffnete den Ordner und bereute es sofort. Er enthielt unzählige Fotos von Leichen, Menschen mit abgetrennten Gliedmaßen und Strömen von Blut.

Das Massaker verdrehte Page den Magen. »So was will ich mir nicht ansehen.«

»Mach weiter.«

Page gab nach und scrollte durch die Fotos, bis er auf mehrere Aufnahmen von einem Mann mit Kriegsbemalung im Gesicht stieß, der einen anderen Mann verprügelte.

»Diese Fotos sind Gold wert«, sagte Jordan und reichte Page ein Glas Champagner. »Warte, bis du das Video gesehen hast!«

»Was für ein Video ist das?«

»Schau's dir an.«

Wieder tat Page, was Jordan sagte. Die Aufnahme war wackelig und offenbar von jemandem mit dem Handy gemacht worden, der vor dem Chaos rasch zurückwich.

Aus einer Menschenmenge traten mehrere Männer hervor und bedrängten den Mann mit der Kriegsbemalung. Der Mann zog eine Pistole und schoss in die Luft.

»Woher stammt dieses Video?«

»Von den Nevada Park Rangers«, antwortete Jordan. »Die Burning-Man-Organisatoren waren anscheinend höchst kooperativ. Die Park Rangers haben dem FBI die Aufnahmen übergeben. Wir haben Kopien davon. Soweit wir wissen, waren vier Selbstmordattentäter auf dem Festival. Drei davon wurden aufgehalten, bevor sie zuschlagen konnten.«

»Von wem?«

»CIA-Dienstleister.«

»Und die haben mit dem FBI zusammengearbeitet?«

Jordan schüttelte den Kopf. »Das Bureau hatte keine Ahnung, dass die vor Ort waren.«

»Das muss für leichte Verwunderung gesorgt haben ...«

»So kann man's auch sagen ... Der FBI-Direktor ist an die Decke gegangen! Und gleich noch mal, als der CIA-Direktor ihn bat, Stillschweigen zu bewahren.«

Pages Augenbrauen zogen sich vor Überraschung spitz zusammen. »McGee hat das FBI gebeten, die Sache unter den Teppich zu kehren?«

Jordan nickte. »Ja.«

»Das ist ein riesiger Schlamassel für die Agency. Aber was hat das Ganze mit Reed Carlton zu tun?«

»Der Typ mit der Kriegsbemalung ist Carltons Muster-schüler.«

»Wie heißt er?«, fragte Page.

»Scot Harvath. Einer vom SEAL Team Six. Sein Hinter-grund ist ziemlich beeindruckend.«

»Wie beeindruckend?«

Jordan nahm einen Schluck Champagner. »Mach den Ord-ner *Persönliche Unterlagen* auf.«

Page klickte auf den Ordner und überflog die Dokumente. Dazu gehörten Nachweise über seine Dienstzeit; ein Frage-bogen für seine SF-86-topsecret-Freigabe; ein an das grüne Abzeichen geheftete Foto, mit dem er im CIA-Hauptquartier ein und aus gehen konnte, und sogar ältere Steuerbescheide, in denen die Carlton Group als sein Arbeitgeber eingetragen war.

Page war beeindruckt. »Du hast nicht übertrieben. Der Kram ist echt nicht übel.«

»Es kommt noch besser. Klick auf den letzten Ordner, *Blaue Tür.*«

Page öffnete ihn. Das erste Foto zeigte ein kleines Schleusenhaus neben dem – allem Anschein nach – Chesapeake & Ohio Canal in der Nähe von Washington, D. C. »Ist es das, wofür ich es halte?«

»Scroll weiter«, meinte Jordan.

Page sah die Fotos durch. Darunter waren Aufnahmen von Bob McGee, dem Director of Central Intelligence, der mit seinen Bodyguards vorfuhr. Danach traf Deputy DCI Lydia Ryan ein. Und zu guter Letzt auch Scot Harvath.

Die besten Fotos kamen jedoch zum Schluss. Darauf war zu sehen, wie alle drei zusammenstanden und plauderten. Anschließend verabschiedeten sie sich auf extrem freundschaftliche Weise.

Page hatte zwar vor vielen Jahren in Italien einen Fehler begangen, aber er war keineswegs dumm. Während er alles durchging, was Jordan zusammengetragen hatte, analysierte er jedes Einzelstück.

Er kannte Carlton genau. Er wusste, wie dessen Verstand funktionierte. Er wusste, dass Carlton in jeder nur denkbaren Situation den anderen zehn Schritte voraus war.

Page würde nur eine einzige Chance haben, Carlton fertigzumachen. Falls er dabei scheiterte, würde Carlton alles auf ihn feuern, was ihm zur Verfügung stand. Allerdings hatte Page nicht die Absicht zu scheitern.

Und es war ihm egal, wer dabei auf der Strecke bleiben würde. Er würde sich von niemandem aufhalten lassen. Nicht von Bob McGee, nicht von Lydia Ryan und auch nicht von diesem Scot Harvath.

»Die CIA wusste also von einem möglichen Terroranschlag und hat das FBI nicht informiert?«

»Nicht nur die CIA«, ergänzte Jordan. »Auch die Carlton Group. Harvath ist der Dreh- und Angelpunkt der ganzen Angelegenheit. Stell dir die Klagewelle der Opfer und ihrer Familien vor, falls diese Information bekannt werden würde.«

Page stellte es sich bereits vor. Der Schaden für beide Organisationen würde gewaltig sein. »Das alles muss felsenfest nachweisbar sein. Beschaffst du mir den Rest, den ich noch brauche?«

»Ich arbeite schon dran«, sagte Jordan. »Keine Sorge, das klappt.«

Page hob sein Glas und prostete seinem Kollegen zu. »Wenn das so ist: Auf die Rache!«

17

Libyen

Der sichere Unterschlupf war besser, als Harvath erwartet hatte. Das Gebäude befand sich an einer Küstenstraße, die zur tunesischen Grenze führte. Es gab einen Parkplatz mit einer hohen Mauer, keine Nachbarn und einen ungehinderten 360-Grad-Blick auf die Umgebung.

Das Haus war spärlich möbliert. Es gab Strom und fließend Wasser. Die Dachterrasse war von einer Brüstung aus Beton im Scherenmuster umgeben, die genügend Tarnung für Scharfschützen oder Aufpasser bot.

Während Barton und Gage aufräumten und den Ladenbesitzer in einem der Erdgeschosszimmer an einen Stuhl fesselten, stellte Haney einen Wachplan auf. Staelin und Morrison hatten die erste Schicht.

Morrison schnappte sich sein Gewehr und eine Wasserflasche und ging aufs Dach. Staelin nahm ebenfalls sein Gewehr und dazu seinen Meltzer-Roman. Damit brachte er sich auf dem Parkplatz in Position. Harvath ging mit seinem Rucksack und den Handys, die er in dem Elektronikladen eingesammelt hatte, in den ersten Stock.

Das Hauptschlafzimmer des Hauses bot einen Blick aufs Meer und hatte einen umlaufenden Balkon. Harvath betrat den Balkon und sah dort einen kleinen Tisch und Stühle. Er zog sie an die Stelle, an der er den besten Empfang hatte. Dann entnahm er seinem Rucksack einen Laptop und ein Satellitentelefon.

Sobald er ein Signal hatte, verband er seinen Laptop mit dem Telefon, entfernte die SIM-Karten aus den Handys und lud die darauf gespeicherten Informationen auf einen CIA-Server. Er wollte vor allem wissen, mit wem der dritte Milizionär beim Betreten des Ladens telefoniert hatte und ob dabei irgendein Alarm ausgelöst worden war. Dank der Hilfe der NSA würde die Antwort nicht lange auf sich warten lassen.

Alle Handys waren gesperrt. Das des Ladenbesitzers benötigte einen Fingerabdruck. Harvath hatte also nur den Finger des Mannes gegen den Sensor drücken müssen.

Im Telefonbuch standen etliche Kontakte, aber keiner davon war – zumindest dem Namen nach – der Mann, den sie suchten: Umar Ali Halim.

Der Menschenschmuggler war möglicherweise unter einem Tarnnamen gespeichert. Oder vielleicht war der Kontakt des Ladenbesitzers ein Mittelsmann. Obwohl die Untersuchung des Handys zunächst ergebnislos zu verlaufen schien, entdeckte Harvath letztlich doch etwas. Und er erwartete, dass es sich als höchst hilfreich erweisen würde.

Ein Plan nahm in seinem Inneren Gestalt an, und er schickte schnell eine E-Mail an die CIA. Er hängte Fotos von den Glocks an, die er den toten Milizionären abgenommen hatte. Er hatte sie so auf den Tisch gelegt, dass die Seite mit der Seriennummer nach oben zeigte.

Dann rückte er seinen Stuhl zurecht, legte buchstäblich die Füße hoch und den Kopf in den Nacken. Er war schon lange genug in diesem Beruf, um zu wissen, dass er jede Gelegenheit zum Ausruhen ausnutzen sollte.

Die Spätnachmittagssonne wärmte sein Gesicht. Unter ihm rauschten die Wellen des südlichen Mittelmeers. Harvath versuchte, nicht an die vielen Leichen aus gesunkenen Schleuserbooten zu denken, die hier regelmäßig an den Strand gespült wurden. Oder an die Dutzenden von Christen, die vom IS entlang der Küste geköpft worden waren. Im Augenblick zählte nur, dass er die Augen schließen konnte, ohne befürchten zu müssen, dass ihm jemand ein Messer an den Hals legte oder einen Schuss auf ihn abfeuerte.

Während er den Wellen lauschte, atmete er den Meeresduft ein, eine Mischung aus Salz, Tang und Fisch. Er verbrachte den Großteil seines Lebens in Wassernähe. Egal wohin er reiste oder wie gefährlich sein Auftrag war – dieser Geruch war ihm stets vertraut. Er war überall auf der Welt beständig.

In seinem Leben gab es nicht viel, das beständig geblieben war. Sein Vater, ebenfalls ein SEAL, war mehr unterwegs gewesen als zu Hause.

Und vor Lara hatte er in Liebesdingen wenig vorzuweisen gehabt. Seine Beziehungen waren nett, aber nur selten ernsthaft gewesen. Noch seltener hatte es so ausgesehen, als könnten sie langfristig Bestand haben.

Sein Verhältnis zu Lara und ihrem kleinen Jungen war das, was einem Familienleben am nächsten kam. Außerhalb seines Berufs wünschte er sich vor allem eine Familie. Aus diesem Grund hatte er das Haus gemietet und fast alles, was er besaß, von Virginia nach Boston verlegt.

Er hatte Lara ermutigt, zu ihm zu ziehen, aber dann war ihr eine Riesenbeförderung angeboten worden. Es gab keine vergleichbare Stelle in Alexandria oder Washington für sie. Er hatte ihr gesagt, sie solle zusagen. Somit war ihm nur eine Möglichkeit geblieben, wenn die Beziehung eine Zukunft haben sollte: Er musste mitgehen.

Mit dem Segen des alten Mannes hatte er das auch getan. Er wählte die CIA-Aufträge, die ihm zusagten, fuhr weg und erfüllte sie, und dann kam er zurück nach Hause. Langley stellte der Carlton Group einen Scheck aus, und auf einem von Harvaths Konten ging eine Überweisung ein.

So hätte es nach seinem Geschmack gern weitergehen können. Aber laut dem, was Lydia Ryan ihm verraten hatte, sahen die Pläne des alten Mannes etwas anderes vor.

Diese Pläne ärgerten Harvath, und gleichzeitig musste er lächeln. Reed Carlton war unberechenbar. Egal wie sicher du dir warst, ihn endlich durchschaut zu haben – er kam immer wieder mit etwas Neuem um die Ecke, an das du nie im Leben gedacht hättest. Er war der Meisterspion aller Meisterspione. Er hatte Amerika während des gesamten Kalten Krieges und darüber hinaus aktiv miterlebt.

Als die Technik Fortschritte machte, wurde das Leben einfacher. Als das Leben einfacher wurde, wurden die Amerikaner weicher. Als die Amerikaner weicher wurden, wurden die gegen Amerika gerichteten Bedrohungen tödlicher. Schwäche ermutigte aggressives Vorgehen. Und als diese Aggressionen Form annahmen, wandte sich Amerika erfahrenen Leuten wie Reed Carlton zu, damit sie ihre Rüstung anlegten, in die Arena stiegen und mit dem Schwert zuschlugen. Doch jetzt würde Reed Carlton seine Rüstung nie mehr anlegen.

Mit dieser Tatsache musste sich Harvath erst noch abfinden. Der alte Mann hatte zu den wenigen Dingen gehört, die in seinem Leben beständig geblieben waren. Er war außerdem der Inbegriff eines Kriegers. Krieger starben in der Arena. Im Kampf, aufrecht stehend.

Wieder einmal wurde Harvath daran erinnert, wie grausam es war, dass ein so großartiger Mann wie Reed Carlton sein Leben an eine Krankheit verlieren würde, die ihren Opfern den Verstand raubte. Von all den Dingen, die er seinem Land gegeben hatte – seinen Mut, seinen Patriotismus und seine Loyalität –, war es in erster Linie sein unvergleichlicher Geist gewesen, der Amerika gedient hatte.

Nun wurde ihm sein Geist gestohlen. Aber noch war er nicht verschwunden. Seine Frau war in einem Pflegeheim. Bevor er sich zu ihr gesellte, wollte er nicht nur die Schachfiguren aufbauen, sondern auch so viele amerikanische Schachspieler auf die Ersatzbank setzen wie möglich.

Damit dies gelang, brauchte er Harvath zum Mitspielen. Deswegen hatte er Lydia Ryan um ihre Vermittlung gebeten. Es war nicht schwer zu durchschauen.

Der alte Mann liebte ihn wie einen Sohn. Aber Harvath wusste, dass er sein Land noch mehr liebte.

Hier war er nun also. Eine Weltreise von zu Hause entfernt und mit einer schweren Last auf den Schultern, die er im Moment nun wirklich nicht gebrauchen konnte. Er hatte sich um ganz andere Schwierigkeiten zu kümmern. Er würde dem alten Mann nicht helfen können, wenn er in einer mit der US-Fahne dekorierten Kiste zurückkehrte.

Er brauchte ein paar Minuten, um loszulassen, um sich zu entspannen. Anschließend musste er sich auf seinen Auftrag konzentrieren.

Er machte es sich in dem Stuhl bequem und drehte den Kopf leicht zur Seite, sodass er der Sonne folgte, die langsam in Richtung Horizont sank. Harvath verlangsamte seine Atmung und passte sie dem Auf und Ab der Wellen am Strand an.

Er war kurz davor einzudösen, als er hörte, wie Mike Haney den Balkon betrat.

»Der Ladenbesitzer wacht aus seiner Überdosis auf.«

18

Haney war einer der hilfsbereitesten Marines, mit denen Harvath je zusammengearbeitet hatte. Er reichte Harvath einen Becher frisch gebrühten Kaffee und bot an, den Laptop für Nachrichten aus Langley im Auge zu behalten, damit Harvath nach unten gehen konnte. Es war das beste Angebot, das Harvath seit heute Morgen erhalten hatte.

Er schnappte sich das Telefon des Ladenbesitzers, ging wieder ins Haus und nahm die Treppe nach unten.

Am Ende des Flurs war das Schlafzimmer, in dem der Ladenbesitzer gefangen gehalten wurde. Jack Gage saß auf einem Stuhl vor der Tür. Er hielt einen Becher in der Hand, in den er seinen Kautabaksaft spuckte.

»Alles gut bei dir?«

»Ich lebe den Traum«, sagte der große Mann, ohne die Miene zu verziehen, und hob den Becher zum Toast. Er war für seinen trockenen Humor bekannt. Gleichzeitig konnte ihn unter Druck nichts aus der Ruhe bringen. In der Sondereinsatz-Community hieß es, der Unterschied zwischen Gage und einer Kühlkammer sei nicht die Temperatur, sondern der Bart.

»Ist das Kaffee?«, fragte er und beäugte Harvaths Becher.

»Nach libyscher Art.«

»Also heiß, geschmacklos und total beschissen?«

Harvath grinste. »Ich hätte *Kareem* gesagt: ohne Zucker. Aber egal. Der Kaffee ist in der Küche. Hol dir einen.«

Gage stand von seinem Stuhl auf, und Harvath trat zur Seite, um ihn vorbeizulassen. Dann klopfte er an die Schlafzimmertür und trat ein.

Barton saß auf einem der Betten. Vor ihm lag ein Handtuch. Er reinigte seine Sig-Sauer-Pistole.

In der Mitte des Raums saß der Ladenbesitzer an einen Stuhl gefesselt und hatte eine Mütze komplett über den Kopf gezogen.

Harvath trug Gages Stuhl aus dem Flur in das Zimmer und schloss die Tür. Er ging zu einer kleinen Kommode und bereitete sein darauf liegendes iPhone vor, um das Verhör aufzuzeichnen.

Nachdem er sich vor dem Ladenbesitzer hingesetzt hatte, gab er Barton ein Zeichen, sich hinter den Mann zu stellen.

Sobald dies geschehen war, startete Harvath die Aufzeichnung und gab Barton mit einem Nicken zu verstehen, er solle dem Mann die Mütze herunterziehen.

Der Ladenbesitzer war benommen. Sein Kopf schwankte und er blinzelte, während er versuchte, sich an das Licht zu gewöhnen und herauszufinden, wo er war.

Harvath gab ihm eine leichte Ohrfeige, damit er zu sich kam.

»Komm schon, Fayez!«, rief er ihm zu. »Wach auf. Los jetzt.«

Er hatte den Namen des Mannes erfahren, indem er sich die Social-Media-Apps auf dessen Handy angesehen hatte.

Langsam erwachte der Ladenbesitzer aus seiner Benommenheit.

»Fayez, schau mich an«, befahl Harvath. »Schau mir ins Gesicht.«

Als er nicht gehorchte, verpasste ihm Harvath auf beiden Wangen noch ein paar Ohrfeigen. Endlich blickte ihm der Mann in die Augen.

»Wo ist Umar Ali Halim?«

Als sein Geist von dort zurückkehrte, wo er sich bis eben aufgehalten hatte, und er verstand, was hier vor sich ging, begann der Mann, auf seinem Stuhl zu zappeln.

»*Laa. Laa*«, stieß er auf Arabisch aus. *Nein. Nein.*

»Sieh mich an, Fayez.«

Als er sich weigerte, packte Harvath den Mann am Kinn und drehte sein Gesicht in seine Richtung.

»Ich hab dir eine Menge Geld geboten. Du hättest kooperieren können. Stattdessen sind wir jetzt hier. Das Ganze kann ganz unkompliziert ablaufen oder sehr schmerzhaft. Wo finde ich Umar Ali Halim?«

»Ich weiß nicht, wer ...«

Bevor der Mann seine Lüge beenden konnte, zog Harvath seine Hand zurück und schlug ihm mit der hohlen Hand gegen den Kopf.

Der Ladenbesitzer sah Sterne, und in seinem Ohr klingelte es.

»Wo finde ich Umar Ali Halim?«

Als er nicht antwortete, nickte Harvath, und Barton schlug ihn auf dieselbe Weise, allerdings von hinten und gegen die andere Seite des Kopfes.

Der Ladenbesitzer wollte den Kopf abwenden, aber Barton hielt ihn fest und zwang ihn, geradeaus zu blicken.

»Wer ist das, Fayez?«, fragte Harvath und hielt das Handy des Mannes in die Höhe, damit er es sehen konnte. Es zeigte das Foto einer jungen Frau mit zwei kleinen Jungen. »Das ist deine Frau, oder? Und das sind deine Söhne?«

Er wollte wegschauen, aber der kurze Ausdruck des Erkennens in seinem Gesicht, gefolgt von Furcht, genügte Harvath. Seine Annahme hatte sich bestätigt.

»Hast du sie mit diesem Telefon schon mal angerufen?«, fragte Harvath. »Mehr brauche ich nicht, um sie zu finden.«

Der Ladenbesitzer erwiderte nichts, aber derselbe Anflug von Furcht verzog erneut sein Gesicht.

Harvath drehte das Handy um und scrollte durch die Anrufliste. »Fayez, ich möchte dir etwas erklären. Als wir deinen Laden verlassen haben, habe ich ihn in Brand gesteckt. Ich habe ihn in Schutt und Asche gelegt. Wenn du mir nicht verrätst, wo ich Umar Ali Halim finden kann, suche ich deine Familie. Ich werde sie töten und dein Haus ebenfalls in Schutt und Asche legen.«

Der Blick des Mannes erstarrte, und er verkrampfte sich, während er sich gegen die Fesseln wehrte. Harvath hatte diese Reaktion schon oft genug gesehen. Normalerweise fingen sie jetzt an, zu fluchen und nach dir zu spucken. Er bereitete sich darauf vor, eventuellen Speichelgeschossen auszuweichen.

Stattdessen lehnte sich der Ladenbesitzer vor und forderte ihn heraus.

»Das glaube ich dir nicht«, zischte er.

Harvath lächelte und nickte Barton zu, der dem Mann wieder die Mütze über den Kopf zog.

Dann stand Harvath auf und verließ das Zimmer.

19

45 Minuten später betrat Harvath erneut das Zimmer. Er hatte seinen Laptop und sein Satellitentelefon dabei. Er ging zum Fenster, öffnete es, legte alles auf die Kommode und schob sie ans Fenster.

Sobald er ein starkes Signal und deutliches Bild hatte, zog er den Ladenbesitzer auf dem Stuhl sitzend vor den Laptop, damit er sehen konnte, was gleich passieren würde.

Harvath musste Barton kein Zeichen geben, dem Mann die Mütze vom Kopf zu ziehen. Er tat es von sich aus.

Der Ladenbesitzer kniff die Augen wegen des Lichts zusammen. Harvath packte ihn am Nacken und schob sein Gesicht in Richtung des Bildschirms. »Mach die Augen auf!«, befahl er. »Schau zu.«

Langsam gewöhnte sich der Mann an die Helligkeit und konzentrierte sich auf den Laptop, der vor ihm stand.

Durch Facebooks Gesichtserkennung hatte die NSA die Frau des Ladenbesitzers im Handumdrehen identifiziert. Anschließend konnten sie ihr Handy lokalisieren und sämtliche ihrer persönlichen Beziehungen nachvollziehen.

Harvath setzte sich ein Headset auf und gab den Befehl loszulegen. Der sich auf dem Bildschirm drehende Zeichentrickglobus wurde durch die Live-Aufnahme einer Reaper-Drohne ersetzt. Sie befand sich mitten im Flug.

Die Drohne war von einem geheimen US-Stützpunkt gleich hinter der tunesischen Grenze gestartet.

Harvath wollte, dass die Drohne über die Hafenstadt Zuwara flog. Sobald der Ladenbesitzer verstand, was er auf dem Laptop zu sehen bekam, wusste er genau, wohin die Drohne unterwegs war.

Trotz der erstaunlichen Geschwindigkeit der Reaper kamen ihm die Minuten wie Stunden vor, und ein Gefühl des Grauens stieg in ihm auf. Während er zusah, wie die Drohne über ihm bekannte Gebäude und Landschaftsmerkmale flog, quälte ihn der Gedanke, dass seiner Familie der Tod drohte.

Wegen des Flughafens wollte die CIA Zuwara ganz meiden. Stattdessen ließen sie die Drohne über die Wüste fliegen. Harvath war unzufrieden.

In der Wüste gab es nur Sand und Felsen zu sehen. Der Ladenbesitzer konnte höchstens raten, wo sich die Drohne befand.

Als sie sich jedoch dem Stadtrand von Al-Dschumail näherte, sah er genauer hin. Da waren ein Fußballfeld, eine Tankstelle, eine Bank. Harvath beobachtete den Ladenbesitzer, der alles wiedererkannte.

Nahe dem Zentrum von Al-Dschumail wurde die Drohne langsamer und flog in einem weiten Kreis. Die Überreste des ausgebrannten Elektronikladens waren gut sichtbar. Harvath befahl dem Drohnen-Piloten heranzuzoomen.

Falls der Ladenbesitzer geglaubt hatte, Harvath würde ihn anlügen, war er nun vom Gegenteil überzeugt.

Die Detailgenauigkeit der Drohnenkamera war bemerkenswert. Zuerst waren die qualmenden Überreste des Elektronikladens zu sehen. Das Dach war komplett eingestürzt. Dann schwenkte die Kamera zu den Gesichtern der vor der Ruine versammelten Menschen und zu den Nummernschildern der Autos. Es war eine technische Meisterleistung.

Ebenso nützlich – wenn auch aus anderen Gründen – war das Handy des Ladenbesitzers. Harvath hatte den Fingerabdrucksensor deaktiviert und konnte das Gerät nun nach Belieben einschalten.

Er öffnete die Anrufliste und hielt sie dem Ladenbesitzer vor die Nase. »Deine Frau hat dich mehrmals angerufen. Meinst du, sie hat von dem Feuer gehört?«

Der Mann biss die Zähne zusammen.

»Und wenn wir schon von ihr sprechen …«, fuhr Harvath fort, »schauen wir doch mal, was sie gerade macht.«

Er aktivierte das Mikrofon und wies den Drohnenpiloten an, »Ziel Bravo« anzusteuern.

Die Kamera zoomte zurück wie ein Teleskop, das eingezogen wird, und die Drohne flog in eine neue Richtung weiter.

Die NSA hatte die Frau des Ladenbesitzers in einem Haus außerhalb Al-Dschumails geortet. Als die Drohne oberhalb des Hauses ankam und im Kreis zu fliegen begann, wusste Harvath aufgrund der Reaktion des Mannes, dass sie die richtige Adresse gefunden hatten.

»Ranzoomen!«, befahl Harvath.

Das tat der Pilot, und das Haus war so deutlich zu erkennen, als würden sie persönlich fünf Meter davon entfernt in der Luft schweben.

Finanziell schien es dem Ladenbesitzer gut zu gehen. Offenbar war das Haus neulich renoviert worden. Der Garten sah gut aus, viel besser als die Gärten der Nachbarn. Für seine Kinder gab es sogar einen großen Spielplatz, der so aussah wie in amerikanischen Vorstadtgärten.

Harvath wollte gerade etwas dazu sagen, als ihm eine Bewegung ins Auge sprang. »Zoom weiter ran!«, sagte er.

Eine Frau, bei der es sich wahrscheinlich um die Gattin des Ladenbesitzers handelte, hatte gerade eine Haustür geöffnet, um zwei kleine Jungs spielen zu lassen. Das Timing war ideal.

Harvath sah den Mann an und meinte: »Das ist deine letzte Chance, Fayez. Sag mir, wo ich Umar Ali Halim finden kann.«

Der Ladenbesitzer starrte sprachlos und mit feuchten Augen auf den Laptop. Das war nicht die Antwort, die Harvath wollte.

Er funkte das Drohnenteam an und bat darum, dass die Bewaffnung der Drohne angezeigt wurde.

Der Bildschirm teilte sich, und neben dem Livebild erschien eine digitale Darstellung der Unterseite der Drohne. Die Reaper war mit einem Kontingent höchst präziser Hellfire-Luft-Boden-Raketen und zwei lasergesteuerten 220-Kilo-Paveway-II-Bomben ausgerüstet.

»Hellfire-Raketen scharf machen«, sagte er.

Auf der Waffenanzeige leuchteten die Hellfires rot auf. Daneben stand das Wort *Bereit*.

Als der Ladenbesitzer endlich nachgab, sprach er so leise, dass Harvath ihn kaum verstehen konnte.

»Riqdalin«, flüsterte er. »Umar Ali Halim wohnt in der Nähe des Dorfes Riqdalin.«

20

Tursunow entschied sich für ein kleines Hotel im 12. Arrondissement nahe der Gare de Lyon. Es befand sich im östlichen Teil der Stadt, nördlich der Seine. Viele Touristen waren hier unterwegs, und es wurde viel eingekauft. In dieser Umgebung war es leicht, unterzutauchen.

Er hatte den Morgen wie immer begonnen. Nachdem er eine kurze Waschung vorgenommen hatte, richtete er sich nach Mekka, betete und begann mit seinen Fitnessübungen. Die Amerikaner und die Russen waren fitnessversessen gewesen. In der Stille seines Zimmers führte er 30 Minuten lang Liegestütze, Rumpfbeugen, Klimmzüge und Dips aus.

Als sein Work-out beendet war, duschte er, zog sich an und verließ das Hotel. In der Nähe des Bahnhofs befand sich ein Café mit Außentischen, an denen er rauchen konnte. Er setzte sich an einen der Tische und bestellte einen Café Serré – den stärksten Espresso, den es in Paris gab.

Er öffnete eine Packung Gauloises, zündete die erste Zigarette des Tages an und nahm einen tiefen Lungenzug. Das Nikotin entspannte ihn und half bei der Konzentration.

Ihm war beigebracht worden, dass neben seinem Körper auch sein Verstand eine Waffe war. Auch in diesem Punkt waren seine amerikanischen und russischen Lehrer einer Meinung gewesen.

Beide Länder waren an den Maßnahmen zur Terrorismusbekämpfung in Tadschikistan höchst interessiert gewesen. Als Mitglied einer Elitetruppe war er ins Ausland eingeladen worden, um mit ihren Spezialeinheiten zu trainieren. Er hatte die Chance mit beiden Händen ergriffen.

In Russland lernte er genauso viel wie in den Vereinigten Staaten. Zuvor war er selten außerhalb Tadschikistans gewesen. Die Reisen hatten ihm die Augen geöffnet.

Anstatt sein Heimatland durch die Reisen mehr zu schätzen zu lernen und sich stärker zu engagieren, fing er an, die tadschikische Regierung zu verachten. Alles war korrupt. Vom Präsidenten mit seinem riesigen Palast in Duschanbe, der wie das amerikanische Weiße Haus hoch zehn aussehen sollte, bis hin zu seiner eigenen Kommandostruktur in der Nationalpolizei.

Während er eine Rauchfahne in die Luft blies, verfolgten seine Augen die Menschen, die auf beiden Straßenseiten vorbeigingen. Er sah einen Polizisten, der mit einem Lebensmittelhändler plauderte. Er fragte sich, ob es um Geld ging.

In Tadschikistan waren alle bestechlich, selbst die Polizei. Doch während Letztere nur wenig verlangte, steckten sich die Politiker Unmengen an Geld in die Taschen und lebten wie Könige.

Alles beruhte auf einer Hackordnung. Du kanntest deinen Stellenwert aufgrund deines Kfz-Kennzeichens. Das des Präsidenten trug die Nummer 8888. Seine Familie kam knapp hinter ihm. Von da an verliefen die Kennzeichen, ebenso wie der persönliche Status, Richtung null.

Tadschikistan war ein dermaßen armes Land, dass Straßenpolizisten sogar Bürger erpressten, um finanziell über die Runden zu kommen. Sie setzten die Autos der Einwohner fest, wenn sich die korrekte Sicherheitsausrüstung nicht an Bord befand. Die Tadschiken mussten die Beamten dann an Ort und Stelle bestechen. Ansonsten drohten noch höhere Geldstrafen, wenn sie ihre Autos vom Abschlepphof der Regierung abholten. Tursunow hasste Tadschikistan.

Je mehr Korruption er um sich herum sah, vor allem unter den Muslimen, desto zorniger wurde er. Es ging so weit, dass er es nicht mehr ertragen konnte, mit Politikern oder Polizisten gemeinsam in die Moschee zu gehen.

Er hatte nach guten, reinen Männern des Glaubens gesucht und sie in einem kleinen religiösen Zentrum außerhalb der Hauptstadt gefunden. Dort hatte seine Einführung in den wahren Islam begonnen, und seine Leidenschaft für den Dschihad im Namen Allahs war entflammt worden.

Er zog eine kleine Karte von Paris aus seiner Manteltasche, stellte fest, wo er sich befand, und plante seine Route. Vor dem Treffen heute Nachmittag wollte er sich ein paar Sehenswürdigkeiten anschauen.

Nachdem er seinen Kaffee bezahlt hatte, ging er nach Westen Richtung Notre Dame. Wie nicht anders zu erwarten, hatte

Frankreich die Sicherheitsmaßnahmen für seine großen Kirchen nach dem Anschlag in Santiago de Compostela verschärft.

Auch der Louvre, das Centre Pompidou, das Musée d'Orsay und der Eiffelturm waren stärker bewacht als zuvor. Die französischen Behörden waren überall präsent. Genau so hatte es Tursunow gewollt.

Während er durch die Stadt streifte, achtete er peinlich genau darauf, dass ihm niemand folgte. Als er den belebten Flohmarkt im Norden von Paris erreichte, war es schon später Nachmittag.

Immer noch schwirrten unzählige Menschen umher. Ihre Gesichter waren weiß, braun oder schwarz – sie waren europäisch, nordafrikanisch und subsaharisch. Der Geruch von geröstetem Fleisch, von Schawarma und Kebab an Imbissbuden auf der Straße hing in der Luft.

Er hatte sich den Namen und die Adresse des Ladens eingeprägt. Das Streichholzbriefchen mit den genauen Angaben hatte er schon vor Langem entsorgt.

Der Laden befand sich in einem tief inmitten des Marktviertels versteckten Labyrinth aus winzigen Gassen und Querverbindungen. Das Schild über der Tür bestand aus verbeultem und verwittertem Kupfer, das mit grünlicher Patina überzogen war. *L'Ancienne.*

Als er die Tür öffnete, läutete eine elektronische Klingel und informierte den Inhaber, dass er eingetreten war.

Der kleine Laden sah aus, als wäre ein arabischer Basar in einer Privatgarage explodiert. Von den Balken an der Decke hingen handgefertigte Töpfe und Pfannen. Persische Teppiche waren schulterhoch aufeinandergestapelt. Wasserpfeifen waren säuberlich nebeneinander aufgereiht wie ein Soldatentrupp. Neben Töpferwaren standen zierliche Serviertische mit Perlmuttschalen.

Seidenstoffrollen lehnten an kunstvoll verzierten Raumteilern aus Holz. Verstaubte Spiegel in polierten Silberrahmen hingen neben alten Krummdolchen aus Arabien und nicht weit davon entfernt verschnörkelte Steinschlossgewehre aus der Zeit der Osmanen.

Der Laden roch sogar, als stammte er aus einer anderen Zeit. Als wäre Tursunow nicht durch eine Tür in Paris getreten, sondern durch die Zeltklappe eines Händlers entlang der alten Gewürzroute.

Ein älterer Mann marokkanischer Abstammung grüßte ihn. Er trug eine gehäkelte Gebetsmütze, eine dicke schwarze Brille und humpelte.

Tursunow überreichte ihm die Visitenkarte eines niederländischen Antiquitätenhändlers. Auf der Rückseite stand der Name eines nahe gelegenen Boutique-Hotels: Maison Souquet.

»Stimmt es, dass die Zimmer nach berühmten Kurtisanen benannt sind?«, fragte der Mann.

»Ja, aber ihr Hamam macht diesen Umstand mehr als wett«, entgegnete Tursunow. Das Maison Souquet war nicht nur für seinen privaten Innenpool bekannt, sondern auch für seinen Hamam, das Dampfbad im türkischen Stil.

Mit dem Überreichen der Visitenkarte und der korrekten Antwort auf die Frage des Mannes hatte Tursunow seine Identitätsprüfung erfolgreich beendet.

»As-sala-mu 'alaykum«, sagte der Mann. *Der Frieden auf euch.*

»Wa 'alaykum al-salaam«, entgegnete Tursunow. *Und auf euch der Frieden.*

Der Mann ging an Tursunow vorbei, schloss die Tür ab und drehte das Schild um, sodass es *fermé* anzeigte. *Geschlossen.*

Er zog die Vorhänge an den Vorderfenstern zu. Dann drehte er sich wieder um und umarmte seinen Gast.

»Willkommen in Paris, Bruder!«

Tursunow erwiderte die Umarmung. »Danke, Bruder.«

»Ich bin Abdel.«

Der Mann war nervös. Tursunow lächelte. »Abdel El Fassi. Ja, ich weiß, wer du bist.«

»Und du kanntest meinen Bruder«, antwortete der Mann. »Aziz. Ihr habt in Syrien gemeinsam für das Kalifat gekämpft.«

»So war es. Dein Bruder war ein großer Krieger. Ein Löwe.«

Abdel strahlte vor Stolz. »Darf ich dir eine Erfrischung anbieten?«

Ein Meteor konnte auf die Erde stürzen, und die Araber würden dennoch eine Teepause einlegen.

»Ist alles bereit?«, fragte Tursunow.

»Ja. Die Pariser Operation ist startbereit.«

Das war eine Erleichterung, wenn auch nur zum Teil. »Was ist mit dem neuen Chemiker, den ich brauche?«

Der Marokkaner zwang sich zu einem Lächeln. »Trinken wir eine Erfrischung.«

Tursunow erwiderte das Lächeln nicht. Er wollte keine Erfrischung. Er wollte einen Chemiker. »Hast du mir etwas zu sagen?«

Abdel schnitt eine unbehagliche Grimasse. »Es gibt ein Problem.«

21

Abdel bereitete einen marokkanischen Tee zu. Der Tee war im Maghreb ein Grundnahrungsmittel und für die Menschen von dort ein fester Bestandteil des Alltags – zu Hause und im Ausland.

Er bestand aus grünem Tee, Pfefferminzblättern und Zucker. Der Gastgeber schenkte ihn mit viel Elan aus großer Höhe in das Glas ein.

Das wirkte nicht nur theatralisch, sondern kühlte auch die Flüssigkeit und erzeugte eine weiße Schaumkrone, die dem Turban des Propheten Mohammed ähnelte.

Weil die Zutaten in Ruhe aufquellen sollten, änderte sich der Geschmack des Tees im Laufe der Zeit.

Traditionell wurden einem Gast drei Gläser angeboten. Jedes davon war geschmacksintensiver als das vorherige. Weniger als alle drei anzunehmen galt als äußerst unhöflich.

Die beiden Männer tranken ihren Tee im Beduinenstil, auf einem Teppich in der Mitte des Raums sitzend. Abdel servierte einen Teller voller mit Mandelpaste gefüllter marokkanischer Kekse, die Gazellenhörner genannt wurden.

Nach dem ersten Glas kam Tursunow zum Geschäftlichen. Er war für alle europäischen Operationen des IS zuständig. Abdel war das für Frankreich verantwortliche Mitglied der Terrororganisation. Er war hoch angesehen. Ein methodischer Mann. Ein guter Denker. Ein Planer.

»Du hast die Nachricht übermittelt, dass du einen Chemiker für mich gefunden hast.«

Der Mann nickte.

»Was ist dann das Problem?«

»Der Chemiker steht eventuell unter Beobachtung.«

»Dann treib mir einen anderen auf«, forderte der Tadschike.

Abdel schüttelte den Kopf. »Dafür bleibt keine Zeit.«

Der Marokkaner hatte recht. »Warum glaubst du, dass er beobachtet wird?«

»In den letzten Tagen wurden mehrere Mitglieder seiner Moschee verfolgt.«

»Von wem verfolgt?«

Abdel zuckte mit den Achseln. »Das weiß niemand.«

»Wie wurden sie verfolgt?«, fragte Tursunow. »Zu Fuß? Mit dem Auto?«

»Beides.«

Koordinierte Überwachung, dachte der Tadschike. *Das ist nicht gut.* »Erzähl mir etwas über die Moschee. Wird sie als problematisch angesehen?«

»In Frankreich werden alle Moscheen als problematisch angesehen.«

»Aber warum sollten die Behörden diese Moschee beobachten?«

Der Marokkaner nahm seine Brille ab, polierte sie an seinem Ärmel und setzte sie wieder auf. »Der französische Nachrichtendienst beobachtet alle Moscheen.«

»Moscheen schon«, meinte Tursunow. »Aber keine Moscheebesucher. Höchstens wenn man einen Verdacht hat.«

»Dann sollten wir davon ausgehen, dass die französischen Behörden in der Tat einen Verdacht haben.«

Dies war ein Problem, das der Tadschike im Moment weder wollte noch brauchte. Er musste sich voll auf die bevorstehende Operation konzentrieren. Aber eine entscheidende Frage stellte sich. »Besteht irgendeine Verbindung zwischen dieser Moschee und den Brüdern, die du für die Operation in Paris angeheuert hast?«

»Nein«, antwortete Abdel mit einem Kopfschütteln. »Ein Team stammt aus Roubaix im Norden Frankreichs, an der Grenze zu Belgien. Das andere kommt aus Marseille, im Süden. Sie haben keine Verbindung zu Paris.«

»Du bist also die einzige Verbindung.«

Der Marokkaner hielt inne. »Was willst du damit sagen?«

Tursunow ignorierte die Frage. »Wie hast du diesen Chemiker gefunden?«

»Bruder, wenn du glaubst, dass …«

»Beantworte meine Frage!«

»Ich finde es äußerst beleidigend …«, setzte Abdel an, aber der Tadschike unterbrach ihn erneut.

Tursunow überließ nichts dem Zufall. Er hatte an der Seite von Abdels Bruder gekämpft, aber das war nicht dasselbe wie mit Abdel in die Schlacht gezogen zu sein.

Die IS-Hierarchie hatte den Marokkaner dazu auserkoren, die Operationen in Frankreich zu leiten. Der Mann war nicht Tursunows Wahl gewesen. Organisationen machten Fehler, egal wie ehrenwert oder fromm sie waren. Er hingegen hatte bislang überlebt, weil er Fehler vermied.

»Beantworte meine Frage«, wiederholte er.

Der Marokkaner sah ihn an. Er zeigte sich wegen des Misstrauens enttäuscht. Endlich antwortete er. »Er ist mein Neffe.«

Tursunow hatte richtig entschieden, diese Frage zu stellen. Aber es war offensichtlich, dass sein Gegenüber gekränkt war.

Bevor er etwas sagen konnte, fügte Abdel hinzu: »Du hast mit seinem Vater in Syrien geblutet.«

Der Tadschike war verwirrt. »Du meinst Aziz?«

Abdel nickte. »Ja. Der Chemiker ist der Sohn eines Löwen.«

»Das verstehe ich nicht. Er hat nie von einem Sohn gesprochen, sondern nur von seiner Frau und seiner Tochter in Marrakesch.«

Der Marokkaner schenkte ihnen ein weiteres Glas Tee ein. Dabei erzählte er die Geschichte seines Bruders. »Der Junge stammt aus einer früheren Ehe. Aziz und seine damalige Frau passten nicht gut zusammen. Safaa, seine Frau, war wunderschön, aber keine gute Muslima. Aziz war fromm und strikt. Sie stritten sich häufig.

Ein Großteil ihrer Familie lebte in Frankreich. Eines Tages nahm sie ihren Sohn für einen Besuch mit nach Frankreich. Sie kehrten nie zurück.

Sie ließ sich im Ausland von Aziz scheiden, gab ihren marokkanischen Pass ab und nahm die französische Staatsbürgerschaft an.

Irgendwann heiratete Aziz erneut. Seine neue Frau brachte eine Tochter zur Welt. Kurz danach griff er für den Dschihad zur Waffe.«

»Hat er den Jungen jemals wiedergesehen?«, fragte Tursunow.

»Er war nur ein Mal in Frankreich. Die Dekadenz des Landes stieß ihn ab, und Safaas Familie behandelte ihn ziemlich schlecht.«

Der Tadschike konnte sich vorstellen, wie Aziz dieses Erlebnis empfunden hatte. Es war verständlich, dass er ein dermaßen peinliches Kapitel seines Lebens verschwiegen hatte.

»Wie bist du mit dem Jungen in Kontakt gekommen?«, fragte er.

»Er hat mich gefunden. Vor vielen Jahren – nachdem er nach Paris gezogen war und sein Studium begonnen hatte – betrat er diesen Laden hier. Er wollte die Verbindung zur väterlichen Seite seiner Familie wiederherstellen. Aber seine Mutter hatte es ihm verboten.«

»Und du hast ihn ermutigt, sich als frommer und guter Muslim dem Dschihad anzuschließen?«

»Nein«, erwiderte Abdel. »Als frommer und guter Muslim ist er selbst zu diesem Entschluss gelangt. Meine Aufgabe bestand darin, ihn anzuleiten. Younes ist ein schlauer und talentierter junger Mann. Er dient unserer Sache am besten mit seinem Verstand. Wenn er zu den Waffen greifen und sich einen Bombengürtel anlegen würde, wäre das eine Beleidigung Allahs und der Talente, die er ihm geschenkt hat. Ich habe ihn lediglich auf diese Tatsache hingewiesen.«

»Ich verstehe«, sagte Tursunow, der immer noch Bedenken wegen der Überwachung der Moschee und Abdels Verbindung zu dem Chemiker hatte. »Hat dein Neffe an irgendeiner früheren Operation teilgenommen?«

»Nein.«

»Wie sicher bist du dir darüber?«

»Ganz sicher.«

»Was ist mit seinem Internetverhalten? Wonach hat er gesucht? Welche Videos hat er sich angesehen? Welche Foren und Chatrooms hat er besucht?«, fragte der Tadschike.

»Ich habe den Jungen eigenhändig ausgebildet«, antwortete der Marokkaner. »Ich würde ihm mein Leben anvertrauen.«

Tursunow hielt einen Augenblick inne. Dann sagte er: »Gut. Denn du wirst ihm unser aller Leben anvertrauen.«

22

Riqdalin, Libyen

Sie schickten die Reaper in eine Gegend nördlich von Al-Dschumail und fanden das Anwesen von Umar Ali Halim genau dort, wo es dem Telefonverkäufer zufolge auch sein sollte.

Es befand sich in der öden Wüste außerhalb Riqdalins. Bescheidene, von Familien geführte Bauernhöfe, die künstlich bewässerten Ackerbau betrieben, boten das einzige Grün in der Landschaft.

Die Einwohner bauten Datteln, Mandeln, Trauben, Wassermelonen, Oliven und Tomaten in bescheidenen Mengen an. Aber es war genug, um davon zu leben. Für viel mehr gab es nicht ausreichend fruchtbaren Boden und Wasser.

Während die Drohne am Himmel ihre Kreise zog, übermittelte sie eine Reihe von Aufnahmen. Der Eingang zu dem Anwesen war mit einer zweiflügeligen Tür gesichert, die groß genug für einen Lastwagen war. Eine drei Meter hohe Mauer umgab das rechteckige Gelände. Darauf standen das Hauptgebäude, eine Art Gästehaus, etwas, das wie eine Scheune aussah, mehrere Autos unter einem Sonnensegel sowie ein kleineres fensterloses Gebäude.

Zwei Pferche für Tiere waren von übereinandergeschichteten Steinen umgrenzt. Ein halbes Dutzend Männer mit Gewehren lief auf dem Gelände umher.

Jeder aus Harvaths Team hatte schon einmal Ziele wie dieses angegriffen, von Afghanistan bis Somalia. Dazu waren sie fast schon im Schlaf fähig.

Was von Mauern umgebene Gelände betraf, hatte Harvath jedoch eine Regel: Steige nie über eine Mauer, die du auch durchqueren kannst; und durchquere keine Mauer, um die du auch herumgehen kannst.

Er hatte gesehen, wie Typen auf Mauern abgeschossen wurden, wie sie von Mauern fielen und wie sie sich beim harten Aufprall auf den Boden Knie und Knöchel verstauchten.

Für eine so hohe Mauer wie diese bräuchten sie eine Leiter, oder besser noch zwei. Mit der ersten würden sie einen Scharfschützen in Stellung bringen, um den Hof zu überblicken. Mit der zweiten würde ein weiteres Teammitglied über die Mauer steigen und anschließend das Tor von innen öffnen.

Sondereinsatzteams benutzten oft leichtgewichtige und zusammenfaltbare Leitern. Das Problem war, dass Harvaths Team keine Leiter dieser Art besaß, und erst recht nicht zwei.

Und selbst wenn es anders wäre, war sich Harvath nicht sicher, ob Leitern notwendig waren. Halim war ein Menschenschmuggler, und Harvath hatte noch nie jemanden von seinem Schlag gesehen, der nicht über mindestens einen alternativen Fluchtweg verfügte. Die Frage war nur, wo sich dieser befand.

200 Meter südlich des Grundstücks stand ein großes Lagerhaus, das von einem Maschendrahtzaun mit Stacheldraht am oberen Rand umgeben war.

Der Telefonverkäufer hatte gesagt, dass Umar Ali Halim dort seine »Kundschaft« unterbrachte, bevor er sie auf undichten und nicht seetauglichen Booten auf ihre Todeskreuzfahrt nach Europa schickte.

Mustafa Marzouk, der Chemie-Doktorand aus Tunesien, dessen Spur Harvath im Auftrag der CIA verfolgen sollte, war in diesem Lagerhaus untergebracht gewesen. Da war sich Harvath sicher.

Als die Italiener die drei Überlebenden des gesunkenen Fischdampfers befragt hatten, erwähnten sie ein lang gezogenes Gebäude aus Metall, das an ein Warenlager erinnerte. Angeblich verfügte es über eine große Rolltür und Belüftungsventilatoren an beiden Enden. Umgeben war es von einem Stacheldrahtzaun. Genau so, wie es auf den Bildern der Drohne zu sehen war.

Harvath versuchte, sich an alle Details aus den Dateien zu erinnern, die er in dem blauen Schleusenhaus in den USA durchgesehen hatte. Es war nur drei Tage her, kam ihm aber schon wie Wochen vor.

Es gab so viele furchtbare Berichte von Flüchtlingen, dass er sie nicht alle lesen konnte. Viele waren auch nicht übersetzt, sondern nur die, von denen sich die CIA den größten Erkenntnisgewinn erhofft hatte.

Die Berichte über Folter und Gruppenvergewaltigungen durch Halim und seine Männer gehörten zum Schlimmsten, was Harvath je gelesen hatte. Zwei Details waren ihm jedoch aufgefallen, die sich als hilfreich erweisen könnten. Darüber benötigte er weitere Informationen.

Im Zuge der Operation hatte die CIA Harvaths Team ein paar SSOs zur Seite gestellt – Specialized Skills Officer, Beamte mit speziellen Fähigkeiten. SSOs waren Subspezialisten aus verschiedensten Bereichen. Einer dieser SSOs hieß Deborah Lovett. Sie saß in der US-Botschaft in Rom.

Lovett sprach nicht nur fließend Italienisch, sondern hatte auch gute Verbindungen und war auf italienischer Seite in die Ermittlungen über Mustafa Marzouk und Umar Ali Halim eingebunden gewesen.

Sie kannte die Akten in- und auswendig. Sobald die Drohne Halims Grundstück geortet hatte, fragte Harvath Fayez nach Einzelheiten aus. Fayez hatte das Gelände nur ein paarmal aufgesucht und Telefone abgegeben oder sich um technische Angelegenheiten gekümmert. Er kannte keine geheimen Ein- oder Ausgänge. Also hatte Harvath per Textnachricht Lovett kontaktiert.

Als ihre Nummer kurz darauf auf seinem Satellitentelefon angezeigt wurde, hoffte er, sie würde gute Neuigkeiten haben.

»Was hast du rausgefunden?«

»Ich bin sämtliche Befragungen der Flüchtlinge aus der letzten Zeit durchgegangen und hab danach gesucht, was du wissen wolltest«, meinte sie. »Die Flüchtlinge wurden zumeist in dem Warenhaus geschlagen. Die Schläge waren eine Art Strafe und eine Warnung an die anderen. Die Vergewaltigungen fanden außerhalb des Lagers statt. Anscheinend bevorzugen Halims Männer dafür etwas Privatsphäre.«

»Und die Folterungen?«

Er konnte hören, wie Lovett ihre Aufzeichnungen durchblätterte. »Den Opfern wurde ein Sack über den Kopf gezogen oder ihnen wurden die Augen verbunden. Dann wurden sie zu einem anderen Ort auf dem Gelände gebracht. Dort war es den Beschreibungen nach dunkel, die Decke war niedrig und es gab keine Fenster. Klingt nach einem Innenraum oder unterirdischen Bereich.«

Harvath bezweifelte, dass es sich um einen unterirdischen Raum handelte. Vielmehr klang die Beschreibung nach dem fensterlosen Gebäude, das er in der Drohnenaufnahme gesehen hatte.

Er kam auf etwas anderes zu sprechen, weswegen er sie in erster Linie kontaktiert hatte. »Was ist mit irgendwelchen Gängen oder Tunneln? Wissen wir etwas über Alternativen, wie man auf das Gelände kommt oder es verlassen kann?«

»Nein. Nichts Konkretes. Aber ich habe etwas gefunden, das interessant sein könnte.«

»Und zwar?«

»Vor rund einem Jahr hat Halim auf seinem Grundstück eine Frau aus dem Sudan vergewaltigt. Im Gegensatz zu seinen Männern, die die Flüchtlinge vergewaltigen und sie dann zurück in das Lagerhaus stecken, bringt er die Frauen in sein Schlafzimmer.

Er hat ein großes Himmelbett, das angeblich aus einem von Gaddafis Palästen gestohlen ist. Er bindet die Frauen gern an dem Bett fest, bevor er sie missbraucht.

Anscheinend wehrte sich die sudanesische Frau. Daraufhin versprügelte er sie brutal. Sie verlor das Bewusstsein. Er wartete, bis sie wieder aufwachte. Dann vergewaltigte und verprügelte er sie noch einmal. Sie kann sich nicht genau erinnern, was danach passierte. Sie weiß nur noch, dass sie durch einen langen Flur geschleift wurde.«

»Wissen wir, wie lang der Flur war?«

»Nein.«

»Dann hilft uns das nicht viel weiter.«

»Vielleicht aber das hier«, fuhr Lovett fort. »Eine andere Frau aus dem Sudan erinnerte sich an die Nacht, in der die Sudanesin mitgenommen und vergewaltigt wurde. In der Nacht tobte ein schwerer Sturm. Als sie in das Lagerhaus zurückgebracht wurde, war ihre Kleidung feucht, aber nicht durchnässt.«

»Das bedeutet, dass sie wahrscheinlich nach draußen in den Regen gezerrt worden war, in ein Auto gesteckt und zurück zum Lagerhaus gefahren wurde.«

»Eine Sache ist allerdings auffällig«, sagte Lovett. »Halim brachte die Frau persönlich zurück. Nicht seine Männer. Und die beiden betraten das Lagerhaus nicht durch eine der Türen. Dem Bericht zufolge gibt es an der Rückseite des Hauses ein kleines Büro, das immer abgeschlossen ist. Halim kam aus dem Büro, schleuderte die Sudanesin auf den Boden und verschwand auf demselben Weg.

Danach sah ihn niemand mehr. Am nächsten Morgen brachte ein Lastwagen die Flüchtlinge zur Küste. Sie stiegen in ein Boot, das es weit genug übers Meer schaffte, um von den Italienern gerettet zu werden.«

Das klang für Harvath definitiv so, als gäbe es einen Tunnel, der allerdings nicht mit dem Hauptgebäude verbunden war. Er dachte darüber nach, was Lovett ihm gesagt hatte.

Wenn es geregnet hatte, die Sudanesin bewusstlos und das Eingangstor verschlossen war und Halim zudem nicht wollte, dass seine Männer die Frau zurück zum Lagerhaus brachten, dann hatte er vielleicht einen Tunnel benutzt.

Das waren viele Vermutungen. Durch Vermutungen kamen Menschen ums Leben. Aber sie waren auch Teil seines Berufs. Ein großer Teil.

Und da er nicht über die Mauer steigen wollte, blieb nur die Möglichkeit, nachzusehen, ob es wirklich einen Tunnel gab.

23

Sie warteten mit dem Beginn ihrer Operation bis weit nach Mitternacht. Harvath versuchte, nicht an all das zu denken, was er möglicherweise falsch machte.

Vor dem Eindringen in das Gelände hätten sie unbedingt eine Analyse der Leute durchführen sollen, die sich dort aufhielten – eine sogenannte Lebensmusteranalyse. Durch die Beobachtung eines Ziels über einen längeren Zeitraum hinweg konnten viele zusätzliche Erkenntnisse gewonnen werden, die sich bei der Planung und Durchführung eines Zugriffs als nützlich erweisen konnten. Harvath hatte jedoch entschieden, darauf zu verzichten.

Die flache und kahle Umgebung des Schmuggleranwesens bot keine Möglichkeit, sich unbemerkt zu nähern. Dazu gab es nur eine Chance, und die bot sich heute Nacht. Der Mond war nicht zu sehen. Das war der einzige Vorteil, den sie ausnutzen konnten.

Harvath versuchte, sich mit dem Gedanken zu beruhigen, dass der Auftrag zwar gefährlich war – aber sie hatten es nicht mit einer professionellen militärischen oder terroristischen Organisation zu tun. Halims Männer waren wahrscheinlich kaum ausgebildet und noch weniger diszipliniert.

Sorgen bereitete ihm jedoch die Libysche Befreiungsfront. Diese Männer waren ausgebildet, diszipliniert, und sie wurden dafür bezahlt, Halim zu beschützen.

Auf den Drohnenaufnahmen war keine Spur von ihnen in der Nähe des Warenhauses oder des Geländes zu sehen gewesen.

Höchstwahrscheinlich schützten sie Halim vor der Schlepperkonkurrenz, die sich an seinen Geschäften bereichern wollte. Oder vor anderen Milizen, die auf sein Geld oder die weiblichen Flüchtlinge aus waren, um sie als Sexsklavinnen zu missbrauchen oder zu verkaufen.

Die große Frage lautete: *Werden sie auch gut genug bezahlt, um zu Hilfe zu eilen, falls Umar Ali Halim angegriffen wird?* Harvath kannte die Antwort bereits.

Durch die auf den Handys der toten Milizionäre gespeicherten Kontakte hatte die NSA bereits etliche Telefongespräche der Libyschen Befreiungsfront abhören können.

Die Leichen der Männer waren von der Befreiungsfront aus den Überresten des niedergebrannten Elektronikladens geborgen worden. Sie waren zwar bis zur Unkenntlichkeit verbrannt, aber die Einschusslöcher in ihren Schädeln bewiesen, dass sie nicht durch das Feuer gestorben waren.

Die Miliz war auf Rache aus. Deswegen durfte Harvaths Team es auf keinen Fall zulassen, dass Halim oder seine Männer einen Alarm auslösten.

Alles würde von drei entscheidenden Faktoren abhängen, die im Motto der Delta Force perfekt zusammengefasst waren: Überraschung, Geschwindigkeit und Gewalt des Handelns.

Harvaths Leute wussten, was sie zu tun hatten. Die Einsatzregeln waren glasklar. Jeder, der eine Waffe trug, war zum Abschuss freigegeben. Das galt erst recht für jeden, der Verstärkung rufen wollte.

Die einzige Person, die nicht getötet werden durfte, war Halim. Darauf hatte Harvath bestanden. Nur wenn es absolut keine andere Wahl gab, durfte ihn jemand erschießen.

Bei der Annäherung an das Gelände war höchst vorteilhaft, dass der Mond nicht zu sehen war. Da nördlich von Halims Anwesen jedoch zwei Nachbarhäuser standen, entschied Harvath, sich aus dem Südwesten zu nähern. Sie wussten nicht, ob die Nachbarn auf Halims Gehaltsliste standen. Das Team konnte das Risiko nicht eingehen, dass die Nachbarn ihn warnen würden, falls sie unbekannte Fahrzeuge in der Gegend bemerkten.

Sie hatten das Technical-Maschinengewehr mitgebracht. Falls etwas schiefging, wollte Harvath die zusätzliche Feuerkraft zur Verfügung haben. Bevor sie den sicheren Unterschlupf verlassen hatten, hatten die Männer eine Bestandsaufnahme der Ausrüstung durchgeführt und sie zwischen den beiden Fahrzeugen aufgeteilt.

Neben dem Kaliber-0.50-Maschinengewehr auf der Ladefläche hatte der Hilux-Pick-up auch 500 Schuss Kaliber-0.50-Munition, einen russischen KBP-LPO-95-Handgranatwerfer mit drei Aerosolgeschossen, eine rückstoßfreie Panzerfaust RPG-7 mit zwei PG-7VL-Granaten sowie 1000 Schuss 7,62 × 39-mm-Munition geladen, die sie heute den toten Milizionären abgenommen hatten.

Murphys Gesetz hatte ausnahmsweise mal bei den Böse-
wichten zugeschlagen. Harvath hatte nichts dagegen, von
ihrem Pech zu profitieren. Die Frage war nur, ob das Gesetz
Harvath und sein Team lange genug verschonen würde,
damit sie ihren kleinen Vorteil in einen Sieg verwandeln
konnten.

Eine von Harvaths größten Sorgen bestand in dem Umstand, dass sie zwar alle erfahrene Agenten waren – aber
sie hatten nur sehr wenig Erfahrung darin, zusammenzuarbeiten.

Ein zusätzliches Training hätte das Problem gelöst, aber
da die Uhr tickte, hatte sich die CIA eine solche Übung nicht
leisten können. Harvaths Aufgabe bestand unter anderem
darin, einen Weg zu finden, die Teamarbeit zu koordinieren.
Deswegen war er als Einsatzleiter ausgewählt worden und
deswegen war ihm dieses Team überantwortet worden.
So wie es ihm schon als Teil der SEAL-Teams eingebläut
worden war: Ein Scheitern kam nicht infrage. Er musste sich
anpassen und Schwierigkeiten überwinden.

Sie hatten dem Ladenbesitzer eine weitere Dosis Ketamin
verpasst und den sicheren Unterschlupf verlassen.

Haney und Morrison bemannten den Technical. Harvath,
Staelin, Gage und Barton folgten in dem Land Cruiser.

Drei Kilometer vor Halims Anwesen verließen sie die
Straße und fuhren in die Wüste.

Das Gelände war flach. Es gab keine Hügel, keine Hohl-
wege, keinen Baumbestand. Nirgendwo konnten sie ihre
Fahrzeuge verstecken. Ohne die totale Dunkelheit dank
des verdeckten Mondes wäre ihre Ankunft wie auf einer
Reklametafel angekündigt geworden.

In ihrem Unterschlupf hatten sie die Sicherungen der
Rücklichter entfernt. Die Scheinwerfer und Kontrollleuchten

hatten sie ausgeschaltet. Sie verließen sich ausschließlich auf ihre Nachtsichtgeräte, um ihre Autos vorsichtig durch die Nacht zu steuern.

Sobald sie sich dem Anwesen in sicherer Entfernung genähert hatten, blieben sie stehen und schalteten die Motoren aus. Über ihnen überwachte die Reaper-Drohne das Schleuseranwesen und benachrichtigte Harvath über jegliche Bewegungen.

Sein Plan sah vor, das Gelände zu betreten, während Halim und seine Männer schliefen. Die einzige Bewegung, die die Drohne registriert hatte, lag über eine Stunde zurück. Ein Mann hatte das Gästehaus verlassen, eine Zigarette geraucht und war wieder reingegangen. Seitdem war nichts mehr passiert. So weit, so gut.

Das Team stieg aus den Fahrzeugen und versammelte sich hinter dem Technical, um die Ausrüstung ein letztes Mal wortlos zu kontrollieren.

Angesichts des kurzfristigen Zeitrahmens hatte die CIA erstaunliche Arbeit geleistet. Nicht nur hatte sie Harvath und sein Team nach Libyen gebracht, sondern auch einen sicheren Unterschlupf, die Fahrzeuge und eine vernünftige Ausrüstung organisiert.

Neben Helmen und den Nachtsichtgeräten gehörten dazu auch sechs M4-Sturmgewehre mit Schalldämpfern, komplett mit Leuchtpunktvisieren und Infrarotlasern.

Was Faustfeuerwaffen betraf, stand ihnen eine bunte Mischung zur Verfügung, die aber dennoch eindrucksvoll war. Harvath hatte immer noch die H&K von zuvor. Gage und Staelin hatten Anspruch auf die beiden 1911-Pistolen angemeldet. Barton hatte sich für die Sig Sauer entschieden. Die Marines Haney und Morrison hatten sich jeweils eine Beretta 92 geschnappt.

Obwohl ihre Ausrüstung größtenteils aus zweiter Hand stammte, war die Kommunikationstechnik einwandfrei. Alles war das Neueste vom Neuesten, vollständig verschlüsselt und das Beste, was derzeit erhältlich war.

Da die Drohne ihre einzige Unterstützung darstellte, hatte Harvath darauf bestanden, dass sich das Team möglichst ausgiebig bewaffnete. Deswegen hatten alle im Team ihre Munitionswesten mit so vielen Ersatzmagazinen vollgestopft, wie sie tragen konnten.

Als sie bereit waren, gab Harvath das Signal, und sie krochen lautlos auf das Anwesen zu.

24

Gage war der ausgewiesene Scharfschütze des Teams. Obwohl Harvath im Vorfeld eine ausführliche Liste der benötigten Ausrüstung eingereicht hatte, war nicht alles verfügbar gewesen.

Gage hatte insbesondere ein SOCOM-MK-13-Scharfschützengewehr mit Kaliber 300 WinMag angefordert. Er wollte eine effektive Waffe mit verlässlicher Munition, mit der er in jeder Situation zurechtkommen würde.

Aber bei ihrer Ankunft hatte sich kein Scharfschützengewehr unter den Ausrüstungsgegenständen befunden. Entweder war die Bestellung verloren gegangen oder die Waffe war einfach nicht verfügbar gewesen. Gage würde sich mit dem begnügen müssen, was er hatte.

Kurz bevor das Team den Zaun an der Rückseite des Warenhauses erreichte, setzte Gage sich ab. Er suchte am Boden kurz nach Skorpionen und anderen Überraschungen.

Dann legte er sich hin und brachte sich hinter seinem Gewehr in Position.

Der für die Deckung zuständige Mann war somit auf seinem Posten. Harvath funkte das Drohnenteam an und bat um einen Lagebericht.

»Keine Bewegungen auf dem Gelände. Keine Bewegung am Warenhaus«, lautete die Antwort.

»Verstanden«, entgegnete Harvath und gab dem Rest des Teams das Zeichen, sich dem Zaun zu nähern.

Neben der sonstigen Ausrüstung hatte die CIA auch ein paar Aufbruchwerkzeuge organisiert. Dazu hätten auch Bolzenschneider gehören sollen oder zumindest eine Channel-lock-Drahtschere. Stattdessen hatte sie lediglich ein Leatherman-Multifunktionswerkzeug geliefert.

Harvath überprüfte kurz, wie dick der Zaun war, und winkte Morrison zu sich. Er gab ihm den Leatherman und bedeutete ihm, sich an die Arbeit zu machen.

Der Zaun bestand aus schwerem, verzinktem Stahl. Es würde Schwerstarbeit sein, sich mit dem kleinen Werkzeug durch den Zaun zu schneiden. Harvath hätte schwören können, dass Morrison ihm ein stummes *Du Arsch!* zuwarf. Er lächelte und suchte die Umgebung weiter nach Gefahren ab.

Es gab keine Wachen und keine Fußpatrouillen. Höchstwahrscheinlich hatte Halim entweder nicht genügend Leute oder er hielt es nicht für notwendig, jemanden rund um die Uhr Wache schieben zu lassen. *Großer Fehler.*

Als Morrison ein Loch in den Zaun geschnitten hatte, durch das sie alle passen würden, gab er Harvath den Leatherman zurück. Harvath steckte ihm die Faust zum Fistbump entgegen. Er wusste, dass die Hände des jungen Marines höllisch wehtun mussten. Statt der Faust zeigte Morrison ihm den Mittelfinger. Rechts von ihm unterdrückte Haney ein Lachen.

Auf Harvaths Befehl hin kletterten sie nacheinander durch die Lücke im Zaun und nahmen ihre Stellungen an der Hinterseite des Gebäudes ein.

Die große Rolltür war mit einem schweren Vorhängeschloss gesichert. Selbst mit einem Bolzenschneider hätte sich Harvath gar nicht erst die Mühe gemacht, sie öffnen zu wollen. Sie wussten nicht, was sich auf der anderen Seite befand und wie viel Lärm sie machen würden.

Stattdessen war ihr Ziel eine normale Tür an der nördlichen Seite des Gebäudes.

Nach der Bestätigung durch die Drohne, dass die Luft rein war, warf Harvath einen Blick um die Ecke und führte sein Team voran.

An der Tür befahl er allen, stehen zu bleiben. Dann versuchte er es mit dem Türgriff. Er war schon oft genug an den heruntergekommensten und gefährlichsten Orten der Welt gewesen und hatte festgestellt, dass eine Tür nicht abgeschlossen war. Hier jedoch schon.

Er ließ sein Gewehr an dem Gurt vor seiner Brust hängen und zog ein Bündel Dietriche aus seiner Einbruchsausrüstung hervor. Damit machte er sich an dem Schloss zu schaffen. 20 Sekunden später hatte er es geöffnet. Er zog die Tür auf und trat zur Seite, um das Team ins Gebäude zu lassen.

Das Erste, was ihnen auffiel, war der Geruch. Selbst die großen Industrieventilatoren, die sich über den Türen drehten, konnten ihn nicht vertreiben. Es roch nach Verzweiflung.

Der Geruch von Erbrochenem und Urin mischte sich mit dem von Schweiß und Blut. Auf dem harten Betonboden schliefen mehr als 100 Menschen. Einige von ihnen hatten

Decken, die meisten jedoch nicht. Eine Entwässerungsrinne verlief zur Mitte des Raums.

Auf der gegenüberliegenden Seite husteten mehrere Leute. Ihr Husten klang tief und schleimig. Harvath und sein Team malten sich aus, wie viele Krankheiten an diesem Ort erlitten, geteilt und ausgebrütet wurden.

Harvath zog die Tür zu und sah auf das Schloss. Auch auf dieser Seite war die Tür versperrt. Sollte es hier einen Brand geben, säßen die Flüchtlinge in einer Todesfalle fest.

Das Team bewegte sich leise durch den Bereich, in dem sich keine Menschen befanden, und richtete seine Waffen in alle Richtungen. Angesichts der üblen Bedingungen, die hier vorherrschten, war es nicht verwunderlich, dass sich keine Wachen in dem Raum aufhielten.

Die auf dem Boden schlafenden Menschen hatten enorme Summen bezahlt, um aus ihren Heimatländern zu fliehen und nach Europa geschleust zu werden. Sie hatten Tausende von Kilometern zurückgelegt, um aus Gambia, Nigeria, Senegal oder dem Sudan an diesen Ort zu gelangen. Wieder andere kamen aus Ländern wie dem Irak oder Syrien.

Einige von ihnen waren krank. Viele waren unterernährt. Und trotz der grauenvollen Dinge, die einigen der Flüchtlinge angetan worden waren, wollte niemand von ihnen zurück. Dafür waren sie schon zu weit gekommen.

In der hinteren Ecke des Gebäudes befand sich das Büro. Als sich das Team vorsichtig darauf zubewegte, fiel Harvath eine Frau auf, die sich gegen die Wand lehnte. Sie war abgemagert und hatte bleiche Haut. Über ihre Schulter hing ein Tuch. Unter dem Tuch stillte sie ein unglaublich kleines Baby.

Sie starrte zu Harvath hinauf, ohne zu blinzeln, fast schon leblos. Er wusste nicht, wie gut sie ihn in der Dunkelheit erkennen konnte, aber sie schien zu merken, dass er da war.

Er legte den Zeigefinger an die Lippen und bedeutete ihr, kein Geräusch zu machen.

Er öffnete die Verpackung eines Energieriegels, den er bei sich trug, und drückte ihn der Frau in die Hand. In der Nähe stand eine halb volle Flasche Wasser. Er stellte sie in ihre Nähe, damit sie danach greifen konnte, ohne das Baby zu stören.

Er wünschte sich, mehr für die Frau tun zu können, aber Haney signalisierte ihm bereits, dass die Bürotür abgeschlossen war und dass er gebraucht wurde, um sie zu öffnen.

Harvath verließ die Mutter und das Baby, um sich seinem Team anzuschließen.

Die Bürotür war massiv – massiver als die Tür, durch die sie das Lagerhaus betreten hatten. Sie erinnerte Harvath an die Sicherheitstür in dem Elektronikgeschäft. Er nahm seine Dietriche und machte sich an die Arbeit.

Das Schloss war schwerer aufzubekommen als das vorherige, aber es war machbar. Sobald es ihm gelungen war, nickte er Haney zu, der dem Team ein Zeichen gab und mit seinen Fingern von drei herunterzählte.

Auf das Zeichen des Marines hin öffnete er die Tür vorsichtig. Haney eilte in das Büro, gefolgt von Morrison und Staelin. Harvath und Barton bildeten die Nachhut.

Der Raum war klein und mit Vorräten vollgestopft. Ein Metalltisch und zwei Stühle standen auf einem verblichenen Perserteppich. Zerfledderte Aktenordner lagen unordentlich auf einem billigen Bücherregal aus Holz. Ein großer Eimer stand wie ein Schirmständer in einer Ecke. Er enthielt jedoch keine Schirme, sondern Gebetsteppiche.

An der gegenüberliegenden Wand standen mehrere große Aktenschränke. Darüber war eine Seekarte des Mittelmeers mit Tesafilm an die Wand geklebt. Mehrere kleine Stecknadeln waren auf der Karte verteilt.

Harvath inspizierte die Karte, während Morrison und Barton den Schreibtisch und die Stühle verschoben, um den Teppich zur Seite zu ziehen. *Eine Bodenluke wäre ja* äußerst *typisch für einen Schlepper!*

Allerdings zerstreuten sich die Hoffnungen des Teams, als sie unter dem Teppich nur dieselben ramponierten Linoleumplatten vorfanden wie auf dem restlichen Boden.

Harvath wandte den Blick von der Karte ab und sah auf den Boden unter seinen Stiefeln. Die Platten dort sahen – soweit er es durch das Nachtsichtgerät beurteilen konnte – weniger abgenutzt aus als die anderen.

Er kniete sich hin und fuhr mit den Fingerspitzen über die Platten. Zunächst fiel ihm nichts auf. Doch als er sie ein zweites Mal langsamer abtastete, spürte er etwas.

Da waren zwei äußerst schmale Furchen. Harvath winkte Haney zu sich und zeigte ihm, was er gefunden hatte.

Sie brauchten fünf Minuten, um den Öffnungsmechanismus zu finden. Daraufhin erfolgte ein Klicken, und der mittlere Aktenschrank bewegte sich ein kleines Stück vorwärts.

Der Schrank stand auf Rädern. Indem sie ihn oben festhielten, konnten sie ihn in den Raum ziehen. Dahinter kam ein kleiner Gang zum Vorschein.

Harvath funkte Gage an und teilte ihm mit, dass sie das Gesuchte gefunden hatten und dass sie sich an der Tür des Lagerhauses treffen würden.

Für das, was sie vorhatten, brauchte er sein gesamtes Team.

25

Morrison inspizierte den Draht, der mit dem Öffnungs-mechanismus des Aktenschranks verbunden war. Er wollte sich vergewissern, dass er an keiner Alarmvorrichtung hing, die Halim vorwarnen würde.

»Alles in Ordnung?«, fragte Harvath kurz darauf.

Der Marine nickte. Dann fügte er lächelnd hinzu: »Du gehst als Erster.«

Harvath rollte mit den Augen und trat vor, um sein Team in den Gang zu führen.

Dort befanden sich ein paar Stufen, nach denen sich der Tunnel etwas weitete, wenn auch nicht allzu sehr.

Sie gingen langsam voran. Gelegentlich mussten sie sich ducken oder seitwärts gehen, um durch den Gang zu passen. Ihre Helme kratzten an der Decke. Ihre Ellbogen stießen gegen die Wände.

Sie blieben dabei, kein Wort zu sagen, obwohl jeder Einzelne – vor allem die größeren Männer – sich nur allzu gern lautstark beschwert hätte.

Am Ende des Tunnels wies Harvath das Team an, stehen zu bleiben. In die Wand waren mehrere Sprossen aus Beton-stahl eingelassen. Sie erinnerten ihn an eine Kanalleiter.

Über sich sah er die Umrisse einer Bodenluke. Mit Hand-zeichen bedeutete er den anderen, was er von ihnen erwartete.

Die Botschaft wurde nach hinten weitergereicht. Er wech-selte zu seiner Pistole und drehte den Schalldämpfer auf den gewundenen Lauf.

Er prüfte, ob die erste Sprosse sein Gewicht aushielt. Sobald er sich vergewissert hatte, dass dies der Fall war, begann er mit dem Aufstieg.

Mit jeder Stufe behielt er die Luke über sich im Auge. Er hasste Bodenluken. Oft befanden sie sich unter Teppichen oder Tischen, und es konnte äußerst nervig sein – oder sogar unmöglich –, sie zu öffnen. Noch umständlicher war, dass die Jungs ihm einzeln folgen mussten. Aber je näher er der Luke kam, desto weniger glaubte er, dass es ein Problem geben würde.

Angesichts der Länge des Tunnels hatte er eine gute Vorstellung davon, wo auf dem Gelände sie sich befinden mussten. Der Geruch von Stallmist bestätigte seine Vermutung.

Er legte ein Ohr gegen die Luke und lauschte. Falls sich jemand auf der Oberseite befand, machte er jedenfalls keine Geräusche.

Harvath schlang seinen Arm um die oberste Sprosse und brachte sich in eine stabile Position, bevor er seine Pistole hob und gegen die Klappe drückte. Sie war nicht abgeschlossen oder blockiert. Zu seiner Überraschung gab sie nach.

Bevor er sie weiter aufschob, prüfte er, ob der Rahmen mit einer Falle gesichert war. Im Laufe der Jahre hatte er mehr als genug davon gesehen. Er hatte auch selbst ein paar installiert.

Sie waren nicht schwierig zu bauen. Eine der einfachsten Fallen erforderte nicht mehr als eine Granate, ein Stück Draht und eine halbe Coladose.

Harvath konnte keine Anzeichen für eine Sprengvorrichtung erkennen und öffnete die Bodenluke vollständig.

Schimmelige Holzspäne, die für den Stallboden benutzt wurden, rieselten in den Tunnel. Der Gestank von Kot war jetzt noch intensiver.

Harvath überblickte den kleinen Stall. Vier Ziegen starrten ihm entgegen. Sobald sich ihre Blicke begegneten, fingen die Ziegen an zu meckern.

Sie waren laut und klangen so, als hätte gerade jemand eine Alarmanlage ausgelöst. Harvath musste schnell etwas unternehmen.

Er war hierhergekommen, um Halims Leute zu töten – nicht ein paar Ziegen. Es war nicht ihre Schuld, dass sie hier waren. Abgesehen davon konnte der Schalldämpfer auf seiner H&K die Schüsse nur bis zu einer gewissen Lautstärke unterdrücken. Es gab keinen hundertprozentigen Schalldämpfer. So etwas existierte nur im Film.

Er ließ seinen Blick rasch durch die Scheune wandern. Von der Decke hingen mehrere Getreidesäcke. Sie waren außer Reichweite der Ziegen, aber auch zum Schutz vor Ungeziefer und Nagetieren aufgehängt worden.

Harvath hievte sich aus der Bodenöffnung, zog sein Messer und schlitzte den nächsten Getreidesack auf. Die Körner rieselten aus dem Sack und fingen an, auf dem Boden ein Häufchen zu bilden. Die Ziegen machten sich sofort darüber her und verstummten, als sie zu fressen begannen.

Harvath sah die Öffnung hinunter und gab seinem Team das Zeichen, sich zu beeilen und aus dem Tunnel zu klettern. Während sie dies taten, schnitt er die restlichen Säcke auf. Er musste dafür sorgen, dass die Ziegen lange genug ruhig blieben, bis das Team den Stall verlassen hatte.

Er näherte sich der Tür und öffnete sie gerade weit genug, um einen Blick nach draußen zu werfen. Sie befanden sich in der nordöstlichen Ecke des Geländes. Direkt gegenüber befand sich das Gästehaus, dahinter das Hauptgebäude und rechts nebenan das fensterlose Gebäude. Daneben waren mehrere Holzkisten und leere Paletten aufgehäuft.

»Gut, dass du die Ziegen in Ruhe gelassen hast«, flüsterte Gage, als er sich zu Harvath an der Tür begab. »Sie können es nicht leiden, wenn du ihre Freundinnen in so was reinziehst.«

Harvath kicherte und trat zur Seite, damit Gage einen Blick nach draußen werfen konnte.

»Siehst du das Gebäude auf der rechten Seite?«, fragte er, als Gage hinausspähte.

Der Green Beret nickte. »Guter Blick auf den Hof.«

»Meinst du, dass du aufs Dach kommst?«

»Finden wir's raus.«

Harvath wandte sich wieder an das Drohnenteam.

»Keine Bewegung auf dem Gelände«, teilte das Team mit.

Während Morrison und Barton die Ziegen im Auge behielten, zählte Harvath von drei bis eins und öffnete die Tür. Gage eilte auf das Gebäude zu. Staelin und Haney gaben ihm Deckung.

Sobald Gage angekommen war, stellte er leise ein paar der Paletten an die Wand und kletterte an ihnen hinauf. Harvath stellte sich innerlich bereits darauf ein, dass das trockene, sonnengeblichene Holz unter dem Gewicht des großen Mannes zusammenbrechen würde. Aber so kam es nicht.

Gage zog sich mit seinen gewaltigen Armen in die Höhe, schwang die Beine über die Brüstungsmauer und kroch lautlos bäuchlings auf die andere Seite.

»In Position«, gab er kurz darauf per Funk durch.

»Wie sieht's aus?«

»Wie montags in der Kirche. Still und leer.«

Von seiner Stellung aus hatte Gage freien Blick auf das Gästehaus, das Hauptgebäude und das Eingangstor. Falls jemand mit einer Waffe auftauchen sollte oder falls jemand abhauen wollte, wusste Gage, dass er schießen durfte.

Zunächst wollte sich Harvath jedoch vergewissern, dass der Green Beret nicht auf einem Nest aus Halims Leuten saß. Er gab Staelin und Haney das Signal, die Lage zu prüfen.

Eine der wichtigsten Regeln beim Ausschalten eines Ziels lautete: *Lauf nicht in deinen eigenen Tod.* Staelin und Haney liefen mit schussbereiten Waffen zielgerichtet über den Hof. Dabei hielten sie die Augen nach Bedrohungen offen.

An der Tür wartete Staelin darauf, dass Haney seine Schulter drückte – das Signal, dass er bereit war. Daraufhin drückte der Delta-Force-Agent den Türgriff nach unten. Die Tür war nicht verschlossen.

Staelin öffnete die Tür und trat zur Seite, damit Haney vorrücken konnte. Dann folgte er ihm.

Beide schickten über Funk dieselbe Nachricht: »Sauber.«

Dann sagte Staelin: »Meine Güte. Dieser Halim ist völlig krank. Das sieht hier aus wie eine Folterkammer aus dem Mittelalter.«

»Fehlt nur noch eine eiserne Jungfrau«, ergänzte Haney.

»Bleibt in Bereitschaft«, sagte Harvath.

Er war nicht überrascht, dass das fensterlose Gebäude dem Schmuggler zum Ausleben seiner übelsten psychopathischen Veranlagungen diente. Gerüchten zufolge war Halim ein Kommandant der Soqur Al-Fatah gewesen, der Fatah-Falken.

Sie waren einst die am meisten gefürchtete Todesschwadron Gaddafis. Sie jagten im ganzen Land nach Aufständischen. In mit einem schwarzen Sichelmond bemalten Schiffscontainern hielten sie Verdächtige fest und folterten sie, bis sie Informationen über ihre Netzwerke preisgaben. Wo auch immer die Gruppe auftauchte, verschwanden Menschen. Zurück blieben Massengräber.

Nur in einer Einheit wie Soqur Al-Fatah konnte sich ein Psychopath wie Umar Ali Halim ausleben. Und nur hier konnte er für seine bösartige Neigung bezahlt werden, seinen Mitmenschen Schmerzen zuzufügen.

Harvath signalisierte Barton und Morrison, den letzten Getreidesack aufzuschlitzen und zur Tür zu kommen.

Als dies geschehen war, bat er das Drohnenteam in Tunesien und Gage auf dem Dach um einen letzten Lagebericht. Sobald beide positive Rückmeldung gegeben hatten, befahl er allen, sich für Phase Zwei bereit zu machen.

Staelin und Haney befanden sich am nächsten am Hauptgebäude, also würden sie sich um Halim kümmern. Harvath würde mit Morrison und Barton das Gästehaus angreifen, in dem Halims Männer vermutet wurden.

Nach einer abschließenden Prüfung der Waffen, Kommunikationsgeräte und Ausrüstung waren alle bereit. Harvath, der jetzt wieder sein schallgedämpftes Gewehr in den Händen hielt, zählte wieder von drei bis eins.

Wegen dem, was jetzt kommen würde, hatten sie den langen Weg nach Libyen auf sich genommen. Es ging los.

26

Beide Angriffsteams traten aus den jeweiligen Gebäuden und bewegten sich auf die ihnen zugewiesenen Ziele zu.

In Harvaths Team übernahm Barton die Führung und Morrison bildete die Nachhut. Harvath war der Mann in der Mitte.

Das Gästehaus erinnerte Harvath an Gebäude, die er überall in Nordafrika gesehen hatte. Gebaut aus Schlackenbeton, mit kleinen Fenstern und einer Holztür mit Metallbeschlag.

Während er sich dem Eingang näherte, flüsterte Gage über Funk: »Klopf, klopf, ihr Arschlöcher!«

An der Tür wartete Barton, bis Harvath ihm die Schulter drückte. Danach bewegte der rotbärtige SEAL den Türgriff. Die Tür war nicht verschlossen. Er öffnete sie, und Harvath stürmte ins Innere, gefolgt von Morrison. Barton schloss die Tür und bildete das Schlusslicht.

Sie befanden sich in einem schmalen Gang mit je einer Tür links und rechts. *Reines Glücksspiel.* Harvath konnte sich zwischen beiden entscheiden.

Er war unzählige Male Teil einer Razzia in der muslimischen Welt gewesen. Er wusste, worauf er in einer Situation wie dieser achten musste. Schuhe.

Er sah nach links und rechts. Vor beiden Türen stapelten sich Männerschuhe. Keine Frauen- oder Kinderschuhe. Das war ein gutes Zeichen.

Harvath entschied sich für die Tür mit dem größeren Schuhhaufen und wandte sich nach links. Morrison nahm die rechte Seite und Barton folgte Harvath, so wie geplant.

Er drehte am Türgriff, aber die Tür war nicht einmal ganz geschlossen. Wer auch immer zuletzt den Raum betreten hatte, hatte die Tür nicht ins Schloss gezogen.

Harvath lehnte sich leicht gegen die Tür. Sein Gewehr war schussbereit. Er stellte sich darauf ein, dass gleich Metall auf Metall quietschen und ihn die alten Scharniere verraten würden. Aber die Tür gab kein Geräusch von sich.

Harvath drang in den Raum vor und hatte ihn fast ganz betreten, als einer von Halims Männern sich im Bett aufrichtete. Zwei weitere taten es ihm nach. Alle drei hatten Waffen – und zwar nicht neben dem Bett, sondern im Bett.

Nie würde Harvath herausfinden, ob die Männer nur aufgrund des Ziegengemeckers vorsichtig gewesen waren oder ob sie immer mit ihren AK-47 schliefen. Es war ihm auch egal. Er drückte den Abzug.

Er schaltete die ersten beiden Männer mit Kopfschüssen aus. Aber als er auf den dritten Mann feuerte, verfehlte er ihn und die Kugel schlug in die Wand.

Er visierte sein Ziel erneut an. Eine Kugel streifte den Schädel des Mannes und brachte seine Frisur durcheinander. Die nächste drang direkt in sein linkes Auge ein und tötete ihn.

Mittlerweile hatte Barton hinter ihm den Raum betreten. Halims übrige Männer in dem Raum warfen ihre Decken zur Seite und tasteten im Dunkeln nach ihren Waffen. Barton übernahm die rechte Seite des Raums. Harvath konzentrierte sich auf die linke.

Harvath gab jeweils zwei gezielte Schüsse ab, die nun ruhig und mit tödlicher Präzision erfolgten. Barton war ebenso tödlich – wenn nicht noch mehr.

Sobald alle Gegner erledigt waren, schickte Harvath Barton los, um nach Morrison zu sehen. Sobald dieser das Zimmer verlassen hatte, ging Harvath einmal auf und ab, um mit zusätzlichen Schüssen sicherzustellen, dass es keine Überlebenden gab.

Als er alle Betten abgegangen war, hörte er Haneys Stimme in seinem Ohrstöpsel. »Jackpot!«

Sie hatten Halim.

Harvath wies Morrison und Barton an, die Eingangstür zu bewachen. Dann ging er durch Morrisons Raum, um sich zu vergewissern, dass niemand überlebt hatte. Es *hatte* niemand überlebt. Der Force Recon Marine erledigte seine Arbeit immer gründlich.

Nachdem er das Gästehaus verlassen hatte, ging Harvath auf das Hauptgebäude zu. Morrison und Barton, die von Gage gedeckt wurden, suchten währenddessen das restliche Gelände ab.

Staelin und Haney hatten den Menschenschmuggler in seinem Schlafzimmer gefunden. Er war allein.

Als Harvath den Raum betrat, saß Halim auf einem goldenen Stuhl, an den er mit Einweghandfesseln gebunden war. Um seine Hand war ein blutgetränktes Handtuch gewickelt.

»Was ist passiert?«, fragte Harvath.

»Er wollte die hier unter seinem Kopfkissen hervorziehen«, antwortete Haney und hielt eine Makarow-PMM-Pistole in die Höhe. »Also habe ich auf ihn geschossen.«

»Gut gemacht. Sucht das restliche Haus ab. Ich behalte ihn im Auge.«

Harvath zog eines der wenigen Fotos aus seiner Hosentasche, die je von Umar Ali Halim gemacht worden waren.

Das Foto war 20 Jahre alt, aber die Narbe, die von einem Punkt über seinem linken Auge durch die Augenbraue, über die Nase und über die linke Wange verlief, war unverkennbar. Sie hatten ohne jeden Zweifel den Richtigen erwischt.

Halim hatte den Körperbau eines Wrestlers. Er war breit und muskulös. Seine Haare waren kurz und schwarz, ebenso wie der Bart. Seine merklich vorstehenden Zähne erinnerten Harvath an Saddam Husseins psychopathischen Sohn Udai.

Harvath hätte das Licht einschalten können, wollte aber, dass der Menschenschmuggler gestresst blieb. In dem Raum war es völlig dunkel. Nichts sehen zu dürfen war äußerst beunruhigend.

»Zeig mal deine Hand«, sagte Harvath, als er seine umgehängte Waffe zur Seite schob und das Handtuch aufwickelte.

Selbst durch sein Nachtsichtgerät konnte er erkennen, dass die Wunde ziemlich schlimm war. Sie blutete stark, und einer von Halims Fingern war fast vollständig abgetrennt worden. Er lag in dem Handtuch und war kaum noch mit der Hand verbunden.

»Scheint, als würdest du kein Klavier mehr spielen können«, meinte Harvath.

Halim antwortete nicht. Stattdessen legte er den Kopf in den Nacken und spuckte einen dicken Speichelbolzen in Harvaths Gesicht.

Der nahm seine Waffe wieder in die Hand und schmetterte sie gegen den Nasenrücken des Schmugglers. Die Nase brach. »Und Model wirst du auch nicht mehr.«

Er wischte sich die Spucke des Mannes aus dem Gesicht und schimpfte mit sich, weil er nicht mit dieser Reaktion gerechnet hatte. Für Männer aus Nordafrika und dem Nahen Osten war Spucken eine üble Beleidigung.

Es war nicht das erste Mal, dass ihn jemand angespuckt hatte. Meistens geschah es aus Angst. So wollten Männer in einer Situation, über die sie keinerlei Kontrolle hatten, die Oberhand behalten. Die Reaktion darauf musste schnell erfolgen. Deswegen hatte Harvath dem Mann die Nase gebrochen. Dem Schlepper musste von Anfang an klar sein, wer hier der Boss war und dass er nicht zum Spaß hierhergekommen war.

Er sah auf die verletzte Hand des Mannes hinab und berührte sie nahe dem abgetrennten Finger mit seinem Schalldämpfer. Der Körper des Schleusers versteifte sich, als ihn der Schmerz wie ein Blitz durchfuhr, und er stieß einen schrillen Schrei aus.

Harvath wickelte das Handtuch vorsichtig wieder um die Hand und achtete darauf, dass er dabei kein Blut abbekam.

Sie würden ihn vor dem Verhör behandeln müssen. Der einfachste Weg, um an Antworten zu gelangen, führte wahrscheinlich über die verwundete Hand des Mannes. Aber damit würden sie es Halim zu leicht machen, fand Harvath.

Jeder bekommt, was er verdient, und Ali Halim verdiente so viel wie möglich von dem Leid, das er anderen zugefügt hatte. Harvath hätte ihn gern auf seinen eigenen fliegenden Teppich gespannt.

Da Staelin derjenige im Team mit den meisten medizinischen Kenntnissen war, wollte Harvath, dass er den Libyer verarztete.

Er wollte ihn gerade anfunken, als er Staelins Stimme aus dem Ohrstöpsel hörte. »Boss, wir haben ein Problem. Du musst sofort in den Hof kommen!«

27

Sobald Morrison und Barton das Hauptgebäude komplett gesichert hatten, ließ Harvath sie auf Halim aufpassen und ging nach draußen.

Staelin und Haney standen vor dem Sonnensegel, unter dem die Schrottautos der Schmuggler geparkt waren. Ein Libyer lag mit Plastikhandfesseln fixiert auf dem Boden. Er war gerade noch Teenager oder vielleicht Anfang 20 und nicht besonders groß.

»Wo habt ihr den denn gefunden?«, fragte Harvath, als er sich näherte.

Haney nickte in Richtung des Autos neben ihm. »Im Kofferraum.«

»Er hat die hier bei sich gehabt«, ergänzte Staelin, griff in den Kofferraum und holte eine AK-47 sowie einen mit Magazinen vollgestopften Brustgurt hervor. »Er schob wahrscheinlich Wache und ist in den Wagen gestiegen, um ein Nickerchen zu machen. Deswegen hat ihn die Drohne nicht gesehen. Als ihr angefangen habt zu schießen, muss er den Rücksitz runtergeklappt haben und in den Kofferraum gekrochen sein.«

»Der Vollidiot hat sogar seine Ausrüstung auf dem Fahrersitz gelassen. Aber es hat ihm wahrscheinlich das Leben gerettet. Wenn er eine Waffe in der Hand gehabt hätte, als wir den Kofferraum aufmachten, wäre er jetzt tot.«

»Und hatte er ein Handy bei sich?«, wollte Harvath wissen.

Haney gab es ihm, aber es war gesperrt.

»Stellt ihn auf die Beine«, befahl Harvath.

Staelin und Haney richteten den Libyer auf.

Harvath hielt das Handy in die Höhe, zeigte auf den Bildschirm und fragte den Mann: »Wie lautet das Passwort?«

»*Anna la 'atakallam 'Inglizi*«, entgegnete der Libyer und tat so, als verstünde er nichts. *Ich spreche kein Englisch.*

Harvath nickte Haney zu, der dem Mann so hart in den Magen boxte, dass ihm die Beine wegsackten.

Der Mann krümmte sich vor Schmerzen.

Harvath gab ihm eine Minute, um sich zu erholen, und nickte Haney erneut zu. Der packte ihn an den Haaren und riss seinen Kopf nach oben.

»Wie lautet das Passwort?«, wiederholte Harvath.

Der Mann schaffte es nur zur Hälfte durch seinen *Ich spreche kein Englisch*-Spruch, bevor Harvath seine Pistole zog und damit auf seinen Kopf zielte.

Plötzlich beherrschte der Mann die Sprache problemlos. »Zwei, zwei, drei, sieben«, sagte er mit schwerem Akzent.

Harvath tippte die Zahlen ein. Das Handy war entsperrt. Sobald er sah, wozu das Handy zuletzt genutzt worden war, wusste er, dass Ärger bevorstand. »Stecken die Schlüssel in den Autos?«

Staelin nickte.

Harvath wandte sich an das Drohnenteam. »Irgendwelche Bewegungen in unserer Nähe? Fahrzeuge oder Personen?«

»Negativ.«

Er hatte das unangenehme Gefühl, dass es nicht ruhig bleiben würde. Er funkte Barton an und sagte ihm, er solle auf den Hof kommen, um den neuen Gefangenen in das Hauptgebäude zu bringen.

»Was sollen wir machen?«, fragte Haney.

»Schnappt euch eine von diesen Karren und holt unsere Fahrzeuge.«

»Und dann?«

Harvath packte den Libyer am Nacken und stieß ihn in Richtung des Tors, damit er es für sie öffnete. »So weit bin ich noch nicht. Macht einfach!«

»Verstanden«, erwiderten die Männer. Sie entschieden sich für einen alten LC70 Pick-up. Während Haney den Motor anließ, zerschmetterte Staelin die Bremslichter mit dem Schaft seines Gewehrs. Je weniger Aufmerksamkeit sie außerhalb des Geländes auf sich zogen, desto besser.

Haney schaltete die Scheinwerfer aus. Sie verließen das Gelände, um dorthin zurückzufahren, wo sie den SUV und den Technical des Teams geparkt hatten.

Als der junge Libyer das Tor wieder schloss, trat Barton in den Hof. Harvath übergab ihm den Gefangenen und zog sein Satellitentelefon hervor.

Im CIA-Büro wurde sein Anruf nach dem zweiten Klingeln entgegengenommen. Harvath fasste die Lage kurz zusammen, gab die Nummer des Handys durch, das er dem Libyer abgenommen hatte, und erklärte, was er wissen wollte.

Er nahm an, dass man in Langley mindestens fünf Minuten brauchen würde. Der Rückruf kam nach drei Minuten.

Die NSA war dazugeschaltet worden. Das war kein gutes Zeichen.

»Sieht so aus, als wäre da jemand in einen Ameisenhügel getreten«, sagte ein NSA-Mitarbeiter. »Sämtliche der von uns überwachten Telefone der Libyschen Befreiungsfront leuchten auf. Die Nummer, die du uns gegeben hast, hat an mindestens sechs von uns beobachtete Telefone Nachrichten geschickt.«

Genau das hatte Harvath befürchtet. »Verstanden. Behaltet sie im Auge. Sagt mir Bescheid, sobald sie sich in Bewegung setzen.«

»Sie bewegen sich schon!«, antwortete die Stimme. »Und das solltet ihr auch!«

Harvath dankte allen und beendete das Gespräch. Er funkte Gage an und sagte: »Wir bekommen Gesellschaft, Jack. Ich will, dass du in der Nähe des Tors bleibst. Wenn du irgendjemanden siehst, der nicht zu uns gehört, schießt du. Verstanden?«

»Klar und deutlich«, erwiderte Gage. »Jetzt wird's ernst.«

»Allerdings, aber bevor es richtig ernst wird, sind wir schon lange verschwunden.«

Harvath hatte den Hof halb überquert und ging in Gedanken den Weg zum sicheren Unterschlupf durch, als der Anführer des Drohnenteams sich bei ihm meldete.

»Sieht so aus, als ob die Befreiungsfront euch einzäunen will«, sagte die Stimme. »Außerhalb der Stadt stehen bereits zwei Straßensperren. Jungs, ihr müsst abhauen!«

Sie blockieren die Ausgänge und schicken dann ein Angriffsteam, um uns zu eliminieren. Schlau. So wäre Harvath an ihrer Stelle auch vorgegangen. Wer auch immer diese Leute ausgebildet hatte, hatte ganze Arbeit geleistet.

Er beendete die Kommunikation mit dem Drohnenteam und funkte Haney an. »Mike, was ist dein Status?«

»Wir sind gleich bei dir. 30 Sekunden.«

»Verstanden«, antwortete Harvath und rief Gage an. »Jack, mach ihnen die Tür auf.«

»Geht klar«, sagte der Green Beret.

Harvath eilte zum Hauptgebäude und sah nach, wie es um die Gefangenen stand.

Der junge Libyer lag im Schlafzimmer bäuchlings auf dem Boden. Halims Fesseln, mit denen er an den Stuhl gebunden gewesen war, waren durchgeschnitten und durch neue Fesseln ersetzt worden. Eine zusätzliche Fessel war besonders fest zugezogen worden, um als Aderpresse die Blutzufuhr zu seiner verletzten Hand zu verringern. Aus seiner Nase sprudelte kein Blut mehr, es tropfte nur noch etwas. Beiden Männern war mit einem Stück Gewebeklebeband der Mund zugeklebt worden.

»Alles in Ordnung hier?«, fragte Harvath, als er den Raum betrat.

Morrison und Barton hoben die Daumen.

Harvath zog zwei Mützen aus seiner Tasche, stülpte sie den beiden Gefangenen über die Augen und gab das Kommando, sich in Bewegung zu setzen.

Als sie das Gebäude verließen, warteten Staelin und Haney bereits mit laufendem Motor und geöffneten Türen auf sie.

Während Morrison und Barton die zwei Libyer auf die Ladefläche des Land Cruisers verfrachteten, breitete Harvath auf der Motorhaube eine Karte aus und leuchtete sie an.

Der NSA und dem Drohnenteam zufolge näherten sich ihnen aus allen Richtungen Milizionäre.

Die einzige Möglichkeit, den Kontakt mit ihnen zu vermeiden, verlief abseits der gepflasterten Hauptstraßen. Durch die Wüste führten kreuz und quer unbefestigte Wege, die vor allem von den örtlichen Bauern benutzt wurden. Es würde extrem schwierig werden, diesen Wegen zu folgen, aber Harvath hatte einen Plan.

Er zeigte den anderen kurz, welche Route er einschlagen wollte, und gab den Befehl zum Aufbruch. Er ließ das Drohnenteam wissen, dass sie jetzt losfahren würden.

Außerhalb des Eingangstors verlangsamten sie ihr Tempo nur kurz, damit Haney Gage mitnehmen konnte, und gaben dann Vollgas.

Sie würden mitten durch die Falle rasen. Der Plan konnte höchstens auf eine Weise schiefgehen.

28

Washington, D. C.

Die Frau sah ihn an, als wäre er wahnsinnig. »Du willst das Komplettprogramm für Lydia Ryan? Die verdammte stellvertretende Direktorin der CIA? Bist du wahnsinnig?«

»Nicht so laut!«, warnte Andrew Jordan.

Sie saßen an einem kleinen Tisch im hinteren Bereich des ältesten Lokals der Stadt, des Old Ebbitt Grill. Der Laden war unter den mächtigen Akteuren in D. C. äußerst beliebt und nur einen Katzensprung vom Weißen Haus entfernt. Und obwohl Andrew Jordan nicht danach aussah, betrachtete er sich durchaus als einen mächtigen Akteur.

Er war die heimliche Macht hinter Page Partners, Ltd. Ohne ihn wäre Paul Page ein Nichts. Und er hätte auch nichts.

Doch im Gegensatz zu Paul musste Andrew sich unauffällig verhalten. Jeder Penny, den er durch seine Arbeit für

Page Partners, Ltd. verdiente, lag auf Offshore-Konten. Von dort floss das Geld zu mehreren Briefkastenfirmen, die in Immobilien und ausländische Unternehmen investierten.

Das Ganze fand außerhalb der USA statt, fernab der neugierigen Blicke seines Arbeitgebers, der Central Intelligence Agency. Nichts führte schneller zu einer Untersuchung deiner Person als ein Bericht, dass du anscheinend über deine Verhältnisse lebst.

Um keine Aufmerksamkeit zu erregen, verhielt er sich höchst umsichtig. Er zahlte viel in seine Rentenversicherung ein; seine Hypothek war niedriger, als er es sich hätte leisten können; er fuhr einen Gebrauchtwagen und spendete großzügig an mehrere karitative Einrichtungen.

Er hatte nur ein einziges Laster: Hin und wieder ging er gern gut essen. Heute im Old Ebbet. Seine Begleitung war eine freie Mitarbeiterin, die für die CIA viele inoffizielle Aufträge übernahm.

Sofern nicht ausgerechnet jemand vom Directorate of Operations das Restaurant betrat, hätte niemand die beiden erkannt. Vor allem nicht die freie Mitarbeiterin. Sie war eine diskrete Quelle, die Jordan still und langsam aufgebaut hatte.

Die Frau hieß Susan Viscovich. Sie hatte erst für die Army Intelligence und dann die NSA gearbeitet. Irgendwann hatte sie sich selbstständig gemacht. Sie war Ende 30, achtete auf ihre Gesundheit und sah zehn Jahre jünger aus.

Sie hatte lange blonde Haare, die sie heute Abend zum Dutt hochgebunden hatte. Dies war schließlich ein Geschäftsessen. Und laut dem, was sie gerade gehört hatte, ging es um ein gefährliches Geschäft.

Sie beugte sich über den Tisch, senkte die Stimme und fragte: »Warum um alles in der Welt willst du für Ryan ein vollständiges elektronisches Überwachungspaket?«

»Das kann ich nicht verraten«, antwortete er.

Sie hob ihr Glas Wein, lehnte sich im Stuhl zurück und sagte: »Such dir jemand anderen.«

»Niemand sonst kommt infrage. Du bist die Beste.«

Viscovich nahm einen Schluck Wein, sagte aber nichts. Sie wollte diesen Auftrag nicht. Dabei würde nichts Gutes herauskommen.

»Ich bin bereit, dein Honorar zu verdoppeln.«

»Das dachte ich mir schon«, entgegnete sie. Sie hielt ihr Glas hoch, um die Aufmerksamkeit des Kellners zu erlangen und noch ein Glas zu bestellen. »Du auch?«

Er nickte, und Viscovich signalisierte dem Kellner, dass sie beide noch etwas trinken wollten.

Vor ihnen lag ein Dutzend großer Austern. Sie nahm eine davon und gab etwas Mignonette-Soße darüber. Dann setzte sie die Schale an ihren Mund, legte den Kopf in den Nacken und ließ die Auster durch ihre Kehle rutschen.

Jordan sah dabei zu. Sein Interesse daran, wie sie ihre Austern verspeiste, war etwas zu offensichtlich.

»Gibt es ein Problem?«, fragte sie.

»Nein, ich dachte bloß …«

»Ich weiß, woran du dachtest. Vergiss es.«

Er hielt die Hände hoch. »Unser Treffen ist rein geschäftlich, sonst nichts.«

»So ist es!«

Sie griff nach einer weiteren Auster und bereitete sie vor. Sie wollte die Auster gerade essen, als sie die Muschel dann doch wieder auf ihren Teller legte. »Ich verstehe, warum ich diese Art von Jobs von dir bekomme. Es geht nicht unbedingt darum, dass sie schwierig sind – obwohl es die meisten durchaus sind. Sondern darum, dass die Agency behaupten kann, mich nicht zu kennen, falls ich erwischt werde.«

»Korrekt.«

»Damit bin ich einverstanden«, erklärte sie. »Aber das hier ist anders. Warum will die Agency insgeheim ihre eigene stellvertretende DCI überwachen lassen?«

»Ich hab dir doch gesagt, dass …«

Sie hob die Hand, um ihn zu unterbrechen. »Erzähl mir keinen Bullshit, Andy. Nicht wenn du ernsthaft willst, dass ich über den Job nachdenke. Und wenn du das willst, dann musst du auch davon ausgegangen sein, dass ich eine Erklärung erwarten würde.«

Er sah, dass sich der Kellner näherte, und wartete, bis der Mann die Getränke auf den Tisch gestellt und sich wieder entfernt hatte. Erst dann antwortete er.

»Ryan verlässt die Agency.«

»Interessant«, meinte sie und kippte den Rest ihres Weins in das neue Glas. Dann nahm sie einen Schluck. »Was kümmert dich das?«

»Hast du schon mal von der Carlton Group gehört?«

Viscovich lächelte. »Jeder, der sich in unserem Metier auskennt, hat von der Carlton Group gehört.«

»Dorthin wechselt sie.«

»Und noch einmal: Was kümmert dich das?«

Jordan krönte eine Auster mit Meerrettich und Cocktailsoße. »Weil sie nicht allein geht. Sie wird ein paar entscheidende Leute mitnehmen.«

»Das ist doch nicht verboten.«

»Kommt drauf an.«

»Dann wende dich ans FBI.«

»So einfach ist das nicht«, sagte er, als er die üppig beladene Auster an seinen Mund hob, sie ausschlürfte und beim Kauen weiterredete. »Ryan könnte ihrem neuen Arbeitgeber ein paar Dinge verraten, die weder dieser noch das FBI hören sollten.«

Viscovich ignorierte die schlechten Tischmanieren ihres Gegenübers und wandte ein: »Dann setz deine eigenen Leute auf sie an.«

»Genau darin besteht das Problem. Lydia Ryan war lange bei der CIA. Sie ist bei allen beliebt. Sie hat überall Freunde. Deswegen können wir das alles nicht intern durchführen.«

»Klingt, als hättest du ein ziemlich ernstes Problem.«

»Allerdings.«

Sie nahm einen weiteren Schluck und schwenkte den Wein in ihrem Glas. »Wer weiß über deine Untersuchung Bescheid?«

»Nur ein enger Kreis von Leuten«, sagte er, als er eine weitere Auster vorbereitete. »Und selbstredend wird nichts, was wir hier besprochen haben, jemand anderem zu Ohren kommen!«

Viscovich verdrehte die Augen. »Machst du Witze? Ich weiß, wie das läuft. Weiß der Direktor von der Sache?«

Ohne zu zögern, sah Jordan von seiner Auster auf, lächelte sie an und log: »DCI McGee? Natürlich. Er leitet die ganze Untersuchung. Hundertprozentig.«

»Gut. Soweit ich weiß, ist er ein vernünftiger Mann. Er wird verstehen, dass ich das Dreifache meines Honorars verlange.«

Jordan blinzelte sie an.

»Außerdem«, fügte sie hinzu, »will ich eine offizielle, vom Direktor unterzeichnete Anweisung mit seinem Briefkopf, die mich autorisiert, diesen Auftrag auszuführen.«

Er schüttelte den Kopf. »Auf keinen Fall. Das wird er nie im Leben machen.«

»Das sind meine Bedingungen. Entweder erfüllst du sie oder ich gehe.«

Er tat eine Weile so, als dächte er über ihre Forderungen nach. Schließlich sagte er: »Ich glaube, wir können McGee dazu bringen, die Anweisung zu unterschreiben. Aber für ein dreifaches Honorar musst du *noch* eine Person überwachen.«

»Vielleicht. Um wen geht es?«

»Um Ryans neuen Chef«, sagte Jordan. »Reed Carlton.«

29

Libyen

Ohne jegliches Licht rumpelte Harvaths aus zwei Fahrzeugen bestehender Konvoi durch die Wüste. Nur ihre Nachtsichtgeräte halfen ihnen dabei, sich zu orientieren.

Nachtsichtgeräte erforderten jedoch Umgebungslicht. Und das war kaum vorhanden.

Für eine Operation wie diese wären die Fahrzeuge normalerweise mit Infrarot-Scheinwerfern oder einer anderen Infrarot-Lichtquelle ausgestattet. Aber der Einsatz war nicht normal, und Harvath hatte gewusst, dass die Schotterwege selbst unter günstigen Bedingungen schwer befahrbar sein würden. Zum Glück war ihnen eine Lösung eingefallen.

Über Funk hatte er das Drohnenteam gebeten, die Straßen für ihn »funkeln« zu lassen, wie sie es nannten.

Die Reaper war mit einem starken Infrarot-Laser ausgestattet, der ihnen als gigantischer Laserpointer diente. Er beleuchtete die Straße und zeigte ihnen, wohin sie fahren sollten.

Mit bloßem Auge war Licht im Infrarotspektrum nicht zu sehen. Dafür waren die Nachtsichtgeräte nötig. Somit verfügten Harvath und sein Team über ein äußerst nützliches Werkzeug, das ihnen einen enormen Vorteil verschaffte.

Der Vorteil währte jedoch nicht lange.

Harvath hatte geplant, bis zu dem kleinen Fischerdorf Abu Kammash nahe der tunesischen Grenze auf den Schotterstraßen zu bleiben. Sofern sie nicht verfolgt wurden, würden sie dort der Küste Richtung Süden folgen und wieder auf die Straße wechseln, die zu dem sicheren Unterschlupf führte.

Der Plan hatte sich erledigt, als das Drohnenteam ihn warnte, dass sich Fahrzeuge aus allen Richtungen auf seinen Konvoi zubewegten.

Wie um alles in der Welt ist das möglich? »Funkeln ausschalten«, befahl er.

»Verstanden«, erwiderte der Leiter des Drohnenteams.

Die Maßnahme glich dem Effekt einer plötzlich ausgeschalteten Straßenlaterne. Die Sichtverhältnisse wurden sofort deutlich schlechter. Staelin, der am Steuer des Land Cruisers saß, musste das Tempo drosseln.

Von rund 100 Kilometern pro Stunde verlangsamten sie auf weniger als 30. Harvath auf dem Beifahrersitz lehnte sich vor, um durch die Windschutzscheibe mehr erkennen zu können, aber es brachte nichts.

Hinter ihnen verlangsamte Haney den Technical. Im Vergleich zu ihrer vorherigen Geschwindigkeit bewegten sie sich nun im Schneckentempo vorwärts.

»Was machen die feindlichen Fahrzeuge jetzt?«, fragte Harvath über Funk.

»Das Gleiche wie ihr«, antwortete die Stimme.

Das hatte Harvath befürchtet. Die anderen hatten anscheinend ebenfalls Nachtsichtgeräte. Das war der Schwachpunkt seines Plans. Er konnte zwar nicht mit Sicherheit sagen, wie die Libysche Befreiungsfront eine so schwer zu beschaffende Technologie in die Hände bekommen hatte, aber er hatte eine Vermutung.

Vor einigen Jahren hatten Soldaten der amerikanischen Special Forces auf einem alten Militärstützpunkt in dieser Region Libyens ein geheimes Trainingslager eingerichtet. Es nannte sich Camp 27, weil es Kilometer 27 der Straße von Tripolis nach Tunis markierte.

Zweck des Camps war die Ausbildung von 100 schnell eingriffsbereiten libyschen Antiterrorkämpfern. Die Vereinigten Staaten hatten ihnen Glock-Pistolen, M4-Gewehre und weitere unverzichtbare Ausrüstungsgegenstände zur Verfügung gestellt, darunter auch Nachtsichtgeräte.

Mehrere Monate später wurde das Camp, als gerade kein US-Personal vor Ort war, von zwei örtlichen Milizen und einer mit Al-Qaida sympathisierenden Dschihadisten-Gruppe überrannt. Die von Amerika gelieferte Ausrüstung wurde nie wieder gesehen.

Harvath hätte gewettet, dass die von den Milizionären genutzten Nachtsichtgeräte sowie die drei Glocks, die er den Toten in dem Elektronikladen in Al-Dschumail abgenommen hatte, aus Camp 27 stammten.

Allerdings half ihm diese Vermutung momentan nicht weiter. Jetzt musste er die Fahrzeuge loswerden, die auf sie zurasten.

Harvath sagte zu dem Drohnen-Anführer: »Kannst du das Funkeln wieder einschalten und sie in eine andere Richtung lenken?«

»Verstanden. Aber bist du dir sicher, dass du blind bleiben willst?«

»Wenn wir die Typen dadurch loswerden, ist das ein guter Deal.«

»In Ordnung«, antwortete der Drohnenpilot. »Ich ändere den Kurs.« Kurz darauf fügte er hinzu: »Funkeln in fünf, vier, drei, zwei, eins. Funkeln aktiviert.«

Der Rückweg durch die Wüste würde ohne den Infrarot-Laser zur Orientierung stundenlang dauern. Sie mussten eine Abkürzung riskieren.

Harvath studierte die Karte. Sie befanden sich kurz vor der Stadt Zelten. Wenn sie es auf die andere Seite schafften, würden sie auf die Küstenstraße wechseln können und aus dem Schneider sein.

»Lass uns hier anhalten«, sagte er zu Staelin. Hinter ihnen blieb Haney ebenfalls am Straßenrand stehen.

Die Innenbeleuchtung war ausgeschaltet, aber bevor Harvath die Tür öffnete, kontrollierte er sie noch einmal.

Es fühlte sich gut an, aus dem Wagen zu steigen und sich die Beine zu vertreten. Auch Morrison und Barton stiegen aus, blieben aber beim Heck des SUV, um die beiden libyschen Gefangenen im Auge zu behalten.

Als Harvath zu dem Technical ging, stand Haney neben dem Wagen und pinkelte. Gage schob sich frischen Kautabak in den Mund.

»Wenn wir wieder in unserem Haus sind«, sagte der Green Beret, »bestelle ich eine Pizza und ein Sixpack.«

»Nix da!«, widersprach Haney. »Heute gibt's Chinesisch. Und dann gehen wir in das Holiday Inn am Ende der Straße. Ich hab gehört, die haben 'ne echt gute Coverband. Bomb Jovi.«

Harvath musste lachen. Wenn er zu Hause war, vermisste er neben der Aufregung eines Einsatzes vor allem den Humor, der so viele Agenten auszeichnete.

»Es sieht folgendermaßen aus«, sagte er. »Wir können das Infrarotlicht der Drohne nicht mehr nutzen. Aber wenn wir mit den Nachtsichtgeräten über diese abgelegenen Straßen fahren, brauchen wir die ganze Nacht.

Wir können natürlich unsere Scheinwerfer wieder einschalten und auf gut Glück durch die Wüste fahren. Vielleicht sieht uns dabei irgendein Bauer und informiert die Milizen. Oder auch nicht. Oder wir durchqueren diese Stadt da vorn, begeben uns zur Küste und trinken in weniger als einer Stunde Mai Tais. Was meint ihr?«

»Ehrlich gesagt«, meinte Gage, »sind Mai Tais für Schnösel. Aber mir gefällt die Vorstellung, in weniger als einer Stunde zu Hause zu sein. Ich würde sagen, wir fahren durch die Stadt.«

Harvath sah Haney an. Zwar respektierte er alle Männer seines Teams, aber Haneys Meinung bedeutete ihm am meisten.

»In der Stadt gibt es sehr viel mehr Augen und Handys«, meinte er und kratzte sein stoppeliges Kinn. »Dort werden wir viel eher entdeckt, selbst um vier Uhr morgens.«

»Stimmt.«

»Wir wissen nicht, was uns in der Stadt erwartet. Ein paar von den Kämpfern könnten zurückgeblieben sein. Wer weiß, ob alle Milizionäre die Stadt verlassen haben? Ein Typ in einem Fenster oder auf einem Dach reicht aus, um alles zu vermasseln.«

Harvath wollte gerade darauf antworten, als Staelin auf ihn zukam.

»Schlechte Neuigkeiten«, sagte der Delta-Force-Agent.

»Und zwar?«

»Wir haben nicht mehr viel Benzin. Wir können nicht ewig weit fahren.«

»Aber wir haben zwei Ersatz…«, setzte Harvath an, bevor ihm wieder einfiel, dass sie die beiden Ersatzkanister benutzt hatten, um den Elektronikladen abzufackeln. »Scheiße.«

»Ganz genau«, meinte Staelin.

»Dann haben wir keine Wahl.«

»Es sei denn, du hast einen Schlauch mitgebracht und willst das Benzin aus dem Technical saugen.«

Im Medizinkoffer befanden sich ein paar chirurgische Absaugschläuche, aber die würden nicht reichen. »Wir könnten den Benzinschlauch durchschneiden oder ein Loch in den Tank bohren und etwas drunterstellen, um das Benzin einzusammeln.«

»Ganz toller Plan«, kommentierte Staelin, drehte sich um und entfernte sich. »Wenn du mich brauchst – ich bin im Land Cruiser.«

Harvath wandte sich wieder Haney und Gage zu. »Was meint ihr?«

»Ich meine, dass es spät ist«, sagte Gage. »Jeder halbwegs vernünftige Stadtbewohner schläft jetzt. Wir wickeln uns die Kufiyas um, brausen durch die Stadt und niemand bekommt etwas mit.«

»Mike, was ist mit dir?«, fragte Harvath. Obwohl er der Anführer war, fand er es wichtig, dass das gesamte Team ihm zustimmte.

»Ich glaube, es gibt keine richtige Antwort.«

»Bedeutet das ja oder nein?«

Haney dachte kurz nach, dann sah er Harvath an. »Ich will Bomb Jovi nicht verpassen, also ja.«

Harvath lächelte und folgte Staelin zu dem SUV. Im Gehen imitierte Gage eine Ziege und sang: »*You give love a baaaaaad name.*«

Als er wieder am Land Cruiser war, sprach Harvath mit Barton und Morrison. Beide stimmten dem Plan zu, vor allem angesichts der Benzinsituation. Sie wollten keinen Ärger heraufbeschwören, konnten aber auch keine andere Lösung erkennen. Insgesamt war der Plan das Risiko wert.

Harvath stieg wieder in den Wagen und prüfte die Karte noch einmal. Er besprach sich wiederum mit dem Drohnenteam. Ihr Trick hatte funktioniert. Das Infrarotsignal hatte die

Milizionäre in eine andere Richtung gelockt. Harvath gab den Befehl zum Aufbruch.

Dies würde sich entweder als eine seiner besten oder eine seiner schlechtesten Ideen herausstellen. Sie würden es bald herausfinden.

Als Staelin wieder auf die Straße rollte, blickte Harvath auf seine Uhr. Es würde nicht mehr lange dunkel bleiben.

Er sprach ein stilles und kurzes Gebet. Er bat lediglich darum, dass sie den sicheren Unterschlupf ohne Zwischenfälle erreichen würden.

Doch Murphys Gesetz galt auch in der Wüste.

30

Zelten war durch die von Osten nach Westen verlaufende Straße, die zur tunesischen Grenze führte, in zwei Hälften geteilt. Die am dichtesten bewohnten Viertel befanden sich südlich der Straße. Wie es der Zufall so wollte, war dies genau die Richtung, die Harvath und sein Team eingeschlagen hatten. Die Straße, die sie zur Küste bringen würde, lag am nördlichen Rand der Stadt.

Der schnellste und direkteste Weg hätte mitten durch das Zentrum von Zelten geführt, aber auch die meiste Aufmerksamkeit erregt. Das Fadschr-Morgengebet würde in einer Stunde beginnen. Menschen würden unterwegs zur Moschee sein.

Harvath entschied, zugunsten von mehr Sicherheit auf den direkten Weg zu verzichten. Sie umfuhren das Zentrum so weit wie möglich durch den westlichen Teil der Stadt.

Das Straßensystem war jedoch mittelalterlich. Die engen und staubigen Straßen waren mitunter nur ein paar Häuserblocks lang, bevor sie wieder zurückführten oder in einer Sackgasse endeten. Sie erinnerten Harvath an das Straßenlabyrinth auf der griechischen Insel Mykonos, durch das einst die Piraten verwirrt werden sollten. Es würde ein Albtraum sein, den richtigen Weg zu finden.

Sie setzten ihre Nachtsichtgeräte ab und schalteten die Scheinwerfer an. Getarnt durch die Palästinensertücher durchquerten sie rasch den nördlichen Stadtrand.

Wenn Zelten ein Zifferblatt wäre, hätten sie gerade die Acht-Uhr-Position erreicht, als Haney durchfunkte, dass ihnen jemand folgte.

»Alle bleiben ruhig!«, sagte Harvath und wies Staelin an, rechts abzubiegen. »Schauen wir mal, ob wir wirklich verfolgt werden.«

Der Land Cruiser bog ab, der Technical blieb dicht hinter ihm. Sie befanden sich in einem der Stadtteile, die Harvath hatte meiden wollen.

Die von den Kämpfen während der Revolution in Mitleidenschaft gezogenen Häuser standen eng nebeneinander. Einige befanden sich in besserem Zustand als andere.

Die Straßen waren mit Autos vollgeparkt. Zwischen den Häusern hingen Stromdrähte. Nirgendwo regte sich etwas. Es war leise – *sehr* leise.

»Er ist immer noch hinter uns«, sagte Haney.

»Verstanden«, antwortete Haney. Er drehte sich zu Staelin und sagte: »Nimm die Nächste rechts!«

Der Delta-Force-Agent folgte der Anweisung und fuhr an einem weiteren engen Häuserblock entlang.

»Wie ist die Lage, Haney?«, fragte Harvath und versuchte, im Seitenspiegel etwas zu erkennen.

»Nicht gut. Er ist immer noch auf sechs Uhr hinter mir.«

Harvath zeigte durch die Frontscheibe und sagte zu Staelin: »Nimm die nächste Abbiegung.« Dasselbe teilte er Haney über Funk mit.

»Verstanden«, antworteten beide.

Nach dem Richtungswechsel befahl Harvath: »Und jetzt Vollgas!«

Der Motor des großen SUV brüllte auf, als der Wagen durch die Straße schoss. Sie war sogar gepflastert und wies vereinzelte Laternen auf. Durch einen Blick in den Seitenspiegel konnte Harvath endlich den Wagen sehen, der sie verfolgte. Es war ein weiterer Technical.

Entweder hatte der Verfolger sie durch Zufall entdeckt oder jemand hatte sie gesehen und Bescheid gegeben. Es spielte keine Rolle. Sie mussten den Verfolger loswerden.

»Drei Uhr!«, rief Barton vom Rücksitz.

Harvath drehte den Kopf ruckartig nach rechts. Auf einer Straße direkt neben ihnen fuhr ein weiterer Technical. *Scheiße.* »Lass nicht zu, dass sie uns einkeilen!«

Der Delta-Force-Agent nickte. »Was sollen wir machen?«

Ihr sollt uns so schnell wie möglich hier rausbringen. Aber mit zwei Verfolgern – und wahrscheinlich bald noch mehr – war das leichter gesagt als getan. Harvath brauchte einen Plan B, und zwar schnell.

Harvath stellte den Funk lauter und wies Staelin und Haney an: »Nächste links! Dann Zweite rechts.«

Als die Männer die Anweisungen bestätigten, drehte sich Harvath zu Barton. »Gib mir diesen russischen Granatwerfer.«

Als Harvath die Waffe in den Händen hielt, kontrollierte er, ob sie geladen war, und teilte den anderen mit, was er vorhatte.

Plötzlich ertönten hinter ihnen krachend Schüsse. Die Milizionäre feuerten auf sie.

»Kontakt! Sie sind hinter uns!«, rief Gage über den Funk, während er sich umdrehte und durch das zerschmetterte Rückfenster ihres Pick-ups zu schießen begann.

»Geschwindigkeit halten!«, befahl Harvath seinem Team. »Links, dann Zweite rechts.«

Als sie an der Straße links vor ihnen ankamen, hielten sich alle fest, da Staelin das Lenkrad hart nach links einschlug. Die Reifen quietschten, als der schwere SUV um die Ecke bog.

»Gib Gas!«, drängte Harvath, und Staelin beschleunigte den Land Cruiser noch mehr.

Mit mehr als 120 Stundenkilometern fuhren sie durch die Straße. Die Häuserfassaden rauschten an ihnen vorbei. Dann folgte eine Kreuzung. Wenn ein anderes Auto in diesem Moment über die Kreuzung gefahren wäre, hätte der Bestatter viel zu tun gehabt.

Sie ließen weitere Gebäude so schnell hinter sich, dass sie verschwommen aussahen. Schließlich erreichten sie die nächste Straße.

»Rechts rum!«, ordnete Harvath an.

Staelin bremste nur so viel ab, um beim Abbiegen nicht die Kontrolle über den Wagen zu verlieren. Sobald er um die Ecke war, drückte er das Gaspedal durch. Vor ihnen befand sich ihr Ziel – ein islamischer Friedhof.

»Bereite dich auf den Sprung vor!«, sagte Staelin.

Harvath vergewisserte sich, dass seine Ausrüstung sicher saß, öffnete seine Tür ein kleines Stück und nickte.

Als sie das Ziel erreichten, drückte Staelin die Bremse durch und schrie: »Los!«

Harvath war noch nicht einmal auf dem Boden aufgeschlagen, als der Delta-Force-Agent schon wieder in die Eisen stieg.

Während der Fahrt aus einem Wagen zu springen ging meist mit schweren Verletzungen einher. Auch wenn er gerade abgebremst hatte. Die Verletzungen waren noch wahrscheinlicher, wenn das Ganze im Dunkeln stattfand. Als Harvath auf dem Boden aufkam, rollte er sich ab und rollte weiter, bis der Schwung nachließ.

Im Islam werden die Verstorbenen in einem Leichentuch begraben und ohne Sarg auf die rechte Seite gedreht, in Richtung der Kaaba in Mekka. An der Stätte wird ein kleines Grabmal angebracht, das meistens weniger als 30 Zentimeter hoch ist.

Harvath kam auf die Beine und rannte auf die erste Deckung zu, die sich ihm bot – eine kleine Reihe Dattelpalmen.

Aber er war nicht zu dem Friedhof gekommen, um sich zu verstecken – zumindest nicht nur. Er wollte hier die beiden Technicals ausschalten, die sein Team verfolgten.

Als er die Bäume erreichte, war Haney bereits mit dem Wagen an ihm vorbeigerast. Danach kam der graue Pick-up, auf dessen Ladefläche ein schweres Maschinengewehr montiert war. Ein Milizionär mit einer AK-47 lehnte sich aus dem Beifahrerfenster und feuerte.

Harvath hatte keine Ahnung, wo der zweite Technical war, aber er musste in der Nähe sein. Ohne weiter Zeit zu verlieren, rannte Harvath auf die andere Seite des Friedhofs.

An der Ecke des Geländes trafen drei Straßen aufeinander. Dadurch würden Staelin und Haney die Technicals eher in seine Schusslinie bringen können.

Im Laufen kontaktierte Harvath das Drohnenteam und gab Anweisung, die Reaper wieder über ihrem Standort in Position zu bringen. Die Drohnen-Leute schalteten das Funkeln ab und lenkten das Fluggerät in Richtung Zelten.

Aus der Ferne konnte Harvath gelegentliche Schüsse hören. »Haney!«, befahl er über Funk. »Lagebericht!«

Der Marine brauchte einen Moment, um zu antworten. »Ich bin drei Blocks entfernt«, rief er schließlich. »Ich werde immer noch beschossen.«

Harvath wandte seine Aufmerksamkeit dem anderen Fahrzeug zu und sagte: »Staelin – Lagebericht!«

»Vier Blocks entfernt. Kein Anzeichen von …«

Der Delta-Force-Agent wurde von Morrison unterbrochen. »Kontakt von links!«

Aus Morrisons Richtung konnte Harvath noch mehr Sperrfeuer hören. Er lief schneller.

Am Rand des Friedhofs befand sich ein Felsbrocken von der Größe eines Müllcontainers. Was der Felsen zu bedeuten hatte, war ihm unklar. Er wusste nur, dass er einen freien Blick auf die Kreuzung ermöglichte und er dahinter perfekt positioniert war.

Als er den Felsbrocken erreichte, teilte er dem Team mit, dass er bereit war und sie ihre Verfolger in die Todeszone locken konnten.

»Bin unterwegs!«, antwortete Haney auf der Stelle. »Aus Richtung Westen.«

»Verstanden!«, antwortete Harvath, während er den Klappschaft des Granatwerfers umlegte und die Zielhilfe in Position brachte. Er nahm die Waffe auf die Schulter, entsicherte sie und stützte sich an dem Felsbrocken ab.

»30 Sekunden«, gab Haney durch.

Harvath sah sich ein letztes Mal um und vergewisserte sich, dass sich niemand an ihn heranschlich. Dann stellte er sich auf den Schuss ein. »Kann losgehen.«

Die Schüsse der Gegner wurden lauter, als sich Haney und sein Verfolger der Kreuzung näherten.

Kurz darauf konnte Harvath sehen, wie Haney mit dem Fernlicht blinkte. Im nächsten Moment befand sich Haney mitten auf der Kreuzung, und sein Truck drehte sich um die eigene Achse.

Die Zeit schien sich zu verlangsamen.

31

Das Manöver war auch als Handbremswende bekannt. Haney schaltete in den zweiten Gang runter, drehte das Steuer kurz nach rechts und riss es dann nach links herum.

Als Haneys Wagen eine 180-Grad-Wende hinlegte, waren die ihn verfolgenden Männer komplett überrumpelt.

Gage hatte bereits das dritte neue Magazin in sein M4 gesteckt und feuerte es auf die Front des anderen Fahrzeugs. Die Kugeln bohrten Löcher in das Blech und brachten die Scheiben zum Bersten.

Beide Fahrzeuge hielten an und standen sich mit vier Metern Abstand in der Kreuzungsmitte gegenüber.

»Es kann gern losgehen, Harvath«, sagte Haney über Funk. Er legte den Rückwärtsgang ein und fing an, sich so schnell wie möglich von der Kreuzung zu entfernen.

Harvaths Granatwerfer war mit detonierender thermobarer Munition geladen, die kaum Splitter hinterließ. Dennoch betrug der Mindestabstand von der Explosion zehn Meter. Sobald Haney 25 Meter entfernt war, warnte Harvath: »Gleich wird's heiß!« Er drückte den Abzug und feuerte.

Der Zünder entsicherte sich, sobald die aus der Mündung des Granatwerfers abgeschossene Munition drei Meter zurückgelegt hatte. Eigentlich wäre mehr als genug Zeit gewesen, damit die Munition scharf wurde, bevor sie auf das Ziel traf. Jedoch hatte Harvath es verfehlt.

Den Granatwerfer zu bedienen war nicht wie bei einem Gewehr. Es ähnelte eher dem Versuch, einen Tennisball über die Länge eines Swimmingpools hinweg in einen Papierkorb zu werfen.

Die Granate segelte über den Technical der Milizionäre und explodierte vor einem Gebäude auf der anderen Seite der Kreuzung.

»Verdammt noch mal!«, fluchte Harvath. Er lud ein weiteres Geschoss nach und zielte erneut.

Bevor er ein zweites Mal schießen konnte, ließ der Fahrer des Milizwagens bereits die Kupplung kommen und die Reifen aufheulen. Harvath feuerte trotzdem.

Diesmal traf er ins Schwarze. Das Geschoss flog in hohem Bogen vom Friedhof auf sein Ziel zu und landete direkt auf der Ladefläche des Technicals.

Es explodierte in einem gleißenden Feuerball, der den Rahmen des Pick-ups zum Schmelzen brachte, alle vier Insassen tötete und ihre gesamte Munition zündete.

Über den Funk konnte Harvath Haney und Gage jubeln hören. Aber er konnte auch hören, wie in der Nähe mit automatischen Waffen geschossen wurde.

Er schob den an einem Riemen befestigten Granatwerfer auf seinen Rücken, zog sein M4 und rannte auf Haneys Technical zu.

Im Laufen sah er sich nach Gegnern um und funkte Staelin an. »Tyler, gib mir einen Lagebericht!«

Die Übertragung des Delta-Force-Agenten war undeutlich und abgehackt. »Fahrzeug funktionsunfähig ... Vier Ziele ... Erwidern Feuer ... Ein Gefangener tot.«

Ein Gefangener tot? »Scheiße!«, sagte Harvath und rannte schneller. Als er Haneys Pick-up erreichte, machte er sich nicht die Mühe, vorn einzusteigen, sondern sprang auf die Ladefläche. Er schlug mit der Schulter auf und brüllte durch die Heckscheibe: »Los! Los!« Haney setzte den Wagen in Bewegung.

Harvath hatte nicht vor, irgendjemanden aus seinem Team zu verlieren. Er musste zu den anderen und sie hier rausholen, bevor alles noch schlimmer wurde.

Der Reaper-Pilot musste ihnen gar nicht erst sagen, dass sich unzählige Milizionäre bereits auf dem Weg zu ihnen befanden. Harvath wusste es so sicher wie die Tatsache, dass die Sonne bald aufgehen würde. Zu viel war schiefgegangen. Sie mussten die Initiative zurückgewinnen.

»Ecke!«, rief Haney. »Halt dich fest!«

Das tat Harvath.

Haney bog so scharf um die Ecke, dass Harvath fast vom Truck geschleudert wurde.

»Wo zum Teufel bleibt ihr?«, schrie Staelin über Funk.

»Gleich da!«, antwortete Harvath. »Nur noch 60 Sekunden. Wir kommen von Osten auf euch zu. Haltet durch!«

Plötzlich hörte er ein Donnern. Bloß wusste er, dass es kein Donnern war. Der Technical der Milizionäre setzte sein mächtiges Kaliber-0.50-Maschinengewehr ein.

Harvath musste Haney nicht sagen, dass er sich beeilen sollte. Auch er hatte den Lärm gehört. Entschlossen fuhr er den Pick-up bis zum Anschlag.

30 Sekunden später hämmerte Harvath an die Fahrerkabine und schrie Haney zu, er solle anhalten. Gerade hatte er das Fahrzeug der Milizionäre erblickt.

Er sprang von der Ladefläche, riss die Hintertür auf und nahm die RPG-Panzerfaust vom Rücksitz.

Während er sie mit einer Granate belud, rief er Staelin über Funk. »Granate kommt. Geht in Deckung, und zwar sofort!«

Er lief an die Stelle zurück, an der er den Technical gesehen hatte. Dann hob er die Waffe, stützte ein Knie auf den Boden, prüfte den Bereich, der von der Rückzündung betroffen sein würde, und nahm das Ziel ins Visier.

Das Mündungsfeuer des monströsen Kaliber-0.50-Maschinengewehrs sah aus wie eine Folge von Blitzen.

»Mach die Typen platt!«, brüllte Staelin über den Funk. »Ansonsten sind wir tot!«

Harvath wartete nicht länger. Er drückte ab und schickte den einstufigen 93-Millimeter-HEAT-Sprengkopf seinem Ziel entgegen.

Der Milizionär, der das Maschinengewehr bediente, sah das Geschoss gar nicht erst kommen. Die Granate traf den Technical und explodierte in einer gewaltigen Feuerkugel.

Die Straße war mit brennenden Wrackteilen übersät. Es regnete rasiermesserscharfe Splitter, als Harvath wieder in Haneys Truck sprang. »Los!«, befahl er.

Einen Straßenblock weiter bog Haney links ab. Immer noch waren gelegentliche Schüsse zu hören.

Haney fuhr so nahe an das Geschehen, wie er es wagte. Dann sprangen Harvath und Gage aus dem Wagen und eilten zu Fuß weiter.

Mehrere Einwohner blickten aus den Fenstern oder standen in den Türen, um zu beobachten, was hier vor sich ging. Als sie die Amerikaner sahen, gingen einige von ihnen wieder ins Haus. Die meisten blieben einfach, wo sie waren, so als wären schwere Feuergefechte in ihrer Nachbarschaft etwas ganz Alltägliches.

Als sie sich der Ecke näherten, bat Harvath um einen weiteren Lagebericht. Staelin gab durch, dass noch zwei

Milizionäre übrig waren. Er gab ihre Position durch. Sie waren auf das Dach eines Hauses gestiegen. Jedes Mal wenn sich Staelin und sein Team bewegen wollten, wurden sie von den Milizionären beschossen. Harvath befahl ihnen durchzuhalten.

Als er und Gage die Ecke erreichten, funkte er Staelin an und zählte von drei herunter.

Auf dieses Stichwort hin lockte Staelin die Scharfschützen hervor.

Sobald die Milizionäre den Kopf vorstreckten, trat Gage um die Ecke. Harvath gab ihm Feuerschutz, und Gage erschoss die beiden Männer.

Aber gerade als Gage sein Magazin geleert hatte, tauchte ein weiterer Scharfschütze im Fenster eines anderen Gebäudes auf und schoss auf ihn.

Die Kugel traf Gage von hinten in die linke Schulter. »Scheiße!«, fluchte er. Harvath packte ihn an der Schutzweste und zog ihn zurück um die Ecke.

Harvath funkte alle anderen an und teilte ihnen mit, dass es einen dritten Scharfschützen gab. Staelin und sein Team sollten sich nicht vom Fleck rühren.

»Wo zum Teufel kam der denn her?«, fragte Gage und biss die Zähne zusammen.

»Fenster im ersten Stock gegenüber«, antwortete Harvath. Er hatte den Schützen erst gesehen, als dessen Mündungsfeuer aufgeblitzt war. Und da war es schon zu spät gewesen. »Kannst du weitermachen?«

Gage nickte.

Harvath schulterte sein Gewehr und wechselte zu dem russischen Granatwerfer. Er lud ihn mit seinem letzten thermobaren Geschoss. »Halt ihn nur lange genug beschäftigt, damit ich meinen Schuss abfeuern kann.«

»Ich setze 100 Dollar darauf, dass du ihn verfehlst.«

Harvath schüttelte den Kopf und zeigte nach vorn, um zu signalisieren, dass er bereit war.

Gage war ziemlich mitgenommen. Es fiel ihm schwer, sein Gewehr mit dem linken Arm zu stützen. Es bereitete ihm große Mühe, es hoch genug zu halten. Schließlich gab er das Zeichen, dass er bereit war.

Die beiden Männer traten gemeinsam auf die Straße. Gage überzog die Fenster im ersten Stock des Gebäudes mit Salven aus seinem M4. Harvath zielte mit dem Granatwerfer auf das Fenster und feuerte.

Der Schuss war perfekt. Er flog in den Raum, in dem sich der Scharfschütze befand, und detonierte in einer grellen Explosion.

Glas, Holzsplitter und Betonbrocken flogen aus dem Gebäude auf die Straße. Eine dichte schwarze Rauchsäule stieg aus dem Fenster auf.

»Wir sollten verschwinden«, meinte Harvath und wechselte wieder zu seinem Gewehr. Er sah sich nach weiteren Bedrohungen um und gab über Funk Befehle durch.

Er war erleichtert, als er Staelin, Barton und Morrison sah, die Umar Ali Halim schnell über die Straße drängten.

Der bei dem Schusswechsel Getötete musste der junge Libyer gewesen sein, der den Milizionären ihre Anwesenheit auf dem Gelände verraten hatte.

Direkt hinter ihnen konnte Harvath den mit Einschusslöchern gemusterten Land Cruiser ausmachen. Der Nachthimmel wich langsam der Morgendämmerung. Sie mussten weg von hier.

Haney fuhr den Technical schnell rückwärts durch die Straße, um alle einzusammeln. Der Wagen war mit seiner Doppelkabine für fünf Insassen ausgelegt, aber für ein Team in taktischer Ausrüstung würde es eng werden. Bei sechs Schützen und einer Geisel würden zwei von ihnen auf der Ladefläche fahren müssen. Harvath und Barton boten sich an.

Sobald alle eingestiegen waren, fuhr Haney los und raste aus der Stadt.

Während Staelin Gage dabei half, einen blutstillenden Verband an seiner Wunde anzulegen, funkte jemand Harvath an.

Es war das Drohnenteam. Sie hatten gute, aber auch schlechte Nachrichten.

Die gute Nachricht lautete, dass sich die Drohne wieder über ihren Köpfen befand. Die schlechte besagte, dass eine ganze Armee von Mitgliedern der Libyschen Befreiungsfront zu ihnen unterwegs war.

32

»Wie viele sind es, und aus welcher Richtung kommen sie?«, fragte Harvath.

»Da ist ein Konvoi aus drei Fahrzeugen einschließlich eines Technical westlich von euch, aus Abu Kammash«, gab der Leiter des Drohnenteams durch. »Östlich des Hafens in Zuwara nähern sich fünf Fahrzeuge einschließlich zweier Technicals. Und von Süden kommt ein Konvoi aus sieben Fahrzeugen. Dazu gehören vier Technicals, zwei davon mit Flugabwehrgeschützen.«

Verdammt. »Wie weit sind sie entfernt?«

»Der Konvoi aus Abu Kammash ist etwas mehr als zehn Kilometer entfernt. Die anderen eher 20.«

Das war eindeutig zu nahe, fand Harvath. Eine Flucht hatte keine Aussicht auf Erfolg. Nicht mit dem schrottreifen

Truck, den sie fuhren. Und erst recht nicht, wenn er mit sechs Schützen – zwei davon auf der Ladefläche –, ihrer gesamten Ausrüstung und einer Geisel beladen war.

»Es ist eure Entscheidung, aber mir wäre es am liebsten, wenn ihr den Konvoi aus Abu Kammash zuerst ausschaltet«, meinte Harvath.

»Negativ. Wir sind nicht autorisiert, libysche Milizen anzugreifen.«

»Soll das ein Witz sein? Heißt das, libysche Milizen sind für euch keine erlaubten Ziele?«

»Unser Abkommen mit den Tunesiern besagt, dass Luftschläge nur gegen militante Islamisten genehmigt sind.«

Verdammte Politik. »Ich will mit deinem Vorgesetzten sprechen.«

»Ich *bin* der Vorgesetzte. Ich habe sogar speziell diese Operation beantragt, damit ihr Jungs alles habt, was ihr braucht.«

»Das weiß ich zu schätzen, aber was ich im Moment brauche, ist ein wenig CAS«, sagte Harvath und verwendete das Kürzel für Luftnahunterstützung, *Close Air Support.*

»Keine Sorge!«, erwiderte der Anführer des Drohnenteams. »Wir werden euch da rausführen.«

Harvath machte sich jedoch Sorgen. »Haben wir noch mehr bewaffnete Unterstützung in der Luft, die nicht in Tunesien gestartet ist?«

»Westlich von Bengasi ist noch eine Reaper. Aber die stammt vom US-Navy-Stützpunkt Sigonella auf Sizilien.«

»Na und? Wie schnell kann die hier sein?«

»Laut unserem Abkommen mit den Italienern können nur Nichtlibyer mit Drohnen angegriffen werden, die in Sigonella gestartet sind.«

Die Welt ist verrückt geworden. »Den Tunesiern und den Italienern ist aber schon klar, dass die Libysche Befreiungsfront mit Ansar al-Scharia verbündet ist, oder? Und die wiederum mit Al-Qaida.«

»Tut mir leid. Ich habe mir die Regeln nicht ausgedacht.«

»Befinden sich aktuell Schiffe der US Navy im Mittelmeer, die Drohnen an Bord haben?«

»Ja, aber keines davon wird eine Drohne schnell genug zu euch schicken können.«

»Gib mir den Namen des nächsten Schiffes!«

Der Drohnenteamleiter überprüfte seine Informationen und gab dann durch: »Es handelt sich um den Supercarrier der Nimitz-Klasse, die USS *George H. W. Bush*.«

Das half schon etwas mehr. »Wartet!«, befahl Harvath und zog sein Satellitentelefon hervor. Er wählte die Handynummer des CIA-Direktors.

In den Vereinigten Staaten war es kurz nach elf Uhr abends. Bob McGee meldete sich nach dem dritten Klingeln.

»Tut mir leid, Sie zu wecken«, sagte Harvath. »Sie müssen jemanden für mich anrufen, und zwar schnell.«

Er gab dem DCI die Einzelheiten durch und nahm ihm das Versprechen ab, den US-Botschafter in Libyen und den Verteidigungsattaché aus der Sache rauszulassen, obwohl es dem Protokoll widersprach.

60 Sekunden nach Beendigung des Gesprächs hatte McGee den Verteidigungsminister am Apparat. Der Minister rief den Kommandanten der Sixth Fleet persönlich an, der den Kommandanten der Carrier Strike Group Two in die Leitung holte. Letzterer war für die USS *George H. W. Bush* verantwortlich. Sobald alle in das Gespräch eingebunden waren, erklärte McGee die Lage und was sie benötigten.

Fünf Minuten später klingelte ein Telefon auf dem tunesischen Luftstützpunkt, von dem aus die Reaper gesteuert wurde, die Harvath und seinem Team folgte.

Nachdem der Kommandant des Drohnenteams den Anrufer authentifiziert und den Anweisungen des Pentagons zugehört hatte, antwortete er: »Verstanden. Sofort.«

Er gab den Befehl an den Drohnenpiloten weiter und wandte sich an seinen Kontakt in Tunesien: »Diese Drohne wird außer Betrieb genommen und nicht wieder auf tunesischem Boden eingesetzt werden. Wir übergeben die Kontrolle an die USS *George H. W. Bush*.«

Innerhalb weniger Sekunden beschrieb die Drohne eine Kurve und flog auf das Meer zu.

Währenddessen vibrierte Harvaths Satellitentelefon. Es war McGee.

»Sobald Strike Group Two die Kontrolle über die Drohne hat, wird die Videoübertragung an den Stützpunkt in Tunesien beendet. Sie wissen, was los ist, haben aber dadurch eine Ausrede. Sobald die Drohne das tunesische Küstenmeer hinter sich gelassen hat, sind sie aus dem Schneider.«

»Aber das sind zwölf Seemeilen«, wandte Harvath ein, als er von der Ladefläche des Technicals aus nach hinten sah. Jeden Moment rechnete er damit, dort Milizionäre zu erblicken. »So viel Zeit haben wir nicht.«

»Strike Group Two fliegt nicht die ganze Strecke. Sobald die Übergabe abgeschlossen ist, schicken sie euch die Drohne zurück. In der Zwischenzeit müsst ihr euch etwas einfallen lassen, denn ihr seid auf euch allein gestellt.«

Harvath dankte dem Direktor für das Update, bat um eine weitere Sache und beendete das Gespräch.

Sie näherten sich jetzt dem nördlichen Teil von Zelten. Bei jedem Gebäude, an dem sie vorbeifuhren, sah er jemanden am Fenster oder auf dem Dach stehen. Die meisten mit Handys.

Das ist nicht gut.

Für ihn stand außer Frage, dass die Position und die Fahrtrichtung des Teams an die Libysche Befreiungsfront weitergegeben wurden.

Harvath ging einem Kampf nicht aus dem Weg, aber er war davon überzeugt, dass Vorsicht besser als Nachsicht war. Gage war bereits verwundet. Harvath wollte keine weiteren Verletzungen – oder noch Schlimmeres – riskieren, wenn er es vermeiden konnte.

Wenn sie es aus der Stadt und in die spärlich besiedelte Gegend zwischen Zelten und der Küste schafften, würden sie vielleicht einen Ort finden, um sich zu verkriechen und der Libyschen Befreiungsfront aus dem Weg zu gehen.

Aber ohne die Informationen der Drohne über die Fortschritte der Milizionäre war es schwer zu sagen, wie viel Zeit ihnen noch blieb. Wenn sie sich aus dem Staub machen und verstecken wollten, dann musste es bald geschehen.

Harvath teilte dem Team per Funk mit, worauf sie achten sollten.

Ein paar Minuten später sah er, wie Zelten hinter ihnen kleiner wurde. Bis jetzt folgten ihnen keine Fahrzeuge.

Während die Abstände zwischen den Bauernhöfen in der Gegend immer größer wurden, erklang Haneys Stimme über Funk. Vor ihnen sah er eine kleine Anhäufung von Gebäuden, die von einer niedrigen Mauer umgeben waren.

Harvath befahl ihm, darauf zuzuhalten. Er hatte den Verdacht, diese Gebäude könnten ihre beste – und einzige – Überlebenschance darstellen.

33

Tursunow hatte in einem kleinen marokkanischen Restaurant in der Rue Xavier nahe Notre-Dame zu Abend gegessen. Abdel hatte ihm das Restaurant empfohlen, und es befand sich in der Nähe der letzten Station, die er aufsuchen musste, bevor er schlafen ging.

Er spazierte zum Pont Royal, überquerte die Seine und betrat den berühmten, von Caterina de' Medici angelegten Schlosspark Jardin des Tuileries. Der Park erstreckte sich wie ein riesiger grüner Teppich vom Louvre bis zur Place de la Concorde. Er war einer der beliebtesten Orte in Paris, um sich zu treffen, zu flanieren und zu entspannen.

Statuen von Giacometti, Maillol und Rodin verzierten die gepflegten Grünanlagen und Kieswege. Der Park wies zwei riesige Brunnen auf. Einer davon hatte seine Aufmerksamkeit – ähnlich wie die Kathedrale in Santiago – aus einem ganz besonderen Grund erregt.

Der Islamische Staat verachtete die Franzosen. Man sah die Franzosen als die Verkörperung all dessen an, was schlecht war am Westen. Die Franzosen waren arrogante, freigeistige Heuchler, die jegliche Gesichtsverschleierung verboten hatten, einschließlich Nikabs und Burkas.

Die Franzosen taten nicht nur so, als wünschten sie sich westliche Ideale wie Demokratie, Meinungsfreiheit und Menschenrechte – sie wollten sie der islamischen Welt auch gewaltsam aufzwingen. Und wenn es dafür erforderlich war, Bomben abzuwerfen und Muslime zu töten, waren die Franzosen dazu nur allzu gern bereit.

Der IS hatte Frankreich ins Visier genommen und war fest entschlossen, das Land mehrfach anzugreifen. Tursunow war gesagt worden, dass ihnen der genaue Ort des Anschlags egal sei. Allein der Erfolg zähle.

Er wusste, dass sie es im Zweifelsfall bevorzugten, wenn er in Paris zuschlug. Die Stadt war das Herz der Nation. Ein erfolgreicher Anschlag in Paris würde nicht nur die französische Psyche beschädigen, sondern hätte auch den zusätzlichen Vorteil, zahlreiche westliche Touristen zu töten. Das würde der Wirtschaft schaden. Nur sehr wenige Menschen würden Urlaub in einer vom Terrorismus geplagten Stadt – oder auch Nation – machen wollen.

Vorteilhaft an Paris war auch, dass die Stadt voller ausländischer Besucher war. Er konnte umherspazieren. Er konnte die Menschenmengen beobachten. Er konnte Fotos machen. Nichts davon würde verdächtig wirken.

Das war ein wichtiger Aspekt gewesen, der für den Jardin des Tuileries als Anschlagsort sprach. Aber genauso wichtig war ein persönlicher symbolischer Grund.

Seine sufistische Mutter hatte geglaubt, dass der Symbolismus das Göttliche widerspiegelte und als Numerologie Gestalt annehmen konnte. Der heilige Koran enthielt erstaunliche Erkenntnisse, wenn er aus numerologischer Sicht gelesen wurde, wie etwa die Ordnungszahl von Eisen, das Verhältnis zwischen Land und Wasser auf der Erde oder der genetische Code der Biene.

Aber eine der erstaunlichsten Enthüllungen, die mehr als 1000 Jahre vor dem Ereignis offenbart wurde, war das Datum der Mondlandung.

Seine Mutter hatte ihm ein Gefühl der Ehrfurcht und, was noch wichtiger war, Respekt dafür vermittelt, dass Allahs Hand alles lenkte.

Diese Ehrfurcht hatte ihn nach Paris geführt und insbesondere in diesen Park.

Von all seinen Überzeugungen war keine stärker als sein Vertrauen in die Wahrheit des muslimischen Glaubens. Und sein Glaube wurde immer wieder durch die Verruchtheit und Ignoranz der Ungläubigen bestätigt.

Ein gutes Beispiel dafür war ihre Vorstellung, die Zahl 666 sei irgendwie bösartig.

In ihrem Buch wurde die »Zahl des Tieres« als 666 beschrieben. Aber 666 war auch die Zahl der Goldtalente, die König Salomo jedes Jahr entrichtet wurden. Aber sie glaubten wohl kaum, dass Salomo das Tier war.

Doch konsequent schienen ihre Gedanken nie zu sein. Den Ungläubigen schien es zu genügen, 666 als böse zu betrachten, und damit hatte sich die Sache. Aber die Zahl war nicht böse. Vielmehr war sie göttlich, und Tursunow betrachtete sie als Allahs Handschrift.

Dafür gab es zahlreiche Gründe. Der Winkel zwischen dem Nordpol und der Bahn, auf der die Erde um die Sonne kreiste, betrug 66,6 Grad. Der nördliche Wendekreis verlief 66,6 Grad vom Nordpol, der südliche Wendekreis 66,6 Grad vom Südpol entfernt. Der Äquator verlief 66,6 Grad sowohl vom nördlichen als auch vom südlichen Polarkreis aus betrachtet. Die durchschnittliche Bahngeschwindigkeit der Erde betrug 66,666 Meilen pro Stunde.

Und als ob er noch weitere Beweise für Allahs Gestaltung der Welt benötigt hätte, war der Felsendom in Jerusalem – an dem der Prophet Mohammed in den Himmel aufgestiegen war – 666 Meilen von der Kaaba in Mekka entfernt.

Allahs Handschrift war überall, und Tursunow versuchte stets, sich von ihr leiten zu lassen. Deswegen hatte er sich für den Jardin des Tuileries entschieden.

Nicht nur war er beliebt und immer voller Leute. Sein runder Brunnen lag auch genau 666 Meilen vom Mittelpunkt der Kathedrale von Santiago de Compostela entfernt. Allah hatte ihm eine Botschaft geschickt.

Er berührte den Brunnen und blickte Richtung Osten. Jenseits der Place du Carrousel konnte er die große Glaspyramide des Louvre sehen. Sie bestand aus 666 rautenförmigen Glaselementen und stand genau 666 Meilen von der Pilgerstätte in Lourdes entfernt.

Tursunow wandte sich nach Westen und sah den Obelisken von Luxor, der 666 Meter von der Place de la Concorde aufragte.

Dies war zweifellos von Gott so gewollt.

Er ging um den Brunnen herum und begab sich zur Rue de Rivoli und zur Terrasse des Feuillants. Hier verlief am Rand des Parks die Fête des Tuileries.

Der Jahrmarkt bot Autoscooter, riesige Rutschen, Trampoline, Kletterwände, Schießbuden, Karusselle, ein Riesenrad, Eis, Donuts, Crêpes, Zuckerwatte und sogar kandierte Äpfel. Er war sowohl bei Touristen als auch Einheimischen beliebt.

Tursunow hatte den Ort mehrfach besucht. Er wollte sichergehen, dass er den perfekten Moment wählte.

Während er durch den belebten Jahrmarkt schlenderte, lächelte und flüsterte er: »*Allahu akbar.*« *Gott ist groß.*

34

Am nächsten Morgen stand Tursunow weit vor Sonnenaufgang auf und sprach seine Gebete. Nach einer schnellen Gymnastikrunde duschte er, rasierte sich und zog frische Kleidung an.

Er verließ das Hotel und ging an seinem gewohnten Café vorbei, das aber geschlossen war. Er musste weitere drei Häuserblocks gehen, bis er ein geöffnetes Café fand.

Er bestellte mehrere Espressos zum Mitnehmen, allesamt in einem einzigen Pappbecher, und nahm beim Verlassen des Cafés ein kostenloses wöchentliches Magazin mit.

Draußen zündete er seine zweite Zigarette an und ging zur Metro. Abdels Neffe, der Chemiker, wohnte in Aubervilliers, einem vorwiegend frankoarabischen Vorort im Nordosten von Paris. Tursunow wollte sich eigenhändig davon überzeugen, ob der junge Mann beobachtet wurde.

Abdel hatte ihm ein Foto von Younes, dessen Adresse und Informationen über die von ihm besuchte Moschee gegeben. Er hatte die strenge Anweisung erhalten, seinem Neffen nichts davon zu verraten, dass Tursunow ihn aufsuchen würde. Tursunow wollte nicht, dass sich der Chemiker nervös umschaute. Falls er beobachtet wurde, würde jegliches verdächtige Verhalten seine Beobachter nur noch misstrauischer machen.

Nach der Ankunft in Aubervilliers verließ Tursunow den Bahnhof und spazierte los. Der Ort hatte schon bessere Tage gesehen. Die Architektur im Zentrum ähnelte der vieler Pariser Bezirke, aber damit endete die Ähnlichkeit mit der Stadt der Lichter auch schon wieder.

Aubervilliers war dunkel. Seine Bewohner waren raubeinig, die Läden und Restaurants heruntergekommen. Die Straßen waren schmutzig. Überall gab es Graffitis.

Um die Stadt herum standen hässliche Wohnkomplexe aus Beton, die in den 60er- und 70er-Jahren gebaut worden waren. Hier, wie in so vielen anderen Vororten, versteckte Paris seine ärmeren Bewohner, bei denen es sich vor allem um Einwanderer handelte.

Viele der Einwanderer waren froh, der brutalen Armut und Hoffnungslosigkeit ihrer Heimatländer entkommen zu sein. Sie waren im selben Jahrzehnt nach Frankreich gekommen, in dem die hässlichen Wohnkomplexe gebaut worden waren. Sie waren dankbar für die Chance auf ein neues Leben gewesen.

Sie übernahmen gern die Jobs, die die Franzosen nicht machen wollten: Straßenkehren, Kanalarbeiten, Hilfsarbeiten. Die Einwanderer, von denen die meisten aus dem muslimischen Nordafrika stammten, waren froh darüber, wie viel besser das Leben für sie und ihre Familien in Frankreich war.

Sie machten sich Hoffnung auf die Zukunft, nicht nur für sich selbst, sondern vor allem für ihre Kinder. *Liberté, Égalité, Fraternité* war nicht nur ein Motto. Es war ein Versprechen.

Sie glaubten, dass ihre Kinder in Frankreich mehr Chancen bekommen und mehr erreichen würden, als sie es sich selbst je hätten vorstellen können. Ihre Kinder würden keine Marokkaner oder Algerier sein. Sie würden freie Franzosen und Französinnen sein, mit all den damit verbundenen Vorteilen. Leider kam es anders.

Die Kinder der Einwanderer mussten feststellen, dass sie mit einem Fuß in der alten Welt standen und mit dem anderen in der neuen. Sie waren zwar in Frankreich geboren, aufgewachsen und zur Schule gegangen. Aber sie wurden als Außenseiter betrachtet und waren in der französischen Gesellschaft nicht vollständig akzeptiert.

Einige von ihnen drängten auf eine größere Teilhabe. Andere zogen sich in ihre ethnischen Nischen zurück. Sie marginalisierten sich selbst und ihre Stimme.

Ohne Zugang zu Aufstiegsmöglichkeiten wandten sich viele wütende junge Männer der Gewalt und Kriminalität zu. Andere wandten sich dem Islam zu.

Da mehr als 70 Prozent der Einwohner der Religion anhingen, wurde Aubervilliers auch oft als »muslimische Stadt« bezeichnet.

Die Stadt stand auch im Ruf, gefährlich zu sein. Polizisten betraten manche Gegenden nicht ohne Verstärkung.

Tursunow war sich all dieser Umstände bewusst, während er sich auf Younes' Moschee zubewegte.

Mit einem ausgeklügelten System zur anonymen Internetnutzung hatte er sich die Gegend um die Moschee mit Google Street View angesehen.

Sie befand sich in einer viel befahrenen Straße auf einer früheren Ladenfläche, die früher einmal ein Schönheitssalon gewesen war. Auf der anderen Straßenseite gab es ein Café.

Nachdem er sich die Umgebung angesehen hatte, betrat Tursunow das Café und setzte sich an einen Tisch neben dem Fenster. Es roch nach Druckerschwärze und dunklem geröstetem Kaffee.

Er bestellte ein Frühstück und schlug die Wochenzeitschrift auf, die er heute Morgen mitgenommen hatte. Er tat so, als läse er die Zeitschrift, während er das Kommen und Gehen vor der Moschee beobachtete.

Falls die französischen Behörden die Moschee beschatteten, gingen sie dabei äußerst vorsichtig vor.

In den oberen Stockwerken der Wohnungen gegenüber konnte es Kameras geben, aber nichts davon war offensichtlich. Alle Personen, die an der Moschee vorbeigingen, wirkten so, als gehörten sie hierher. Niemand fiel auf oder sah nach Polizei aus.

Da er selbst als Militärangehöriger und Polizist gedient hatte, konnte er solche Leute normalerweise auf der Stelle erkennen. Sie hatten etwas an sich, das sie verriet. Es war ihr

Verhalten, aber auch etwas in ihren Augen. Sie waren stets in Bewegung und achteten auf alles. So etwas war nicht normal.

Normale Leute waren unaufmerksam. Nur Menschen, die mit Gefahren umzugehen hatten oder mit Ärger rechneten, hielten stets nach etwas Ausschau, das nicht so recht zu passen schien oder verriet, dass gleich etwas Schlimmes passieren würde. Eine Angewohnheit, die aus knapp vermiedenen Katastrophen und hart gewonnenen Erfahrungen herrührte.

Als das Morgengebet beendet war, bezahlte Tursunow seine Rechnung und trat ins Freie, um eine Zigarette zu rauchen. Während er die Gauloises anzündete, lehnte er sich gegen das Gebäude und sah zu, wie sich die Moschee leerte.

Es waren nicht viele Besucher, höchstens 20. Als die Männer auf den Bürgersteig traten, blieben ein paar von ihnen noch stehen, aber die meisten verabschiedeten sich und brachen auf. Tursunow konnte immer noch keine Anzeichen für irgendwelche Überwachungsmaßnahmen erkennen.

Er beobachtete, wie die letzten Männer das einstige Geschäft verließen. Schon befürchtete er, Younes könnte das Gebet heute Morgen geschwänzt haben. Dann sah er ihn endlich an der Tür.

Er und zwei weitere Männer verabschiedeten sich von einem älteren Mann mit einem dichten grauen Bart. Er musste der Imam sein.

Der Tadschike war überrascht, wie stark Younes seinem Vater ähnelte. Er war groß gewachsen, hatte dieselben intelligenten Augen und dieselbe breite Nase. Die Ähnlichkeit war unheimlich. Auf dem Foto, das Abdel ihm gegeben hatte, war sie nicht so deutlich zu sehen gewesen.

Younes und die anderen zwei Männer umarmten den Imam, traten auf den Gehweg und gingen auseinander. Tursunow tat so, als würde er sie nicht beachten, und rauchte weiter seine Zigarette. Er wollte möglichen Beobachtern die Gelegenheit geben, dem jungen Chemiker zu folgen.

Sobald genug Zeit verstrichen war, schnippte er den Rest seiner Zigarette auf den Boden und ging in dieselbe Richtung wie Younes. Er achtete darauf, Abstand zu halten und auf der anderen Straßenseite zu bleiben. Er wollte ihm nicht auf die Pelle rücken.

Zwei Häuserblocks weiter war er sich sicher, dass der junge Chemiker nicht verfolgt wurde. Aber dann trat eine Gestalt um die Ecke.

Es war ein dunkelhäutiger Mann, der so wie viele der Männer gekleidet war, die er in Aubervilliers gesehen hatte. Auf den ersten Blick hatte er nichts Ungewöhnliches an sich. Aber etwas an ihm signalisierte *Polizei*. Tursunow konnte es spüren, obwohl der Mann weit vor ihm lief.

Auch Younes musste es gespürt haben, denn irgendwann drehte er sich um und warf einen Blick zurück. Kurz danach bog der dunkelhäutige Mann um die Ecke und gab die Verfolgung auf. Einen Block danach ersetzte ihn ein anderer Polizist. *Der Chemiker wird definitiv überwacht.*

Das verkomplizierte die Sache. *Und zwar sehr.*

Der Tadschike musste davon ausgehen, dass die französischen Behörden den jungen Mann nicht nur verfolgten, sondern dass sie auch seine Telefonate abhörten und seine E-Mails lasen. Vielleicht hatten sie sogar eine Wanze in seiner Wohnung installiert.

Die große Frage lautete: *Warum?* Was hatte Younes getan, um so viel Aufmerksamkeit auf sich zu lenken? Abdel hatte behauptet, er sei sauber und nicht an der Planung dschihadistischer Aktionen beteiligt gewesen. Hatte er recht gehabt?

Tursunow fragte sich, ob die Antwort mit dem zweiten Polizisten des Überwachungsteams zusammenhing. Er hatte hellere Haut, längere Haare und einen Kinnbart. Er hätte als Araber durchgehen können, aber er hatte etwas an sich, das Tursunow zu denken gab.

An der nächsten Ecke bog er rechts ab und beendete seine Verfolgung. Er ging zur Metro zurück. Er würde warten, bis es dunkel war, und dann zurückkommen.

35

Libyen

Die Ansammlung sandfarbener, einstöckiger Gebäude befand sich gleich neben der Straße. Sie waren verlassen und weitgehend heruntergekommen. Die Gebäude waren von einen Meter hohen Steinmauern umgeben, die an mehreren Stellen zerbröckelt waren.

Harvath, Barton, Staelin und Morrison sprangen vom Truck, um die Gebäude rasch abzusuchen. Sobald sie sich davon überzeugt hatten, dass sich dort niemand aufhielt, halfen sie Gage beim Aussteigen und wiesen Haney den Weg zur Rückseite des Hauses.

Ein Strohdach über einer langen Veranda war teilweise eingestürzt. Sie räumten das Geröll zur Seite, damit der Technical dort parken konnte. Dann bedeckten sie den Wagen schnell mit Abfällen. Die Tarnung war nicht perfekt, aber angesichts der Umstände musste sie reichen.

Von den drei Häusern war das nördlichste am sichersten. Es hatte die dicksten Mauern und man kam von innen aufs Dach.

Nachdem sie Waffen und Munition aus dem Truck ins Haus geschleppt hatten, zog Harvath ein Stück blauer Plane aus einem Müllhaufen und kletterte auf das Dach.

Es war flach und von einer niedrigen Brüstung umrahmt. Teilweise fehlten Stücke davon. Egal ob es Absicht oder Vernachlässigung war – die Lücken boten ihm die Möglichkeit, ungesehen die Straße zu beobachten.

Er kroch auf dem Bauch auf eine der Lücken zu, holte ein kleines Fernglas hervor und suchte die Umgebung ab. Nirgendwo waren sich nähernde Fahrzeuge zu sehen.

Über seiner Schulter stieg die Sonne am Horizont auf und verbreitete ihre Strahlen langsam am Morgenhimmel.

Harvath aktivierte sein Satellitentelefon, zog die Antenne aus und wartete ungeduldig auf ein Signal. Sobald er Empfang hatte, schickte er eine Nachricht mit seinen exakten GPS-Koordinaten an Langley.

Anschließend stach er mit seinem Messer in die Plane und schnitt sie der Länge nach in zwei Hälften. Dann befestigte er sie mit Betonziegeln am Boden, sodass sie in der Mitte des Dachs ein großes Pluszeichen bildeten.

Anhand des Zeichens und der Koordinaten sollte die Drohne in der Lage sein, ihre Position zu ermitteln.

Sie waren ein enorm hohes Risiko eingegangen, indem sie den Menschenschmuggler entführt hatten. Sollte er sich nicht als hilfreich erweisen und ihnen den Zusammenhang zwischen dem ertrunkenen Chemiestudenten und den Anschlagsplänen nicht erklären können, würde Harvath ihm eine Kugel direkt zwischen die Augen jagen.

Er hörte etwas hinter sich und drehte sich um. Haney kam mit dem verbleibenden Geschoss und der RPG-Panzerfaust auf ihn zu.

»Unten alles in Ordnung?«, fragte Harvath.

Der Marine nickte, als er die Ausrüstung abstellte und sich zu Harvath setzte. »Gage ist stabil. Staelin wollte ihm etwas gegen die Schmerzen geben, aber Gage sagte, er soll sich ins Knie ficken. Er meinte, er kann nicht kämpfen, wenn er high ist.«

Harvath lächelte.

»Halim ist auch stabil«, fuhr Haney fort. »Aber er hat starke Schmerzen. Gage sagte ihm, er solle sich ebenfalls ins Knie ficken.«

Wieder lächelte Harvath. »Was ist mit Barton und Morrison?«

»Ich habe Barton auf das Dach des südlichen Gebäudes geschickt. Morrison ist in dem mittleren Haus. Neben ihren eigenen Waffen haben sie sich jeweils eine AK und zusätzliche Munition genommen.«

Egal was erledigt werden musste – Haney hatte immer alles im Griff. Harvath wollte sich gerade bei ihm bedanken, als sein Satellitentelefon vibrierte. Es war eine Nachricht aus Langley.

»Was ist los?«, fragte Haney.

»Erinnerst du dich an die Glocks, die die Milizionäre in dem Elektronikladen bei sich hatten?«

Der Marine nickte.

»Ich habe der Agency die Seriennummern gemailt. Das Verteidigungsministerium hat die Unterlagen endlich gesichtet. Die Waffen wurden aus Camp 27 gestohlen.«

»Das Special-Forces-Trainingslager nahe Tripolis?«

»Genau«, meinte Harvath. »Das Lager, das geplündert wurde.«

»Uncle Sam gefällt es nicht, wenn du ihn beklaust.«

»Es gefällt ihm wirklich nicht. Er wird sogar ...«

Plötzlich schwieg Harvath. Er hob das Fernglas wieder an die Augen und blickte durch das Loch in der Brüstung. Ein

Konvoi aus mehreren Fahrzeugen bewegte sich aus Zelten in ihre Richtung. Über Funk informierte er das Team.

Noch bevor er Haney sagen konnte, er solle wieder nach unten gehen, war der Marine schon unterwegs.

Harvath kontaktierte das Drohnenteam von Strike Force Two auf der USS *George H. W. Bush*, gab ihm den neuesten Stand durch und fragte: »Was ist die voraussichtliche Ankunftszeit der Reaper?«

»Es gab eine kleine Komplikation bei der Übergabe.«

»Wir brauchen diese Drohne so schnell wie möglich.«

»Wir arbeiten dran. Bleibt in Position.«

Er wollte ihnen sagen, sie sollten sich verdammt noch mal beeilen. Stattdessen bestätigte er den Empfang der Botschaft und teilte seinem Team mit: »Waffen bereithalten, aber nicht schießen! Nur wenn es sich überhaupt nicht vermeiden lässt.«

Sie hatten alle gehofft, die Miliz würde einfach vorbeiziehen, aber so viel Glück hatten sie heute nicht.

Das vorherige Drohnenteam hatte 15 Fahrzeuge gezählt, die sich aus verschiedenen Richtungen auf sie zubewegten. Wenn in jedem davon vier Männer saßen, konnte das bis zu 60 Kämpfer bedeuten. Vielleicht sogar mehr.

Als sich der Konvoi näherte, zählte Harvath zehn Fahrzeuge. Die Hälfte davon waren Technicals.

Zwei davon waren mit den schweren Flugabwehrgeschützen ausgestattet, vor denen er gewarnt worden war.

Anscheinend hatte sich der Konvoi aus Abu Kammash mit dem aus dem Süden zusammengetan.

Fahrt weiter, sagte Harvath zu sich selbst und machte eine Kopfbewegung in die andere Richtung. *Hier gibt es nichts zu sehen.*

Als sich der Konvoi ihrem Standort näherte, spannte sich jeder Muskel in seinem Körper und das Adrenalin rauschte durch seine Adern. Er war wie eine zusammengerollte Schlange, die bereit war zuzubeißen.

Er atmete tief ein und zwang sich, zu entspannen. Langsam bekam er seinen Pulsschlag in den Griff. Von irgendwo tief in seinem Verstand tauchte das SEAL-Mantra *Langsam ist geschmeidig, geschmeidig ist schnell* in ihm auf. *Ruhig bleiben, nichts überstürzen,* rief er sich ins Gedächtnis und löste den Finger langsam vom Abzug seines M4.

Nahe der Einfahrt zu den verfallenen Bauernhöfen wurde der Konvoi langsamer. Die Kämpfer in dem ersten Fahrzeug schienen zu beraten, ob es sich lohnte, die Gebäude zu kontrollieren.

Harvath konnte die Flugabwehrgeschütze jetzt deutlich erkennen. Auf die Bauernhöfe gerichtet, konnten sich die Geschosse durch die Gebäude fressen wie ein fetter Mann durch eine Tüte Chips.

Die Milizionäre mussten zu dem Entschluss gekommen sein, dass sich die Mühe nicht lohnen würde, da sie wieder beschleunigten und an Harvath und seinem Team vorbeifuhren.

Harvath blieb schussbereit und folgte dem Konvoi mit dem Lauf seiner schallgedämpften Waffe. Er wagte es nicht, zu atmen, bis auch der letzte Wagen vorbeigefahren war.

Sobald der Wagen außer Sichtweite war, funkte Harvath sein Team an und sagte: »Wir sind in Sicherheit.«

Eine Welle der Erleichterung überkam ihn, als er seine Waffe ablegte und seinen Nacken dehnte. Für einen kurzen Augenblick erlaubte er sich, die Augen zu schließen. So langsam glaubte er, dass sie doch noch lebendig aus dieser Situation herauskommen konnten.

Dann hörte er über Funk Bartons Stimme. »Der zweite Konvoi kommt auf uns zu«, sagte der SEAL.

Harvath öffnete die Augen, hob sein Gewehr wieder auf und blickte in die Ferne. Er wusste bereits, wie viele Fahrzeuge es sein würden. Er musste nicht mal zählen. Rein rechnerisch mussten es die verbleibenden fünf sein, einschließlich zweier Technicals.

Als die Fahrzeuge näher kamen, sah Harvath, dass seine Berechnung stimmte. Es war nur ein schwacher Trost. Sobald sie das Gelände erreicht hatten, hielten die zwei Technicals auf beiden Seiten der Einfahrt an. Sie standen in einem Winkel, der den Verkehr blockieren würde, und nahmen Feuerposition ein.

Bei den anderen drei Fahrzeugen handelte es sich um SUVs. Einer davon blieb ein bisschen weiter die Straße entlang außerhalb des Geländes stehen. Die beiden anderen fuhren auf den Hof und parkten. Sie waren hier, um die Gebäude zu durchsuchen. *Scheiße.*

Harvath atmete tief ein, atmete langsam aus und begann, den Abzug wieder leicht zu drücken.

36

Die Milizionäre schienen nicht besonders scharf darauf zu sein, aus ihren SUVs zu steigen. Sie hielten ihre Waffen aus den geöffneten Fenstern und warteten ab. Sie waren so nahe und die Wüste war so still, dass Harvath sie auf Arabisch miteinander flüstern hörte.

Schließlich wurde eine Autotür geöffnet. Dann eine weitere. Auf der Straße waren ein paar der Kämpfer bereits auf die Ladeflächen der Technicals geklettert, hatten die schweren Maschinengewehre geladen und sie auf die Gebäude gerichtet.

Harvath konzentrierte sich auf den Technical in nächster Nähe. Barton würde den anderen übernehmen. Haney, Staelin und Morrison würden sich um die Männer kümmern, die sich außerhalb der Fahrzeuge auf dem Gelände befanden.

Es bestand immer noch die Möglichkeit, dass sie wieder in die SUVs einsteigen und wegfahren konnten. Harvath wusste jedoch, dass es nicht passieren würde.

Insgesamt waren sie zu acht. Langsam gingen sie von den SUVs auf die Gebäude zu. Dann gab Haney den Feuerbefehl.

Als sie die das Wort »Jetzt!« über den Funk hörten, fingen alle Männer des Teams an zu schießen.

Harvath schaltete zunächst den Maschinengewehrschützen aus, dann den Munitionszuführer, der neben ihm auf der Ladefläche stand. Er erwischte den Mann im Rücken, als sich der Wagen in Bewegung setzte. Danach konnte er ihn nicht mehr sehen.

Er richtete sein Gewehr neu aus und widmete sich der Windschutzscheibe des Technicals. Er garnierte sie mit einer Bleiladung.

Der Fahrer und der Beifahrer hatten fliehen wollen und sackten leblos zusammen.

Als der Munitionsführer dieses Wagens den Kopf in die Höhe reckte, hatte Harvath schon darauf gewartet.

Er drückte den Abzug seines M4 und jagte ihm direkt über der linken Augenbraue ein Magazin durch den Schädel. Blut sprühte über die Heckklappe, als der Mann zusammenbrach.

Harvath richtete sein Gewehr auf den anderen Technical und stellte fest, dass Barton dessen Besatzung bereits ausgeschaltet hatte und sich auf ein neues Ziel konzentrierte.

Auf der Straße setzte der verbleibende SUV zur Flucht an. Harvath nahm den Wagen ebenfalls unter Beschuss und entlud mehrere Magazine in dessen Richtung.

Im Erdgeschoss ertönten die Schüsse aus Gages M4, die sich von hinten in den Kopf des Fahrers bohrten.

Der Kämpfer war auf der Stelle tot.

Fahrerlos schleuderte der unkontrollierte Wagen von der Straße und überschlug sich.

Einen Sekundenbruchteil später rief Gage über Funk: »Viel Spaß im Paradies, ihr Arschlöcher!«

Harvath und Barton blieben auf den Dächern, um Feuerschutz zu geben, während sich Haney und Morrison zur Straße begaben. Sie wollten sicherstellen, dass es keine Überlebenden gab.

Sie kontrollierten die Leichen, die neben beiden Technicals lagen, und gingen gerade auf den umgekippten SUV zu, als Harvath etwas in der Ferne zu erkennen glaubte. Er nahm das Fernglas vor die Augen und sah, dass mehrere Miliz-Fahrzeuge aus der anderen Richtung zurückkamen.

Selbst auf diese Entfernung konnte er erkennen, dass es sich bei zwei davon um die Technicals mit den Flugabwehrgeschützen auf der Ladefläche handelte. Die fliehenden Milizionäre mussten noch Alarm gegeben haben, bevor Gage den Fahrer erschoss und sich der SUV überschlug.

Harvath schnappte sich den Granatwerfer und funkte Haney und Morrison an, sie sollten sich so schnell wie möglich zurück auf das Gelände begeben.

Als Nächstes kontaktierte er die USS *George H. W. Bush*. »Wo zum Teufel bleibt meine Drohne?«

»Noch zehn Minuten«, antwortete eine Stimme. »Höchstens.«

»Ein ganzer Konvoi aus Technicals fährt direkt auf uns zu. Zwei davon mit ZU-2 Flugabwehrgeschützen. Hier ist in weniger als fünf Minuten alles vorbei, wenn ihr die Drohne nicht *sofort* hierherbekommt!«

Er beendete die Übertragung und musste eine Entscheidung treffen. Die RPG-7 hatte eine maximale Reichweite von 500 Metern. Aber das galt für unbewegliche Ziele. Wenn sich das Ziel bewegte, verringerte sich die Reichweite auf 300 Meter.

Nach seinem ersten Schuss würden die Gegner genau wissen, wo er sich befand und wohin sie zielen mussten. Harvath blickte auf die Miliz-Fahrzeuge unten auf dem Gelände und auf der Straße. Ein Plan entstand in seinem Geist.

Es war kein besonders guter Plan, aber angesichts dessen, wie rasch sich die Lage verschlechterte, gab es keine bessere Alternative.

Als Morrison und Haney zurückgerannt kamen, befahl Harvath ihnen, bei den mit Einschusslöchern überzogenen Technicals kurz haltzumachen und mitzunehmen, was sie benötigten.

Barton kam vom Dach und half Staelin dabei, Halim im größeren der beiden SUVs unterzubringen. Morrison sprang in den kleineren Wagen und startete den Motor. Dann fuhr Haney den eigenen Technical aus dem Versteck und parkte ihn an der Rückseite des Gebäudes.

Als alle bereit waren, verlor Harvath keine weitere Zeit. »Los geht's!«, rief er und hämmerte mit den Fäusten gegen beide SUVs. »Fahrt los! Beeilt euch!«

Die Wagen rasten vom Gelände. Auf der Straße umkurvten sie den durchlöcherten Technical und fuhren in die dem sich nähernden Konvoi entgegengesetzte Richtung.

Auf den Bauernhöfen nahmen Harvath und Haney ihre Positionen ein und bereiteten ihre Waffen vor. Sie würden hierbleiben. Egal was die Miliz vorhatte – Harvath und Haney würden dem Konvoi so stark zusetzen wie möglich.

Harvath legte sich die Panzerfaust auf die Schulter und blickte zu Haney. Der Marine, der eine RPG aus einem der Technicals geholt hatte, tat das Gleiche.

Er gab Harvath das Daumen-hoch-Zeichen und sagte über Funk: »Gage hat mir gesagt, er wettet das Doppelte, dass dein Schuss danebengeht.«

Harvath schüttelte nur den Kopf.

Normalerweise machte er bei den blöden Sprüchen gern mit. Aber nicht jetzt. Sein Körper war von dem Sprung aus dem Land Cruiser schwer ramponiert. In den letzten 18 Stunden hatte er mehrere heftige Adrenalinschübe durchlebt. Außerdem waren er und Haney einem näher kommenden Gegner zahlenmäßg weit unterlegen. Harvath sparte seine Kräfte für das Chaos, das sie gleich entfesseln würden.

Als sich der Konvoi dem Gelände näherte, gab Harvath Haney ein Zeichen. Alles hing davon ab, was in den nächsten 30 Sekunden passieren würde.

37

Der Konvoi wurde langsamer, als er sich näherte. Dann blieb er ganz stehen. Die Milizionäre konnten die Technicals sehen, die die Straße blockierten, den SUV, der sich überschlagen hatte, und die Leichen ihrer Landsleute – alle mit Kugeln durchsiebt.

Wenn sie aufgepasst hätten, wären ihnen auch die zwei fehlenden Fahrzeuge aufgefallen. Sie mussten eine Entscheidung treffen.

Auf dem Gelände war alles ruhig. Das Einzige, was sich bewegte, waren die Fliegen auf den Toten.

Ein Milizenbefehlshaber öffnete sein Fenster und hob ein Fernglas an seine Augen, um sich genauer umzusehen. Mit dem passenden Gewehr hätte Harvath ihn wahrscheinlich ausschalten können. Aber es ging ihm nicht darum, zuerst den Befehlshaber zu erledigen.

Er wollte die Technicals zerstören, vor allem die zwei mit den Flugabwehrgeschützen. Das war jedoch leichter gesagt als getan.

Er musste zugeben, dass die Milizionäre nicht dumm waren. Zwischen ihren zehn Fahrzeugen hielten sie reichlich Abstand. Sie standen nicht Stoßstange an Stoßstange auf der Straße, sodass sie sich nicht hätten bewegen können, falls nötig.

Die beiden Technicals mit den Kaliber-0.50-Maschinengewehren standen in der ersten Reihe, ein weiterer in der Mitte. Die Technicals mit den Flugabwehrgeschützen standen ganz hinten.

Dadurch, dass der Konvoi stehen geblieben war, befand er sich nun in Schussweite, wenn auch nur knapp. Harvath wollte, dass die Milizen näher kamen. Er wollte die Karten so weit wie möglich zu seinem Vorteil mischen.

Also wartete er weiter die Entscheidung der Libyschen Befreiungsfront über ihr weiteres Vorgehen ab.

Harvath hatte gehofft, der ganze Konvoi würde sich wieder in Bewegung setzen, sobald den Milizionären die fehlenden Fahrzeuge auffielen. Während sie vorbeifuhren, würden er und Haney sie einen nach dem anderen ausschalten. Dabei würden sie sich auf die beiden hochgefährlichen Technicals konzentrieren.

Das Zweitbeste, was passieren könnte, bestünde darin, dass sich die Milizionäre aufteilen würden. Ein paar von ihnen würden zur Verfolgung ansetzen und die anderen würden das Gelände untersuchen. Im Moment machten sie jedoch gar nichts. Sie saßen nur rum.

Harvath spürte, wie sich Kopfschmerzen anbahnten. Er hatte Hunger und ein Koffeindefizit. Für einen Kaffee oder einen Energydrink hätte er einen Mord begangen.

»Tja nun, Leute, was habt ihr vor?«, sagte er, während er die Milizionäre beobachtete. »Wollt ihr kämpfen oder euch nur die Eier kraulen?«

In diesem Moment stieg der Kommandant aus seinem Truck und brüllte Befehle. Ein Milizionär nach dem anderen stieg aus den Fahrzeugen.

Haney sah zu Harvath, der zur Antwort mit den Schultern zuckte und seine Aufmerksamkeit wieder dem Konvoi zuwandte. Er hatte keine Ahnung, was die Männer vorhatten.

Eine Gruppe sammelte sich neben den Fahrzeugen in der Mitte. Sie waren hauptsächlich mit AK-47 bewaffnet, einige aber auch mit M4. Harvath konnte sich denken, woher die Waffen stammten.

Als er sah, dass auch die Männer von den Ladeflächen stiegen, wusste er, dass Haney und er ein Problem hatten.

Die Milizionäre würden ein Team zu Fuß losschicken, um das Gelände zu durchsuchen, während der Rest bei den Fahrzeugen blieb. Die Technicals würden bei Bedarf Feuerschutz geben.

»Das sieht nicht gut aus«, sagte Haney über Funk.

Nein, wirklich nicht. Aber sie würden das Problem irgendwie lösen müssen.

»Offenbar wollen sie rund 20 Leute reinschicken«, erwiderte Harvath. »Das ist fast die Hälfte von ihnen. Sobald sie näher bei uns sind als bei den Autos, zeigen wir's ihnen.«

Haney hob den Daumen und bereitete sich vor. Die Falle war gestellt. Die Milizionäre tappten zwar nicht direkt hinein, aber Harvath und Haney hatten dennoch die Überraschung, Schnelligkeit und Entschlossenheit auf ihrer Seite. Harvath wollte diesen Vorteil zur Gänze ausnutzen.

Kurz nachdem die Milizionäre ihr Team zusammengestellt hatten, setzte es sich auch schon in Bewegung. Zu Harvaths großem Verdruss wurde es dabei von einem der Technicals begleitet. *Verdammt!*

Harvath musste schnell überlegen. Sobald er und Haney ihre Raketen abfeuerten, würde das Maschinengewehr dort unten sie beharken. Und je näher es kam, desto zielgenauer würde es sein.

Sie mussten einen Weg finden, es auszuschalten – und außerdem noch die Flugabwehrgeschütze. Es musste eine Lösung geben.

Harvath zermarterte sich das Hirn, aber ihm fiel nichts ein. Zunächst mussten die Flugabwehrgeschütze ausgeschaltet werden. Wenn sie erst einmal auf Harvath und Haney feuerten, war es aus. Der sich nähernde Technical war das zweite Ziel. Ein extrem gefährliches zweites Ziel.

Das Angriffsteam bewegte sich rasch vorwärts. Wenn das Gelände so verlassen war, wie es aussah, mussten die Milizionäre es absuchen und anschließend ihre Fahrt fortsetzen. Mit jeder Minute würden sich die Personen, die sie verfolgten, weiter von ihnen entfernen.

Harvath beobachtete, wie die Libyer stetig näher kamen.

An einer Stelle wuchs ein vertrockneter Busch, den er sich als Markierung ausgesucht hatte. Sobald die Angreifer dort ankamen, würde es Zeit sein, sie zu überraschen.

Schweiß lief ihm über den Nacken. Auch seine Hände waren feucht. Er trocknete sie an seinem Hemd ab, bevor er seine Waffe neu ausrichtete. Währenddessen ließ er die Kämpfer keine Sekunde aus den Augen.

Ab einem bestimmten Punkt schätzte er den Abstand der Männer zur Markierung nicht mehr in Metern, sondern in Zentimetern. »Mach dich bereit«, sagte er über Funk. »Gleich geht's los.«

Der Technical fuhr als Erster an dem Busch vorbei, gefolgt von den Milizionären zu Fuß. Sobald der Letzte von ihnen die Markierung erreicht hatte, verkündete Harvath: »Los!«

Zeitgleich traten er und Haney hinter den Gebäuden hervor, die sie als Deckung benutzten, sahen ihre Ziele und feuerten.

38

Noch bevor er feststellen konnte, ob er den Technical mit der Flugabwehrbewaffnung getroffen hatte, ließ Harvath die leere Panzerfaust fallen und duckte sich hinter das Gebäude. Dann rannte er zur anderen Ecke des Gebäudes und wechselte zu seinem russischen Granatwerfer.

In einem der zerstörten Technicals außerhalb des Geländes hatte Morrison ein paar hochexplosive Mehrzweck-HEDP-Panzersprenggranaten gefunden.

Sie waren sowohl zum Einsatz gegen Panzer als auch Soldaten gedacht. Sofern man sich nahe genug am Ziel befand, waren sie höchst effektiv.

Er hörte zwei Explosionen von der Straße, als der sich nähernde Technical mit seiner Kaliber-0.50-Waffe zu feuern begann.

Der Schütze überzog den Bereich des Geländes, aus dem die Granate abgeschossen worden war, mit Patronen. Von den Einschlägen spritzten Fels- und Betonstücke in alle Richtungen.

Harvath befand sich nun an der gegenüberliegenden Seite des Gebäudes. Er lehnte sich um die Ecke und feuerte los. Er schoss alle drei Granaten ab und lud so schnell nach, wie er konnte. Vor allem tat er es, bevor der Milizionär in dem Technical das schwere Geschütz in seine Richtung drehen und ihn niedermähen konnte.

Als er sich wieder hinter das Gebäude kauerte, hörte er seine Geschosse einschlagen. Auf eine laute Explosion folgte ein gewaltiger Feuerball, der in den Himmel aufstieg. Harvath hatte zum zweiten Mal getroffen.

Er warf sich den Granatwerfer über die Schulter und rannte zu dem Technical, den Haney hinter dem gegenüberliegenden Gebäude geparkt hatte.

Auf der Straße begannen die anderen schweren Maschinengewehre, die auf den Ladeflächen der Milizen-Pick-ups montiert waren, zu feuern. Das Gelände wurde in Schutt und Asche gelegt.

Die Heckklappe von Haneys Pick-up war heruntergelassen, und Harvath sprang auf die Ladefläche. Er kletterte auf das Dach der Fahrerkabine und zog sich von dort zum Dach des Gebäudes hoch.

»Haney«, rief er dabei. »Nicht schießen! Ich bin's.«

Der Marine reichte ihm die Hand, um ihm beim Klettern zu helfen.

»Gib mir einen Lagebericht«, sagte Harvath und holte Luft.

»Willst du die guten Nachrichten oder die schlechten hören?«, fragte Haney. Er musste lauter reden, um über dem Geschützfeuer gehört zu werden.

Harvath gab ihm ein Zeichen, dass er weitersprechen sollte.

»Die gute Neuigkeit ist, dass ich mein Ziel getroffen habe. Die schlechte ist, dass du Gage 200 Dollar schuldest.«

»Verdammt«, entgegnete Harvath. »Wie viele Geschosse haben wir noch?«

Haney deutete auf die vollständig zusammengebaute Panzerfaust, die auf dem Dach lag. »Nur das eine.«

Harvath tastete seine Munitionsweste ab. Er hatte zwei HEDP-Granaten übrig.

»Was denkst du?«

Harvath setzte zu einer Antwort an, aber er wurde von dem Krach des Flugabwehrgeschützes unterbrochen. Selbst aus der Entfernung war es ohrenbetäubend.

Der Schütze konzentrierte sich auf das Hauptgebäude. Die Munition der Waffe zerriss das Gebäude wie ein wütendes Kind, das mit einem Schraubendreher auf ein Lebkuchenhaus einstach.

Da das Geschütz bis zu 600 Schuss pro Minute abgeben konnte, würde das Gebäude nicht mehr lange stehen bleiben. Schon bald würde sich der Schütze des Hauses annehmen, auf dem sich Harvath und Haney befanden. Erst recht gefährlich wäre es, wenn einer von ihnen aufstand, um die Panzerfaust abzufeuern. Aber sie mussten das Risiko eingehen.

»Wir müssen diese ZU-2 ausschalten!«, drängte Harvath.

Haney deutete auf die Panzerfaust. »Tu dir keinen Zwang an! Aber ich will nicht in der Nähe sein, wenn du damit rumballerst.«

»Wie gut kannst du mit denen hier umgehen?«, fragte Harvath und setzte den russischen Granatwerfer ab.

»Gut genug, um gefährlich zu sein.«

Harvath reichte ihm die Waffe sowie zwei Geschosse aus seiner Munitionsweste. »Ich lass dir einen Vorsprung. Egal was du machst, schalte diese beiden anderen Technicals aus.«

»Verstanden«, entgegnete Haney, während er die Waffe lud und sein M4 aufhob. Er hielt kurz inne, legte seine Hand auf Harvaths Schulter und verschwand dann über die Brüstung.

Harvath duckte sich so tief wie möglich und bewegte sich zum anderen Ende des Dachs. Er prüfte die RPG und vergewisserte sich, dass alles in Ordnung war. Er stellte sie ab und riskierte einen Blick über die Brüstung.

Der Technical, den er ausgeschaltet hatte, war ein schwelendes Wrack, das von Leichen umgeben war. Dahinter stand der Rest des Konvois immer noch auf der Stelle. Während die Maschinengewehre das Gelände beharkten, konzentrierte sich die Luftabwehrkanone darauf, das Hauptgebäude auseinanderzunehmen.

Harvath hatte keine Ahnung, warum seine erste Granate nicht getroffen hatte. Jedenfalls war es sein Fehler gewesen. Er war nicht der Typ, der seiner Ausrüstung die Schuld gab. Er stand dazu, danebengeschossen zu haben.

Das würde nicht noch einmal passieren. Das durfte es nicht. Es würde keine weitere Chance geben. Wenn er den Technical nicht ausschaltete, würden die Lichter für ihn und Haney ausgehen.

Auf dem Dach des südlichsten Gebäudes zu stehen machte es etwas leichter, sein Ziel zu sehen. Allerdings war er dadurch weiter entfernt. Sein Schuss würde genau treffen müssen.

Er spannte den Hahn, hob die Waffe in die Höhe und mahnte sich, sie ruhig zu halten. Er schloss das linke Auge und zielte mit dem rechten durch das Visier.

Nach seinem Schuss würden seine Feinde sofort auf ihn feuern. Aber er durfte seine Waffe nicht zu schnell senken. Falls er überstürzt in Deckung ging, schoss er vielleicht wieder daneben.

Er entsicherte die Panzerfaust, kontrollierte, ob er klare Sicht hatte, und drückte langsam auf den Abzug. Bei einem RPG gab es keinen Rückstoß, aber wenn er zuckte oder die Waffe verzog, feuerte er eventuell auch daneben.

Es schien ewig zu dauern, bis die Granate aus dem Rohr fauchte. Endlich hörte er einen lauten Knall und das charakteristische Zischen, mit dem der Sprengkopf durch die Luft in Richtung seines Ziels raste.

Die Milizionäre hatten die Granate in dem Feuergefecht vielleicht nicht gehört. Aber der blaugraue Schweif, den das Geschoss nach sich zog, war unverkennbar.

»Komm schon!«, schrie Harvath. »Lass mich nicht im Stich!«

Er sah zu, wie der Raketenmotor die Granate mit fast 300 Metern pro Sekunde durch die Luft jagte.

Sie traf den Flugabwehr-Technical wie einen Nagel auf den Kopf. Der Schuss war perfekt und zog eine enorme Explosion nach sich.

Harvath fing an zu laufen, bevor sich die Maschinengewehre der verbleibenden Technicals auf ihn richten konnten.

Er erreichte das gegenüberliegende Ende des Dachs, hechtete über die Brüstung und landete auf der Kabine des darunter geparkten Pick-ups. Er sprang ab und lief zu Haney.

Der Marine nutzte einen Geröllhaufen als Deckung, zielte auf den ersten Technical und feuerte den russischen Granatwerfer ab.

Die Granate stieg hoch in den Himmel auf, landete direkt auf der Ladefläche des Fahrzeugs und explodierte.

Erst als sich Haney darauf vorbereitete, den letzten Technical auszuschalten, sah Harvath, dass sich die zweite Welle von Milizionären näherte.

Dieses Mal war das Angriffsteam kleiner. Es bestand aus nur sechs Leuten. Sie hatten den nachlassenden Beschuss aus den Technicals als Deckung genutzt und das Gelände flankiert.

Haney wusste nicht einmal, dass sich die Milizionäre näherten, bis Harvath rief: »Kontakt von links!«

Der Marine schoss gerade noch die letzte Granate ab. Er ließ die Waffe fallen und griff nach seinem Gewehr, aber die Libyer hatten bereits begonnen, auf ihn zu schießen.

39

Noch bevor Haney die Waffe einsetzen konnte, gab Harvath einen doppelten Schuss auf jedes Ziel ab. Er erledigte einen Milizionär, gefolgt von einem weiteren. »Geh in Deckung!«, rief er Haney zu.

Auf der Straße landete die Granate kurz vor dem Konvoi und explodierte. Der verbleibende Technical wurde nicht beschädigt.

Der Marine duckte sich wieder hinter das Geröll, legte sein Gewehr an und feuerte gemeinsam mit Harvath zurück.

Gemeinsam schalteten sie vier der Libyer aus. Die anderen beiden zogen sich hinter die Mauer zurück.

»Rechts rüber!«, brüllte Harvath, damit sich Haney in den sichereren Schutz des mittleren Gebäudes begab.

Der Marine hatte jedoch Probleme, sich zu bewegen. Harvath sah, dass sein rechter Oberschenkel blutig war. Eine Kugel hatte ihn erwischt.

Plötzlich begann das Kaliber-0.50-Maschinengewehr in ihre Richtung zu feuern. Ein paar Sekunden später schossen auch die Libyer, die hinter der Wand Deckung genommen hatten.

Jetzt wurden Harvath und Haney aus zwei Richtungen beharkt. Sie hatten keine Chance mehr, sich zum mittleren Gebäude zu begeben.

Sobald den Milizionären klar werden würde, dass ihre Gegner festsaßen, würden sie ein Team vorschicken, um von hinten oder auf der rechten Flanke anzugreifen. Dann würden sie Harvath und Haney erledigen. Es sei denn, die Kaliber-0.50-Munition würde ihre Deckung schon vorher zersprengen.

Harvath schoss an dem Geröllhaufen vorbei auf die beiden Libyer hinter der Mauer.

Er zog die Aderpresse aus seinem Brustgurt und warf sie Haney zu.

»Wickel das um dein Bein. Jetzt sofort!«

Er hob das Gewehr erneut über das Geröll und gab mehrere Schüsse ab, bevor er sich wieder zu Haney drehte.

»Habe ich schon mal gesagt, wie sehr ich Libyen hasse?«, fragte der Marine, während er das Nylongewebe an seinem Oberschenkel anlegte.

»Das geht mir genauso«, erwiderte Harvath und bereitete sich darauf vor, die Aderpresse festzuzurren. »Auf drei!«

Haney nickte.

Harvath hielt den Verband fest, begann seinen Countdown, aber zog ihn schon früher als angekündigt bei *Zwei!* fest.

Der Marine brüllte vor Schmerz auf. Harvath befestigte die Aderpresse. Dann feuerte er mehrmals in Richtung der Mauer.

»Ich will hier nicht sterben«, sagte Haney mit zusammengepressten Zähnen.

»Niemand stirbt hier«, beruhigte ihn Harvath. »Nicht während ich …«

»Kontakt von hinten!«, rief der Marine. Er hob seine Waffe und feuerte in die Richtung, die er meinte. Einer der Libyer hatte sich von seinem Partner entfernt und versucht, sich anzuschleichen.

Haney schoss dem Mann mehrmals in die Brust, bis er tot über die Mauer kippte.

Gleichzeitig wirbelten Maschinengewehrkugeln das Geröll knapp über ihren Köpfen auf. Gesteinsstücke prasselten auf Harvath und Haney nieder.

»Hier können wir nicht bleiben«, sagte Harvath und wechselte sein Magazin.

»Wo sollen wir denn hin?«, grunzte Haney und versuchte, sich in eine günstigere Position zu hieven.

»Über die Mauer. Dort bleiben wir am Boden und können in jede Richtung weiterrobben.«

»Und was dann?«, fragte der Marine, während eine weitere Salve des Maschinengewehrs gegen das Geröll hämmerte und Steine von dem Haufen rollten.

»Komm, wir setzen uns in Bewegung. Kannst du das Bein belasten?«

Haney stand halb auf, aber als er sein rechtes Bein auf den Boden drückte, durchzuckte ihn der Schmerz wie ein Stromschlag. Das Bein gab nach. »Scheiße!«, knurrte er.

»Macht nichts«, sagte Harvath. »Wir steigen auf Plan B um.«

»Und was ist Plan B?«

»Wir töten sie alle.«

Der Marine schüttelte den Kopf. »Negativ. Ich gebe dir Deckung. Du rennst zu der Mauer.«

»Damit du den ganzen Spaß hast? Meine Güte, ihr Marines seid egoistisch!«

»Ich meine es ernst.«

»Ich auch«, erwiderte Harvath. »Wir kämpfen zusammen oder wir steigen zusammen über die Mauer. Ich lasse dich nicht hier zurück.«

»Sei kein Arsch.«

»Halt die Klappe und mach dich bereit zum Kämpfen. Das ist ein Befehl.«

Haney tat wie befohlen. Er lud nach und war bereit.

Plötzlich standen Harvath die Haare zu Berge. Er hatte etwas gehört. Oder gespürt. Jedenfalls wusste er, dass es ein Problem gab. »Granate!«, brüllte er. »Auf den Boden!«

Die Granate schlug in das Gebäude direkt hinter ihnen ein und explodierte. Es regnete Granatsplitter und spitze Betonstücke auf Harvath und Haney.

Weil Haney nicht in der Lage war, schnell genug zu reagieren, hatte Harvath ihn mit seinem Körper abgeschirmt und die meisten Brocken abbekommen.

Noch bevor er den Staub und die Steinchen abwischen konnte, feuerten die Libyer eine weitere Granate mit Raketenmotor ab.

Die zweite Granate explodierte noch näher an Harvath und Haney. Ein Betonbrocken traf Harvath so hart gegen den Helm, dass er Sterne sah.

»Wir müssen es bis zur Mauer schaffen«, brüllte er über das Pfeifen in seinen Ohren hinweg, während er versuchte, wieder klare Sicht zu bekommen. »Hier stehen wir schlecht.«

Er hätte seinen gesamten Besitz für eine Rauchgranate gegeben, um ihren Rückzug Richtung Mauer zu vernebeln.

Allerdings besaß er keine Rauchgranate, und soweit er es überblicken konnte, gab es auch nichts, das er als Ablenkung benutzen konnte. Er und Haney würden sich hier raus-kämpfen müssen.

Obwohl das Gefecht erst ein paar Minuten andauerte, kam es ihnen wie Stunden vor. Der Beschuss mit dem Maschinengewehr pausierte nur dann kurz, wenn die Libyer die Waffe nachluden.

So unnachgiebig, wie sie feuerten, erwartete Harvath fast schon, dass der Lauf des Maschinengewehrs schmelzen würde. Aber auf ein solches Wunder konnte er sich nicht verlassen.

Er schätzte den Abstand zur Mauer ein und berechnete die schnellste Strecke. Er informierte Haney und sagte: »Wenn sie mit dem Laden fertig sind, nehmen wir die Beine in die Hand, klar?«

Haney bezweifelte ernsthaft, dass Harvath sie beide über das offene Gelände bringen konnte, ohne dabei erschossen zu werden. Dennoch nickte er.

Wenige Sekunden später schwieg das Maschinengewehr, und Harvath gab den Befehl: »Jetzt!«

Er half Haney auf sein linkes Bein, hob ihn sich auf die Schultern und rannte mit ihm im Gamstragegriff los.

Der Libyer hinter dem gegenüberliegenden Ende der Mauer spähte mit seinem Gewehr hervor und wollte einen Schuss abgeben, aber Haney war schneller. Er hielt bereits seine Beretta in der Hand.

Er gab sechs Schüsse ab. Zwei davon trafen ins Ziel. Die Kugeln erwischten den Mann im Bauch und im Unterkiefer.

Von der Straße wurde mit ein paar AK-47 gefeuert. Die Kugeln schlugen zischend rund um Harvath und Haney ein.

Harvaths Beinmuskeln brannten bereits. Er konzentrierte sich auf die Mauer und zwang sich, schneller zu laufen. Haney erwiderte die Schüsse.

Harvath durfte keine schlängelnden Bewegungen machen. Ein falscher Schritt, während er seinen Kollegen trug, konnte mit Leichtigkeit zu einem Kreuzbandriss führen.

Sie hatten gerade mal ein Viertel der Strecke geschafft, als ein lautes Knallen aus Richtung des Konvois ertönte. Ein blaugrauer Rauchschweif raste direkt auf sie zu.

»Granate!«, schrie Haney.

Harvath änderte sofort den Kurs und rannte auf einen anderen Abschnitt der Mauer zu. Er schaffte nur drei Schritte, bevor die Granate einschlug. Der Druck der Explosion warf beide Männer zu Boden. Harvath landete hart auf der linken Seite und sah schon wieder Sterne.

Als sich seine Sicht wieder klärte, sah er, dass Haneys Pistole ein paar Meter neben ihm auf dem Boden lag. Daneben lag Haney auf dem Bauch und bewegte sich nicht.

Harvath kroch auf ihn zu. Dabei rief er Haneys Namen, aber der Marine reagierte nicht. Harvath kroch schneller.

Als er Haney erreichte, hielt er ihm zwei Finger an die Halsschlagader und spürte seinen Puls. Haney lebte noch.

Harvath stützte Haneys Nacken ab und wollte ihn gerade auf den Rücken drehen, damit er ihn in Sicherheit ziehen konnte. Da begannen die Libyer wieder, mit dem Maschinengewehr auf sie zu schießen.

Harvath packte den linken Schulterriemen von Haneys Brustgurt und zog mit aller Kraft.

Die Einschläge rissen den Boden auf und pflügten einen Pfad, der direkt zu ihnen führte. Immer näher kamen die Einschläge, als der Schütze sie weiter ins Visier nahm.

Harvath stöhnte, als er sich noch mehr anstrengte und seine letzten Kraftreserven mobilisierte. Die Mauer schien einen Kilometer entfernt zu sein, aber Harvath weigerte sich aufzugeben.

Die Erde um ihn herum bebte, und er stellte sich innerlich auf die Kugeln ein, die ihn mit Sicherheit in Stücke reißen würden.

Plötzlich erschien am Himmel ein orangefarbener Streifen. Einen Sekundenbruchteil später ertönte eine Explosion, gefolgt von einem weiteren Streifen und einer weiteren Explosion.

Er sah über die Schulter zur Straße. In diesem Moment feuerte das Team auf der USS *George H. W. Bush* eine dritte Hellfire-Rakete ab.

Der gesamte Konvoi stand in Flammen. Die Reaper war endlich über ihren Köpfen aufgetaucht. Harvaths Probleme waren jedoch bei Weitem noch nicht vorbei.

40

Nord-Virginia

Jeden Morgen bei der Fahrt zu Reed Carltons Haus dachte Lydia Ryan darüber nach, was für eine heimtückische Krankheit Alzheimer war.

Nach einem Leben im Spionagegeschäft hatte Carlton unermesslich viele Erfahrungen gesammelt. Jede einzelne davon hatte für ihn ein hohes persönliches Risiko bedeutet. Und auch für das Land. Diese Erfahrungen waren von unschätzbarem Wert. *Er* war von unschätzbarem Wert.

Es ärgerte Ryan, mitanzusehen, was mit ihm geschah. Es war nicht fair. Nicht nach all dem, was er durchgemacht hatte. Die ganzen Schrammen und Zitterpartien. So sollte das Leben eines Mannes wie Reed Carlton nicht enden.

Und doch war es so. Jeden Tag wurde es ein kleines bisschen schlimmer. Ryan musste sich ins Gedächtnis rufen, dass das Leben nicht fair war.

Carlton hatte ihr gesagt, sie solle sich keine Sorgen machen. Er stand immer noch im Ring, und daran würde sich bis zum Ende nichts ändern. Bis dahin wollte er sie nicht in seiner Nähe haben, falls sie nur Trübsal blies. Ihnen standen schwere Aufgaben bevor. Wenn sie nicht positiv und optimistisch bleiben konnte, meinte Carlton, dann könne sie genauso gut bei der CIA bleiben und dieses kranke Pferd zu Tode reiten.

Er hatte einen guten Sinn für Humor. Mit jedem Tag mochte und schätzte sie ihn mehr. Sie wünschte sich bloß, sie hätten mehr Zeit. Aber die Uhr arbeitete gegen sie.

Da er morgens scharfsinniger und konzentrierter war, hatte sie ihren Tagesablauf entsprechend angepasst.

Ihr Alarm klingelte um 4:30 Uhr. Anschließend trainierte sie und traf vor sieben Uhr an seinem Haus ein.

In der Einfahrt parkten wie immer die beiden schwarzen SUVs seines Sicherheitsteams. An diesem Morgen stand dort jedoch ein drittes Fahrzeug, ein kreidefarbener Mercedes-Van.

Sie klingelte an der Tür und wurde von Carlton begrüßt. Er war immer schon geduscht, rasiert und angezogen, bevor sie eintraf. Heute Morgen trug er beige Chinos, ein grünes Oxford-Hemd und Lederslipper.

»Wem gehört der Van da draußen?«, fragte sie, als sie sich begrüßt hatten und sie das Haus betreten hatte.

Er deutete auf sein Arbeitszimmer und antwortete: »Nicholas ist hier.«

Nicholas war der IT-Experte der Carlton Group. Er war in der Georgischen Sozialistischen Sowjetrepublik mit primordialem Kleinwuchs geboren. Deswegen war er nur knapp einen Meter groß.

Er war von seinen Eltern verstoßen worden und in einem Bordell am Schwarzen Meer aufgewachsen. Unaussprechliche Dinge waren ihm angetan worden.

Trotz seiner geringen Körpergröße war seine Intelligenz überragend. Irgendwann hatte er das Bettgeflüster und betrunkene Gerede der Bordellbesucher für umfassende Erpressungen ausgenutzt.

In der Welt der Geheimdienste wurde er als »der Troll« bekannt. Er handelte exklusiv mit dem Ankauf, Verkauf und Diebstahl höchst vertraulicher, oft geheimer Informationen auf dem Schwarzmarkt.

Als sie das Arbeitszimmer betrat, fielen Ryan als Erstes Nicholas' riesige Hunde auf. Die Kaukasischen Owtscharkas waren bestens trainiert, komplett loyal und immer an seiner Seite. Sie hießen Argos und Draco.

Als die Hunde Ryan sahen, standen sie auf und liefen zu ihr, um etwas Aufmerksamkeit zu bekommen. Ryan kraulte sie hinter den Ohren und streichelte ihre kräftigen Schultern.

»Und jetzt ich!«, sagte Nicholas mit einem Lächeln und befahl den Hunden, sich hinzulegen.

»Guten Morgen«, antwortete sie lachend.

»Kaffee?«, fragte Carlton.

»Ja, gern.«

Harvath hatte Nicholas damals zur Carlton Group gebracht – kein ganz einfacher Vorgang.

Anfangs waren sie erbitterte Feinde. Viele in der Carlton Group, einschließlich Carlton, waren Nicholas gegenüber höchst misstrauisch gewesen. Aber im Laufe der Zeit hatte der kleine Mann seine Loyalität und seinen Wert mehr als deutlich unter Beweis gestellt.

Er und Harvath hatten eine enge Freundschaft entwickelt.

Obwohl Nicholas sich über Harvaths Entscheidung freute, in Boston ein Familienleben zu führen, hatte ihn der Weggang seines Freundes äußerst traurig gestimmt. Er war der Einzige in der Carlton Group, zu dem Nicholas volles Vertrauen hatte.

»Ich habe nicht damit gerechnet, dich heute Morgen zu sehen«, sagte Ryan zu Nicholas.

»Es ist etwas passiert.«

Carlton reichte ihr einen Becher Kaffee. Sie bedankte sich und fragte: »Was ist los?«

»Gestern spätnachts«, fuhr er fort, »wurde im Dark Web ein Auftrag ausgeschrieben.«

Das Dark Web war eine Ansammlung verschlüsselter Seiten, die nur durch Netzwerke wie Tor zugänglich waren. Nutzer konnten anonym und außerhalb der Reichweite der Nachrichtendienste und Polizeibehörden bleiben.

Alles, was illegal war – von abscheulicher Pornografie bis hin zu Auftragskillern –, konnte im Dark Web gefunden werden. Vor allem wenn es moralisch abzulehnen war.

»Was für ein Auftrag war das?«

»Ein Hack«, sagte Nicholas.

»Okay. Und wer soll gehackt werden?«

»Du.«

Sie lachte. Als stellvertretende CIA-Direktorin lief sie ständig Gefahr, gehackt zu werden. Sie achtete sogar schon seit längerer Zeit nicht mehr auf die entsprechenden Berichte. Die Angriffe und Scamversuche kamen täglich. Deswegen verfügte die CIA über ein fähiges IT-Team. Ryan vertraute darauf, dass es seinen Job ordentlich erledigte.

»Jemand hat also ein Kopfgeld darauf ausgesetzt, mich zu hacken. So weit nichts Neues.«

»Neu ist allerdings«, sagte Nicholas, »dass es ein Doppel-auftrag ist. Der Auftrag lautet, dich *und* Mister Carlton zu hacken.«

Das war in der Tat neu. Damit war auch klar, dass jemand die beiden im Verdacht hatte zusammenzuarbeiten. Das war jedoch noch nicht offiziell bekannt gegeben worden.

»Wonach suchen sie?«

»Alles Mögliche«, antwortete Nicholas. »Nicht nur deine komplette Korrespondenz. Sie wollen auch, dass durch einen eingepflanzten Code alles unbemerkt mitgelesen werden kann, was du verschickst.«

»Wissen wir, wer dahintersteckt?«

»Nein«, sagte Carlton. »Und das ist das Problem. Staat-liche Akteure verfügen meistens über ihre eigenen internen Hacker. Aber sie heuern manchmal auch kriminelle Hacker an.«

»Wer auch immer es ist – sie haben für den Job viel Geld geboten«, meinte Nicholas.

»Wie habt ihr davon erfahren?«, fragte Ryan.

»Ein Vermittler, den ich von früher kenne, hat sich an einen alten Decknamen von mir gewandt.«

Ryan sah Carlton an. »Na gut, jemand will uns hacken. Firmen erleben das tagtäglich. Wahrscheinlich werden die Versuche noch zunehmen, sobald bekannt wird, dass ich die Agency verlasse, um für Sie zu arbeiten.«

»Stimmt, aber die Sache stört mich. Mir missfällt das Timing. Und auch die hohe Summe, die jemand dafür aus-geben will. Dieser Hack könnte nur der Anfang sein. Ich glaube, wir müssen das Ganze ernst nehmen.«

Sie widersprach nicht. »In Ordnung. Was schlagen Sie vor?«

»Ich finde, Nicholas sollte den Auftrag annehmen.«

Auch jetzt widersprach sie nicht. Aber so, wie Carlton die Worte im Raum stehen ließ, vermutete sie, dass er noch etwas ergänzen würde. Und das tat er auch.

»Und ich finde, er sollte den Hack auch durchführen.«

41

Über dem Mittelmeer
Dienstagabend

Als die Rampe im hinteren Teil des gewaltigen Air Force C-17 Globemaster Transportflugzeugs aufklappte, war am Horizont gerade noch die untergehende Sonne zu sehen.

Der kleine Fallschirm an dem ersten Schnellboot wurde geöffnet und zog das High Speed Assault Craft über die Schienen des Frachtraums.

Während das lange graue Boot aus dem Flieger gesaugt wurde, jubelten die SEALs und ihre Bootsmannschaften. Es war immer wieder ein großer Spaß, in Tausenden von Metern Höhe Ausrüstung aus einem Flugzeug abzuwerfen.

Sie standen auf beiden Seiten der Rampe aufgereiht. An ihre Oberschenkel waren Schwimmflossen gebunden. Nachdem das zweite HSAC abgeworfen worden war, sprangen die SEALs aus dem Flieger.

Die Luft war in über 2000 Metern Höhe viel kälter als auf dem Boden des US-Navy-Stützpunkts Sigonella auf Sizilien.

Die SEALs und ihre Bootsmannschaften waren gespannt auf den Einsatz. Soweit sie wussten, waren die Amerikaner, die sie aus dem Land holen würden, in schwere Kämpfe verwickelt.

Die Nacht war perfekt für einen Absprung. Das Meer war warm und ruhig. Es war, wie in einer Badewanne zu landen.

Als alle in das Boot geklettert waren, entfernten die Mannschaften die Fallschirme. Sobald alle durchgezählt waren und an ihrer Position saßen, starteten die Bootsmannschaften die starken Dieselmotoren und fuhren auf die libysche Küste zu.

In dem sicheren Unterschlupf befand sich Harvath auf dem Dach, als sein Satellitentelefon vibrierte.

Er las die Nachricht und sagte zu Barton: »Die Boote sind unterwegs. Noch 20 Minuten.«

Nachdem die Drohne den Milizenkonvoi zerstört hatte, hievte Harvath den verletzten Haney auf den Technical und fuhr los.

Sie befanden sich in Küstennähe. Mit Unterstützung der Drohne fanden sie einen alten Strandweg, über den sie unbeobachtet zu dem sicheren Unterschlupf zurückkehren konnten. Der Rest des Teams war bereits dort.

Sobald er parkte, eilten sie zum Truck und halfen Haney ins Haus. Staelin untersuchte die Wunde. Harvath war erschöpft und hätte alles für ein paar Stunden Schlaf gegeben, aber er musste sich noch um etwas kümmern.

Strike Force Two hatte eine neue, vollgetankte und vollständig bewaffnete Drohne losgeschickt, die jetzt über dem Haus schwebte. Es war unwahrscheinlich, dass die verbleibenden Milizionäre wussten, wer die Amerikaner waren – und wo sie sich aufhielten. Aber es war gut, für alle Fälle über zusätzliche Feuerkraft zu verfügen.

Als Harvath den sicheren Unterschlupf betrat, arbeitete er als Erstes daran, wie sie das Land verlassen würden. Keiner ihrer Notfallpläne hatte berücksichtigt, dass ihnen die gesamte Libysche Befreiungsfront auf den Fersen sein könnte.

Da die Milizen diesen Teil des Landes kontrollierten und ihre Augen und Ohren überall hatten, war es ausgeschlossen, die Grenze zu Tunesien an einem Kontrollpunkt zu überqueren. Ebenso ausgeschlossen war, das Land mit einem Flugzeug zu verlassen. Sie hatten Glück gehabt, es zurück zu dem Haus geschafft zu haben. Sich wieder auf die Straße zu wagen würde dieses Glück arg strapazieren. Wahrscheinlich zu sehr.

Man konnte Murphys Gesetz nur begrenzt oft den Vogel zeigen, bevor es sich rächte. Es gab nur einen Weg außer Landes – über das Wasser.

Er und McGee hatten die Möglichkeit, das Land per Boot zu verlassen, durchaus diskutiert. Es war ein teurer und äußerst gefährlicher letzter Ausweg, aber es gab keine andere Möglichkeit. Sie mussten hier weg.

Wieder einmal nahm er sein Satellitentelefon und wandte sich direkt an den DCI. McGee setzte sofort alles in Bewegung.

Als der DCI zurückrief und den Vorgang bestätigte, gab es nur eine Einschränkung. Haney und Gage befanden sich zwar in einem stabilen Zustand, aber die Verantwortlichen bei AFRICOM und im Verteidigungsministerium wollten, dass sie bis zum Einbruch der Dunkelheit warteten. Es wäre nicht sinnvoll, unnötig Aufmerksamkeit auf sich zu ziehen, indem sie mitten am Tag an der Küste auftauchten.

Harvath war nicht scharf darauf, noch länger zu warten, aber er verstand das Argument. Es war besser, zu warten, bis es dunkel war.

Mit dem beruhigenden Wissen, dass sich eine Drohne über ihren Köpfen befand, wies er einen neuen Wachplan an und ging in die Küche, um Kaffee zu machen. Ganz entspannt würde er sich erst fühlen, sobald sie Libyen hinter sich gelassen hatten.

Er bereitete einen Snack zu und schenkte sich Kaffee ein. Er hoffte, diese Maßnahme könnte seine Stimmung verbessern, aber das war nicht der Fall.

Er ging in das Schlafzimmer, in dem sie Halim und den Satellitentelefon-Verkäufer festhielten, und setzte ein ernstes Gesicht auf.

»Wer hat ihn verarztet?«, fragte er beim Eintreten und zeigte auf die Hand des Schleusers.

Morrison war für die Bewachung der beiden Gefangenen verantwortlich. »Das war Staelin«, sagte er.

»Wir sind hier keine kostenlose Klinik«, meinte Harvath und zog sein Messer.

Er ging zu dem Stuhl, an den Halim gefesselt war, legte dem Mann das Messer ans Handgelenk und drückte es gegen die Bandage. Er wusste nicht, ob er damit den verletzten Bereich berührte. Aber es war offensichtlich, wie unwohl sich Halim dabei fühlte. Sobald sich das Messer bewegte, verkrampfte er sich und auf seiner Stirn brach ihm der Schweiß aus.

»Hat er irgendwelche Schmerzmittel bekommen?«

»Natürlich nicht«, antwortete Morrison.

»Gut!«, meinte Harvath, als er langsam den Verband abwickelte. Staelin hatte den Verband angelegt wie ein Profi. Sogar zu sehr wie ein Profi. Aus Frust riss Harvath den Rest des Verbands grob ab. Der Schlepper krümmte sich vor Schmerzen.

Schließlich lag der abgetrennte Finger frei. Im Tageslicht sah er noch schlimmer aus als durch das Nachtsichtgerät.

»Es liegt an dir, ob du den Finger behältst oder nicht. Verstehst du?«

Der Schmuggler nickte.

Harvath zog sein Handy hervor und zeigte ihm ein Foto, das von der Universität stammte und Mustafa Marzouk zeigte – den Chemiestudenten mit dem unheilvollen Laptop. »Kennst du diesen Mann?«

Der Schleuser schüttelte den Kopf.

»Sieh genauer hin!«, befahl Harvath.

Das tat er.

»Nun?«, fragte Harvath.

»Ich kenne ihn nicht«, antwortete der Schlepper.

Er log. Mit der Spitze seines Messers fing Harvath an, die offene Wunde zu berühren, an der sein Finger nur noch lose hing.

Halim schrie vor Schmerzen.

»Erkennst du den Mann?«

»Ja! Ja, ich erkenne ihn!«, schrie Halim.

Harvath zwang sich zu einem Lächeln. »Jetzt machen wir Fortschritte. Wer ist er?«

»Ich weiß nicht.«

Harvath zeigte mit dem Messer wieder auf die Hand.

»Ich weiß nicht, wie er heißt«, heulte der Schlepper. »Ich kenne die Namen nie.«

»Aber du erkennst sein Gesicht.«

Der Mann nickte.

»Ich kann dich nicht hören«, sagte Harvath.

»Ja, ich erkenne sein Gesicht.«

Harvath legte das Foto in Halims Sichtweite.

»Du siehst bestimmt jedes Jahr Hunderte von Leuten. Vielleicht sogar Tausende. Warum erinnerst du dich an diesen Mann?«

»Weil er ein VIP war.«

»Quatsch!«, erwiderte Harvath und richtete das Messer wieder auf den Finger. »Du lügst!«

»Nein!«, jaulte der Schleuser. »Keine Lüge! Er war ein VIP. Seine Organisation zahlte extra.«

»Extra für was? Um ihn in den Sturm rauszuschicken und ihn ertrinken zu lassen?«

Der Schleuser senkte den Blick, aber Harvath kaufte ihm sein gespieltes Bedauern keine Sekunde lang ab. »Wofür zahlte er extra?«

»Für die erste Klasse.«

»*Erste Klasse?*«

Halim sah zu ihm auf. »Um auf dem Oberdeck zu sitzen. Mit Essen und Trinken. Um bei Bedarf das Satellitentelefon benutzen zu können.«

»Aber eine Schwimmweste war nicht enthalten.«

Der Mann antwortete nicht. Er sah nur wieder zu Boden.

»Wer hat dich bezahlt? Welche Organisation?«

Der Schlepper sagte nichts. Harvath packte ihn am Handgelenk und bohrte ihm das Messer in die Wunde.

Halim schrie und versteifte sich, als der Schmerz durch seinen gesamten Körper jagte.

»Wer hat dich bezahlt?«, brüllte Harvath.

»Daesh!«, rief der Mann und verwendete den arabischen Namen für den Islamischen Staat. »Daesh hat mich bezahlt.«

Harvath zog das Messer zurück und wischte es am Hemd des Schleusers ab. Halim war kurz davor, das Bewusstsein zu verlieren. Harvath trat einen Schritt zurück.

Er lehnte sich gegen die Wand und wartete ab, bis sich der Schlepper wieder gefasst hatte. Sobald er meinte, dass genug Zeit verstrichen war, sprach er ihn wieder an.

»Warum schickt ihr einen VIP in einen solchen Sturm?«

Der Mann antwortete nicht direkt, aber schließlich sagte er: »Wir dachten, sie würden es schaffen.«

»Unsinn. Ihr habt die Flüchtlinge losgeschickt wie immer. In einem schlechten Boot ohne genügend Sprit.«

»Nein«, widersprach der Schleuser. »Das Boot war nicht das beste, aber es hatte zusätzliches Benzin an Bord. Wir dachten, sie könnten es mit dem Sturm aufnehmen.«

»Und dann? Was sollte dieser VIP anschließend machen?«

Halim wollte die Frage nicht beantworten. Er wandte den Blick ab. Harvath entfernte sich mit dem Messer in der Hand von der Wand.

»Die Italiener hätten ihn in ein Flüchtlingslager gesteckt«, sagte Halim. Er sah nach oben und hoffte, weitere Schmerzen zu vermeiden.

Der Mann log. Es stand ihm ins Gesicht geschrieben. »Quatsch«, sagte Harvath noch einmal. »Du wurdest nicht dafür bezahlt, dass er in einem Flüchtlingslager landet.«

»Doch!«, beharrte der Mann ein wenig zu schnell.

Die neue Lüge brachte das Fass zum Überlaufen. Harvath trat vor und schnitt den Finger des Mannes komplett ab.

Halim warf sich schreiend in seinem Stuhl hin und her. Harvath entfernte sich wieder und lehnte sich an die Wand.

Angesichts des Grauens, das der Menschenschmuggler seinen Opfern angetan hatte, verspürte Harvath keinerlei Reue. Halim war das Böse in Menschengestalt. Er verdiente noch viel Schlimmeres.

Nach einer hinreichend langen Pause wandte sich Harvath ihm wieder zu. Obwohl der Mann groß und schwer war, war er am Ende seiner Kräfte. Er zitterte. Seine Augen waren blutunterlaufen. Sein Gesicht war von Schweiß und Tränen überzogen. Die Farbe war aus seinem Gesicht gewichen.

»Ich frage jetzt zum letzten Mal«, sagte Harvath. »Was sollte der VIP machen, sobald er in Italien war?«

»Ein Fischerboot!«, schrie Halim. »Vor der Küste von Lampedusa.«

»Was ist damit?«

»Es sollte ihn an Bord nehmen und weiterbringen.«

»Wessen Fischerboot war das?«

»Ich weiß es nicht.«

Harvath schnitt tiefer in den Finger, und Blut spritzte aus der Wunde.

»Es gehörte der Mafia!«, heulte Halim.

»Gib mir einen Namen«, verlangte Harvath. »Oder das hier wird noch sehr viel mehr wehtun.«

42

Er verließ das Schlafzimmer und betrat die Küche, um sich einen zweiten Becher Kaffee zu holen. Er zog das Ladekabel seines Satellitentelefons aus der Steckdose, nahm das Telefon und den Kaffee mit nach oben und betrat den Balkon.

Hier an der Küste war es mindestens 15 Grad kühler als im Landesinneren. Er schaltete das Telefon ein und wartete auf ein Signal. Dabei atmete er die Meeresluft tief ein. Alles roch und klang genauso wie gestern. Trotz allem, was in der Zwischenzeit passiert war, hatte sich daran nichts geändert.

Vielleicht beinhaltete dieser Umstand eine Botschaft, aber momentan war Harvath geistig nicht in der Lage, sie zu erforschen.

Als das Signalzeichen auf seinem Telefon erschien, gab er alles, was ihm der Schlepper erzählt hatte, an Deborah Lovett weiter, seinen CIA-Kontakt in der Botschaft in Rom. Sie meinte, dass sie sich sofort bei ihm melden würde, wenn sie etwas für ihn hatte. Anschließend konnte er nur noch abwarten.

Er brauchte Schlaf. Aber mit zwei Bechern Kaffee in der Blutbahn und so vielen Dingen im Kopf war er dafür zu aufgekratzt. Das war ungewöhnlich für ihn. Normalerweise konnte er in seinem Kopf für genügend Ruhe sorgen, um sich in einen fast schon meditativen Zustand zu begeben, in dem er sich erholen konnte. Heute war jedoch beim besten Willen kein normaler Tag gewesen. Er war immer noch angespannt und rechnete jederzeit mit einem Angriff. Vor Ankunft der Boote würde er sich nicht entspannen können. Nicht einmal kurz.

Er fühlte sich für sein Team verantwortlich. Auch für ihre Verletzungen. Aber angesichts all dessen, was passiert war, hätte es deutlich schlimmer kommen können.

Die Kugel, von der Haney getroffen worden war, hätte eine Arterie durchtrennen oder sein Bein ruinieren können. Und obwohl Gage seinen linken Arm eine Weile in einer Schlinge würde tragen müssen, hätte auch diese Wunde viel schlimmer sein können. Insgesamt konnten sie froh sein, die Aktion überlebt zu haben. Sie verdankten diesen Umstand ihrem Mut und ihrem Können. Nur verlief manchmal nicht alles ganz so wie geplant.

Da Harvath sich nicht entspannen konnte, dachte er darüber nach, was sie mit dem Menschenschmuggler und dem Telefonverkäufer anfangen sollten. Beide würden ihnen keine weiteren Erkenntnisse liefern.

Er dachte daran, sie umzubringen. Halim hätte es ganz klar verdient. Und Harvath konnte sich vorstellen, dass auch der Telefonverkäufer es verdient hätte. Er würde sie jedenfalls nicht einfach so nach Hause laufen lassen.

Während er dem Rauschen des Meeres lauschte, gab er diese Gedanken wieder auf.

Dabei kam ihm eine Idee. Als er sie nach einigem Überlegen für ausgereift hielt, teilte er sie Langley mit.

Es war allgemein bekannt, dass die örtliche Bevölkerung – und auch die frischgebackene libysche Regierung – nichts für Menschenschmuggler übrighatte. Viele ihrer Boote waren nach nur ein paar Kilometern im Meer gesunken. Jedes Mal wurden die Leichen an Libyens Strände gespült.

Harvath entschied, dass es am besten wäre, die beiden Gefangenen dort zu lassen, wo sie waren – gefesselt im sicheren Unterschlupf.

Sobald er und sein Team das Land hinter sich gelassen hätten, würde die libysche Regierung einen Hinweis erhalten. Dann würden sie den Schleuser und seine Komplizen im Fernsehen öffentlich zur Schau stellen. Einen der gefürchtetsten Menschenschmuggler des Landes festgenommen zu haben würde die Regierung stark und kompetent wirken lassen.

Alle auf dem Anwesen festsitzenden Flüchtlinge zu befreien würde zudem ihrem Image als gerechte und mitfühlende Regierung zugutekommen. Und wenn sie es schlau anstellten, würden sie auch die Macht der Libyschen Befreiungsfront beschädigen, indem sie diese mit dem unmenschlichen Schlepper in Beziehung setzten.

Wenn die Regierung behauptete, dass ihre eigenen Streitkräfte gestern Nacht und heute Morgen mit den Milizionären aneinandergeraten waren, würde sie stark und tapfer wirken.

Es wäre eine Win-win-Situation. Ein Geschenk an die neue Regierung – mit Schleifchen.

Auch McGee gefiel der Plan. Er war sich sicher, dass die libysche Regierung einverstanden sein würde.

Er ließ Harvath auch wissen, dass die Identifizierung der aus Camp 27 gestohlenen Glocks die Drohnenübergabe erheblich beschleunigt hatte.

Das Verteidigungsministerium hatte schnell gehandelt, weil es darauf aus war, diese Rechnung zu begleichen. Und sobald die Tunesier von den Beweisen dafür erfahren hatten, dass die Libysche Befreiungsfront mit Ansar al-Scharia zusammenhing, hielten sie sich nur allzu gern raus und ließen den Angriff geschehen.

Damit waren zwei kleine Punkte auf einer langen Liste abgehakt. Aber ohne sie hätten die Dinge auch einen ganz anderen Lauf nehmen können.

Als bei Einbruch der Dunkelheit die High Speed Assault Crafts mit ihren messerförmigen Rümpfen an der Küste eintrafen, glitten sechs Mitglieder des SEAL-Teams ins Wasser und schwammen an Land.

Harvath erwartete sie am Strand und führte sie zu dem sicheren Unterschlupf.

Dort händigten die SEALs den Männern wasserdichte Dry-Bags aus, damit sie ihre Ausrüstung einpacken konnten, einschließlich der Überwachungstechnik, die Morrison aus dem Van entfernt hatte.

Die SEALs führten eine schnelle Lagebewertung durch und planten, wie sie das versammelte Team außer Landes bringen würden.

Harvath hatte dazu seine eigenen Vorstellungen, aber er behielt sie für sich. Für diese Arbeit wurden die SEALs bezahlt. Wenn sie seine Meinung hören wollten, würden sie ihn danach fragen.

Die größte Schwierigkeit bestand darin, Haney zu transportieren, aber das SEAL-Team hatte Vorbereitungen getroffen.

HSACs konnten sehr nahe an die Küste kommen, sofern sie nicht gerade von meterhohen Wellen umhergeworfen wurden. Die CIA hatte nicht wissen können, dass sich Harvath und seine Leute in den sicheren Unterschlupf begeben würden. Aber dessen Lage erwies sich als ideal.

Sie konnten Haney mit einer aufblasbaren Krankenbahre, die aussah wie eine Art technisches Swimmingpool-Spielzeug, aus dem Haus und zum Strand tragen. Sobald dort alle versammelt waren, riefen sie die Boote zu sich.

Harvath und Staelin blieben mit zwei der SEALs zunächst zurück, um dem restlichen Team Deckung zu geben, während die Männer brusttief ins Wasser stapften und auf die Boote kletterten.

Als sie eingestiegen waren, folgten Harvath und Staelin. Die beiden SEALs am Strand kamen danach.

Den Neuankömmlingen wurden aufblasbare Rettungswesten der Marke Mustang sowie Headsets überreicht, die rasch angelegt wurden.

Ihnen wurden auch Decken angeboten, aber keiner von Harvaths harten Burschen wollte in eine Decke gewickelt tot aufgefunden werden. Sie waren wie Kämpfer nach Libyen gekommen, und genauso gingen sie auch wieder.

Als alle an Bord durchgezählt waren, drehte die Bootsmannschaft die HSACs in Richtung des offenen Meeres und gab Vollgas.

43

Paris

Es war nach neun Uhr morgens, als der Chemiker in Begleitung von zwei anderen jungen Männern, die ebenfalls Gebetsmützen trugen, aus der Moschee in Aubervilliers trat.

Tursunow paffte eine Gauloises und beobachtete sie von der anderen Straßenseite aus. Bei den beiden jungen Männern handelte es sich um dieselben, mit denen er Younes am Morgen gesehen hatte. Doch jetzt verabschiedeten sie sich nicht und gingen nach Hause. Stattdessen ging Younes mit ihnen in eine andere Richtung.

Tursunow konnte sich nur zwei Gründe vorstellen, warum die Behörden einen jungen, arbeitslosen muslimischen Chemiker beobachteten. Ein Grund war Terrorismus, der andere Drogen.

Erst als Tursunow am Morgen den zweiten Polizisten gesehen hatte, der Younes folgte, war ihm klar geworden, was hier vor sich ging. Mit seinen längeren Haaren und dem Ziegenbart stand dem Beamtem DROGENFAHNDUNG quasi ins Gesicht geschrieben.

Drogenhandel und Terrorismus gingen oft Hand in Hand. Die Taliban verdienten den größten Teil ihres Geldes mit Opium. Die Terrorzelle, die für den Anschlag auf die Züge in Madrid verantwortlich war, hatte sich durch Drogenverkäufe finanziert.

Falls Younes und seine Kollegen etwas mit Drogen zu tun hatten, war es kein Wunder, dass sich die französischen Behörden für sie interessierten.

Das Überwachungsteam tauchte ungefähr einen Häuserblock von der Moschee entfernt auf. Es waren andere Beamte als heute Morgen.

Über die nächsten sechs Blocks wechselten sich mindestens drei verschiedene Polizisten dabei ab, den jungen Männern zu folgen. Tursunow fiel auch ein kleiner Renault mit Schrägheck auf, der zweimal um den Block gefahren war und zwei einwandfreie Parkplätze ignorierte.

Einen weiteren Block dahinter konnte Tursunow sehen, wohin die jungen Männer unterwegs waren. Sie betraten ein überfülltes Café und verschwanden darin.

Niemand aus dem Überwachungsteam folgte ihnen. Der Renault parkte ein paar Häuser weiter in zweiter Reihe. Der erste Mann des Überwachungsteams, der jetzt eine Jacke und eine Cap trug, betrat eine Apotheke und sah sich in Fensternähe um. Von dort konnte er die Straße sehen. Tursunow entschied, aktiv zu werden.

Er ging in das Café. Sofort fiel ihm auf, dass sich dort nur Männer aufhielten. Keine einzige Frau war zu sehen.

Es war laut und roch nach Toilettendesinfektionsmittel. Auf allen Fernsehern liefen Fußballspiele. Viele der Männer spielten Karten. Andere rauchten Shisha.

Tursunow ging zur Theke und bestellte eine Cola. Der Nordafrikaner hinter der Bar starrte ihn lange an. Es war offensichtlich, dass der Neuankömmling nicht aus der Gegend war. Der Barmann schien zu überlegen, ob er ihn bedienen oder rauswerfen sollte. Tursunow zog eine dicke Rolle Bargeld aus seiner Tasche, streifte einen Zehner von der Rolle und legte ihn auf die Theke. Dann wandte er dem Barmann den Rücken zu und sah sich in dem Raum um.

In einer Ecke hatten sich Younes und seine Kumpel zu einer Gruppe weiterer junger Nordafrikaner gesellt. Tursunow bezweifelte, dass auch nur einer von ihnen gerade aus der Moschee gekommen war.

Sie trugen goldenen Schmuck und teure Basketballschuhe. Sie waren Kleinkriminelle und wahrscheinlich Gangmitglieder. Es hätte Tursunow nicht überrascht, wenn sie bereits Gewalttaten begangen hatten.

Er sah zu, wie der Mann, bei dem es sich um den Anführer zu handeln schien, einem seiner Leutnants zunickte. Der zog drei Briefumschläge aus seinem Hosenbund und reichte jeweils einen davon Younes und seinen zwei Freunden. Dabei glaubte Tursunow, eine Pistole erblickt zu haben.

Weder Younes noch seine Freunde öffneten die Umschläge, um nachzusehen, was sich darin befand. So schnell sie hervorgeholt worden waren, verschwanden sie auch wieder in den Taschen der jungen Männer.

Mittlerweile war sich Tursunow so gut wie sicher, was seine Vermutung über Younes betraf. Er brauchte nur noch ein Geständnis.

Als der Leutnant aufstand, um Richtung Herrentoilette zu gehen, entschied Tursunow deswegen, ein solches Geständnis zu erzwingen.

Er trank einen weiteren Schluck von seiner Cola und warf einen Blick auf den Barmann, der am anderen Ende der Theke stand. Er war mit einer Gruppe neu eingetroffener Gäste beschäftigt.

An Younes' Tisch waren die jungen Männer in eine ernste Diskussion vertieft. Keiner von ihnen achtete auf den Eingangsbereich und erst recht nicht auf den Weg zum WC.

Tursunow stellte seine Cola ab, nahm sein Wechselgeld an sich und ging zur Toilette. Auf dem Weg dorthin sah er sich nach dem Hinterausgang um.

Als er die Tür zur Toilette öffnete, sah er einen Mann, der sich die Hände wusch, und einen zweiten Mann, der an einem der Urinale stand.

Der Mann an dem einzigen Waschbecken sah ihn im Spiegel an. Der Tadschike hielt die Hände wie ein Chirurg in die Höhe, um zu signalisieren, dass er sich ebenfalls die Hände waschen wollte.

Der Mann drehte das Wasser ab, zog mehrere Papierhandtücher aus dem Spender und trocknete beim Hinausgehen seine Hände.

Tursunow drehte das Wasser wieder auf, um die Geräusche seiner Bewegungen zu übertönen. Er schlich über die schmutzigen Bodenfliesen und verschloss leise die Tür. Dann tauchte er wie ein Geist hinter dem Leutnant am Urinal auf.

Der Straßengangster war fünf Zentimeter größer, 20 Kilo schwerer und gut 30 Jahre jünger als der Tadschike. Doch falls Tursunow etwas in seinem Leben gelernt hatte, dann, dass nichts Erfahrung und Heimtücke ersetzen konnte.

Und auch dass ein Mann am verletzlichsten war, wenn sein Pimmel raushing.

Tursunow nutzte den Überraschungseffekt voll aus und rammte den Kopf des Leutnants gegen die Wand über dem Urinal.

Gleichzeitig zog er dem Mann seine Pistole, eine Neunmillimeter PAMAS G1, aus dem Hosenbund und drückte ihren Lauf gegen seine Schädelbasis.

Als sich der Mann wehren wollte, trat ihm Tursunow mit seinem Stiefel in die rechte Kniekehle, sodass er mit dem Kopf voran in das Urinal fiel.

Er packte den Mann an den Haaren und zwang ihn, in dieser Haltung zu verharren. »Wofür sind die Umschläge?«, verlangte er zu wissen.

»*Va te faire enculer!*«, antwortete der Mann trotzig. *Fick dich ins Knie.*

Tursunow sprach ein wenig Französisch, aber nicht genug für ein Verhör. »Auf Englisch!«, verlangte er, während er die Pistole an die Schläfe des Mannes zog, den Hahn spannte und die Waffe entsicherte. »Was ist in den Umschlägen?«

»Geld«, gab der Mann zu.

»Geld wofür?«

Als der Mann nicht antwortete, riss der Tadschike seinen Kopf zurück und schlug ihn gegen das Porzellan-Urinal. Dabei brach er ihm drei Zähne ab.

»Geld wofür?«, wiederholte Tursunow.

»*Putain*«, fluchte der Leutnant, als ihm Blut aus dem Mund spritzte. *Scheiße.*

Tursunow riss den Kopf des Mannes noch einmal zurück. Jetzt schrie der Mann: »Drogen! Das Geld war für Drogen.«

Genau wie Tursunow vermutet hatte. »Welche Art von Drogen?«

»Crystal.«

»Sie haben euch Metamphetamine verkauft?«

»Nein«, sagte der Leutnant. »Partnerschaft. Sie kochen. Wir verkaufen.«

»Wer sind *wir*?«

»*Mon bande.*«

»Auf Englisch!«, knurrte der Tadschike und knallte die Stirn des Mannes gegen das Urinal.

»*Fils de pute!*«, fluchte er. *Hurensohn.* »Meine Crew verkauft das Crystal. Meine Gang.«

Tursunows Gedanken drehten sich bereits weiter. Jede Gang musste sich mit Revierkämpfen und Konkurrenz rumschlagen.

»Mit welcher Gang seid ihr verfeindet? Wer versucht, euer Geschäft zu übernehmen?«

»*Les GBs*«, stotterte der Mann. »*Die Getto Boys.* Aus Saint-Denis.«

Mehr brauchte Tursunow nicht zu wissen.

Als er den Kopf des Leutnants dieses Mal gegen das Urinal schlug, tat er es so kräftig, dass er bewusstlos wurde.

Tursunow ließ das Haar des Mannes los, zog sein Messer und schnitt ihm die Kehle durch. Dann nahm er den Zeigefinger des Leutnants und schrieb mit seinem Blut als Tinte die Buchstaben *GB* an die Wand.

Nachdem er sich die Hände gewaschen hatte, entriegelte er die WC-Tür und verließ das Café durch den Hinterausgang.

Er hatte gerade den ersten Schritt unternommen, um den Chemiker verschwinden zu lassen.

44

Die Reise dauerte über vier Stunden. Einmal hielten sie zum Tanknachfüllen an. Aus der Luft waren Bladder Tanks aus Gummi mit Diesel abgeworfen worden, die mit speziellen Blinklichtern versehen waren.

Als sie sich Malta näherten, tätigte Harvath einen Anruf. Als sie die Stelle erreichten, an der sie abgesetzt werden sollten, warteten bereits mehrere Fahrzeuge auf sie.

Der Küstenstreifen war abgelegen und eignete sich deswegen gut für ein heimliches Betreten des Landes. Doch wegen der Felsen konnten die Boote nicht so nahe an Land kommen, wie sie es gern getan hätten. Anstatt durchs Wasser zu waten, mussten sie schwimmen.

Maltas warme Gewässer waren besonders bei Weißen Haien sehr beliebt, die sich hier zum Gebären versammelten.

Harvath versuchte, nicht daran zu denken, als er dabei half, Gages Bahre hinter der von Haney schwimmend zur Küste zu transportieren. Beide Männer waren nicht in der Lage zu schwimmen, und das Letzte, was sie jetzt brauchten, war der Geruch von Blut im Wasser.

In der Brandung stand ein Team bereit, um die Bahren an Land zu bringen. Eines der Gesichter kannte Harvath gut.

Dr. Vella war ein schlanker Mann in seinen Fünfzigern. Er war von durchschnittlicher Größe, hatte dunkle Haare und trug eine Brille. Er sah eher aus wie jemand, der mit Aktien handelte, anstatt eine hochgradig abgesicherte und streng geheime Verhör- und Haftanstalt zu leiten. Sie lag eine halbe Stunde von der Hauptstatt Valletta entfernt.

Die Anlage wurde auch das »Solarium« genannt, da sie sich unter der Erdoberfläche befand. Es handelte sich um eines der effizientesten Black Sites der Welt, ein Geheimgefängnis außerhalb des US-Staatsgebiets. Harvath hatte schon mehr als nur ein paar höchst wichtige Zielpersonen an Vella übergeben.

Als sich Haneys schwimmende Bahre der Küste näherte, gab der Doktor Befehle auf Maltesisch, und seine Männer eilten zu Hilfe. Sie wateten in die Wellen, hoben die Bahre an, trugen sie an den Strand und in einen bereitstehenden schwarzen Kombi, dessen Sitze umgeklappt waren.

Als sie zurückkamen, um Gage zu holen, war dieser bereits von der Bahre gesprungen und stapfte durchs Wasser. Er brauchte, und wollte, keine weitere Hilfe.

Da sie ihre Passagiere sicher abgeliefert hatten, kehrten die SEALs zu ihren Booten zurück und fuhren los, um sich mit einem Schiff der Sixth Fleet zu treffen.

Harvath stieg aus dem Wasser und schüttelte Vellas Hand.

»Du siehst furchtbar aus«, sagte der Doktor.

»Die letzten Tage waren lang.«

»Ich hab's gehört«, meinte Vella und deutete auf die Fahrzeuge. »Auf uns warten zwei Ärzteteams. Je schneller wir aufbrechen, desto eher können sie sich deine Männer ansehen.«

Harvath dankte ihm. Sobald seine Leute und ihre Dry Bags verstaut waren, stieg er mit Vella in den ersten Kombi.

Vella hatte dafür gesorgt, dass in allen Wagen Energieriegel und Wasserflaschen vorrätig waren. Harvath griff zu.

»Auf der Farm wird es etwas Warmes zu essen geben«, erläuterte Vella.

Das Solarium lag unter einem rustikalen Bauernhaus. Wenn Harvath zwischen einzelnen Verhören eine Pause machte, saß er gern mit einem Drink draußen auf dem Hof. Oft kam Vella hinzu, und die beiden unterhielten sich über alle möglichen Themen.

Manchmal saß Harvath einfach allein da und genoss den Anblick und die Geräusche des ländlichen Malta. Es war einer der friedvollsten und malerischsten Orte, die er je gesehen hatte.

Heute Abend wollte er jedoch bloß eine heiße Dusche, ein Bett und Stille. Er hätte sogar mit einer der Isolationszellen vorliebgenommen, wenn er dafür acht bis zehn Stunden ungestörten Schlaf bekam.

Er lehnte sich in seinem Sitz zurück und wollte die Augen schließen. Aber er zwang sich, wach zu bleiben. Erst wenn sie das Solarium erreicht hatten, würden sie sicher sein und er konnte sich entspannen.

Er sah aus dem Fenster und glaubte, den Ort wiederzuerkennen. »Das kommt mir bekannt vor.«

Vella lächelte. »Du hast ein gutes Gedächtnis. Als du letztes Mal hier warst, haben wir in einem Restaurant in der Straße dort vorn gegessen. Nur sehr wenige Leute kommen hierher zurück. Deswegen gefällt es mir.«

Harvath nickte. Er hatte keine große Lust auf ein Gespräch. Er war um die halbe Welt geschickt worden, um die Reisepläne eines toten IS-Chemikers zusammenzupuzzeln. Zwei seiner Leute waren angeschossen worden. Und alles, was er herausgefunden hatte, war ein Name, der angeblich mit der sizilianischen Mafia zu tun hatte.

Vella konnte sehen, dass Harvath am Ende seiner Kräfte war. Er ließ ihn in Ruhe und sie legten den restlichen Weg schweigend zurück.

Nach der Ankunft auf der Farm wurden zunächst Haney und Gage abgeladen und ins Spital gebracht.

Weil die Verhöre im Solarium sehr intensiv verlaufen konnten, wurde jeder Gefangene zunächst medizinisch untersucht, um mögliche Vorerkrankungen zu identifizieren. Gelegentlich erlitten Gefangene im Zuge der Verhöre Herzinfarkte oder Schlaganfälle.

Wenn so etwas passierte, konnte Vellas Team nicht einfach den örtlichen Rettungsdienst rufen. Sie mussten sich selbst um Notfälle kümmern. Deswegen verfügte die Anlage über eine komplett ausgestattete Krankenstation sowie ein hervorragend bezahltes medizinisches Team, das stillschweigend und im Rotationsdienst auf der Station arbeitete.

Abgesehen von besonders speziellen oder äußerst komplexen Operationen gab es kaum etwas, das sie nicht behandeln konnten.

Den unverletzten Teammitgliedern wurden Zimmer zugewiesen. In der Küche konnten sie sich am Essen bedienen. Harvath stolperte in die Küche, schenkte sich einen großen Becher Kaffee ein und ging auf sein Zimmer. Er wollte rasch duschen, sich umziehen und dann nach Haney und Gage sehen. Obwohl er hundemüde war, weigerte er sich, ins Bett zu gehen, bevor er wusste, dass es den beiden gut ging.

Er warf seine Kleidung als Haufen in eine Ecke des Badezimmers, drehte das Wasser auf und wartete, bis es heiß wurde. Dabei sah er in den Spiegel. Sein Körper war mit blauen Flecken übersät. Aus einem fahrenden Land Cruiser zu springen und von Granatexplosionen umgeworfen zu werden ging nicht ganz spurlos an einem vorbei.

Als das Wasser heiß genug war, stieg er mit seinem Kaffee unter die Dusche. Er befürchtete, ohne den Kaffee einzuschlafen.

Er ließ das Wasser über sich prasseln. Zum ersten Mal seit langer Zeit schloss er die Augen.

Er nahm einen Schluck Kaffee und versuchte, wenn auch nur kurz, sämtliche Gedanken zu verscheuchen. Er wollte an nichts denken und für nichts verantwortlich sein, und sei es nur für zehn Sekunden.

Ausnahmsweise ging sein Wunsch in Erfüllung.

45

Harvath stand gut zehn Minuten lang unter der Dusche, trank seinen Kaffee und dachte an gar nichts.

Als der Becher leer war, stellte er ihn weg, nahm ein Stück Seife und schrubbte sich von Kopf bis Fuß ab. Nach dem Abspülen wusch er sich die Haare.

Er drehte die Temperatur bis zum Anschlag auf kalt und zwang sich, 20 Sekunden lang unter dem eisigen Wasser stehen zu bleiben. Die Wirkung war, wie zwei Espressos in seinen Kaffee zu kippen.

Hellwach trat er aus der Dusche und entnahm dem Spiegelschrank ein Pflegeset. Es enthielt einen Kamm, einen Rasierer, Rasiercreme, eine Zahnbürste und Zahnpasta.

Als er im Badezimmer fertig war, nahm er frische Kleidung aus seiner Reisetasche und zog sich an.

Beim Verlassen des Zimmers schnappte er sich eine Wasserflasche aus dem Minikühlschrank, schluckte ein paar Ibuprofen und ging durch den Korridor zu den Stufen, die zur Krankenstation führten.

Er fand immer, dass das Haus nach Ahornsirup roch. Für eine Farm mitten auf Malta war das recht seltsam. Zweifellos hatte es etwas damit zu tun, dass Vella außerhalb des Solariums für eine bestimmte Atmosphäre sorgen wollte.

Der Doktor war promovierter Psychiater und Neurochemiker. Er war vom Thema Gerüche fasziniert, vor allem von ihrer Fähigkeit, Wege in das Gehirn zu öffnen.

Harvath hatte sogar einmal zugesehen, wie Vella jemanden verhörte und dabei »flüssige Angst« einsetzte. Dabei handelte es sich um ein von ihm hergestelltes synthetisches Pheromon, das den »Flucht«-Teil der berühmten Kampf-oder-Flucht-Reaktion auslöste. Es war ein faszinierender Anblick gewesen.

Bei der Ankunft im Haus war allen eine Schlüsselkarte ausgehändigt worden. Harvath hielt seine Karte gegen das Lesegerät an der Tür zum Treppenhaus. Es klickte, und die Tür öffnete sich mit einem Zischen. Harvath ging nach unten Richtung Solarium.

Sobald sich die Tür hinter ihm geschlossen hatte, verschwand der Geruch von Ahornsirup. An seine Stelle trat ein eher krankenhausmäßiger Geruch. Das Geheimgefängnis roch nach dem, was es war: eine Haftanstalt.

Er ging an den Zellentüren vorbei, die alle offen standen. Das Solarium war nur ein temporäres Gefängnis. Wer länger verwahrt werden musste, wurde in eine andere Einrichtung verlegt.

Alles war grau gestrichen. Die Mauern, die Böden, sogar die Decken. Die einzigen Ausnahmen waren die Toiletten und Waschbecken aus rostfreiem Stahl in den Zellen sowie das grelle Licht der Krankenstation.

Harvath ging in den Bürobereich und sah Vella an einem großen Computerbildschirm sitzen. Er plauderte mit einem der Ärzte.

Die drei Männer gaben sich die Hand. Harvath fragte: »Wie viel Zeit bleibt ihnen noch?«

Vella grinste. »Bei deren Glück werden sie wahrscheinlich 100 Jahre alt.«

»Das wird die anderen Jungs sehr traurig machen«, meinte Harvath. »Haney hat eine hübsche Frau.«

Immer noch lächelnd schüttelte der Doktor den Kopf und deutete auf den Bildschirm. Dieser zeigte zwei digitale Röntgenbilder. »Die Kugeln sind durch beide Männer durchgegangen. Keine Knochenbrüche und den restlichen Tests zufolge auch keine Gefäßverletzungen. Beide erhalten orale Flüssigkeitszufuhr und werden mit Antibiotika und Schmerzmitteln behandelt.«

»Wann können sie sich bewegen?«

»Heute Nacht lasse ich sie schlafen, aber es gibt keinen Grund für sie, nicht morgen in einem Flugzeug zu sitzen.«

»Zurück in die CONUS?«, fragte Harvath und verwendete die militärische Abkürzung für die Continental United States.

Der Doc schüttelte den Kopf. »Das U.S. Naval Hospital Sigonella ist die nächste amerikanische Einrichtung, an der vollständige Untersuchungen angestellt werden können. Wenn sie für die Agency arbeiten, werden sie dorthin fliegen. Wenn in Sigonella keine Kapazitäten bestehen, werden die Jungs zur Air Base Ramstein gebracht werden. In beiden Fällen müssen sie auf dieser Seite des Großen Teichs grünes Licht bekommen, bevor sie nach Hause fliegen können.«

»Ich verstehe«, sagte Harvath. »Hat man sie schon darüber informiert?«

»Das hatte ich gerade vor.«

Harvath nahm eine Mappe vom Aktenstapel auf dem Schreibtisch und sagte: »Kein Problem, ich kümmere mich darum.«

Er ging durch den Korridor und betrat ein Krankenzimmer mit vier Betten. Haney und Gage waren in zwei nebeneinanderstehenden Betten untergebracht.

»Sie haben Harvath geschickt«, sagte der stämmige Green Beret, als dieser den Raum betrat. »Das bedeutet extrem schlechte Neuigkeiten.«

Haney kicherte. »Allerdings. Der menschliche Kugelmagnet. Komm nicht näher, Harvath. Keiner von uns will noch mal angeschossen werden.«

Harvath war froh, dass sie guter Stimmung waren. Angeschossen zu werden war kein Vergnügen. Er nahm es mit Humor, dass sie ihn auf den Arm nahmen.

Er öffnete die Mappe und sagte: »Ich habe gute und schlechte Neuigkeiten für euch.«

Beide Männer sahen ihn an. Sie waren sich nicht sicher, ob er es ernst meinte oder sich einen Scherz erlaubte.

Haney sprach als Erster. »Was sind die schlechten Neuigkeiten?«

»Du wirst das Bein verlieren.« Er wandte sich mit einem Lächeln an Gage. »Die gute Nachricht ist, du musst bloß lernen, dir den Rücken mit dem anderen Arm zu rasieren.«

»Fick dich ins Knie!«, sagten beide lachend.

»Ganz im Ernst«, fuhr Harvath fort. »Die Agency will, dass ihr in einem Krankenhaus auf einem Stützpunkt in Europa untersucht werdet, bevor ihr zurückfliegt. Sigonella ist am nächsten, deswegen fliegen wir dort morgen wahrscheinlich hin.«

»Und was ist mit dir?«, fragte Haney. »Irgendwas Neues aus Rom?«

»Noch nicht. Wahrscheinlich hören wir am Morgen etwas. Haut euch bis dahin aufs Ohr.«

Harvath ging wieder nach oben in die Küche und entschied, dass er etwas Vernünftiges im Magen brauchte.

Vella hatte geahnt, was seine amerikanischen Gäste wohl gern essen würden. Auf dem Herd stand ein großer Topf Texas Chili. Im Ofen befand sich noch warmes Maisbrot. Im Kühlschrank stand Flaschenbier aus Belgien.

Harvath füllte einen Teller, schnappte sich ein Bier und ging nach draußen auf die Veranda. Der Rest des Teams hatte bereits gegessen und war schlafen gegangen.

Der Abend war ruhig und warm. Alte, um die Veranda herum angebrachte Laternen spendeten ein flackerndes Licht.

Als er sich setzte, ging ihm auf, dass er den Flaschenöffner vergessen hatte. Da er zu müde war, um zurück in die Küche zu gehen, vergewisserte er sich, dass ihm niemand zusah, und öffnete die Flasche am Tischrand.

Er lehnte sich zurück, nahm einen langen Schluck und schloss seine Augen. Jeder Muskel seines Körpers schmerzte. Ein kaltes Bier war genau das, was er jetzt brauchte. Er konnte gut darauf verzichten, Libyen jemals wieder zu betreten.

Er wusste, dass solche Gedanken von der Müdigkeit herrührten. Er nahm einen weiteren Schluck, öffnete seine Augen und lehnte sich nach vorn. Er wollte nicht hier draußen einschlafen.

Obwohl Vella mit dem Abendessen ganze Arbeit geleistet hatte, war Harvath zu erschöpft, um alles aufzuessen. Er trug den Rest in die Küche zurück und begab sich durch den Korridor zu seinem Zimmer.

Dort angekommen, zog er die Verdunklungsvorhänge zu, stieß seine Stiefel in die Ecke und stellte sein Handy auf lautlos – was er nur sehr selten tat.

Falls sich eine Situation ergeben sollte, in der es um Leben oder Tod ging, wollte er nicht deswegen angerufen werden. Jemand anderes würde sich darum kümmern müssen. Er wollte bloß noch schlafen.

Er fiel auf das Bett, schloss die Augen und war innerhalb von Sekunden komplett weggetreten.

46

Mittwoch

Als Harvath aufwachte, fühlte er sich schlimmer als vor dem Einschlafen. Sein Körper war unbeweglicher, und er hatte mehr Schmerzen.

Er holte sich eine Flasche Wasser aus dem Minikühlschrank, schluckte mehrere Ibuprofen, schaltete sein Telefon an und antwortete auf ein paar Nachrichten. Nach einer schnellen Dusche schaute er in der Küche auf einen Becher Kaffee vorbei. Alle anderen waren bereits aufgestanden.

Barton und Morrison waren im Gym und trainierten. Staelin war in kurzen Hosen draußen und arbeitete an seiner Bräune. Er las ein weiteres Taschenbuch, dieses Mal von Erik Larson.

Dieselbe heiße Sonne schien auf sie, und in der Ferne lag dasselbe Meer, aber Libyen schien sich auf einem anderen Planeten zu befinden. Harvath nahm es seinem Team nicht übel, dass es sich etwas Freizeit gönnte. Erst recht nicht nach allem, was sie durchgemacht hatten. Sie hatten es sich redlich verdient.

Er ging zum Treppenhaus, hielt seine Karte vor das Lesegerät und wartete, bis die Tür entriegelt wurde. Dann ging er nach unten ins Spital.

Die Nachtschicht war nach Hause gegangen und durch ein neues Team ersetzt worden.

Harvath sprach kurz mit dem Arzt und sah anschließend nach Haney und Gage.

Zu dem neuen Team gehörte auch eine gut aussehende Krankenschwester namens Olivia. Als Harvath den Raum betrat, kontrollierte sie gerade Gages Blutdruck.

»Wenn man vom Teufel spricht!«, sagte der Green Beret, als Harvath hereinkam. »Harvath, erzähl dieser wunderbaren Frau doch mal, wie Haney und ich uns in die Kugeln geworfen haben, um dein Leben zu retten.«

Die junge Frau warf Haney ein Lächeln zu und verdrehte die Augen. Sie hatte die beiden Lügner offenbar sofort durchschaut.

»Was auch immer du ihnen verabreichst«, sagte Harvath zu der Krankenschwester, »beeinträchtigt anscheinend ihr Gedächtnis. Du solltest den Arzt darüber informieren.«

»100 Männer!«, fuhr Gage fort. »Als uns die Munition ausging, mussten wir sie mit bloßen Händen erledigen!«

Harvath ignorierte ihn und ging zu Haney. »Wie geht's dem Bein?«

»Meiner Karriere als Model wird's nicht schaden.«

Harvath lächelte. »Gut zu wissen, falls es mit dem Agentenjob nicht mehr läuft.«

»Bleibt es dabei, dass wir heute nach Sigonella fliegen?«

Harvath nickte. Das war die Botschaft in einer der Nachrichten gewesen, die er heute Morgen auf seinem Telefon vorgefunden hatte. »Sie arbeiten daran, uns ein Flugzeug zu schicken. Der Doc sagt, dass ihr fit genug zum Reisen seid. Habt ihr schon gefrühstückt?«

Haney zeigte auf ein leeres Tablett neben seinem Bett. »Omelett und frisch gepresster Orangensaft. Ich komme mir vor wie im Ritz.«

»Deine Steuern werden sinnvoll verwendet.«

Die Krankenschwester entfernte das Blutdruckmessgerät von Gages Arm und fragte: »Kann ich euch Gentlemen irgendetwas bringen?«

»Nein danke«, sagte Haney.

»Wenn du Amor siehst, kannst du ihm sagen, ich will mein Herz zurück«, antwortete Gage.

Jetzt verdrehte Harvath die Augen. »Gib ihm Ketamin«, meinte er zu der Krankenschwester. »Dann hört er garantiert auf, dich zu nerven.«

Olivia hatte Humor. Sie erinnerte ihre Patienten lächelnd daran, wo sich die Taste der Rufanlage befand, und verließ den Raum, um sich mit dem Arzt im vorderen Zimmer zu besprechen.

Harvath sah auf seine Uhr. »Sobald ich eine genaue Zeit für den Flieger habe, sage ich euch Bescheid. Und obwohl ich weiß, dass ich die Frage bereuen werde: Braucht ihr irgendetwas?«

»In der Tat«, sagte Gage. »Haney meint, dass du mir 200 Dollar schuldest.«

Harvath warf Haney einen Blick zu.

»Wette ist Wette«, meinte Haney.

»Du wirst in ein Navy-Krankenhaus verlegt«, sagte Harvath. »Wofür brauchst du da 200 Kröten?«

»Bist du etwa mein Buchhalter?«, fragte Gage. »Du hast oben eine Tasche mit 100.000 cash. Zieh davon ein paar Hunderter für mich ab.«

»Das Geld gehört der Regierung. Ich bezahle meine Schulden, wenn wir zu Hause sind. Bis dahin lässt du die Krankenschwester in Ruhe. Verstanden?«

Gage zwinkerte ihm zu und ging dazu über, Haney zu nerven, indem er ihn fragte, wie das steife Bein wohl die Beziehung zu seiner Frau beeinflussen werde.

»Sag der Krankenschwester, sie soll sich mit dem Ketamin beeilen«, rief Haney Harvath nach, als dieser das Krankenzimmer verließ und zurück nach oben ging.

Sie blieben zum Mittagessen im Solarium und fuhren eine Stunde später zum Flughafen. Dort wartete eine vollgetankte Cessna Citation XLS auf der Rollbahn auf sie. Das mittelgroße Flugzeug bot gerade genug Platz für das Team.

Haney nahm zwei einander gegenüberliegende Sitze ein, damit er sein Bein hochlegen konnte. Harvath und Gage saßen durch den Gang getrennt nebeneinander. Barton und Morrison setzten sich in den hinteren Teil. Staelin ging als Letzter an Bord.

Somit blieb ihm nur noch der seitliche Sitz in Cockpitnähe, der normalerweise für die Flugbegleitung reserviert war. Und so wurde er auch von dem Team behandelt, sobald er sich hingesetzt hatte.

Als die Cessna auf die Startbahn gefahren war, sah der Delta-Force-Agent in der Bordküche nach, ob Verpflegung für den Flug nach Sizilien vorhanden war. In CIA-üblicher Manier beschränkte sich die Verpflegung jedoch auf ein Minimum. Kein Alkohol, nicht einmal Softdrinks, nur kleine Wasserflaschen. Harvath nahm dennoch Getränkebestellungen entgegen.

Während die Piloten die Bremsen lösten und die Citation über die Startbahn brauste, warf Staelin Harvath, Haney und Gage die Wasserflaschen zu. Die für Barton und Morrison legte er auf den Boden. Als der Flieger abhob, rollten die Flaschen in den hinteren Teil der Kabine, wo Morrison danach griff und seine Flasche aufhob.

Barton machte das Gleiche, aber er wischte die Flasche gründlich an seinem T-Shirt ab, bevor er sie öffnete und einen Schluck trank.

Nach ein paar weiteren Sprüchen, dass Staelin eine lausige Stewardess sei, wurde das Team still. Gage und Haney setzten ihre Kopfhörer auf. Staelin schlug sein Buch auf.

Die Citation stieg in den Himmel und flog über das Mittelmeer.

Harvath schloss die Augen. Er musste über eine Menge nachdenken. Nicht zuletzt darüber, was er tun sollte, sobald sie in Italien landeten.

47

Nord-Virginia

Lydia Ryan sah beide Männer ungläubig an. Die CIA würde nie im Leben genehmigen, was sie vorhatten. Niemals.

»Ihr wollt was?«

»Zugang zum Malice-Quellcode«, sagte Nicholas.

Malice war ein vom Center for Cyber Intelligence der CIA entwickeltes, streng geheimes Programm. Damit konnte die Agency sowohl die NSA als auch das FISA-Gesetz zur Überwachung von US-Staatsbürgern umgehen, um verschlüsselte Internetkommunikationen abzufangen und nachzuverfolgen.

Das Programm funktionierte so gut, dass die CIA größte Mühe auf sich genommen hatte, seine Existenz zu verbergen. Weder der Präsident noch die nachrichtendienstlichen Gremien waren je darüber informiert worden. Es wurde nur in äußerst extremen Situationen benutzt.

Ryan fragte Nicholas gar nicht erst, weshalb er mit Malice vertraut war. Sie wollte es gar nicht wissen.

Stattdessen richtete sie ihre nächste Bemerkung an Carlton. »Wir sprechen hier über die wertvollste Waffe der Agency im Hacking-Bereich.«

»Das ist mir bewusst«, entgegnete er.

»Da bin ich mir nicht sicher. Malice geht weit über alles hinaus, was wir jemals entwickelt haben. Auch über den Fake-off-Modus für Smart-TV, um die Gespräche der Leute zu belauschen. Oder Smartphones zu hacken, um Audioaufnahmen und Nachrichten abzufangen, bevor sie durch eine Verschlüsselungs-App geschickt werden.

Ihr sprecht davon, das Cyber-Äquivalent eines nuklearen Marschflugkörpers abzufeuern, nur weil euch jemand auf einem dunklen Parkplatz schräg angeguckt hat. Und im Gegensatz zu einer Rakete kann eine Cyberwaffe wie Malice von jedem genommen und gegen uns verwendet werden, sobald sie einmal losgelassen wurde.

Das ist kein Fire-and-Forget-System. Sobald die Malice-Bombe hochgeht, musst du ein Team in die Einschlagzone schicken, mitten in die Trümmer, um sie physisch rauszuholen. Jedes davon betroffene Gerät und sämtliche eingesammelten Daten, all das muss berücksichtigt werden. Ich glaube, ihr versteht nicht, worum es dabei geht.«

»Doch, das verstehe ich«, entgegnete Nicholas. »Deswegen will ich nur den Zugang zum Quellcode. Ich will nicht die ganze Rakete. Ich will nur das Lenksystem.«

»Was willst du damit anfangen? Frankenstein spielen? Dabei könnte noch Schlimmeres rauskommen.«

»Lydia, ich weiß, dass dir das alles nicht gefällt.«

»Das ist die Untertreibung des Jahres«, meinte sie.

»Und deswegen *müssen* wir es so machen!«

»Erst sagst du mir, dass du ihnen alle meine persönlichen E-Mails, auch die etwas *zu* persönlichen, aushändigen musst, damit der Hack überzeugend wird. Dann bringst du Malice ins Spiel – etwas, das ich nicht einmal mit dir besprechen sollte.«

»Wenn es eine andere Lösung gäbe«, sagte Carlton, »würden wir dich nicht fragen.«

»Es muss eine Alternative geben.«

»Leider nein«, sagte Nicholas. »Glaub mir. Ich habe mir die letzten 24 Stunden den Kopf darüber zerbrochen. Deine persönlichen E-Mails und die von Mister Carlton sind das trojanische Pferd. Nur so können wir Malice in den Vorgang einbinden und herausfinden, wer hinter dem Hack steckt.«

»Ich kann dir schon jetzt sagen, dass Bob McGee das nie im Leben genehmigen wird.«

»Überlass Bob mir«, sagte Carlton. »Ihr kümmert euch darum, wie wir Nicholas in das Center for Cyber Intelligence bekommen.«

»Wie wir ihn da reinbekommen?« Ryan musste lachen. »Das soll wohl ein Witz sein!«

»Auf Malice kann man nur intern zugreifen«, sagte Nicholas.

»Dir ist bewusst, dass du in der CIA einen gewissen Ruf hast, oder? Die flippen aus, wenn sie dich dort sehen.«

»Deswegen darf ihn niemand sehen«, erklärte Carlton.

»Irgendwelche weiteren Ansprüche?«, fragte sie und sah Carlton ins Gesicht. »Vielleicht soll er auf einem Einhorn aus dem Hauptquartier reiten?«

Der alte Mann lächelte sie an. »Wenn es jemanden gibt, der das schaffen kann, dann Sie!«

Ryan erwiderte das Lächeln nicht. Stattdessen fragte sie: »Wie viel Zeit haben wir, um das Ganze zu organisieren?«

»Nicholas muss es heute Nacht machen.«

Ryan stand vom Tisch auf.

»Wohin gehen Sie?«

Beim Verlassen des Arbeitszimmers antwortete sie: »Ich lasse mir ein heißes Bad einlaufen, während ich nach ein paar Rasierklingen suche.«

48

»Ich fahre in keinem beknackten Krankenwagen!«, sagte Gage, als er aus seinem Fenster den Fahrzeugen entgegensah.

»O doch, das wirst du!«, sagte Harvath. »Und Haney auch. Das ist ein Befehl. Wir verhalten uns unauffällig und machen keinen Ärger. Das gilt erst recht in Bezug auf die Krankenschwestern. Verstanden?«

Gage nickte, und Haney zeigte ihm den hochgestreckten Daumen.

Als die Cessna zum Stehen kam, öffnete Staelin die Kabinentür, ließ die Treppe ausfahren und sagte: »Im Namen unserer anonymen Besatzung danken wir Ihnen allen, heute Nachmittag mit Central Intelligence Airways geflogen zu sein. Uns ist bewusst, dass Ihnen eine Vielzahl weit entfernter Länder zur Wahl stand, um sich mit äußerst unangenehmen Menschen auszutauschen, und wir danken Ihnen, sich für die CIA entschieden zu haben!

Bitte prüfen Sie Ihre Rückenlehnen und Gepäckablagen, ob sich dort Waffen befinden, die Sie mit an Bord gebracht haben. Und denken Sie daran: Sie waren niemals hier!«

Das Team applaudierte, Staelin verbeugte sich und sie stiegen aus dem Flieger.

Neben dem Krankenwagen, der die beiden Verwundeten zum Marinekrankenhaus bringen würde, warteten noch ein älterer Kleinbus und ein schwarzer SUV mit getönten Scheiben auf sie.

Vor dem SUV stand Deborah Lovett, die vor Kurzem aus Rom eingetroffen war. Die große, attraktive Frau Mitte 30 mit langem blondem Haar glich eher einem osteuropäischen Tennisstar als einer CIA-Sachbearbeiterin.

»Lass mich raten, welche Karre für Harvath gedacht ist«, meinte Morrison.

»Ich wette 100 Dollar, dass er sich ärgert, das ganze Ketamin aufgebraucht zu haben«, kommentierte Gage.

Harvath schüttelte den Kopf und half dabei, die Taschen aus dem Frachtraum des Flugzeugs zu hieven. Die Luft roch nach Salzwasser und Kerosin.

Nachdem Gage und Haney in den Krankenwagen verfrachtet worden waren, teilte er Staelin, Barton und Morrison mit, dass sie sich in ein paar Stunden treffen würden. Sie würden in Häusern auf der Militärbasis untergebracht werden.

Harvath nahm seine Tasche vom Boden, ging auf Lovett zu und stellte sich vor.

»Brauchen deine Freunde eine Mitfahrgelegenheit?«, fragte sie, nachdem sie sich die Hände geschüttelt hatten.

Harvath sah über seine Schulter und dann zurück zu ihr. »Das sind nicht meine Freunde.«

Sie lächelte, während sie ihm die Beifahrertür öffnete. Als er näher trat, war er sich fast sicher, dass Barton etwas Beleidigendes in seine Richtung rief. Aber der Krach von zwei F-18 Hornets, die über die Rollbahn kreischten, übertönte ihn.

Harvath nahm Platz und fragte: »Wohin fahren wir?«

»Zum SCIF«, antwortete sie.

SCIF stand für Sensitive Compartmented Information Facility, den Bereich für sensible, abgeteilte Informationen.

Ein sicherer Raum, in dem vertrauliche Informationen vorgestellt und besprochen werden konnten.

Lovett trug einen schwarzen Hosenanzug. Wahrscheinlich sollte er ihre Professionalität betonen und von ihrer Attraktivität ablenken. Aber es funktionierte nicht. Harvath versuchte, sie nicht anzusehen, und hielt seinen Blick stattdessen auf das Flugfeld vor der Windschutzscheibe gerichtet.

Während der Fahrt brachte sie ihn auf den neuesten Stand. »Uns wurde bestätigt, dass die Libyer Halim und den Satellitentelefonverkäufer abgeholt haben. Sie haben auch die Flüchtlinge auf dem Anwesen befreit. Der Rote Halbmond kümmert sich jetzt um sie.«

Das freute Harvath. »Irgendwelche Nachwirkungen der Schießereien?«

Sie schüttelte den Kopf. Er beging den Fehler, sie dabei anzusehen. Sobald er ihr in die Augen sah, war es schwierig, den Blick wieder abzuwenden.

Zum Glück musste sie sich auf die Straße konzentrieren und brach den Blickkontakt ab.

»Die libysche Regierung behauptet, für die Verluste der Libyschen Befreiungsfront verantwortlich zu sein«, erklärte sie. »Für die Regierung ist das gute PR. Das Ganze war deine Idee, habe ich gehört.«

»Stimmt nicht«, entgegnete er. »Ich bin nicht so schlau.«

Aus dem Augenwinkel sah er, dass sie lächelte.

»Da vorn ist unser Ziel«, sagte sie, als sie sich einem unscheinbaren zweistöckigen Gebäude näherten. Das einzig Besondere daran waren die zahlreichen Antennen und Satellitenschüsseln auf dem Dach.

Lovett kam auf einem für Militärbeamte bestimmten Parkplatz zum Stehen. Sie schnappte sich ihre Papiere von der Mittelkonsole und eine Aktentasche vom Rücksitz. Mit einem Lächeln, das ihre perfekten weißen Zähne zeigte, bedeutete sie Harvath, ihr zu folgen.

Er konnte sich daran erinnern, dass ihm eine ähnlich attraktive CIA-Beamtin schon einmal eine ähnliche Einrichtung auf dem Luftwaffenstützpunkt Al-Dhafra vor Abu Dhabi gezeigt hatte. Sie hatte sich als extrem gut in ihrem Job erwiesen. Harvath fragte sich, ob dasselbe auch für Lovett gelten würde.

Sie zeigte den beiden Marines, die im Eingangsbereich Wache standen, ihren Ausweis und führte Harvath durch eine Abfolge von Sicherheitstüren und einen langen Korridor.

An den Wänden waren Fotos von Flugzeugen und verschiedene Auszeichnungen von amerikanischen Einheiten nebeneinander aufgereiht, die im Laufe der Jahre auf Sigonella stationiert gewesen waren.

»Hunger?«, fragte die CIA-Beamtin, als sie an einem Automaten mit in Plastik verpackten Sandwiches ankamen.

»Nein danke«, antwortete er.

Lovett kaufte eine Diet Coke aus dem danebenstehenden Automaten, und sie gingen weiter den Korridor entlang.

Als sie an einer Tür ankamen, auf der einfach »A7« stand, drückte sie einen Knopf. Nach einem Summen konnten sie eintreten.

Harvath folgte ihr in ein kleines Büro, in dem vier Navy-Mitarbeiter an grauen Metalltischen arbeiteten. Keiner von ihnen sah auf.

»Das Handy bitte«, sagte Lovett, als sie auf die schwere Metalltür des SCIF zutraten. Daneben hing an der Wand ein altes Postfachsystem aus Holz, wie in einem alten Hotel.

Harvath war nicht davon begeistert, sein Handy in einem Büro mit vier Fremden zurückzulassen, aber er verstand die Regeln und legte sein Telefon in das Fach neben Lovetts.

»Kaffee?«, fragte sie und deutete auf die Keurig-Kaffee-maschine links von ihnen.

»Ja, gern«, sagte er. »Du nicht?«

»Ich bin bedient«, antwortete sie und hielt ihre Cola in die Höhe.

Harvath ging zur Kaffeeecke und machte sich einen Becher schwarzen Kaffee. Dann fügte er noch einen Espresso hinzu.

Er trat wieder zu Lovett an der Tür zum SCIF und sagte lächelnd: »Ich bin bereit.«

Die CIA-Beamtin nickte, tippte einen Code in das Tasten-feld und öffnete die Tür.

49

SCIFs waren abhör- und überwachungssicher. Beim Betreten eines solchen Raums waren die meisten Menschen von der Stille überrascht. Es war, wie eine Grabkammer zu betreten.

Das Licht stammte aus länglichen LED-Leuchten an der Decke. Die Luft roch künstlich. In der Mitte des Raums stand ein abgenutzter blauer Formica-Tisch, ringsherum standen Stühle aus grauem Kunstleder.

An einer Wand hingen drei Flachbildschirme. Daneben befanden sich zwei Computer. Außer Harvath und Lovett hielt sich niemand in dem Raum auf.

Sie zog einen Laptop aus ihrer Aktentasche, verband ihn mit einem Port unter dem Konferenztisch und bedeutete Harvath, sich hinzusetzen.

»Was weißt du über den IS und seine Verbindungen zur italienischen Mafia?«, fragte sie.

»Nicht viel«, antwortete Harvath. »Aber ich könnte mir vorstellen, dass sich ihre Interessen in manchen Bereichen überschneiden.«

»Sogar in recht vielen.«

Sobald ihr Laptop hochgefahren war, öffnete sie eine PowerPoint-Präsentation. Ein Bild römischer Ruinen erschien auf den Monitoren.

Harvath erkannte sie sofort. »Palmyra in Syrien«, sagte er.

Lovett war beeindruckt. »Du kennst den Ort also?«

»Nur allzu gut.«

Neulich war Harvath im Rahmen eines Auftrags nur knapp aus diesem Teil Syriens entkommen. Er war mitten durch Palmyra geflohen.

Was der IS in der antiken Stadt getan hatte, war genauso schlimm wie das, was die Taliban und ihre Maschinengewehre mit den Buddhastatuen im afghanischen Bamiyan angerichtet hatten.

»In ganz Syrien, dem Irak und Libyen ist der IS in Welterbestätten eingedrungen, hat die Archäologen abgeschlachtet und alles geplündert, was ihm in die Hände fiel.«

Während sie sprach, zeigte sie zur Verdeutlichung mehrere PowerPoint-Folien.

»Die geplünderten Gegenstände werden auf Frachtschiffe geladen, die zu süditalienischen Häfen fahren. Dort kauft die italienische Mafia sie mit Bargeld. Immer öfter erfolgt die Bezahlung mittlerweile allerdings in Waffen.

Die Mafia hilft dabei, die Waffen nach Europa zu schmuggeln, wo der IS und andere Terrorgruppen Anschläge verüben.«

Harvath musste sofort daran denken, was in der Kathedrale in Spanien passiert war. »Was ist mit Sprengstoff?«, fragte er.

Lovett nickte. »Die italienischen Mafiagruppen sind alle miteinander verbunden. Die Cosa Nostra, die Camorra, die 'Ndrangheta – was die einen nicht haben, können die anderen besorgen. Sie bekommen ihre Waren von verschiedenen Waffenhändlern aus der Ukraine, Russland und anderen Ländern des Balkans und Osteuropas.«

»Was ist mit dem Namen, den ich dir gegeben habe? Der Kerl, den unser libyscher Menschenschmuggler verraten hat?«

Sie trank einen Schluck ihrer Diet Coke und zeigte ihm eine Reihe weiterer Fotos. Es waren Überwachungsbilder der italienischen Polizei. »In Sizilien ist ein hochgradig organisiertes, skrupelloses nigerianisches Netzwerk von Kriminellen ansässig, das sich Schwarze Axt nennt. Sie operieren mit Genehmigung der sizilianischen Mafia.

Der Mann, dessen Namen du mir gegeben hast, Festus Aghaku, war ein *Tassista* für die Schwarze Axt. Das ist italienisch für Taxifahrer. Seine Aufgabe bestand darin, die Flüchtlingsboote aus Libyen auf dem Meer zu treffen und die teures Geld zahlenden Kunden ins Land zu schmuggeln, bevor sie den italienischen Behörden in die Hände fallen.«

Harvath hob eine Hand und unterbrach sie. »Sagtest du, seine Aufgabe *bestand* darin, die Schleuserboote aus Libyen abzuholen? Was macht er denn jetzt?«

Lovett zeigte die nächste Folie. »Er ist tot.«

Das Bild zeigte einen Körper in einem offenen Leichensack.

»Was ist mit ihm passiert?«

»Er ist ertrunken. In derselben Nacht und demselben Sturm wie dein Chemiestudent Mustafa Marzouk.

Die Italiener haben ein paar Informanten bei der Schwarzen Axt. Soweit ich weiß, wollte Festus Aghaku in jener Nacht nicht raus aufs Meer, aber er wurde dazu gezwungen.«

»Von wem gezwungen?«

»Der sizilianischen Mafia. Angeblich gab es einen VIP, der an der Küste von Lampedusa abgeholt werden sollte. Der Cosa Nostra war der Sturm egal. Festus Aghaku wäre ein toter Mann gewesen, wenn er *nicht* mitgefahren wäre.«

»Was ist dann passiert?«

»Er fuhr mit. Der Sturm war viel schlimmer als erwartet. Das Boot ging unter. Er und zwei nigerianische Besatzungsmitglieder ertranken.«

»Wissen wir, wer der VIP war?«, fragte Harvath. »Wurde Mustafa Marzouks Name genannt?«

»Nein.«

»Und wissen wir, wohin er wollte, nachdem er Italien erreicht hatte?«

Lovett schüttelte den Kopf. »Das haben sie ebenfalls nicht gesagt. Aber sein endgültiges Ziel hätten sie eh nicht gekannt. So läuft das nicht. Die Schwarze Axt kümmert sich um die Überfahrt auf dem Wasser, und das war's. Sobald der Kunde festen Boden unter den Füßen hat, übernimmt die Cosa Nostra. Sie kümmern sich dann um die Schleuserrouten nach Norden, durch Italien und in den Rest Europas.«

Harvath hasste die Mafia. Sie machte Gewinne mit menschlichem Leid. Für Harvath spielte es keine Rolle, ob es die italienische, nigerianische oder libysche Mafia war. Wer aus dem Elend anderer Menschen Profit schlug, war in seinen Augen nicht besser als ein Tier.

Die Sizilianer gehörten zu den gewalttätigsten Banden. Sie sprachen heuchlerisch von Ehre und Respekt, schmuggelten jedoch Drogen und Waffen, betrieben Geldwäsche und Erpressung und waren in den Terrorismus eingebunden. An der Art und Weise, wie sie ihr Geld verdienten, war nichts ehrenhaft.

»Wessen Aufgabe wäre es gewesen, Mustafa Marzouk zu seinem endgültigen Ziel zu bringen?«, fragte Harvath.

Die CIA-Beamtin zeigte die nächste Folie. Darauf war ein Mann in seinen Sechzigern mit dunkler, olivfarbener Haut, einer römischen Nase und grünen Augen mit großen Tränensäcken zu sehen. Die Haare um seine deutlichen Geheimratsecken waren ergraut.

»Das hier ist Carlo Ragusa. Alles, was die Schwarze Axt auf Sizilien macht, geschieht mit seiner Genehmigung. Er hat Festus Aghaku und dessen Crew in jener Nacht in den Sturm geschickt. Er ist auch derjenige, der dir sagen kann, wohin Mustafa Marzouk weiterreisen wollte.«

Das war eine der besten Neuigkeiten, die Harvath in letzter Zeit gehört hatte. »Wo finde ich ihn?«

Lovett zuckte zusammen und klickte auf die nächste Folie.

50

Paris

An diesem Morgen checkte Tursunow spät aus seinem Hotel aus und nahm den Zug zum Flughafen Charles de Gaulle.

Dort fuhr er mit einem Taxi zurück in die Stadt und nahm sich mit einem anderen Pass ein Zimmer im Le Meurice, dem großen Luxushotel an der Rue de Rivoli.

Es ähnelte einem modernen Versailles. Vergoldete Spiegel, seidene Vorhänge, Kronleuchter aus Kristall und Sofas aus Samt. Tursunow war von der Opulenz abgestoßen.

Er öffnete die Tür zu seinem Balkon. Der Straßenlärm unter ihm drang in die in Kaschmir gehüllte Stille der Suite.

Hupen, quietschende Bremsen, Motorbrummen. Lastwagen fuhren polternd vorbei und Motorroller summten wie wütende Wespen.

Tursunow holte seine Gauloises hervor, zog eine davon aus der Packung, steckte sie zwischen seine Lippen und zündete ein Streichholz an.

Er atmete eine dicke Wolke ledrigen Rauchs in seine Lunge ein, lehnte sich gegen das schmiedeeiserne Geländer und lächelte. Die Aussicht war perfekt.

Er befand sich auf der Straßenseite gegenüber dem Jardin des Tuileries.

Von hier konnte er die gesamte Terrasse des Feuillants überblicken, den Bereich am Rand des Parks, in dem die Fête des Tuileries in vollem Gang war. Hier würde der Anschlag stattfinden. Er hatte einen perfekten Sitz in der ersten Reihe.

Ähnlich wie der Koordinator in Santiago würde Abdel sich in der Nähe aufhalten für den Fall, dass seine Männer kalte Füße bekamen. Die Nummern der an ihren Westen angebrachten Handys hatte er in seinem eigenen Telefon gespeichert. Falls etwas schiefging und die Bomben nicht zur geplanten Zeit losgingen, konnte Abdel sie aus der Ferne explodieren lassen.

Der Marokkaner würde also irgendwo sein, wo er die Ereignisse beobachten konnte, ohne Aufmerksamkeit auf sich zu ziehen. Tursunow wusste nicht, wo das war. Das war volle Absicht.

Je weniger sie über die Bewegungen des anderen wussten, desto besser. Je mehr ihre Aufgaben voneinander getrennt waren, desto geringer war das Risiko, dass der gesamte Plan aufgedeckt wurde.

Das Vorgehen in Spanien war ganz ähnlich gewesen. Die einzige Person, zu der er Kontakt hatte, war der Einsatzleiter des entsprechenden Landes. Die Märtyrer bekamen ihn nie zu Gesicht. Das war auch nicht nötig. Sie sollten nur ihren Job erledigen.

Nachdem er dem Drogendealer die Kehle durchgeschnitten hatte, hatte Tursunow Abdel kontaktiert und ein Treffen vereinbart.

Der Marokkaner wollte nicht glauben, dass sein Neffe in einen Drogenring involviert war. Aber nach Tursunows Erklärung hatte er keine andere Wahl.

Der Tadschike teilte ihm seine Bedenken mit, dass die Wohnung, das Telefon und die E-Mails des Chemikers wohl überwacht wurden, und legte Abdel dar, was er jetzt unternehmen sollte. Dann gab er ihm ein Bündel Geldscheine und ein sauberes Handy.

Es hatte nicht lange gedauert, bis die Leiche des Leutnants auf der Herrentoilette gefunden wurde. Die Polizei wurde gerufen, und sofort stürmten die Undercover-Beamten, die dem Chemiker und seinen Drogen kochenden Kumpanen gefolgt waren, in das Café. Nach einer ersten Befragung vor Ort wurden alle drei für weitere Verhöre mitgenommen.

So wurde versucht, dem Trio ein Geständnis über das zu entlocken, was die Polizei bereits wusste – dass sie Drogen herstellten. Die Polizei wusste, dass die jungen Männer nichts mit dem Mord zu tun hatten. Das Opfer gehörte einer Gang an, für die die Drogen gekocht wurden. Es gab zudem eine Spur teilweise blutiger Schritte, die aus dem hinteren Teil des Cafés führten.

Da Tursunow selbst viele Jahre lang Polizist gewesen war, wusste er, welche entlastenden Spuren er hinterlassen musste. Solange der Chemiker und seine Kompagnons kein Blut an den Schuhen kleben hatten, konnte die französische Polizei sie nur eine begrenzte Zeit lang festhalten. Und sie hatten kein Blut an den Schuhen.

Als sie freigelassen wurden, musste der Chemiker etwas unternehmen, um die Aufmerksamkeit der Polizei abzuschütteln. Darauf hatte Tursunow den Onkel vorbereitet.

Da er zur Familie gehörte, konnte Abdel auf den jungen Mann zugehen, ohne die Aufmerksamkeit der Polizei zu erregen. Und weil sich Gerüchte unter Immigranten schnell herumsprachen, würde sich die Polizei nicht wundern, wenn ein Onkel auftauchte, nachdem sein Neffe am Tatort eines Mordes angetroffen und verhört worden war.

Die Polizei würde es auch nicht ungewöhnlich finden, wenn ein wütender Onkel dafür sorgte, dass sein Neffe für eine Weile Paris und seinen Kreis schlechter Freunde verließ.

Angesichts eines Mordes und eines potenziellen Bandenkriegs würde die französische Polizei personell ausgelastet sein. Sie würde froh sein, keine Ressourcen für die Überwachung des Chemikers aufwenden zu müssen.

Damit hatte Tursunow den zweiten Schritt unternommen, um den Chemiker verschwinden zu lassen. Heute Abend würde der dritte folgen.

51

Palermo, Sizilien

Der Mafioso Carlo Ragusa lebte mit seiner Frau und seinen fünf Kindern in einem gut geschützten Haus in einem Außenbezirk von Palermo. Auf dem Gelände patrouillierten Hunde und etliche bewaffnete Männer.

Hätte Harvath – ohne die außer Gefecht gesetzten Gage und Haney – auf das Grundstück eindringen und an Ragusa herankommen können? Mit genügend Planung und Beobachtung bestimmt. Da war er sich sicher. Aber die Zeit wurde knapp, und Libyen hatte mehr davon in Anspruch genommen als ursprünglich geplant.

In den USA war die Lage höchst angespannt. Nach zwei tödlichen Anschlägen wollten die Amerikaner Antworten, und Washington wollte Ergebnisse. All das lastete auf Harvaths Schultern. Es musste einen Weg geben, zu Ragusa vorzudringen. Harvath bat Lovett – die über die ganzen italienischen Connections verfügte –, diesen Weg zu finden.

Und das tat sie auch. Ein Kontakt von ihr, der in einer Sondereinsatzgruppe der Carabinieri namens Raggruppamento Operativo Speciale – kurz ROS – im Bereich Terrorismusbekämpfung arbeitete, schuldete ihr einen großen Gefallen. Sie hatte ihm einmal Informationen der CIA über einen Verdächtigen sehen lassen, der mehrmals zwischen Italien und Tunesien hin- und hergereist war. Er konnte die Informationen zwar gegenüber seinen Chefs nicht direkt zitieren, aber sie waren das letzte Puzzlestück gewesen, nach dem er gesucht hatte. Damit war es ihm möglich gewesen, ein aufkeimendes Terrornetzwerk in der Nähe von Turin hochgehen zu lassen. Die Informationen, die er im Gegenzug Lovett übergab, sollten sich als ebenso hilfreich erweisen.

In Sizilien waren Pferderennen auf der Straße ein brutaler und höchst illegaler Sport. Er brachte im Jahr über eine halbe Milliarde Dollar ein, und Carlo Ragusa saß genau im Zentrum des Geschehens.

Die Pferde wurden gezwungen, auf Asphalt oder Pflastersteinen zu rennen. Um die Zahl der Unfälle zu minimieren, wurden schräg abwärts verlaufende Straßen gewählt. Um die Schmerzen der Tiere beim Laufen auf so harten Oberflächen zu reduzieren, wurden die Nerven in ihren Hufen operativ entfernt.

Die Wetteinsätze konnten zwischen Hunderten und Tausenden von Dollar liegen. In der Vergangenheit hatten wütende Menschenmengen auch schon Pferde zu Tode gesteinigt, die ein Rennen verloren hatten.

Zuschauer auf Motorrollern und Motorrädern fuhren schreiend und hupend hinter den verängstigten Tieren her. Dadurch machten sie ihnen Angst, damit sie noch schneller liefen.

Die Rennpferde von Palermo wurden unter elenden Umständen in maroden Garagen und Lagereinheiten in der Altstadt gehalten.

Die Rennen fanden normalerweise im Morgengrauen statt, wenn bei der Polizei gerade Schichtwechsel war. Der Ort wurde bis zur letzten Minute geheim gehalten. Während der Rennen wurde die Straße gesperrt, und den Anwohnern wurde Gewalt angedroht, falls sie nicht im Haus blieben.

Harvath war nicht darauf versessen, sich Ragusa bei dieser Art von Veranstaltung zu schnappen. Lovett hatte ihm jedoch gesagt, dass sie nichts dergleichen für notwendig hielt.

Am Vorabend eines Rennens gingen die Männer meistens aus. Lovetts Quelle zufolge nutzte Ragusa die Rennen als Vorwand, seine Geliebte zu sehen.

Sie war eine hochgewachsene, wunderschöne 22-jährige Nigerianerin namens Naya. Der Mafioso ließ sie als Barkeeperin in einem seiner Clubs in der Altstadt arbeiten. Dort konnte er sie im Auge behalten. Sie lebte in einer Wohnung über dem Club.

Der Club hieß Il Gatto Nero. Zweifellos fand ein Schwachkopf wie Ragusa es lustig, eine Geliebte in einem Laden arbeiten zu lassen, der Schwarze Katze hieß.

»Lassen sie die Wohnung beobachten?«, fragte Harvath.

»Mein Kontakt sagt Nein.«

»Glaubst du ihm?«

»Voll und ganz«, antwortete sie.

Harvath nickte, und Lovett setzte die Lagebesprechung fort.

Am Ende kehrten sie zu ihrem Wagen zurück, um mit dem Team zu reden.

Die Männer hörten Harvath zu. Anschließend fragte Staelin: »Wie lautet also der Plan?«

»Daran arbeite ich noch. Ich erzähl's euch, wenn wir dort sind.«

»Solche Pläne gefallen mir am besten«, meinte der Delta-Force-Agent. »Ich bin dabei.«

Harvath sah zu Barton, dem kleinen SEAL mit dem roten Bart.

»Ich hab schon Ja gesagt, als ich *heiße Barfrau* gehört habe«, antwortete er.

Morrison lachte: »Harvath hat gesagt: heiße *große* Barfrau. Vielleicht sollten wir Telefonbücher mitnehmen, die du dir auf den Hocker legen kannst.«

Barton tat so, als würde er gleich lachen, warf dem Marine dann aber einen tödlichen Blick zu.

Harvath drehte sich zu Lovett und sagte: »Sieht aus, als würden wir heute in einen Club gehen.«

Als sie die Basis in Sigonella verließen, warnten mehrere Schilder davor, Waffen von dem Stützpunkt zu entfernen.

»Huch!«, sagte Staelin auf dem Rücksitz des SUV. »Noch ein Schild, das ich nicht gesehen habe!«

Aufgrund ihrer Rolle und ihres Auftrags waren sämtliche Sicherheitskontrollen für sie entfallen. Sie hatten die Waffen aus Libyen nach Sizilien mitgebracht.

Damit verstießen sie gegen mehrere Gesetze des Landes sowie internationale Abkommen mit Italien. Den Italienern waren geheime Operationen auf ihrem Boden egal.

Falls Harvath und sein Team erwischt wurden, würden die Italiener sie allerdings juristisch belangen. Diese Gefahr bestand immer bei Aufträgen im Ausland. Deswegen lautete die nicht laut ausgesprochene Regel Nummer eins: *Lass dich nicht erwischen!* Nicht umsonst hießen versteckte Operationen *versteckt*.

Die Fahrt von Sigonella nach Palermo dauerte knapp über zwei Stunden. Die mittelalterliche Altstadt war ein Labyrinth aus engen Gassen und Straßen.

Recht schnell wurde deutlich, dass sie ein denkbar ungeeignetes Auto fuhren.

Sie fanden einen Parkplatz, der sich so nahe wie möglich an dem Club befand, und legten den Rest des Weges zu Fuß zurück. Als Erstes stand auf dem Programm, sich das Il Gatto Nero anzusehen.

Da er nicht wusste, wie sie später die Situation im Club handhaben würden, wollte Harvath nicht, dass sie als eine große Gruppe zusammen gesehen wurden. Er wies die anderen an, sich aufzuteilen und den Club getrennt voneinander zu beobachten.

Lovett schlug ein Restaurant in der Nähe vor, in dem sie sich treffen, essen und sich über ihre Eindrücke austauschen konnten. Sie verabredeten sich dort in einer Stunde.

Harvath schlenderte über den farbenfrohen, von Markisen bedeckten Freiluftmarkt in der Via Ballarò. Blutorangen, Zitronen, Tomaten, Knoblauch, Lamm, Rind, Oktopus, Muscheln, Sepien, Kapern, Oliven und Chicorée wurden kunstvoll auf Tischen in Kisten, Schüsseln, Fässern und auf Bergen von Eis feilgeboten. Die Lebensmittel wurden von den Verkäufern lautstark in einem Durcheinander angepriesen, das die Sizilianer *Abbanniate* nannten.

Die Architektur der Altstadt zeugte davon, dass Sizilien von vielen verschiedenen Kulturen beherrscht worden war. Überall waren Spuren griechischer, römischer, arabischer, französischer und spanischer Einflüsse zu sehen.

Kurz vor Ende der Via Ballarò erreichte Harvath die Via Rua Formaggi. Er bog nach rechts ab und ging langsam an der Schwarzen Katze vorbei.

Der Club befand sich in einem vierstöckigen Haus. Das Erdgeschoss war orangefarben angemalt. Darüber hing eine schwarze Markise. Auf der Straße wuchsen Palmen in Töpfen, die das Parken auf der Vorderseite unmöglich machten. Ein braunes Metallgitter hing vor der Tür. Braune Fensterläden verbargen raumhohe Fenster, die sich wahrscheinlich zum Gehweg hin öffnen ließen.

Der Haupteingang zu den Wohnungen in den oberen Stockwerken schien sich neben dem Eingang zum Club zu befinden. Falls hier ein Türsteher aufpasste – und jeder Club, der halbwegs etwas taugte, hatte einen Türsteher –, würde das ein Problem darstellen. Es wäre unmöglich, ungesehen durch diese Tür zu gelangen. Nicht ohne ein großes Ablenkungsmanöver. Er würde sich etwas anderes einfallen lassen müssen, um in die Wohnung zu gelangen.

Er ging zur nächsten Häuserecke, bog links ab und holte sein Handy hervor. Es störte ihn nicht, wie ein Tourist auszusehen. Das würde seiner Tarnung nur zugutekommen, während er seine Beobachtungen fortsetzte.

Er öffnete Google Maps, aktualisierte seinen Standort und wechselte auf die Satellitenansicht. Dann zoomte er die Umgebung heran.

Obwohl es in der Altstadt so viele enge Gassen gab, hatte er in der Nähe des Clubs Pech. Die Gebäude standen direkt nebeneinander, Mauer an Mauer. Es gab keine Gassen und keine Hinterausgänge. Eine interessante Sache gab es jedoch.

Hinter der Schwarzen Katze befand sich eine Gruppe aneinandergrenzender Gebäude, die einen riesigen Innenhof umgaben.

Palermo war berühmt für seine Palazzi. Harvath nahm an, dass die Gebäude früher einmal ein solcher Prachtbau gewesen waren. Oder eine Klosterschule. Jetzt handelte es sich aber wohl eher um eine Schule, denn auf den Boden des Innenhofs waren die Linien eines Fußballfelds gemalt.

Auf der nördlichen Seite des Gebäudekomplexes war das Dach flach und mit Solarmodulen und Wassertanks bedeckt. Von dort wäre es leicht, auf das Dach des Hauses mit dem Club zu klettern. Harvath entschied, sich die Situation genauer anzusehen.

Er ging durch die Via Giuseppe Mario Puglia und bog links ab. Einen halben Häuserblock später sah er etwas, das ihn lächeln ließ. *Ein Baugerüst.*

Die Altstadt war eben alt. Allein während seines kurzen Spaziergangs hatte Harvath etliche Renovierungsarbeiten gesehen. Er dachte, er sollte in eine sizilianische Baugerüstfirma investieren. Aber dann ließ er den Gedanken gleich wieder fallen. Wenn die Mafia hier der amerikanischen Variante auch nur annähernd ähnelte, war die Bauindustrie die letzte Branche, in die er Geld stecken wollte.

Er überquerte die Straße und hielt sein Handy in die Höhe, so als suchte er nach einem Netz. Dabei filmte er alles, was er sah.

Die schmale Kopfsteinpflasterstraße war ruhig. Sie schien eine Wohnstraße zu sein, ohne Geschäfte oder Cafés. Es herrschte nur wenig Verkehr.

Perfekt. Er hatte einen Weg gefunden, in den Club zu gelangen.

Er sah auf seine Uhr. Er hatte genügend Zeit, um nach einem besseren Parkplatz für ihren Wagen zu suchen, bevor er zurückgehen und die anderen im Restaurant treffen würde.

52

Staelin traf als Erster in der Osteria Ballerò ein. Es handelte sich um ein sizilianisches Restaurant in den ehemaligen Ställen eines großen alten Palazzo. Er hatte sich für einen Tisch im hinteren Teil entschieden, sein Buch hervorgeholt und las darin, als alle anderen kamen.

Harvath fiel auf, dass Staelin ein Bier vor sich stehen hatte. »Du genießt den Abend?«, fragte er.

Der Delta-Force-Agent sah von seinem Buch auf und machte eine ausladende Handbewegung. »Wenn ich schon mal in Palermo bin.«

Harvath sah sich um. Alle Gäste tranken Cocktails oder Wein.

Er hatte nichts gegen Alkohol. Er trank selbst gern einen Schluck, aber nie vor einem Einsatz.

Allerdings sah sein Team nicht gerade wie eine Gruppe Abstinenzler aus. Sie wirkten wie die harten Burschen, die sie ja auch waren. Es hätte seltsam ausgesehen, wenn kein einziges alkoholisches Getränk auf dem Tisch stünde.

Und vor allem waren die Jungs Profis. Sie hatten mit Alkohol in der Blutbahn trainiert und wussten um seine einschränkende Wirkung. Er entschied, den Alkohol zu erlauben.

Morrison bestellte ebenfalls ein Bier, Barton ein Glas Chianti. Harvath und Lovett taten es ihm gleich.

Sobald der Kellner verschwunden war, um ihre Getränke zu holen, sprachen sie über ihre Beobachtungen bei der Überwachung des Clubs.

Sie waren sich einig, dass es unmöglich war, ihn durch den Straßeneingang ungesehen zu betreten. Wenn der Club aufmachte, würde dort zu viel los sein.

Das bedeutete auch, dass es nicht infrage kam, Ragusa aus der Wohnung zu holen, um ihn an einem anderen Ort zu verhören. Das Verhör würde an Ort und Stelle stattfinden müssen.

Sie gingen davon aus, dass der Mafioso Bodyguards um sich haben würde und bei Bedarf die Sicherheitsleute des Clubs hinzurufen konnte.

Die Schwarze Katze befand sich genau in der Mitte zwischen zwei der am meisten beschäftigten Polizeireviere der Altstadt. Ein Anruf bei der Polizei würde wahrscheinlich zu einer schnellen Reaktion führen.

Das Team hatte eine hervorragende Übersicht aller Überwachungskameras, möglicher Fluchtwege, Straßenverengungen und – falls sie sich trennen mussten – alternativer Treffpunkte erstellt.

Alle waren sich mit Harvath einig, was das Eindringen in die Wohnung betraf. Sie würden über das Dach einsteigen müssen.

Der Kellner brachte ihre Getränke und fragte, ob sie bestellen mochten. Lovett bat ihn auf Italienisch, noch ein paar Minuten zu warten.

»Zeig mir deine Schuhe«, sagte Harvath, nachdem der Kellner gegangen war.

»Meine Schuhe?«, fragte sie.

Er deutete auf den Boden, und sie folgte seiner Anweisung. Sie drehte sich auf ihrem Stuhl, zog einen Fuß unter dem Tisch hervor und zeigte ihn Harvath.

»Du bist aus Rom hierhergeflogen. Wo ist deine Tasche?«, wollte er wissen.

»Hinten im Truck.«

»Hast du noch andere Schuhe dabei?«

Lovett nickte. »Meine Laufschuhe. Warum?«

»Weil ich nicht weiß, ob dieser Ragusa Englisch spricht. Falls nein, wirst du meine Dolmetscherin sein. Du kommst über das Dach mit. Mit Laufschuhen geht das.«

»Um ehrlich zu sein: Ich hab ein bisschen Höhenangst.«

»Das wird schon klappen«, versicherte er ihr.

»Und was ist mit uns?«, fragte Morrison. »Wie soll das ablaufen?«

Harvath zog sein Handy hervor, öffnete Google Maps und zeigte dem Force Recon Marine die Chiesa del Gesù, eine große barocke Kirche, die sich einen Block von dem Club entfernt befand.

Die Kirche stand mit etwas Abstand im rechten Winkel zur Straße, sodass sich davor Parkgelegenheiten ergaben.

»Du parkst hier am Rand«, erklärte Harvath. »Solange du im Wagen sitzt, wird er nicht abgeschleppt werden.«

»Nimm's mir nicht übel, aber: Warum ich?«

»Weil Haney nicht hier ist und ich dir vertraue. Deswegen.«

Morrison sah nicht überzeugt aus.

»Pass auf«, meinte Harvath. »Wenn ich ein Bulle aus Palermo bin und dich anspreche, werde ich nichts an dir verdächtig finden. Du bist offensichtlich Amerikaner, und er wird dich wahrscheinlich als Militär einordnen. Du lächelst einfach und sagst ihm, dass du auf einen regulären Parkplatz wartest, damit du dich mit deinen Freunden auf einen Drink treffen kannst.«

»Warum kann Barton das nicht übernehmen?«

»Weil er nicht lächeln kann. Niemand würde ihm glauben.«

»Das stimmt«, sagte der SEAL, der Morrison gegenübersaß, und warf ihm seinen Todesblick zu.

»Außerdem«, fuhr Harvath fort und vergrößerte das Satellitenbild der Dächer, »glaube ich, dass er die richtige Größe hat, um über das Dachfenster in die Wohnung einzusteigen.«

»Und was ist mit ihm?«, fragte Morrison und sah zu Staelin.

»Er wird deine Augen und Ohren vor Ort sein.« Harvath wartete kurz, dann fragte er: »Alles klar?«

Alle nickten, außer Staelin.

»Was ist?«, fragte Harvath.

Der Delta-Force-Agent schob sein Handy zu ihm rüber. Darauf war eine Wetter-App geöffnet.

Harvath hatte vergessen, sich die Vorhersage anzusehen. Ein Fehler. Das ging auf seine Kappe. Er hätte es besser wissen sollen.

Nicht dass es eine Rolle spielte. Sie hatten keine anderen Optionen.

Egal ob es regnete – sie würden in diese Wohnung eindringen und sich Carlo Ragusa schnappen.

53

Paris

Das Restaurant des Le Meurice war das schönste, das Tursunow je gesehen hatte.

Es war vom Salon de la Paix in Versailles inspiriert und mehr als nur opulent. Gold verzierte den Stuck, umgab die Spiegel und schmückte die Kristallkronleuchter. Die Stühle, Lampen und sogar Servierwagen waren mit Silber überzogen.

Aber den Höhepunkt bildete das riesige Fresko an der Decke. Es schwebte über den Gästen im Speisesaal und lockte sie in eine üppige Frühlingslandschaft samt bezaubernder Mütter und rotwangiger Säuglinge.

Das herausragende Merkmal des Restaurants war jedoch der Blick auf die Tuilerien auf der anderen Straßenseite.

Er hätte das Geschehen von seinem Balkon aus beobachten können, aber er bevorzugte das Restaurant. Er wollte die Reaktionen der Leute direkt miterleben. Er wollte tief darin eintauchen.

Nie zuvor war er einem seiner Bombenanschläge so nahe gewesen. Sein Herz klopfte vor Aufregung. Er zwang sich, ruhig zu bleiben. Es war kein Problem, wenn ihn jemand sah. Problematisch wäre nur, wenn sich jemand an ihn erinnerte.

Da er allein speiste, hatte ihm der Oberkellner einen kleinen Tisch in der Ecke zugewiesen. Der Mann hatte erklärt, dass das Hotel mehr oder weniger ausgebucht war und er ihn deswegen nicht näher am Fenster hatte platzieren können. Tursunow hatte gelächelt, ihm gedankt und ihm ein großzügiges Trinkgeld gegeben.

Ein Tisch nahe dem Fenster wäre hervorragend gewesen, aber es reichte ihm schon, überhaupt im Restaurant zu sein.

In seinem Zimmer hatte er geduscht, sich rasiert und seine Gebete gesprochen. Nach einer Zigarette auf dem Balkon war er in die Lobby hinuntergegangen. Dort trank er in der holzvertäfelten Bar ein Gingerale mit Limette und sprach mit niemandem.

Zur geplanten Zeit bezahlte er seine Rechnung und stand auf. Doch anstatt sich gleich ins Restaurant zu begeben, entschied er, noch einmal an die frische Luft zu gehen.

Er wollte die Abendluft einatmen. Noch einmal Paris auf sich wirken lassen, bevor sich alles veränderte. Sein Tisch würde auf ihn warten.

Er trat durch die Drehtür, stieg die wenigen Steinstufen hinab und stand auf dem Gehweg.

»Taxi, Monsieur?«, fragte ein Portier höflich.

Tursunow schüttelte den Kopf.

Der Portier nickte und wandte seine Aufmerksamkeit den Gästen hinter ihm zu.

Auf der anderen Straßenseite befand sich der schmiedeeiserne Zaun der Tuilerien mit seinen vergoldeten Spitzen. Durch den Zaun konnte er den Jahrmarkt sehen und hören. Auf dem Jahrmarkt war viel los, genau wie er es vorausgesehen hatte.

Er genoss die frische Luft, atmete tief ein und schloss die Augen. *Die Ruhe vor dem Sturm,* dachte er.

Er atmete aus, entfernte sich ein paar Schritte vom Hoteleingang, zündete sich eine Zigarette an und rauchte sie schnell.

Als er fertig war, ging er wieder in das Hotel.

Er wurde zu seinem Tisch geführt. Der Speisesaal war mit weißem Mobiliar und weißen Leinentischdecken ausgestattet.

Der Maître d'hôtel fragte, ob er einen Cocktail mochte. Tursunow behauptete, unter einem Jetlag zu leiden, und bestellte einen Espresso. Der Mann lächelte verständnisvoll und verschwand, um die Bestellung weiterzugeben.

Als Vorspeise aß Tursunow Jakobsmuscheln aus der Normandie und als Hauptgericht edles Kalb mit Räucheraal und Oliven. Als Dessert zog er ein Kastanientörtchen in Betracht.

Vor seinem geistigen Auge sah er die Männer, die sich auf den Märtyrertod vorbereiteten. Er malte sich aus, wie sie ihren letzten Tag verbrachten und sich rituell wuschen und auf das Betreten des Paradieses vorbereiteten. Sie würden im Koran gelesen und in seinen Zeilen Mut, Trost und Stärke gefunden haben.

Sie würden aus verschiedenen Richtungen kommen. Ihre weiten Fußballtrikots versteckten ihre Sprengstoffwesten. Jeder der Männer würde einen Fußball dabeihaben und Stollenschuhe über die Schulter oder um den Hals gehängt tragen.

Nach dem Betreten des Parks würden sie sich zu den verabredeten Standorten begeben. Diese Verteilung würde dafür sorgen, dass die Wucht der Explosionen und der Tsunami aus Bombensplittern möglichst weitreichend und wirkungsvoll sein würden.

Tursunow wandte sich gedanklich wieder seinem Abendessen zu und entschied, dass die Jakobsmuscheln recht gut gewesen waren – aber nichts im Vergleich zu dem ersten Bissen Kalbfleisch. Es war, als würde köstlich schmeckende Butter in seinem Mund schmelzen. So gut hatte er noch nie zuvor gegessen. Noch *nie*. Für einen Augenblick vergaß er, wo er war.

Er schnitt ein weiteres Stück von dem wunderbar zubereiteten Fleisch ab, hob die Gabel und öffnete den Mund. Doch der zweite Bissen Kalb erreichte seine Lippen nie.

Außerhalb des Gebäudes kam es zu einer heftigen Explosion. Ihr Druck ließ die Restaurantfenster platzen und überzog zahlreiche Gäste mit Glassplittern.

Tursunow wurde nur davon verschont, weil er keinen Tisch am Fenster bekommen hatte und weiter hinten saß.

Einige Gäste waren zu Boden geworfen worden. Alle anderen waren aufgesprungen und rannten zur Tür. Viele von ihnen schrien.

Keiner von ihnen konnte mit Sicherheit wissen, was gerade passiert war, aber sie waren instinktgeleitet. *Entferne dich von der Gefahr.*

Tursunow wusste nicht, was geschehen war. Es war zu früh für den Anschlag, und die Detonation stammte aus zu großer Nähe. Entweder hatte Abdel den Plan geändert oder einer der Märtyrer hatte sich entschieden, verfrüht zuzuschlagen. Vielleicht hatten ihn die Polizei oder französische Sicherheitskräfte zur Rede gestellt.

Eine Sache wusste er – dass er nicht an seinem Tisch sitzen bleiben und so tun konnte, als wäre nichts geschehen. In aller Ruhe stand er auf und folgte den anderen Gästen aus dem Speisesaal.

In der Lobby drückten sich neugierige Gäste an die Fenster und drängten durch die Türen nach draußen, um herauszufinden, was los war. Tursunow wandte sich zur Treppe.

Er nahm zwei Stufen auf einmal und hoffte, sein Zimmer und den Balkon zu erreichen, bevor noch etwas passierte.

Auf halbem Weg hörte er eine zweite Explosion, gefolgt von einer dritten und einer vierten.

Alle Märtyrer sprengten sich in die Luft. So sah es der Plan vor. Wenn einer von ihnen zu früh zuschlug, sollten sich die anderen zu ihren Zielorten begeben und sofort die Bomben zünden.

Tursunow atmete tief ein, als er seine Etage erreichte. Er öffnete die Treppenhaustür, betrat den Gang und ging ruhig zu seinem Zimmer.

Dort eilte er zum Balkon, riss die unbeschädigte Doppeltür aus Glas auf und trat ins Freie.

Während er auf das Blutbad und die Zerstörung unter sich blickte, wiederholte er leise immer wieder einen Ausdruck.

Allahu akbar. Allahu akbar. ALLAHU AKBAR.

54

CIA-Hauptquartier
Langley, Virginia

»Ich bin so schnell hierhergekommen, wie ich konnte«, sagte Lydia Ryan, als sie das holzvertäfelte Besprechungszimmer des Direktors betrat. Der Raum hatte sie schon immer beeindruckt. Er wies eine lange Geschichte auf. Unter anderem war dies der Raum, in dem der Zugriff auf bin Laden geleitet worden war. Auf allen Bildschirmen liefen jetzt Livebilder aus Paris.

Am Ende des langen Konferenztischs saßen mehrere Personen. An der Wand standen mehrere Trolleys. Der Direktor winkte Ryan zu sich.

»Wir schicken ein Team rüber?«, fragte sie und zog einen Laptop aus ihrer Aktentasche.

»So wie das FBI auch«, antwortete McGee. »Die können jede Hilfe gebrauchen.« Er wandte sich einem jungen Analysten zu und sagte: »Bringen Sie Deputy Director Ryan auf den neuesten Stand.«

Der junge Mann nickte. Er nahm eine Fernbedienung und erklärte: »Vor 20 Minuten haben wir dieses Video vom französischen Nachrichtendienst erhalten. Es wurde von einem seiner Mitarbeiter aufgenommen, kurz nachdem die Bomben hochgegangen sind. Ich muss Sie warnen, es ist schlimm.«

Die Szenen nach einem Bombenanschlag waren immer schlimm, vor allem wenn die Opfer Zivilisten waren. Entweder war der junge Mann neu oder der Anschlag war noch viel verheerender als alles, was sie aus der Vergangenheit kannten. Ryan atmete ein und signalisierte ihm, dass er das Video abspielen sollte.

Sobald das Video startete, wurde ihr klar, dass der Analyst nicht übertrieben hatte. Außer den Geräuschen der über dem Anschlagsort schwebenden Helikopter und den Sirenen der heranrasenden Krankenwagen waren nur schreiende Menschen zu hören. Es klang furchtbar. Wie Tiere, die geschlachtet werden. Die Bilder waren noch schlimmer.

Abgerissene Gliedmaßen der Opfer. Umherliegende kopflose Leichen. Aus aufgerissenen Unterleibern quellende Eingeweide. Überall, wirklich überall Blut.

Während der französische Beamte mit seiner Kamera durch das Blutbad schritt, fiel Ryan auf, dass einige der am Konferenztisch sitzenden Leute den Blick abwandten. Sie versuchte, sich auf das gefasst zu machen, was noch kommen mochte.

Die Bomben hatten nicht nur Menschen in Stücke gerissen, sondern auch die Jahrmarktstände. Eine vergleichbare Zerstörung hatte sie noch nie gesehen. Aber dies waren nicht die Szenen, die ihre Kollegen unerträglich fanden. Sobald sie das schwelende Karussell sah, wusste sie, was als Nächstes kam.

Ryan musste daran denken, dass der IS einen Selbstmordanschlag im Kidsville, dem Burning-Man-Lager für Kinder und Familien, hatte ausführen wollen.

Obwohl sich ein Attentäter in einem anderen Teil des Burning-Man-Festivals in die Luft gesprengt hatte, wurde es als größter Erfolg der Mission betrachtet, den Anschlag auf das Kidsville unterbunden zu haben. Aber das spielte angesichts dessen, was Ryan jetzt sah, keine Rolle mehr.

Die kleinen Körper lagen überall. Ihre Verletzungen waren genauso schlimm wie die der Erwachsenen, aber noch herzzerreißender, weil es Kinder waren.

Der Attentäter hatte in dem Bereich des Jahrmarkts zugeschlagen, der für die jüngeren Besucher gedacht war. Zwischen den Überresten der Karusselltiere befanden sich echte Ponys. Einige von ihnen halb tot und noch an das Zaumzeug gebunden, mit dem die Kinder im Kreis auf ihnen reiten konnten. Ihre Schmerzensschreie, und dazu noch die der Eltern und Kinder, waren unerträglich.

Ein Polizist ging auf eines der leidenden Tiere zu und zog seine Pistole. Er wurde jedoch von einem Kollegen aufgehalten, der befürchtete, der Schuss könnte eine Panik auslösen, weil die Leute denken würden, irgendwo sei noch ein Schütze unterwegs.

Der französische Nachrichtendienstler schien Nerven aus Stahl zu besitzen. Er ging ruhig über den Jahrmarkt und dokumentierte alles, was er sah.

Doch als er das Ende des Geländes erreichte und es nichts mehr zu filmen gab, fiel ihm das Handy aus der Hand, und es war zu hören, wie sich der Mann übergab.

An dieser Stelle pausierte der Analyst das Video.

»Machen wir zehn Minuten Pause«, sagte Direktor McGee. »Ich möchte mit der stellvertretenden Direktorin allein sprechen.«

Die Anwesenden schoben ihre Stühle zurück und verließen den Raum. McGee nahm die Fernbedienung und schaltete die Bildschirme aus.

Als die letzte Person gegangen war und die Tür hinter sich geschlossen hatte, wandte sich McGee Ryan zu und sagte: »Die Zahl der Todesopfer wird die in Spanien noch übersteigen.«

Sie schüttelte angesichts der düsteren Neuigkeiten den Kopf. »Wie viele Amerikaner sind darunter?«

»Unsere Leute in der Botschaft arbeiten daran. Wir wissen bis jetzt von 18, aber es werden noch mehr sein.«

»Waren es Selbstmordattentäter oder wurden Bomben versteckt hinterlegt?«

»Wir prüfen die Aufzeichnungen der Überwachungskameras, aber die Arbeitshypothese lautet, dass es Selbstmordattentäter waren. Mindestens sechs. Einer davon scheint zu früh explodiert zu sein. Der Rest folgte kurz danach.«

»Warum glauben wir, einer sei *zu früh* explodiert?«

»Weil es am Rande des Jahrmarkts passiert ist anstatt mittendrin, wo die Bombe viel mehr Schaden angerichtet hätte. Berichten zufolge hat die französische Polizei kurz vor der ersten Explosion einen Mann in einem Fußballtrikot angesprochen. Wir gehen der Sache nach.«

»Wie kann ich helfen?«, fragte sie.

»Sorgen Sie dafür, dass Harvath schneller vorankommt. Koste es, was es wolle. Das ist mir egal.«

»Ich werde mit ihm sprechen. Ansonsten … Was ist mit meiner Bitte?«

McGee lehnte sich in seinem Stuhl zurück, schloss die Augen und zwickte seinen Nasenrücken. »Der Zugang zum Malice-Programm.«

»Es ist eine große Bitte, ich verst…«

»Vor allem ausgerechnet jetzt.«

»Das ist mir klar. Aber je länger Reed und ich das Ganze besprochen haben, desto größer sind meine Sorgen geworden. Vielleicht will uns jemand etwas reinwürgen.«

Der Direktor antwortete nicht.

Ryan fuhr fort: »Es geht darum, ein Rettungsboot für die Agency zu bauen. Wenn da draußen Leute sind, die dieses Boot zum Kentern bringen wollen, müssen wir es wissen.«

Er dachte einen Augenblick nach, bevor er erwiderte: »Falls ich zustimme, wie würde das dann ablaufen?«

Ryan hatte sich eine gezielte Strategie überlegt. Ihr Plan war nicht perfekt, aber sie hielt ihre Idee für ziemlich gut. So knapp wie möglich legte sie ihn McGee dar.

McGee überlegte. Es *war* eine große Bitte mit hohem Risiko für die CIA. Falls etwas schiefging, würde der Präsident sie nicht retten können.

Er äußerte jedes einzelne seiner Bedenken, und sie ging auf alle ein.

Am Ende hatte er noch eine letzte Frage. »Wie werden Sie ihn reinholen, ohne dass ihn jemand sieht?«

Sie blickte zu den Koffern an der Wand und sagte: »Ich glaube, ich habe eine Idee.«

55

Palermo

Innerhalb weniger Minuten nach dem Anschlag in Paris klingelten im Restaurant die Handys aller Teammitglieder. Als die Nachrichtentöne summten, rief Harvath den Kellner und bezahlte die Rechnung. Er brauchte einen Fernseher. Der Kellner empfahl einen Irish Pub in der Nähe.

Sie gingen in die Kneipe. Auf den Fernsehern liefen mehrere englischsprachige Sender wie CNN und BBC. Das Team bestellte Kaffee und Energydrinks. Sie mussten heute Abend noch viel erledigen, und die Lage war soeben noch sehr viel ernster geworden.

Die Männer hielten sich mit ihren Empfindungen nicht zurück – trotz Lovetts Anwesenheit.

»Die verdammten Arschlöcher«, knurrte Morrison, als er die blutigen Aufnahmen vom Jardin des Tuileries sah.

Es gab bereits erste Berichte über die Zahl der Toten und Verwundeten sowie die Nationalitäten der Opfer. Frankreich, Deutschland, Japan, die Vereinigten Staaten, Mexiko … Der Nachrichtenticker am unteren Bildschirmrand lief endlos weiter.

»Und so was im Namen der Religion …«, sagte Barton, der sich bereits völlig sicher war, wer hinter dem Anschlag steckte.

Staelin und Harvath sahen sich die Aufnahmen schweigend an und achteten dabei auf Hinweise.

»Ob es dieselbe Gruppe war wie in Spanien?«, fragte sich der Delta-Force-Agent nach einer Weile.

»Und beim Burning Man?«, ergänzte Harvath.

»Und das hätten wir verhindern sollen?«

Harvath nickte ernst. Dies war der Grund, warum sie nach dem toten IS-Chemiker suchten. Die Spur hatte sie zunächst nach Libyen geführt und jetzt nach Italien. Die Anschläge hatten miteinander zu tun. Da war er sich sicher.

Sie sahen weiterhin wortlos fern.

Alle Gäste in der Bar befanden sich in einem Schockzustand. Niemand konnte etwas sagen. Jedem stand die blanke Angst ins Gesicht geschrieben.

Harvath wusste, was sie alle dachten. *Wann wird es solche Anschläge auch in Italien geben?*

Der Barmann, ein rothaariger Einwanderer aus Dublin namens Carey, schenkte kostenlos irischen Whiskey aus. Er wollte, dass alle in dem Pub aus Respekt für die Toten und Verwundeten ihre Gläser erhoben.

Harvath lehnte dankend ab und erklärte, dass er und sein Team am Morgen an einem Wettkampf teilnehmen mussten. Carey fragte nicht nach, an welchem. Stattdessen nahm er fünf Red Bull aus dem Kühlschrank und gab sie Harvath.

Als alle bereit waren, hob das Team seine Drinks zusammen mit allen anderen Kneipengästen in die Höhe. Der Barmann sprach einen kurzen Abschiedsgruß an die Toten und ein Gebet für die Hinterbliebenen.

Harvath ging nicht davon aus, dass der Anschlag in Paris etwas an Carlo Ragusas Plänen ändern würde, aber er sprach das Thema dennoch Lovett gegenüber an.

»Auch wenn heute Nacht der Ätna ausbricht«, meinte sie mit Bezug auf den Vulkan an der Ostküste der Insel, »wird dieses Pferderennen morgen früh stattfinden.«

»Dann legen wir besser los.«

Lovetts Kontakt hatte ihr ein Foto von Naya gemailt, der nigerianischen Barkeeperin in der Schwarzen Katze. Lovett zeigte das Foto noch einmal herum.

Nachdem er den Plan noch einmal mit ihnen durch-gegangen war, teilte Harvath das Team in zwei Gruppen auf. Da Morrisons Job lautete, den SUV umzuparken, schickte er ihn als ersten los.

Seine Instruktionen waren einfach: Geh rein, setz dich an die Bar und schick eine Nachricht, ob Naya arbeitet.

Da die Funkgeräte zu klobig waren, konnte das Team sie unmöglich unter der Kleidung verbergen. Sie hatten schon Glück, die Pistolen verstauen zu können.

Wenn Ragusa heute Abend seine Geliebte besuchte, gab es Harvaths Überlegungen zufolge zwei Möglichkeiten.

Entweder würde der Mafioso den größten Teil des Abends zu Hause mit seiner Frau und Familie verbringen und anschließend ausgehen. Oder er würde schon früh zur Wohnung seiner Geliebten gehen und erwarten, dass sie für ihn kochte.

Auch wenn Harvath nur wenig über die Sizilianer wusste, bezweifelte er doch, dass Ragusa das Essen seiner Frau gegen das seiner Geliebten eintauschen würde. Zudem war ausgeschlossen, dass er Naya zum Abendessen ausführte. So etwas machten die Männer der Cosa Nostra einfach nicht. Dass er mit der Barfrau liiert war, stellte wahrscheinlich ein streng gehütetes Geheimnis dar.

Harvath nahm an, dass Naya ihre Schicht erst beenden würde, wenn Ragusa auftauchte. Sobald er eintraf oder sie wissen ließ, dass er unterwegs war, würde sie Feierabend machen und nach oben gehen.

15 Minuten später wussten sie Bescheid. Harvath las die Nachricht laut vor. »Naya und eine weitere Frau arbeiten an der Bar. Club höchstens halb voll. Musik ist Kacke.«

»Erinnere ihn daran, auch mal zu lächeln«, sagte Barton.

»Wie ist die Stimmung?«, fragte Staelin. »Haben sie da Fernseher?«

Harvath ignorierte Barton und gab Staelins Frage mit der nächsten Nachricht weiter.

»Kein Fernseher«, lautete die Antwort. Harvath las sie laut vor.

»Gut«, meinte Staelin. »Wir wollen, dass sich alle prächtig amüsieren.«

»Hoffen wir, dass es in dem Laden laut ist«, meinte Harvath.

»Keine Sorge«, sagte der Delta-Force-Agent. »Es ist ein italienischer Club. Es wird reichlich laut sein.«

Harvath sah zu Barton. »Du bist dran.«

»Vergiss nicht zu lächeln!«, ergänzte Staelin, als der SEAL die Kneipe verließ.

Im Hinausgehen zeigte Barton ihm den Mittelfinger.

»Ist er nicht süß?«, fragte der Delta-Force-Agent und trank einen Schluck Red Bull.

Harvath schrieb Morrison, dass Barton gleich eintreffen würde. Dann wandte er sich an Lovett und sagte: »Wir müssen los.«

Er stand auf und blickte zu Staelin, der zwei attraktive junge Frauen anglotzte, die den Pub gerade betreten hatten. »Wir sehen uns drüben?«, fragte er.

»Klar«, antwortete Staelin einen Tick zu spät für Harvaths Geschmack. »Bis nachher.«

Harvath schüttelte den Kopf, bedeutete Lovett vorzugehen und folgte ihr aus der Tür.

Sobald sie im Freien waren, fiel ihm ihr Gesichtsausdruck auf. »Keine Sorge. Er wird da sein«, sagte er.

»Deswegen mache ich mir keine Sorgen«, meinte sie.

Er wollte gerade etwas entgegnen, als er die ersten Regentropfen spürte.

56

Anfangs war der Regen nicht weiter schlimm. Dann aber wurde er immer stärker. Harvath und Lovett flüchteten in einen nahe gelegenen Häusereingang.

Laut Wetterradar würde der Schauer nicht allzu lange dauern.

Lovett kam wieder auf das zu sprechen, was sie auf dem Weg zum Pub beschäftigt hatte. »Hast du dir schon überlegt, was du mit Ragusa machen wirst, falls er nicht reden will?«

»Keine Bange«, antwortete Harvath. »Der wird reden.«

»Und wenn nicht?«

»Darüber machen wir uns Gedanken, wenn es so weit ist.«

Soll das ein Witz sein?, fragte sie sich. Das war eine ernste Angelegenheit. »Sollte ihm etwas zustoßen, bin ich diejenige, die Ärger mit den Carabinieri bekommt.«

Harvath verstand ihre Bedenken, aber sie kümmerten ihn nicht wirklich. Sie alle hatten einen Job zu erledigen. Sie würden die Informationen aus Ragusa rausbekommen, egal wie.

»Seit wann bist du schon in Italien?«, fragte er.

»Fast zwei Jahre. Und bevor du etwas sagst – ich würde meine Dienstzeit hier auch gern wie geplant zu Ende führen. Ich würde auch gern meine Laufbahn fortsetzen und einen schönen langen Ruhestand genießen, ohne von Interpol gesucht zu werden.«

Genau das waren die Dinge, die seiner Meinung nach bei der CIA schiefliefen, und sie ärgerten ihn maßlos. »Beim Burning-Man-Festival sowie in Spanien und Paris gab es bestimmt auch viele Leute, die auf einen langen Ruhestand und viele Reisen gehofft hatten.«

»Autsch!«, meinte sie.

Harvath entgegnete nichts.

»Hör zu«, sagte sie. »Ich wollte nicht so klingen, als ob …«

»Der Regen lässt nach«, sagte Harvath und trat aus dem Häusereingang. »Legen wir los.«

Sie gingen schweigend zu dem umgeparkten SUV zurück. Während Lovett die Laufschuhe aus ihrer Tasche nahm und hineinschlüpfte, schrieb Harvath eine Nachricht an Barton und Staelin. Naya war anscheinend noch hinter der Bar, und Staelin war unterwegs, um Barton abzulösen.

Nachdem Lovett die Schuhe gewechselt hatte, begaben sie sich in die Straße hinter der Schwarzen Katze, die Via Giuseppe Mario Puglia.

Lovett wollte etwas klarstellen. Als sie an der Ecke stehen blieben und Harvath so tat, als läse er auf dem Handy seine Nachrichten, während er die Straße ausspähte, meinte sie: »Ich will, dass du weißt, dass ich voll hinter diesem Auftrag stehe. Mir ist bewusst, was auf dem Spiel steht.«

»Gut«, erwiderte er und suchte die Umgebung nach etwas Ungewöhnlichem ab.

»Ich habe hart dafür gearbeitet, heute diese Position innezuhaben. Das will ich nicht grundlos vermasseln.«

Damit hatte sie seine Aufmerksamkeit. »Was soll das heißen?«

»Das *heißt*, dass du einen gewissen Ruf hast. Und zwar als Cowboy. Eine Menge Porzellan zerbricht, wenn du in der Nähe bist.«

»Ja und?«

»Ich mag meinen Job«, sagte sie. »Ich bin gut darin. Ich möchte ihn behalten.«

»Dann sind wir schon zwei«, entgegnete er, während er sein Handy wieder einsteckte und sich daranmachte, die Straße entlangzulaufen. »Mach einfach, was ich sage, und du wirst keine Probleme bekommen.«

Sie gingen zweimal an dem Gebäude mit dem Gerüst vorbei. Vor sehr langer Zeit war es eine Schule gewesen. Jetzt wurden daraus Wohnungen gemacht.

Vor den Fenstern im Erdgeschoss waren Metallstangen befestigt. Dazwischen befanden sich schwere Holztüren.

»Warum können wir nicht hier eindringen?«, fragte sie und nickte in Richtung einer der Türen.

»Das sind Hebelschlösser«, antwortete Harvath und zeigte auf die Vorrichtung. »Dafür habe ich nicht die richtigen Werkzeuge. Außerdem würde es zu lange dauern, sie aufzubekommen.«

Lovett sah an dem Gerüst hoch und fand sich mit dem Gedanken ab, dass sie klettern musste.

»Es ist nass, also Vorsicht!«, sagte Harvath.

Sie nickte.

Das Baugerüst war in ein graues Plastiknetz gehüllt, damit es nicht ganz so hässlich aussah. Das Netz und die schwach beleuchtete Straße würden dabei helfen, ihren Aufstieg zu tarnen.

Um den unteren Bereich war ein orangenes Plastiknetz gewickelt – offenkundig um Leute genau davon abzuhalten, was Harvath und Lovett vorhatten.

Als Harvath sich sicher war, dass niemand ihn beobachtete, entfernte er einen Teil des Plastiks und kletterte ins Innere der Konstruktion. Nervös folgte ihm Lovett.

Es gab keine Leitern oder Stufen. Sie würden an dem Gerüst selbst hochklettern müssen.

Sobald sie damit anfingen, begann Lovetts Herz zu klopfen und sie fing an zu schwitzen. Sie bemühte sich, nicht nach unten zu blicken.

Auf jedem Stockwerk lagen ein paar schmale Bretter, die bis an die Fassade reichten. Sie bogen sich unter dem gemeinsamen Gewicht von Harvath und Lovett, während Harvath versuchte, die Metalljalousien aufzubekommen. Sie waren jedoch von innen verschlossen. Die einzigen Fenster ohne Jalousien befanden sich im obersten Stock.

Je höher sie stiegen, desto mehr fühlten sich Lovetts Muskeln an wie sich verhärtender Zement. Sie fand es immer schwieriger, sich festzuhalten, da sich ihre Finger versteiften, während sie zupacken wollte. Ihr war schwindelig und ihre Beine fühlten sich an wie Blei.

»Fast geschafft!«, ermutigte Harvath sie. »Du kannst das!«

Lovett war sich nicht so sicher. Sie wurde noch langsamer. Sie hasste es, Sklavin ihrer Ängste zu sein, aber sie konnte sich nicht dagegen wehren.

»Es geht nicht«, gab sie schließlich zu.

»Was geht nicht?«

»Noch höher klettern.«

»Bleib da!«, flüsterte er. »Ich komme wieder runter.«

Unter ihnen auf der Straße konnten sie das Brummen eines Motorrollers näher kommen hören.

Harvath wartete, bis der Roller vorbeigefahren war, und kletterte dann zu Lovett. Er half ihr, langsam zu der letzten Stufe aus Brettern zurückzusteigen, auf der sie eben noch gestanden hatte.

»Warte hier!«, sagte er.

»Wohin gehst du?«

»Keine Sorge, ich bin gleich zurück.«

Und damit kletterte er wieder nach oben.

Sie stand auf den wackeligen Brettern und hielt die Metallstangen des Gerüsts so fest, wie sie nur konnte. Sie drückte ihr Gesicht gegen den kalten Stein der Fassade.

Dort stand sie eine gefühlte Ewigkeit, bis sie von rechts ein Geräusch hörte. Es klang wie ein Riegel, der sich kratzend über Metall bewegt.

Sie öffnete die Augen und sah, dass die Jalousien geöffnet worden waren. Auf der anderen Seite des Fensters stand Harvath.

»Gib mir deine Hand«, sagte er und hielt ihr seine eigene Hand entgegen.

Sie griff zu, und er half ihr, in das muffige alte Gebäude zu klettern.

57

Sobald sie beide sicher in dem Gebäude waren, zückte Harvath sein Handy und schrieb Barton eine Nachricht. Ein paar Sekunden später erhielt er eine Antwort. Barton war unterwegs.

Lovett saß auf einem Stapel Kacheln und versuchte, ihren Atem zu beruhigen.

»Geht's?«, fragte Harvath.

Sie nickte.

»Gut. Ich schaue mir mal den Innenhof dahinten an. Bleib hier.«

Wieder nickte sie und sah zu, wie er den Raum verließ und in der Dunkelheit des Flurs verschwand.

Er benutzte die schwächste Stufe seiner Taschenlampe, um seine Anwesenheit in dem Gebäude nicht zu verraten, und suchte den Weg zum hinteren Treppenhaus. Im zweiten Stock fand er eine stählerne Feuertür. Zunächst vergewisserte er sich, dass sie nicht alarmgesichert war. Dann schob er sie auf und trat ins Freie.

Er befand sich auf dem flachen Dach am nördlichen Ende des Komplexes. Am Rand des Dachs verlief eine zwei Meter hohe Mauer, die das Haus vom Nachbarhaus trennte. Harvath sprang auf einen von zwei Warmwassertanks und spähte über den Mauerrand. Es ging steil zwei Stockwerke nach unten. Sie würden am Ende des flachen Dachs über ein weiteres Dach kraxeln müssen, um Nayas Wohnung über der Schwarzen Katze zu erreichen.

Er kletterte von dem Wasserspeicher herunter und ging zurück zu Lovett im Gebäude. Ein paar Sekunden später erschien Barton am Fenster.

»Klopf, klopf«, flüsterte er.

Harvath streckte ihm eine Hand entgegen und half ihm beim Reinklettern.

Als der SEAL im Gebäude war, sah Harvath zu Lovett. »Können wir los?«

Ihr Mund war trocken und ihr Magen immer noch verkrampft, aber der Schwindel war verflogen und ihr Puls hatte sich beruhigt. Mit einem Nicken stand sie auf und folgte Harvath aus dem Zimmer. Barton folgte als Letzter.

Das Trio ging zum Treppenhaus und in den zweiten Stock. An der Stahltür schrieb Harvath mit der Bitte um einen abschließenden Lagebericht eine Nachricht an Staelin.

»Naya ist immer noch hinter der Bar«, schrieb der zurück. »Die Musik ist ziemlich laut. Du kannst loslegen.«

Harvath informierte Barton und Lovett, öffnete die Tür und ließ die beiden vorgehen.

Am Ende des flachen Dachs quetschten sie sich an mehreren Solarmodulen vorbei und erreichten zwei weitere Wassertanks.

Harvath wandte sich an Lovett. »Ich gehe als Erster und du folgst gleich hinter mir, okay? Schau die ganze Zeit auf mich und auf nichts anderes. Du wirst das perfekt hinkriegen.«

Sie zwang sich zu einem Lächeln. Als Barton ihm den hochgestreckten Daumen zeigte, begann Harvath zu klettern.

Er sprang auf die Wassertanks und zog sich dann auf das Dach des Gebäudes hoch, das sich neben der Schwarzen Katze befand.

Das Dach war nicht besonders schräg, aber mit abgerundeten Terrakotta-Ziegeln bedeckt. Es war schwer, sie zu begehen. Erst recht jetzt, da sie vom Regen glitschig waren.

Harvath wartete, bis Lovett auf einen Wassertank gestiegen war, und reichte ihr die Hand, um ihr auf das Dach zu helfen.

Sobald Barton zu ihnen gestoßen war, setzte sich Harvath wieder in Bewegung.

Er wählte seine Schritte sehr sorgfältig. Sie befanden sich drei Stockwerke über der Straße. Eine falsche Bewegung konnte das Ende bedeuten. Wer ausrutschte, würde unaufhaltsam über den Rand des Dachs schlittern.

Er lief entlang der Dachrinne und testete jeden Ziegel mit einem Teil seines Gewichts, bevor er ganz darauf trat. Alle paar Schritte blickte er über seine Schulter, um zu sehen, wie Lovett vorankam. Obwohl ihr die Angst ins Gesicht geschrieben stand, ging sie weiter. Das tat Harvath auch.

Er war nur etwas mehr als vier Meter vom Ende des Dachs entfernt, als er hinter sich einen Ziegel knacken und wegbrechen hörte.

Er drehte sich gerade noch rechtzeitig um, um zu sehen, wie nicht Lovett, sondern Barton den Halt verlor und hinfiel.

Ohne zu zögern, warf sich Lovett zu Boden, streckte ihre Hand aus und packte ihn.

Ihre Rettung war jedoch nur von kurzer Dauer, da er abwärtsrutschte und sie mit sich zog. Barton war einfach zu schwer, und das Dach war zu nass.

Harvath bewegte sich so schnell, wie er konnte. Er konnte hören, wie Lovett unter der Anstrengung stöhnte, Barton festzuhalten.

»Nicht loslassen!«, befahl Harvath ihr.

»Ich kann ihn nicht mehr lange festhalten!«

Harvath ging schneller, doch dabei rutschte er aus und wäre fast auch gestürzt.

»Ich kann nicht mehr!«

Gerade als Lovett losließ, warf sich Harvath in ihre Richtung. Er landete hart auf den Ziegeln und packte den SEAL am Handgelenk.

Gemeinsam mit Lovett zog er Barton langsam wieder das Dach hinauf.

Ohne Lovett wäre Barton über den Rand gestürzt. Sie hatte ihm das Leben gerettet.

»Danke«, sagte Barton zu Lovett. Zu Harvath gewandt dankte er diesem ebenfalls.

»Gern geschehen. Wir reden morgen darüber, dich auf Diät zu setzen. Jetzt müssen wir erst einmal in diese Wohnung.«

»Verstanden«, sagte Barton, während er sich aufrichtete.

Lovett tat es ihm gleich und zeigte Harvath den erhobenen Daumen. Die Angst, die er noch bis vorhin in ihrem Gesicht gesehen hatte, war verschwunden. An ihre Stelle war die Entschlossenheit getreten, diese Aufgabe zu beenden und von dem Dach zu verschwinden.

Harvath übernahm die Führung, setzte sich in Bewegung und gab den anderen das Zeichen, ihm zu folgen.

Vorsichtig hielten sie mit ihm Schritt.

58

Am Ende des Dachs befand sich eine weitere Mauer. Sie kletterten daran hoch und erreichten das Dach von Nayas Wohnung. Die Barkeeperin wohnte im vierten Stock, dem obersten des Gebäudes. Nun bestand die Schwierigkeit darin, in die Wohnung zu gelangen.

Auf der Rückseite befand sich ein kleiner Balkon. Aber er war größtenteils von einer Markise bedeckt. Da das Dach viel steiler war als das vorherige und sich direkt daneben keine anderen Häuser befanden, wäre ein Sprung auf den Balkon die absolut letzte Option. Und in der Dunkelheit wäre der Versuch sogar noch gefährlicher. Deswegen wollte Harvath es durch das Dachfenster versuchen.

»Verschlossen«, sagte Barton, als sie es endlich erreichten.

Harvath war nicht überrascht. In Palermo gab es viel Kriminalität.

»Lass mich mal sehen«, meinte er und zog seine Taschenlampe hervor.

Das Dachfenster befand sich über dem Badezimmer und war Pfuscharbeit. Wer auch immer es eingebaut hatte, hatte Drahtglas verwendet. Einer der größten Mythen auf diesem Planeten lautete, dass Draht das Glas stärker und damit auch sicherer machte. In Wirklichkeit war das Gegenteil der Fall. Durch den Draht wurde das Glas zerbrechlicher. Es war gut in Brandsituationen, aber das war auch alles.

Das Dachfenster war alt und in einem lausigen Zustand. Als Harvath dagegendrückte, konnte er spüren, wie es nachgab. Der Holzrahmen war weich und morsch. Er zog sein Messer und versuchte, es unter den Rahmen zu klemmen, aber ohne Erfolg. Dabei mussten sie dringend vom Dach runter und in diese Wohnung.

Harvath bedeutete Barton und Lovett, ein Stück zurückzuweichen. Er steckte das Messer in die Tasche zurück und zog seine Pistole. Er hielt sie verkehrt herum, holte aus und schlug mit dem Griff gegen das Dachfenster.

Die gesamte Glasscheibe zerbarst nicht nur, sondern fiel sogar aus dem Rahmen und krachte in das darunterliegende Badezimmer.

Harvath schlug die schimmeligen Reste des Dachfensterrahmens heraus, damit keine Glas- oder Drahtstücke zurückblieben. Dann ging er in Position, um Barton zu decken, während dieser in die Wohnung einstieg.

Es war ein einfacher Abwärtssprung von nur etwa anderthalb Metern, weil sich Barton vorgenommen hatte, auf dem Toilettenbecken zu landen. Er landete wie geplant, allerdings ergab sich dabei ein Problem. Der Deckel war von ebenso billiger Qualität wie die Dachluke. Einer seiner Stiefel durchbrach den Deckel und landete in der Schüssel.

Harvath hatte noch nie eine so schnelle Bewegung des SEALs gesehen. Sein Fuß hatte das Wasser kaum berührt, da sprang er in die Höhe, fast schon durch die Dachluke.

»Kacke!«, flüsterte Barton, während er gleichzeitig seine Pistole zog und das Wasser von seinem Stiefel zu schütteln versuchte. Er trat zur Badezimmertür, spähte in die Wohnung und gab Lovett und Harvath das Zeichen, ebenfalls einzusteigen.

Selbst im obersten Stockwerk konnten sie die Tanzmusik hören, die aus dem Club im Erdgeschoss drang. Die Wohnung roch nach Zigaretten und billigem Parfüm.

Sie prüften rasch die restlichen Zimmer. Als sie sich sicher waren, dass niemand zu Hause war, räumten sie das Glas im Badezimmer weg und bereiteten sich vor.

45 Minuten später vibrierte Harvaths Handy mit einer Botschaft von Staelin. Naya hatte eine Nachricht erhalten und teilte jetzt das Trinkgeld zwischen sich und der anderen Barkeeperin auf. Als sie ihre Kassenschublade einem der Manager überreichte, meldete Staelin schnell Harvath, er würde bald Gesellschaft bekommen.

Wegen der Musik konnten sie keine Bewegung auf der Treppe hören. Doch bald darauf vernahmen sie das unverwechselbare Geräusch eines Schlüssels im Schloss.

Als sich die Tür öffnete, trat Naya ein. Sie war sehr groß und sehr hübsch.

Sie schloss die Tür hinter sich, zog ihre Stiefel aus und warf sie in die Ecke.

Dann zog sie ihr Top aus und warf es durch die offene Schlafzimmertür auf das Bett. Dasselbe tat sie mit ihrem Rock. Sie trug keinen BH und keinen Slip.

Sie ging nackt in das Badezimmer, griff hinter den Vorhang und drehte die Dusche auf. Am Waschbecken drückte sie Zahnpasta auf ihre Bürste und begann, sich die Zähne zu putzen.

Als sie in den Spiegel sah, fiel ihr das Loch im Dach über der Toilette auf.

»Ganz ruhig«, sagte Lovett auf Italienisch zu ihr. »Wir sind nicht deinetwegen hier. Tu, was wir dir sagen, dann passiert auch nichts Schlimmes.«

59

Sie sperrten Naya im Schlafzimmer ein, dämmten das Licht und hielten sich bereit. Lovett hatte die Nachricht auf dem Handy der Barkeeperin gelesen und wusste, dass Ragusa gleich eintreffen würde.

Eine halbe Stunde später bekam Harvath eine Nachricht von Staelin. »Er hat gerade geparkt und zwei Bodyguards dabei. Haltet euch bereit!« Harvath gab die Information an sein Team weiter. Alle gingen in Position.

Naya hatte Lovett erzählt, dass Ragusa immer allein nach oben kam. Seine Männer würden entweder im Auto warten, einen Drink an der Bar zu sich nehmen oder an der Eingangstür stehen und sich mit dem Türsteher unterhalten, bis es Zeit war zu gehen.

Das klang plausibel, aber trotzdem traute Harvath ihr nicht. Doch ob der Mafioso allein oder mit seinen beiden

Schlägern zur Tür kam, spielte keine Rolle. Das Team würde sie erwarten.

Der Barkeeperin zufolge hatte Ragusa einen eigenen Schlüssel zu ihrer Wohnung. Er würde fest davon ausgehen, dass sie bei seiner Ankunft nackt im Bett lag und auf ihn wartete. Darum hatte das Team Naya dort untergebracht. Harvath war froh über die laute Musik von unten, die alle anderen Geräusche übertönen würde. Aber es missfiel ihm, dass er deswegen nicht anhand von Treppenhausgeräuschen einschätzen konnte, wie viele Leute auf sie zusteuerten.

Die Sekunden zogen sich wie Minuten.

Endlich vibrierte Harvaths Telefon wieder. »Schläger eins hat sich gerade an die Bar gesetzt«, schrieb Staelin. »Schläger zwei spricht mit dem Türsteher. Zielperson ist unbegleitet. Sie gehört euch.«

Harvath gab die Information weiter. Wenige Augenblicke später hörten sie Ragusas Schlüssel im Schloss.

Sie wussten natürlich nicht, wie oft der Mafioso schon in der Wohnung gewesen war, um die junge nigerianische Barkeeperin zu treffen. Aber offenbar oft genug, um eine Routine entwickelt zu haben. Und zur Routine gehörte, dass er sein Sicherheitspersonal unten ließ, denn er erwartete keinen Ärger. Im Gegenteil.

Ragusa war in der Erwartung gekommen, mit seiner Geliebten Spaß zu haben. Danach würde er seine Sicherheit wieder ernster nehmen. Vorausgesetzt, Harvath ließ ihn am Leben.

Er hatte sich das Hirn zermartert und über einen Weg nachgedacht, der keine negativen Konsequenzen für Lovett mit sich bringen würde. Aber bis jetzt war ihm nichts eingefallen.

Je nachdem, welche Informationen sie aus dem Mafioso herausbekamen, würden sie ihn vielleicht nicht laufen lassen können. Harvath wollte auf keinen Fall, dass er dem IS berichtete, er sei von einem amerikanischen Team verhört worden. Oder noch schlimmer: dass das Team am Reiseziel eines tunesischen Chemiestudenten interessiert war, der im Mittelmeer bei dem Versuch ertrunken war, ihn nach Italien zu schmuggeln.

Die einzige Möglichkeit, Ragusa zum Schweigen zu bringen, bestünde darin, ihn zu töten oder in eine geheime Anlage wie das Solarium auf Malta zu verschleppen. In beiden Fällen würde Lovett auf der Verdächtigenliste ganz weit oben stehen.

Ihre Kontaktperson bei der Terrorbekämpfungseinheit der Carabinieri würde vor Wut auf Lovett ausrasten.

Das war jedoch nicht Harvaths Problem. Wenn man bei der CIA arbeitete, musste man bereit sein, Risiken einzugehen. Diese Arbeit bedeutete nicht, auf Nummer sicher zu gehen und 20 Jahre lang durchzuhalten, bis man in Pension gehen konnte. Je näher man der Speerspitze Amerikas kam, desto gefährlicher wurde es. Für Harvath zählte nur, ob man alles in seiner Macht Stehende unternahm, um den einem zugewiesenen Auftrag zu erfüllen.

Im Moment ging es allein um Ragusa und das Verhör. Wie sie anschließend vorgehen würden, hing davon ab, ob er sich als kooperativ oder unkooperativ erweisen würde und welche Informationen sie aus ihm herausbekamen.

Während er zusah, wie sich der Türknopf drehte, spannte sich Harvaths ganzer Körper. Er konnte es kaum erwarten, Ragusa in die Finger zu bekommen.

Die einzige andere Gruppe, die er ebenso sehr hasste wie Terroristen, waren die Mafiosi. Dieses Verhör würde er mit größtem Vergnügen durchführen.

Die Tür öffnete sich Stück für Stück, und als sie offen stand, konnte er Ragusas Anwesenheit auf der anderen Seite spüren. Er strahlte eine intensive, bedrohliche Energie aus.

Harvath war so darauf konzentriert, dass ihm beinahe entging, wie langsam der Mafioso die Tür geöffnet hatte. Hatte er Harvath ebenfalls gespürt?

Seine Frage wurde beantwortet, sobald er die Mündung der Pistole des Mannes sah.

Er schob einen Fuß vor, damit Ragusa ihm die Tür nicht ins Gesicht schlagen konnte, griff nach dem Lauf der Waffe und rief: »Er hat eine Kanone!« Dabei zog ihm Harvath die Pistole mit einem Ruck aus der Hand.

Barton sprang aus seinem Versteck, packte Ragusa an der Jacke und zerrte ihn in die Wohnung. Die beiden Männer landeten ineinander verkeilt auf dem Boden.

Der Mafioso war kein Gegner für den jüngeren und stärkeren SEAL, obwohl er größer und viel schwerer war. Als Fan von Mixed Martial Arts ging Barton nur allzu gern zu Boden. Im Handumdrehen hatte er Ragusa in einem Aufgabegriff. Der Mann fügte sich demoralisiert.

Sie richteten ihn auf und führten ihn in die Küche, wo sie ihn mit Gewerbeklebeband an einen Stuhl fesselten.

Harvath hatte die Beretta des Mannes bereits entladen und auf den Kühlschrank gelegt. Er leerte Ragusas Taschen und deponierte seine Schlüssel, sein Portemonnaie, sein Bargeld und sein Handy auf dem Tresen. Harvath zog einen Stuhl heran, schwang ein Bein darüber und setzte sich verkehrt herum hin. Er stützte seine Arme auf die Stuhllehne, während er Ragusa musterte. Die Wut stand dem Sizilianer ins Gesicht geschrieben.

Sobald Harvath ihn fragte, ob er Englisch sprach, begann der Mafioso, ihn auf Italienisch zu beschimpfen.

Die Spucke sammelte sich in seinen Mundwinkeln. Er redete und redete, zweifellos über alles, was er seinen Entführern antun würde, sobald dies hier vorbei war. Harvath ließ ihn Dampf ablassen.

Dann gab er ihm eine letzte Chance, auf die Frage zu antworten, ob er Englisch sprach. Anschließend rief er Lovett herein.

60

Obwohl Harvath mit Lovett sprach, sah er dabei Ragusa an.

»Wer ist das?«, fragte er und hielt ihm sein Handy mit einem Bild von Mustafa Marzouk hin, dem verstorbenen Chemiestudenten.

»Er behauptet, er wisse es nicht«, meinte Lovett.

»Sag ihm, er soll genauer hinsehen.«

»Selbe Antwort. Angeblich kennt er den Mann nicht.«

»Frag ihn nach Festus Aghaku, dem Wassertaxifahrer der Schwarzen Axt.«

Das tat Lovett und wartete auf Ragusas Antwort. Sie lautete wie zuvor. Ragusa behauptete, er habe keine Ahnung, um wen es ging.

Harvath verlor die Geduld.

Er hielt das Bild wieder hoch und sagte: »Vor sechs Wochen hast du Festus Aghaku und seine Mannschaft in einen Sturm geschickt, um ein Boot aus Libyen zu treffen. An Bord war der Mann auf dem Foto. Wer ist das, und wer hat dich beauftragt, ihn abzuholen?«

Er bohrte dem Mann mit seinem Blick Löcher in die Augen, während Lovett übersetzte. Für Ragusas Antwort brauchte Harvath hingegen keine Übersetzung. Es war die gleiche Antwort, die er seit Beginn des Verhörs gegeben hatte.

»Sag ihm, dass ich alles über ihn weiß. Ich weiß von seiner Frau. Ich weiß von seinen fünf Kindern. Ich weiß, wo er wohnt. Und sag ihm, dass ich alles über die Männer und die Hunde weiß, von denen er sein Haus und seine Familie beschützen lässt. Sie werden mich nicht davon abhalten, seine Familie in die Hände zu bekommen.«

Während Lovett übersetzte, sah Harvath, wie der Zorn das Gesicht des Mannes erneut verzerrte. Sie hatte noch nicht einmal zu Ende gesprochen, da stieß er schon wieder einen Schwall von Flüchen und Drohungen aus.

Als Lovett die Flüche zu übersetzen begann, schüttelte Harvath den Kopf. Er hatte den Kern der Botschaft verstanden.

»Um es ein für alle Mal klarzustellen«, sagte er, als der Mann seine Tirade beendet hatte. »Du wirst mir alles sagen, was ich wissen will. Die Frage ist nur, wie viele Schmerzen du dabei erleiden willst.«

Als der Mafioso wieder anfing, ihn zu beschimpfen, ließ Harvath es ihm nicht mehr durchgehen. Er machte eine hohle Hand und schlug Ragusa gegen die linke Seite seines Kopfes.

Es war dieselbe Technik, die er bei dem Satellitentelefonverkäufer in Libyen angewendet hatte. Der Schlag drückte schmerzhaft Druckluft in den Gehörgang, was Schwindel und sogar Übelkeit verursachen konnte.

Harvath hatte diesen Schlag als SEAL gelernt, und er mochte ihn aus zwei Gründen. Erstens lief er nicht Gefahr, einen Knochen seiner Hand zu brechen, wie es sonst bei einem Schlag passieren konnte. Und zweitens hinterließ er keine Spuren – es sei denn, du schlugst so hart zu, dass das Trommelfell riss. Aus Respekt vor Lovett versuchte er, so gemäßigt wie möglich vorzugehen.

Er wartete ab, bis der Mann wieder halbwegs zu sich gekommen war, bevor er weitermachte.

Als er den Eindruck hatte, dass sich der Mafioso hinreichend erholt hatte, sprach er sehr langsam und erklärte: »Ich weiß, dass für dich als Sizilianer die Ehre sehr wichtig ist. Wenn du also nicht mit mir kooperierst, werde ich dafür sorgen, dass deine Leiche genau hier mit deiner nigerianischen Freundin gefunden wird. Und nicht nur das.

Ich werde es so aussehen lassen, als ob ihr beide an einer Überdosis Drogen gestorben wärt. Und ich werde alles so arrangieren, dass in eurer Beziehung ganz offensichtlich Naya der Mann war und du, Carlo Ragusa, die Frau. Verstanden?«

Das verstand er voll und ganz. Als Lovett zu Ende übersetzt hatte, explodierte der Mafioso. Es war seine bislang wütendste Reaktion. Harvath hatte seinen wunden Punkt gefunden.

»Ich werde sicherstellen, dass deine Frau und deine Kinder ganz genau erfahren, wie und wo deine Leiche gefunden wurde. Ich werde auch dafür sorgen, dass alle deine Feinde es wissen. Wenn sich das herumspricht, sorge ich dafür, dass im Internet jede Menge Bilder auftauchen, die nie wieder verschwinden werden. Genauer gesagt: Wenn die Menschen in Sizilien den Namen Ragusa hören, werden sie ausschließlich an diese Bilder denken.«

Der Sizilianer drehte erneut durch. Aber als Harvath die Hand hob, um ihn zu ohrfeigen, hielt er inne.

Harvath fragte sich kurz, ob sie Fortschritte machten. Er hielt sein Handy wieder hoch und zeigte dem Mafioso das Foto von Mustafa Marzouk. »Wohin war er unterwegs? Wohin solltest du ihn bringen?«

Ragusa schüttelte den Kopf, lächelte und wiederholte denselben faden Satz auf Italienisch. »Ich weiß nicht, wovon du sprichst.«

Harvath lächelte zurück. »Gefällt es dir, im Schmuggelgeschäft zu sein, Carlo? Gefällt es dir, Terroristen einzuschleusen und dafür verantwortlich zu sein, dass unzählige Menschen ertrinken?«

Lovett hörte ihm zu und sagte dann zu Harvath: »Er behauptet, er sei kein Schmuggler. Ihm gehören ein paar Clubs, aber sein eigentliches Geschäft ist der Anbau von Zitronen und Mandarinen.«

Harvath sah sie an und erwiderte: »Sag ihm, wir haben genug geredet.«

Dann nickte er Barton zu, der von hinten in die Küche trat und dem Mafioso einen Kissenbezug über den Kopf stülpte. Er knotete den Bezug fest, kippte den Stuhl des Mannes auf die Hinterbeine und zerrte ihn ins Badezimmer.

Dort setzte er ihn mit dem Rücken zur halb gefüllten Wanne hin. Als Harvath nickte, kippte Barton den Stuhl nach hinten, sodass er gegen den Rand der Wanne gestützt war und Ragusas Kopf über dem Wasser hing.

Da er ahnte, was gleich passieren würde, begann der Mafioso sich zu wehren. Barton hielt den Stuhl fest.

»Ertrinken ist eine furchtbare Art zu sterben«, sagte Harvath. Von der Tür aus übersetzte Lovett.

Jetzt hatte Harvath wirklich genug geredet. Er gab Lovett ein Zeichen, dass sie gehen konnte. Sie schüttelte den Kopf. *Nein.* Sie wollte bleiben. Harvath war einverstanden.

Er schnappte sich den Krug, der auf dem Wannenrand stand, füllte ihn mit Wasser und begann ohne Vorwarnung, das Wasser langsam über Ragusas mit dem Kissenbezug bedeckte Nase und den Mund zu gießen.

61

Der Mafioso spuckte und hustete. Er versuchte, an den Stuhl gefesselt um sich zu schlagen und dem Wasser auszuweichen, aber es gab kein Entrinnen. Harvath goss langsam weiter. Es dauerte 40 Sekunden, aber Ragusa musste es wie eine Ewigkeit vorgekommen sein. Als der Krug leer war, füllte Harvath ihn wieder auf.

Er machte eine Pause, die gerade lang genug war, damit der Mafioso wieder Luft bekam. Dann begann die Prozedur von vorn.

Harvath hatte die Erfahrung gemacht, dass die Befragten versuchten, länger durchzuhalten, wenn er nach der ersten Runde schon aufhörte. Aber sofort eine zweite Runde nachzuschieben machte sie kirre. Sie gerieten in Panik.

Also schüttete Harvath noch einmal Wasser aus dem Krug. Nachdem er halb leer war, begann Ragusa, sich zu übergeben.

Harvath zog den Kopfkissenbezug ab und ließ Barton den Stuhl nach vorn kippen, sodass er wieder auf allen vier Beinen stand.

Er ließ Ragusa alles auswürgen. Dann nickte er Barton zu, damit er den Stuhl wieder gegen die Wanne lehnte.

Sofort begann der Mafioso zu protestieren. Harvath füllte den Krug wieder auf und fing von vorn an.

Dieses Mal wehrte sich Ragusa noch heftiger. Harvath beschloss, das Wasser noch ein paar Sekunden länger fließen zu lassen. Als er damit fertig war, war der Mafioso am Ende.

Harvath bedeutete Lovett, ganz ins Badezimmer zu treten, damit sie hören konnte, was Ragusa zu sagen hatte. Die CIA-Agentin versuchte, nicht in das Erbrochene auf dem Boden zu treten. Der Anblick war abstoßend und der Geruch wurde langsam unerträglich.

Sie ließ Ragusa das wiederholen, was er gerade gemurmelt hatte, und übersetzte für Harvath. »Er sagt, er kennt den Mann auf deinem Foto.«

»Wie lautet sein Name?«, fragte Harvath.

Lovett richtete die Frage auf Italienisch an Ragusa und sagte: »Er kann sich nicht an den Namen erinnern. Irgendwas Arabisches. Aber er kann sich an das Gesicht des Mannes erinnern.«

»Sag ihm, dass er sich noch wesentlich mehr Mühe geben muss.«

Sie übersetzte und wartete ab, während Ragusa sprach. Schließlich berichtete sie: »Er war wichtig. Ein VIP.«

»*Very important person* – für wen?«

»Er weiß es nicht.«

Harvath sah sie an. »Was soll das heißen, er *weiß es nicht*? Wer hat ihn bezahlt?«

Lovett wiederholte die Frage dem Mafioso gegenüber und wartete, bis er antwortete. Als er sprach, übersetzte sie. »Das war kein normaler Job, sondern ein Gefallen.«

»Für wen?«

»Er sagt, er dürfe den Namen nicht verraten. Ansonsten würde er damit einen Krieg auslösen.«

Harvath verdrehte die Augen. Er sah zu Barton und meinte: »Er will offensichtlich mehr Wasser. Kipp ihn wieder nach hinten.«

»No! No! No!«, flehte der Mann. Das Wort war dasselbe im Englischen und Italienischen.

Während Ragusa schrie, füllte Harvath den Krug wieder mit Wasser auf. Gerade als er anfing, es über dem Mafioso auszugießen, spuckte dieser ein weiteres Detail aus.

»Roma!«

»Wer zum Teufel ist Roma?«, fragte Harvath, aber Lovett hob die Hand, damit er schwieg.

Nach einem kurzen Hin und Her mit Ragusa sagte sie: »Er meint keine Person, sondern die Stadt. *Rom.* Dorthin sollten sie den Chemiker bringen.«

»Und was sollten sie machen, sobald sie ihn dorthin gebracht hatten?«

Die CIA-Agentin fragte den Mafioso und antwortete: »Angeblich hatte der Chemiker dort seine eigenen Leute, die ihn den restlichen Weg quer durch Europa gebracht hätten.«

»Quatsch«, sagte Harvath und begann, Ragusa das Wasser übers Gesicht zu schütten.

Wieder schrie der Mann und flehte ihn an aufzuhören. Harvath hörte nicht auf, bis der Krug leer war. Dann füllte er ihn wieder.

»*Per favore, no!*«, bettelte Ragusa.

»Sag ihm, ich will wissen, wem er den Gefallen getan hat. Wer wollte, dass er Mustafa nach Rom schmuggelt?«

»Marzouk!«, unterbrach ihn der Sizilianer. Er schrie den Namen des Mannes. »Mustafa Marzouk.«

Falls er gehofft hatte, dass das Verhör damit beendet sein würde, hatte er sich gewaltig getäuscht. Das sagte ihm Lovett auch.

Es ging weiter hin und her, bis Harvath erneut die Geduld verlor. Er füllte den Krug und forderte Lovett auf zurückzutreten.

Ragusa begann zu betteln.

»Gib mir einen Namen.«

»Nein. *Per favore. Basta*«, jammerte der Sizilianer.

Harvath ließ das Wasser fließen.

»La Formícula!«, heulte der Mafioso würgend auf. »La Formícula! *Per favore, basta!*«

Harvath hielt inne und sah Lovett an, die Ragusa weitere Fragen stellte. Schon bald gab er den richtigen Namen preis.

»Antonio Vottari«, sagte sie. »Auch bekannt als La Formícula oder die Ameise.«

»Wer ist das?«

»Ein Mitglied der Mafia aus Kalabrien, der sogenannten 'Ndrangheta.«

Harvath kannte Kalabrien. Wenn Italien ein Stiefel war, dann bildete Kalabrien die Spitze, die so aussah, als würde sie die Insel Sizilien treten.

Er wollte Lovett gerade eine weitere Frage stellen, als sein Handy vibrierte. Er holte es aus seiner Tasche und las die Nachricht von Staelin.

»Was ist los?«, fragte Lovett.

»Ich bin mir nicht sicher«, antwortete er und gab Barton ein Zeichen, Ragusa im Auge zu behalten. »Draußen sind gerade mehrere Autos vorgefahren.«

Harvath ging zur Vorderseite der dunklen Wohnung und schob den Vorhang nur wenige Millimeter weit auf, damit er hinausschauen konnte.

Unten auf der Straße sah er drei schwarze Pkws, einen schwarzen SUV und einen schwarzen, fensterlosen Van aufgereiht.

Während er sie beobachtete, öffnete jemand die Beifahrertür des ersten Fahrzeugs und stieg aus. *Sind das Ragusas Leute?*

Der Mann auf der Straße zog ein Handy hervor, drückte eine Taste und hielt es sich ans Ohr.

Wenige Sekunden später hörte Harvath ein Klingeln in der Küche. Dort hatten sie das Handy des Mafioso liegen lassen.

Sofort überschlugen sich Harvaths Gedanken, wie zum Teufel sie von hier verschwinden konnten, ohne in eine Schießerei verwickelt zu werden.

Doch dann hörte er, dass Lovett den Anruf entgegennahm. Auf Englisch. Er drehte sich zu ihr und sah, dass sie ihr eigenes Handy in der Hand hielt.

»Es sind die Carabinieri«, erklärte sie. »Sie sagen, sie haben Männer auf dem Dach und das Gebäude ist umstellt.«

62

CIA Hauptquartier
Langley, Virginia

Nach dem Anschlag in Paris herrschte Hochbetrieb. Den ganzen Nachmittag über kamen und gingen Leute aus dem CIA-Gebäude. Direktor McGee konnte Lydia Ryan erst um fünf Uhr anrufen. Er hatte seinem Assistenten aufgetragen, sie ins Hauptquartier zu bestellen. Sie sollte reisebereit eintreffen.

Als sie im Konferenzraum des Direktors eintraf, wartete McGee schon auf sie. »Irgendwelche Probleme?«, fragte er.

»Ganz und gar nicht«, antwortete sie, als sie ihren Rollkoffer aufrecht hinstellte und den Reißverschluss öffnete. »Ich bin froh, dass Sie Ihr Team geschickt haben, um mich am Auto abzuholen.«

Sie streckte die Hand aus und half Nicholas dabei, aus dem Koffer zu klettern.

Er dankte ihr, drehte sich um und schüttelte die Hand des Direktors.

»Ich bitte um Entschuldigung für die Heimlichtuerei«, sagte McGee.

»Das gehört zu Ihrem Beruf«, erwiderte Nicholas. »Außerdem, wer kann schon von sich behaupten, in einem Gepäckstück ins CIA-Hauptquartier eingeschmuggelt worden zu sein?«

McGee lächelte. »Hoffentlich nur Sie.«

»Und wie vereinbart«, erinnerte Ryan Nicholas, »wirst du niemandem jemals davon erzählen.«

»Abgemacht«, stimmte der kleine Mann zu. »So haben wir es vereinbart.«

Der Direktor wurde ernst und kam aufs Wesentliche zu sprechen. »Wie viel Zeit werden Sie wohl benötigen?«

»Das hängt davon ab, wie der Malice-Quellcode strukturiert ist. Ich brauche nur einen Teil davon, aber wir müssen ihn testen und uns vergewissern, dass es funktioniert.«

»Ist Jake mit alledem einverstanden?«, fragte Ryan.

McGee nickte. Jake Fleischer war ein genialer Hacker und IT-Spezialist. Im CIA Directorate of Digital Innovation war sein Fachwissen über Cyberbedrohungen und Cybersicherheit unübertroffen.

Fleischer hätte das Center for Cyber Intelligence der Agency leiten können. Er war hoch qualifiziert. Aber er hatte kein Interesse an der damit verbundenen nervigen Arbeit. Fleischer wollte ganz vorn mit dabei sein und die Grenzen dessen erweitern, was die CIA in Sachen Cyberspionage anstellen konnte.

»Jake ist an Bord«, sagte der Direktor.

»Wie weit mussten Sie ihn einweihen?«

»Ich habe ihm gesagt, dass es um etwas Wichtiges geht, dass er mir vertrauen muss und dass er die einzige Person in diesem Raum mit einem Computer sein würde.«

Nicholas sah von Ryan zu McGee. »Das verstehe ich nicht. Wie soll ich an die Sachen rankommen, die ich benötige?«

»Sie werden mit Jake zusammenarbeiten«, antwortete der Direktor. »Er wird Ihnen jede einzelne Programmzeile besorgen, die Sie brauchen.«

»Es würde viel schneller gehen, wenn ...«

McGee schnitt ihm das Wort ab. »Es ist nichts Persönliches, Nicholas, sondern rein geschäftlich. Ich gebe Ihnen keinen uneingeschränkten, unbeaufsichtigten Zugang zum Cyberarsenal der Agency. Wir machen das nach meinen Vorstellungen oder gar nicht.«

Der kleine Mann nickte. Er konnte McGee verstehen. Die Carlton Group baute eine Arche, um Amerikas nachrichtendienstliche Kapazitäten zu retten. McGee hatte jedoch einen Eid geschworen, seinem Land treu zu dienen und seine Pflichten als Direktor der CIA zu erfüllen.

»Wie sicher sind wir, dass alles, was in diesem Raum geschieht, auch in diesem Raum bleibt?«, fragte Ryan. »Selbst als stellvertretende DCI kenne ich Fleischer nicht näher.«

»Ein großer Teil meiner Arbeit«, erklärte McGee, »besteht darin, das Kernpersonal zu identifizieren, das entscheidend für unsere weitere Arbeit ist. Menschen, die an die Mission der Agency glauben und sich ihr voll und ganz verschrieben haben. Jake gehört zu diesen Leuten.

Er weiß, dass etwas sehr Ernsthaftes vorgeht, aber dass er nicht in alle Einzelheiten der Aufgabe eingeweiht werden kann, um deren Erfüllung er gebeten wurde. Ihm ist auch klar, dass er mit niemandem darüber sprechen darf.«

Ryan lächelte. »Richtig mysteriös! Deswegen arbeiten wir doch alle hier, stimmt's? Außerdem stammt der Auftrag vom Direktor höchstpersönlich. Selbstverständlich hat Fleischer zugestimmt.«

»Er ist ein guter Mann«, fügte McGee hinzu, als er sich Nicholas zuwandte. »Und ihm ist auch bewusst, dass unser Vorgehen teilweise etwas unorthodox ist.«

»Damit bin ich gemeint«, stellte der kleine Mann fest.

Der Direktor nickte. Da klingelte das Handy, das vor ihm lag.

Er ging dran, hörte seinem Assistenten zu und sagte: »Okay, danke.« Zu Ryan und Nicholas sagte er: »Jake ist hier.«

63

Palermo, Sizilien

»Du hast mich angelogen, Paolo«, sagte Lovett sachlich.

Sie befanden sich in einem sicheren Unterschlupf in Albergheria, dem ältesten der vier *Mandamenti*, der historischen Bezirke, aus denen die Altstadt von Palermo bestand.

Paolo Argento stand vor einem Tisch, auf dem seine Männer die Waffen ausgebreitet hatten, die sie den Amerikanern abgenommen hatten. »Du hast mich auch angelogen.«

Argento war ein gut aussehender, sportlicher Mann Anfang 30. Er war gebräunt, hatte eine ergraute Igelfrisur und einen sorgsam getrimmten grauen Bart. Er trug schwarze Jeans, schwarze Stiefel und ein schwarzes Hemd über der Hose. Die Hemdsärmel waren bis zu den Ellbogen hochgekrempelt. An seinem linken Handgelenk trug er eine schwarze Panerai-Taucheruhr.

Die Carabinieri waren dem italienischen Verteidigungsministerium zugeordnet. Das Raggruppamento Operativo Speciale war die zentrale Ermittlungseinheit der Carabinieri.

Ihr Hauptziel bestand darin, Mafia- und Terroristennetzwerke auszuschalten.

Sie führten zahlreiche Undercover-Ermittlungen durch sowie Einsätze mit hohem Risiko. Sie unterstanden direkt dem Carabinieri-Generalkommando.

Von allen Elite-Spezialeinheiten in Italien genossen sie die größte operative Freiheit. Als äußerst erfolgreicher und anerkannter Kommandant hatte Argento meistens das Sagen. So wie auch in diesem Fall.

»Du hättest mir sagen sollen, dass ihr die Wohnung der Barkeeperin abhört«, beharrte Lovett.

Argento lächelte. »Dann hättet ihr einen anderen Ort gesucht, um euch Ragusa zu schnappen. So war es am sichersten. Es war eine geschlossene Umgebung. Er hatte keine Bodyguards dabei. Niemand wurde verletzt.«

Sie standen in dem großen Wohnzimmer des sicheren Unterschlupfs. Die Wände waren mit Hunderte von Jahre alten Fresken überzogen, die mittlerweile abblätterten.

Harvath stand neben einem der Fenster und fragte: »Also, wie geht es weiter?«

Morrison, Barton und Staelin hielten sich ein Stockwerk tiefer auf und wurden von Argentos Männern im Auge behalten. Sie waren nicht offiziell verhaftet worden. Aber sie durften das Gebäude auch nicht verlassen.

Ragusa, Naya und die zwei Bodyguards waren gefesselt in einem anderen Teil des Gebäudes untergebracht worden. Das italienische Gesetz ermöglichte es Argento, sie 72 Stunden lang ohne Anklage festzuhalten. Harvath hatte den Eindruck, dass er sie bei Bedarf noch viel länger inhaftieren konnte. Auch wenn es Regusa nicht gefiel, wusste er, dass das ROS am längeren Hebel saß. Und daran konnte er nichts ändern.

Argento wandte sich Harvath zu. Er sprach langsam, selbstsicher und in hervorragendem Englisch. »Was würden Sie tun,
wenn ein italienischer Agent zusammen mit vier paramilitärischen Handlangern die Vereinigten Staaten betreten, zwei
Menschen als Geiseln nehmen und einen davon foltern
würde?«

»Wenn sie gekommen sind, um jemanden aus der organisierten Kriminalität zu verhören, der etwas mit Terror-
anschlägen zu tun hat? Ich würde ihnen allen eine Medaille
überreichen und fragen, ob ich sonst noch etwas für sie tun
kann«, antwortete Harvath.

»Deinen Chefs würde es nicht gefallen.«

»Meine Chefs müssen vielleicht nichts davon wissen.«

»*Ecco*«, sagte der Italiener grinsend. »Guter Punkt.«

Harvath deutete auf Lovett. »Ich möchte klarstellen, dass
sie auf meinen Befehl gehandelt hat.«

»Also sind Sie für das alles verantwortlich?«

Harvath nickte.

»Niemand von Ihnen hat Pässe, Kreditkarten oder sonstige
Ausweise bei sich. Ich nehme an, Sie haben alles in Sigonella
zurückgelassen?«

Weder Harvath noch Lovett antworteten.

»Jetzt tun Sie nicht so, als ob Sie überrascht wären«, sagte
Argento und zwinkerte Lovett zu. »Ich kann die Bewegungen
deines Handys nachverfolgen. Ich weiß, welche Funktürme
es angepingt hat.«

»*Piove sul bagnato*«, entgegnete Lovett. *Ein Unglück kommt
selten allein.*

Argentos Grinsen wurde zu einem Lächeln. »*Tanto va la
gatta al lardo che ci lascia lo zampino*«, sagte er. *Die Katze
liebt Schmalz so sehr, dass sie ihre Pfote reinsteckt.* Und dann
Fußabdrücke hinterlässt oder eine Pfote einbüßt.

Harvath verstand kein Italienisch und hatte keine Ahnung, worüber sich die beiden unterhielten.

Argento bemerkte seinen Gesichtsausdruck. »Selbst die besten Pläne von Mäusen und Menschen gehen oft schief, stimmt's?«

Harvath nickte. »Was schiefgehen kann, geht auch oft schief.«

Der Italiener änderte den Tonfall und ging auf Harvath zu. »Sie erinnern sich nicht an mich, oder?«

Der Umschwung war so plötzlich, dass Harvath sofort in eine Abwehrhaltung wechselte. Fieberhaft überlegte er, woher er den Mann kennen könnte.

»Entspannen Sie sich«, meinte der Italiener, dem bewusst wurde, dass er Harvath alarmiert hatte. Er hob die Hände und legte sie auf sein Gesicht, sodass nur noch die Augen zu sehen waren. »Vor zehn Jahren. Sie waren mit einer hübschen blonden Amerikanerin zusammen. Mein Team und ich haben Sie mitgenommen …«

»Mit einem Hubschrauber!«, ergänzte Harvath, als es ihm wieder einfiel. »Und zwar einem schnellen. In Augusta.«

Die Frau, von der Argento sprach, war Meg Cassidy. Sie hatte eine Flugzeugentführung überstanden und gemeinsam mit Harvath einen Terroristen verfolgt, der vorgehabt hatte, einen Krieg im Nahen Osten zu entfachen. Sein Ziel war ein von Italien veranstalteter Friedensgipfel gewesen.

Mithilfe der Italiener hatte Harvath einen Anschlag auf einen der Delegierten verhindern können. Es hatte so aussehen sollen, als wäre der Anschlag von den Israelis begangen worden.

»Sie gehörten zur schnellen Eingreiftruppe!«, sagte Harvath.

Argento nickte. »Ich war Leiter des Teams. Wir haben Sie aus Rom mitgenommen und nach Frascati geflogen. Ich trug ja einen Helm und eine Sturmmaske. Kein Wunder also, dass Sie mich nicht erkannt haben.«

Harvath lächelte.

Lovett sah sie beide an. »Moment! Ihr zwei kennt euch?«

Argento nickte. »Leider haben uns ein paar üble Burschen wieder zusammengebracht.«

»Apropos, was können Sie mir über Antonio Vottari sagen?«, fragte Harvath.

Der Italiener hob eine Hand. »Zunächst einmal erzählen Sie mir alles, was Sie über Mustafa Marzouk wissen. Dann unterhalten wir uns über La Formícula.«

64

Harvaths Team bekam Schlafplätze zugewiesen. Einer von Argentos Männern machte Kaffee. Erst nach Mitternacht kamen sie aufs Wesentliche zu sprechen.

Harvath erzählte alles, was er wusste. Es wäre sinnlos gewesen, irgendetwas zu verheimlichen. Den Italienern war bekannt, dass die amerikanischen Nachrichtendienste nach Mustafa Marzouk suchten. Sie kannten auch die Gerüchte über bevorstehende Terrorangriffe in Europa. Sie wussten jedoch nicht, worin der Zusammenhang zwischen Marzouk und den Anschlägen bestand.

Harvath klärte Argento über alles auf: vom Laptop und dessen Inhalten bis zu den Ereignissen beim Burning-Man-Festival und in Libyen.

Der Italiener hörte aufmerksam zu und unterbrach Harvath nur gelegentlich mit einer Frage oder der Bitte um mehr Details.

Als Harvath seinen Bericht beendet hatte, stellte er seinen Kaffeebecher auf dem Tisch ab und lehnte sich auf dem Sofa zurück.

Argento hatte seinen Laptop geöffnet. Darauf befanden sich die Audioaufnahmen aus der Wohnung der Barkeeperin. Er hörte sie sich mehrmals an, rauchte eine Zigarette und machte sich Notizen.

Zu mehreren Punkten wollte er noch mehr von Ragusa hören, und er ging die Fragen mit Harvath durch. So wie jeder gute Ermittler wollte er jede Einzelheit genau wissen. Wie hatte der Mafioso vorgehabt, Marzouk nach Rom zu bringen? Wo sollte er abgesetzt werden? Sollte er ihm neue Ausweispapiere zur Verfügung stellen? Sollte er ihm ein neues Handy oder eine neue SIM-Karte geben? Oder Geld? Oder Kleidung? Die Liste der Fragen war lang.

Nachdem er alles aufgeschrieben hatte, was ihm in den Sinn gekommen war, überreichte er die Fragen einem seiner ROS-Mitarbeiter und schickte ihn los, um Ragusa zu verhören.

Dann lenkte er das Gespräch auf La Formícula, Antonio Vottari, und die als 'Ndrangheta bekannte kalabrische Mafia.

Argento hatte die Brutalität der organisierten Kriminalität aus nächster Nähe miterlebt und verachtete sie ebenso sehr, wie Harvath es tat. Daraus machte er keinen Hehl. Doch so wie alle klugen und erfahrenen Kämpfer respektierte er seinen Gegner – und vor allem das, wozu er fähig war.

So wie die Cosa Nostra auf Sizilien und die Camorra in Kampanien war die 'Ndrangheta in Kalabrien skrupellos.

Für die Mafia war es ein Leichtes, jeden zu bestechen, der ihr im Weg stand. Deswegen mussten Carabinieri acht Jahre lang außerhalb ihrer Heimatregion Dienst leisten, bevor man ihnen genug vertrauen konnte und sie sich um eine Rückversetzung bewerben durften.

Angeblich stammten 70 Prozent der Carabinieri aus den vier Regionen Italiens, die am meisten unter der Mafia zu leiden hatten. Sie mussten sich zwischen Gut und Böse entscheiden und wählten das Gute. Sie stellten sich auf die Seite von Gesetz und Gerechtigkeit. Sie waren edle Männer und Frauen, die sich auf einen harten und gefährlichen Kampf einließen.

Niemand wusste das besser als Paolo Argento.

»Also gut«, sagte er und öffnete ein Foto in einem Ordner auf seinem Laptop. »Reden wir über Antonio Vottari.«

Harvath und Lovett rückten näher zusammen, damit sie den Bildschirm sehen konnten.

»Antonio ist der Neffe von Franco Vottari. Die Vottaris sind eine der mächtigsten Familien der kalabrischen Mafia. Die 'Ndrangheta gilt als eine der reichsten und mächtigsten Mafiagruppen der Welt.

Sie ist für ihre extreme Gewalt bekannt. Von all ihren Familien gehören die Vottaris zu den brutalsten. Antonio ist, wie sein Onkel Franco, für seine Unmenschlichkeit bekannt.

Er ist klein. Daher sein Spitzname.«

»La Formícula«, sagte Harvath. »Die Ameise.«

»Genau«, bestätigte Argento und klickte durch Fotos von Antonio und den Tatorten blutiger Verbrechen. »Aber täuschen Sie sich nicht. Er ist extrem gefährlich. Sogar tödlich.

Die 'Ndrangheta hat überall ihre Hände im Spiel. Drogen- und Waffenschmuggel, Prostitution, Betrug, Erpressung, politische Korruption, Auftragsmorde. Sie handelt sogar auf dem Schwarzmarkt mit aus Afrika und dem Nahen Osten gestohlenen Artefakten. Wenn es etwas Illegales gibt, mit dem man Geld verdienen kann, hat die 'Ndrangheta ihre Finger im Spiel.«

Harvath versuchte, die Bezüge herzustellen. »Der IS bezahlt also Umar Ali Halim dafür, dass er Marzouk von Libyen nach Italien schleust. Mitglieder der Schwarzen Axt werden, von

Ragusa kontrolliert, losgeschickt, um ihn nahe Lampedusa zu treffen und ihm an Land zu helfen. Sobald Marzouks Füße wieder trocken sind, soll Ragusa ihn nach Rom befördern, wo er Leute hat, die ihn zu seinem endgültigen Reiseziel bringen werden. Und all das macht Ragusa als Gefallen für Antonio Vottari. Warum?«

»Gute Frage«, meinte Argento. »Es ist bekannt, dass die verschiedenen Mafianetzwerke gelegentlich zusammenarbeiten. Aber in solchen Fällen haben auch alle etwas davon. Ragusa hat La Formícula sicher nicht geholfen, weil er ein so freundlicher Mensch ist. Er muss im Gegenzug etwas erhalten haben.«

»Und was ist die Verbindung zwischen Vottari und dem IS?«, fragte Lovett.

»Ebenfalls eine gute Frage – und eventuell leichter zu beantworten. Der IS hatte offenkundig keine Schleuserverbindung nach Italien. Er hatte jedoch anscheinend Kontakt zu Vottari und bat ihn, dass ein Schlepper Marzouk nach Italien hineinschaffen und anschließend nach Rom bringen sollte.

Worauf beruhte ihre Beziehung zueinander? Gestohlene antike Gegenstände? Drogen? Waffen? Alles ist möglich. Der IS ist über verschiedene Mafiagruppierungen bereits nach Süditalien vorgedrungen.«

»Wenn Sie raten müssten, welche Antwort würden Sie wählen?«, fragte Harvath.

Argento zuckte mit den Schultern. »Drogen oder gestohlene Kunstgegenstände machen am ehesten Sinn. Mehr hat der IS ja auch nicht zu bieten, außer sie wollen Waffen kaufen.«

»Und die Bezahlung erfolgt mit Artefakten, Drogen oder Bargeld.«

»Korrekt.«

»Vielleicht haben sie auch Sprengstoff gekauft. Vielleicht führt die Spur der Anschläge in Spanien und Paris zurück zu Vottari.«

»Der Sprengstoff könnte auch aus einer komplett anderen Quelle stammen«, meinte der Italiener. »In diesem Fall wäre Vottari bloß ein Zwischenhändler. Der IS brauchte einen Schmuggler, und Vottari stellte den Kontakt zu Ragusa her.«

Langsam wurde Harvath frustriert. Da musste etwas sein, das er bisher übersehen hatte. »Was ist, wenn Vottari Ragusa angelogen hat?«, fragte er.

»In welcher Hinsicht?«

»Darüber, dass Mustafa Marzouk seine eigenen Leute in Rom hatte, die ihn zu seinem Reiseziel bringen würden«, sagte Harvath.

»Warum sollte er darüber lügen?«

»Ich könnte mir zwei Gründe vorstellen. Am ehesten die operative Sicherheit. Je weniger Ragusa über Marzouks tatsächliches Ziel wusste, desto besser.«

Argento nickte. »Einverstanden. Was ist der zweite Grund?«

Was diesen Punkt betraf, war sich Harvath wesentlich unsicherer, aber er teilte ihn Argento dennoch mit. »Was ist, wenn *Rom selbst* Marzouks Reiseziel war? Was, wenn der Anschlag dort stattfinden sollte?«

Lovett erschauderte, als ein furchtbarer Gedanke in ihr Gestalt annahm. »Mein Gott …«, flüsterte sie.

Beide Männer sahen sie an.

»Was ist, wenn der Anschlag noch aussteht? Was ist, wenn der IS bereits einen anderen Chemiker als Ersatz gefunden hat?«

Bevor jemand etwas sagen konnte, zog Argento sein Handy aus der Tasche und wählte eine streng geheime Nummer.

65

Paris

Die beste Fluchtmöglichkeit bot sich inmitten eines Durcheinanders. Wenn die Sicherheitskräfte nicht wussten, wen oder was sie eigentlich suchten.

Nach dem Anschlag im Jardin des Tuileries herrschte Panik in Paris. Rettungswagen kämpften sich zum Tatort vor und anschließend zu den Krankenhäusern. Die Straßen waren verstopft.

Die Menschen hatten furchtbare Angst vor einem weiteren Anschlag. Niemand fühlte sich sicher.

Tursunow mischte sich unter die Menschenmengen, die aus der Umgebung des Parks flohen. Er hinterließ seinen Schlüssel an der Rezeption des Le Meurice und verließ das Hotel.

Auf der Straße bestand für ihn kein Grund, hier länger zu verweilen. Er hatte das ganze Spektakel vom Balkon des Hotels beobachten können. Er brauchte sich keine Gedanken darüber zu machen, warum der erste Attentäter zu früh explodiert war. Aus Tursunows Sicht war der Anschlag ein Erfolg gewesen.

Er überquerte den Pont de la Concorde, ging zum Boulevard Saint-Germain und bog links ab.

Noch mehr Rettungswagen rasten an ihm vorbei. Ihre Sirenen heulten und ihre Blaulichter blinkten. Tursunow zog seinen Trolley hinter sich her und lief bewusst auf Umwegen, um sich zu vergewissern, dass ihm niemand folgte. Das war zwar extrem unwahrscheinlich, gehörte aber zu seinem Handwerkszeug.

Am Pont de Sully, im Schatten des Instituts der arabischen Welt, folgte er dem Quai Saint-Bernard. Der Fußweg vom Le Meurice zur Gare d'Austerlitz dauerte etwas mehr als eine halbe Stunde.

Der Bahnhof trug den Namen einer tschechischen Stadt, in der Napoleon eine deutlich überlegene Armee besiegt hatte. Tursunow hätte dieser Umstand ironisch vorkommen können, wenn es in Paris nicht unzählige solcher Baudenkmäler gäbe.

Er sah auf seine Uhr und stellte fest, dass er genug Zeit hatte, um in der Nähe einen Kaffee zu trinken. Der Zug fuhr erst um 21:22 Uhr. Je weniger Zeit er im Bahnhofsgebäude verbrachte, desto besser. Es würde dort von nervösen Polizisten und Soldaten nur so wimmeln, die alles und jeden verdächtig fanden.

Er ging weiter, bis er ein Café mit einem Außenbereich fand, in dem er eine Zigarette genießen konnte. Er setzte sich, zückte seine Gauloises und rief einen Kellner zu sich.

Er bestellte *un serré*, zündete seine Zigarette an und beobachtete die Gesichter der vorbeigehenden Menschen.

Darauf zeichneten sich dieselben Empfindungen ab wie bei den Menschen entlang des Boulevard Saint-Germain – Schock, Trauer, Entsetzen. Tursunow musste sich anstrengen, um nicht zu lächeln.

Die Franzosen, die immer schnell mitmachten, wenn es um die Bombardierung eines muslimischen Landes ging, waren streng zurechtgewiesen worden.

Von seinem Tisch aus konnte Tursunow den Fernseher im Inneren des Cafés sehen. Das erinnerte ihn daran, wie er vor nur wenigen Tagen in dem winzigen Café in Reggio di Calabria gesessen und die Auswirkungen des Anschlags in Amerika mitverfolgt hatte.

Alle Fernsehstationen übertrugen die Szenen aus dem Park. Die Toten und Verwundeten wurden der Welt in voller, hochauflösender Pracht präsentiert. Der Anschlag war mehr als erfolgreich gewesen. Er war spektakulär gewesen.

Die Botschaft des IS war laut und deutlich übermittelt worden: Ihr mögt vielleicht im Irak, in Libyen oder Syrien gegen uns vorrücken. Aber ihr werdet uns nie im Leben besiegen.

Als sein Kaffee kam, genoss er ihn in vollen Zügen. Die gequälten Mienen der Passanten versüßten ihm den Kaffee. Dem IS war heute ein gewaltiger Sieg gelungen. Aber er war nichts im Vergleich zu dem, was noch bevorstand.

Tursunow bezahlte die Rechnung und machte sich auf die Suche nach einem kleinen Lebensmittelladen. Er wollte sich für den Nachtzug noch etwas zu essen besorgen.

Im Zuge eines Einsatzes gab es nur selten etwas, auf das sich der Tadschike freute. Die nächtliche Fahrt nach Nizza war eine Ausnahme.

Während er sich von der plastischen Operation in Pakistan erholt hatte, hatte es nur sehr wenig für ihn zu tun gegeben. Auf seinem Zimmer konnte er nur den örtlichen Fernsehsender schauen und sich von einem Regal mit einer Handvoll Bücher bedienen.

Eines der Bücher handelte von einer Fahrt mit dem Nachtzug. Geschrieben hatte es ein britischer Autor namens Andrew Martin.

Im Laufe seines Lebens war Tursunow oft mit dem Zug gefahren. Manchmal hatte er sogar im Zug geschlafen, wenn auch nur aufrecht und in einem unbequemen Sitz. Den Luxus eines richtigen Schlafabteils hatte er nie kennengelernt. Das Buch von Martin hatte ihm die Augen darüber geöffnet, was ihm bisher entgangen war. Bei der Planung des Einsatzes hatte er deswegen entschieden, aus Paris mit dem Nachtzug nach Nizza zu fliehen.

Der Autor hatte davon geschrieben, wie er den »Dinner-Korb« einer Figur in Agatha Christies *The Mystery of the Blue Train* nachgeahmt hatte. Da Tursunow nur einen einzigen Bissen des Hauptgangs vor der Explosion hatte zu sich nehmen können, gefiel ihm die Idee.

In dem Laden kaufte er Nudelsalat, Käse, Brot, geräucherten Fisch, ein wenig Obst und eine Flasche Wasser. Und obwohl ihm ein altmodischer Picknickkorb mehr zugesagt hätte, beschränkte er sich auf die Plastiktüte, die er im Laden bekam.

Bis zum Bahnhof war es nur ein kurzer Weg, und alles war so, wie es der Autor beschrieben hatte. Unter dem Dach saßen Spatzen, und in der großen Bahnhofshalle stand ein Klavier, an das sich jeder setzen und spielen konnte.

Ein junger Mann im Studentenalter fing an, die Marseillaise zu spielen. Einen Tag oder vielleicht auch nur ein paar Stunden später hätte er damit vielleicht seine Landsleute dazu gebracht, die Nationalhymne aus trotzigem Patriotismus zu singen. Aber im Augenblick war niemand dazu in der Lage. Die Menschen standen noch unter Schock.

Der Tadschike hatte eine Zeitung unter den Arm geklemmt. Er trug einen Geschäftsanzug und ging zum Bahnsteig. Weder die Polizei noch die Soldaten achteten auf ihn. Sie suchten nach muslimischen Terroristen und wussten, nach wem sie Ausschau halten mussten. Tursunow sah nicht aus wie ein Terrorist.

Er stieg in den Zug und fand sein Abteil. Es war nicht viel größer als ein begehbarer Kleiderschrank. Er hatte extra gezahlt, um es für sich allein zu haben. Die unteren Sitzreihen waren umgeklappt und zu Betten umfunktioniert worden.

Weiße, in Plastik verpackte Kissen lagen auf dünnen grauen Decken, die wie Schlafsäcke aussahen. Die Wände waren zerkratzt und der Boden war schmutzig. Ein WC befand sich am Ende des Gangs, gleich neben den Automaten mit Getränken und Süßigkeiten. Es war nicht gerade der Orientexpress.

Nachdem er ein paar Sachen aus seinem Koffer genommen hatte, legte er ihn auf das Gepäckregal, setzte sich auf eines der Betten und schlug die Zeitung auf.

Um genau 21:22 Uhr spürte er ein Rumpeln unter sich, mit dem der gewaltige Motor des Zugs am vorderen Teil des Bahnsteigs ansprang. Der Zug setzte sich in Bewegung.

Er sah aus dem Fenster zu, wie der Zug aus dem Bahnhof und durch die Stadt fuhr.

Nachdem der Schaffner vorbeigekommen war, um seine Fahrkarte zu kontrollieren, schloss Tursunow die Tür seines Abteils ab, holte sein improvisiertes Abendessen hervor und breitete es vor sich aus.

Leider war der Fisch zu salzig. Der Nudelsalat war zu ölig, der Käse viel zu intensiv. Ohne das Obst und das Brot wäre er auf die Gnade des Snack-Automaten angewiesen gewesen.

Nachdem er seine Mahlzeit beendet hatte, zog er sich aus, ging zu Bett und löschte das Licht. Die Fahrt war ruhig und entspannt. Schon bald war er eingeschlafen.

66

Donnerstag

Der Tadschike wachte auf und zog das Rollo hoch. Gerade fuhr der Zug durch das Küstendorf Cassis. Es sah genauso

aus, wie der britische Schriftsteller es beschrieben hatte –
überzogen mit roten Bougainvilleen.

Er sprach seine Gebete und führte ein paar leichte Fitnessübungen durch, zog sich an und bereitete sich aus den Resten
seiner genießbaren Vorräte von gestern ein kleines Frühstück
zu. Dann verbrachte er die nächsten zwei Stunden damit,
aus dem Fenster auf das türkisblaue Wasser und die pastell-
farbenen Gebäude von Frankreichs dekadenter Riviera zu
blicken.

Um 8:37 Uhr am Morgen hielt der Zug an der Gare de
Nice-Ville. Als Tursunow aus dem Zug stieg, hörte er zu,
wie der Schaffner die Passagiere verabschiedete. Tursunow
erinnerte sich, dass er in Lahore in dem Buch gelesen hatte,
die Verabschiedung würde hier anders lauten.

Und so war es auch.

Anstatt den Fahrgästen auf die typische Pariser Art einen
»bonne journée« zu wünschen, einen guten Tag, wünschte er
ihnen einen *wunderschönen* Tag. »Belle journée!«

Der Tadschike nickte höflich, als er an dem Schaffner vor-
beiging und den Bahnhof auf der Suche nach einem Frühstück und Kaffee verließ. Ihm blieben genau anderthalb
Stunden bis zu seinem nächsten Zug, und er wollte das Beste
daraus machen.

Er zog seinen Trolley hinter sich hier. Ihm fiel auf, dass
viele Sicherheitskräfte vor Ort waren. In Nizza hatte es vor
ein paar Jahren bereits einen schlimmen Anschlag gegeben.
Nach den Ereignissen in Paris überraschte die erhöhte Wach-
samkeit Tursunow nicht.

In Bahnhofsnähe fand er ein kleines Café. Der Morgen
war sonnig und warm. Tursunow setzte sich draußen hin,
wo er eine Zigarette rauchen konnte, während er auf sein
Frühstück wartete.

Er zog eines der Wegwerfhandys hervor, die er für den Einsatz gekauft hatte, schaltete es ein und wartete, bis er Empfang hatte.

Sobald es so weit war, piepte das Nachrichtensignal. Tursunow prüfte seine Mitteilungen. Es war nur eine.

Sie bestand aus einem schlechten Handyfoto von einem Stück Rasen. Das Foto stellte einen Code dar. *Der Chemiker hat es zum Bahnhof Nizza geschafft.* Der Tadschike schaltete das Telefon aus.

Er zog an seiner Zigarette und beobachtete die vorbeilaufenden Menschen. Die Stimmung in Südfrankreich war besser als in Paris, aber nicht sehr viel.

Das war wohl zu erwarten gewesen, dachte Tursunow. Die Menschen von hier hatten zwar nichts für die Pariser übrig, aber sie hatten dennoch eine gemeinsame Identität als Franzosen. Was Tursunow betraf, konnten sie alle zur Hölle fahren.

Nachdem er sein Frühstück beendet hatte, nahm er sich die Zeit, um eine weitere Zigarette zu rauchen. Dies war eine Sache, die ihm zur Abwechslung an den Franzosen gefiel. Selbst wenn du nur einen Kaffee bestellt hattest, konntest du beliebig lange am Tisch sitzen bleiben.

Als der verabredete Zeitpunkt näher rückte, bezahlte er seine Rechnung und ging mit seinem Koffer zurück zum Bahnhof.

Dem Chemiker war nicht gesagt worden, dass sie beide im selben Zug fahren würden. Der Tadschike wollte nicht, dass er es wusste. Er wollte ihn aus der Distanz beobachten. Er wollte sichergehen, dass ihm kein Überwachungsteam folgte.

Als er den Bahnhof betrat, war noch mehr los als zuvor. Als er die Schlangen an den Fahrkartenschaltern sah, war er froh, dass er alles im Voraus in Paris gekauft hatte. Das war noch so eine Sache, die er an den Franzosen mochte. Ihr Eisenbahnsystem war einigermaßen gut organisiert.

Da er die Tickets selbst gekauft und eines davon Abdel gegeben hatte, damit der es an seinen Neffen weitergab, wusste Tursunow, in welchem Wagen der Chemiker sitzen würde – und auf welchem Platz.

Er fand den Bahnsteig für den Zug nach Mailand und drückte sich in dem Abschnitt herum, wo der junge Mann einsteigen würde.

Zehn Minuten vor der Abfahrt des Zuges traf Younes El Fassi ein, der Neffe von Abdel und Sohn von Aziz dem Löwen.

Tursunow sah zu und wartete ab.

Die einzige Person, die außer Younes in den Waggon stieg, war eine Frau mit zwei Kindern.

Als der Schaffner mit der Pfeife das Signal zum Einsteigen gab, begab sich auch der Tadschike an Bord.

Er verstaute seinen Koffer und bahnte sich den Weg zu seinem Sitz. Er befand sich zwei Reihen hinter Younes auf der anderen Seite des Gangs. Er konnte den jungen Chemiker sehen, aber nicht umgekehrt.

Als der Zug losfuhr, machte er es sich bequem und stellte sich auf die fast fünfstündige Fahrt nach Mailand ein.

Die Fahrt verlief ereignislos, auch wenn viele Leute Younes verstohlene Blicke zuwarfen. Das war der Fluch eines jungen Arabers in der Zeit nach einem islamistischen Terroranschlag. Tursunow war sich sicher, dass der IS sich bereits zu dem Anschlag in Paris bekannt hatte.

Während der einstündigen Wartezeit auf den Anschlusszug in Mailand behielt Tursunow den Chemiker im Auge. Auch jetzt sah er keine Beobachter.

Er war nicht überrascht. Zum einen verfügten die französischen Behörden gar nicht über die Ressourcen, ihm bis nach Nizza und anschließend zur italienischen Grenze zu folgen. Zum anderen hatten die Italiener keinen guten Grund, an ihm interessiert zu sein.

Sie stiegen in den neuen Zug und fanden ihre Sitzplätze. Der Tadschike hatte niemanden gesehen, der ihm verdächtig vorkam. Dennoch hielt er die Augen offen.

Um genau vier Uhr verließ der Hochgeschwindigkeitszug Alta Velocità den Hauptbahnhof von Mailand. Die Fahrt zum Bahnhof Roma Termini würde knapp unter drei Stunden dauern. Dann konnte der letzte Schritt der Operation beginnen – vorausgesetzt, Antonio Vottari hatte seine Waren geliefert.

So Allah wollte, würde dies der größte Anschlag werden, den die Welt je erlebt hatte.

67

Eine Augusta AW109 brachte Harvath und sein Team von Palermo zurück zum Luftwaffenstützpunkt Sigonella.

Dort blieben sie gerade lange genug, um ihre Ausrüstung mitzunehmen. Harvath besuchte Haney und Gage im Krankenhaus und wünschte ihnen einen sicheren Rückflug in die Vereinigten Staaten. Anschließend stiegen sie sofort wieder in den Hubschrauber und flogen los.

Sie wurden von Argento und seinen Leutnants begleitet. Seine restlichen Männer waren aufgeteilt worden. Die Hälfte von ihnen blieb in dem sicheren Unterschlupf, um Ragusa, Naya und die beiden Bodyguards zu bewachen. Die andere

Hälfte war zu einem anderen sicheren Unterschlupf in Kalabrien vorgeflogen.

»Wir können einmal oder vielleicht zweimal am Haus von La Formiculá vorbeifliegen, je nachdem, wie hoch wir sind«, sagte Argento über sein Headset. »Bei mehr Umrundungen würde er ahnen, dass etwas nicht stimmt.«

Harvath gab ihm das Daumen-hoch-Zeichen. »Wenn einmal reicht, dann machen wir es lieber so.«

Der Italiener nickte und sagte etwas zu seinem Leutnant, der neben ihm mit einer großen Spiegelreflexkamera am Fenster saß. Auf der anderen Seite hielt Morrison ebenfalls eine Kamera in den Händen. Lovett saß mit einer Karte neben Harvath. Barton hatte die Augen geschlossen. Staelin las ein neues Buch.

Harvath sah auf den Titel: *The Obstacle is the Way* von jemandem namens Holiday. Harvath tippte gegen das Buch und fragte: «Worum geht es da?«

»Es sind etwa 200 Seiten«, antwortete der Delta-Force-Agent.

Harvath schüttelte nur den Kopf.

Staelin sah auf und lächelte. »Um den Stoizismus«, erklärte er. »Darum, aus Hindernissen Chancen zu machen.«

»Und? Taugt es was?«

»Keine Ahnung. Mein größtes Hindernis besteht momentan darin, dass mir mein Chef ständig Fragen stellt und mich nicht lesen lässt.«

Argento dolmetschte für seinen Leutnant, und sie beide lachten.

Harvath schüttelte erneut den Kopf und sah wieder aus dem Fenster.

Die Piloten rasten an der Küste Siziliens entlang. Sie flogen an dem gewaltigen Ätna vorbei, dem größten aktiven Vulkan

Europas, und überquerten die Straße von Messina nach Kalabrien an der Zehenspitze Italiens.

Harvath versuchte stets, kurze Augenblicke wie diesen zu genießen. Er hatte nicht viel geschlafen und hätte wahrscheinlich ein Nickerchen machen sollen wie Barton. Aber einen Flug wie heute erlebte man nicht jeden Tag.

Er hatte keine Ahnung, wie viel es kosten würde, privat einen Hubschrauber für einen solchen Flug zu buchen. Zum ersten Mal seit längerer Zeit dachte er an Lara. Sie wäre begeistert gewesen. Er dachte auch an Reed Carlton. Auch er wäre begeistert gewesen.

Der Flug erinnerte Harvath an eine Geschichte, die Carlton früher oft erzählt hatte. Sie handelte von Sizilien und dem OSS, dem Vorläufer der CIA. Darin zeigte sich ein deutlicher Unterschied zwischen den beiden Diensten.

In der Geschichte ging es um Max Corvo, einen Italiener, der in die USA eingewandert war und 1942 der Armee beitrat. Corvo hatte hervorragende Ideen, wie die Achsenmächte in Italien besiegt werden könnten, aber es sah so aus, als würde er als Quartiermeister versauern und nicht aktiv am Krieg teilnehmen können. Anstatt zu schweigen, schrieb Corvo seinen Plan auf, wie in Italien nachrichtendienstliche Erkenntnisse gewonnen und geheime Operationen durchgeführt werden könnten.

Der junge Private fiel dem OSS schon bald auf, und er bekam eine Kommandoposition in der italienischen OSS-Abteilung. Er wurde nach Nordafrika entsendet, um die Invasion Siziliens vorzubereiten. Aber als Corvo dort eintraf, stellte er fest, dass ihm so gut wie keine Ressourcen zur Verfügung standen. Unbeirrt erbettelte, lieh oder stahl er alles, was er in die Hände bekam, damit die Invasion ein Erfolg wurde.

Innerhalb eines Monats nach seiner Ankunft in Nordafrika hatte er seine eigene Bootsstaffel rekrutiert und die erste geheime OSS-Operation auf der hochgefährlichen und von der Gestapo durchsetzten Insel Sardinien geplant, trainiert, ausgerüstet und durchgeführt. Dort trat das OSS in Verbindung mit Partisanen und anderen Kräften aufseiten der Alliierten. Gemeinsam legten sie das Fundament des organisierten Widerstands, der für den Sieg über Italien entscheidend sein würde.

Was der alte Mann an der Geschichte so liebte, war nicht nur die Bereitschaft, ein hohes Risiko einzugehen, sondern auch die Geisteshaltung, um jeden Preis siegen zu wollen. Das OSS förderte Kreativität und Tapferkeit. Für das OSS war keine Mission unmöglich. Die Organisation stand ihren Mitarbeitern nicht im Weg, sondern stand hinter ihnen. Was das OSS interessierte, waren die Ergebnisse.

Sie hatten ein Motto, das von Wild Bill Donovan stammte, dem Gründer des OSS. *Wenn du hinfällst, fall nach vorn.*

Wenn die CIA-Bürokratie heute ein Mantra hätte, würde es wahrscheinlich *Fall nicht hin* lauten. Oder noch besser: *Mach nichts, weswegen du hinfallen könntest.*

Das war nicht der Stil des alten Mannes. Und ganz gewiss auch nicht Harvaths. Für beide zählte nur der Erfolg.

Als SEAL war Harvath eingebläut worden, dass der einzige leichte Tag im Leben der vorige Tag gewesen war. Ihm war beigebracht worden, davon auszugehen, dass alles noch schlimmer kommen würde. Und wenn es so weit war, musste man durchhalten. Was auch geschah, der Kampf war nie vorbei. Was auch geschah, man gab *niemals* auf. Es würde sich immer ein Weg finden, die Mission erfolgreich abzuschließen.

Diese Philosophie erforderte schnelles und mitunter unorthodoxes Denken. Sie erforderte Hingabe und die Bereitschaft, alles Notwendige zu tun.

In den Büros in Washington mit ihren Klimaanlagen konnten die meisten Politiker und Bürokraten diese Geisteshaltung und unbeirrbare Entschlossenheit nicht verstehen. Es war einer der wesentlichen Gründe für die Lage, in der sich das Land befand.

Zum Glück gab es genügend Leute in D. C., die das durchaus verstanden. Die Frage lautete jedoch, ob noch genügend Zeit blieb, das Ruder herumzureißen.

Als der Helikopter eine Kurve beschrieb und nach Norden flog, gab der Pilot über Funk durch, dass sie Vottaris Haus in fünf Minuten erreichen würden.

Argento wies seinen Leutnant und Morris an, ihre Kameras bereitzuhalten. Sie würden im Vorbeifliegen so viele Fotos wie möglich schießen wollen. Er hatte kein gutes Gefühl dabei, eine zweite Umrundung zu riskieren. Wegen der Wolken würden sie niedriger fliegen müssen, als es Argento lieb war.

Harvath sah die Landschaft unter dem Helikopter vorbeiziehen. Vottari lebte in einer Kleinstadt auf dem Land namens Oppido Mamertina, am Fuße des Gebirgszugs Aspromonte.

Lovett zufolge versuchten die älteren 'Ndrangheta-Mitglieder, nicht weiter aufzufallen. Sie stellten ihr riesiges Vermögen nicht zur Schau. Sie integrierten sich in die jeweilige Gemeinde. Die jüngere, aus Mafiosi wie Vottari bestehende Generation, war das genaue Gegenteil. Sie fuhren großspurige Wagen, trugen teure Kleidung und lebten in großen Häusern.

Die älteren Mitglieder machten das Fernsehprogramm und die sozialen Medien dafür verantwortlich. Heutzutage wollte jeder ein Promi sein. Jeder wollte damit angeben, was er hatte. Die Alten waren sich sicher, diese Entwicklung würde der jungen Generation zum Verhängnis werden. Sie warnten die Jungen, es nicht zu übertreiben. Aber nur wenige hörten auf sie.

Das einzige Thema, bei dem die jüngere Generation die Traditionen respektierte, war der Wohnort. Sie zogen nicht in die großen Städte um. Sie blieben vor Ort. Oft blieben sie in den Kleinstädten oder Dörfern, in denen sie aufgewachsen waren. Deswegen fielen die Mafiosi mit ihrem extravaganten Stil dort auf wie bunte Hunde.

Als sich das Team Vottaris Wohnstätte näherte, musste Harvath nicht darauf hingewiesen werden, um welches Haus es sich handelte. Er sah es sofort. Es war riesig.

Drei Seiten des Hauses waren von Wald umgeben. Zum Eingang führte eine lange, gerade Auffahrt. Auf beiden Seiten der Auffahrt befanden sich bewirtschaftete Felder aus unzähligen Olivenbaumreihen. Es gab zahlreiche Außengebäude.

Argentos Leutnant und Morrison machten im Vorbeifliegen zahlreiche Aufnahmen. Menschen auf dem Gelände hielten inne und sahen nach oben.

Harvath hatte alles gesehen, was er sehen musste. Es gab keinen Grund, das Gelände ein zweites Mal zu überfliegen.

Was jetzt zählte, war ein Plan. Etwas, mit dem auch Argento und sein Team einverstanden sein würden. Aber das war leichter gesagt als getan.

Harvath vermutete stark, dass dem Carabiniere keine der Ideen gefallen würde, die ihm durch den Kopf gingen.

68

Der Helikopter setzte sie auf einem privaten Landeplatz des Flughafens von Reggio Calabria ab. Zwei SUVs ohne Kennzeichen warteten auf sie.

Das ROS-Haus lag 20 Minuten entlang der Küste entfernt, in einer kleinen Stadt namens Villa San Giovanni. Es war die am nächsten an Sizilien gelegene Stadt auf dem italienischen Festland. Vor allem von hier fuhren Fähren zur Insel und zurück.

Angesichts der Nähe zur Küste hatte Harvath gehofft, der sichere Unterschlupf befände sich am Wasser. Aber das war nicht der Fall.

Das Haus stand in einer Wohngegend, mehrere Häuserblocks vom Hafen und dem Hauptbahnhof entfernt.

Es war auf einem Hügel gebaut worden. Von der Dachterrasse waren die Stadt und das Meer zu sehen. Der Hof war von Mauern umgeben, bot Platz für vier Fahrzeuge und war mit einem schweren, verstärkten Tor befestigt, um Möchtegerndiebe abzuschrecken.

Überall standen Citronella-Kerzen. Über den Betten hingen Mückennetze. Anscheinend waren die Moskitos ein Problem.

Sie luden ihre Ausrüstung aus den Fahrzeugen. Argento zeigte allen ihre Zimmer. Der Rest des Teams war bereits dort und hatte die Türen und Fenster geöffnet, um das Haus zu lüften.

Harvath warf seine Sachen auf das Bett und ging zurück ins Wohnzimmer. Argento lud die Fotos von beiden Kameras auf seinen Laptop.

»Hunger?«, fragte er, als Harvath den Raum betrat.

Sie hatten in Palermo ein spätes Frühstück zu sich genommen, aber seitdem nichts mehr gegessen.

Harvath nickte und Argento sah auf seine Uhr. »Die meisten Läden werden erst später zum Abendessen aufmachen, aber ich kenne ein Restaurant, bei dem wir es versuchen können. Es liegt am Meer.«

»Schön!«, sagte Harvath. Und weil er so schnell wie möglich einen Plan entwickeln wollte, fügte er hinzu: »Nimm deinen Laptop mit.«

Das Ristorante Glauco im benachbarten Scilla lag nicht nur am Meer, sondern direkt an dessen Ufer. Der Balkon im oberen Stockwerk reichte bis über das Wasser und bot einen der sensationellsten Ausblicke, die Harvath je gehabt hatte.

Segelboote dümpelten im Wasser unter der beeindruckenden Burg Ruffo di Scilla, einer alten Festungsanlage auf einer felsigen Halbinsel, die ins Meer ragte.

An dem steilen Hang war eine Ansammlung von Gebäuden verschiedenster Form und Größe neben- und übereinander stufenförmig angeordnet.

Argento blickte auf die tiefblaue Straße von Messina und erklärte, dass dies der Ort war, an dem Skylla, das Meeresungeheuer aus der griechischen Mythologie, angeblich gelebt hatte.

Nach dem Hubschrauberflug und jetzt in diesem wunderbaren Restaurant scherzte Harvath, dass die Italiener es doch mal mit Tourismus versuchen sollten.

Argento lächelte und fragte, ob er für alle bestellen durfte. Harvath sah Lovett an. Als sie nickte, stimmte Harvath zu.

Während Argento die Bestellung aufgab, warf Harvath einen Blick zum Nachbartisch, an dem Staelin, Barton und Morrison mit Argentos Männern zusammensaßen, von denen einige ein passables Englisch sprachen.

In der Gewissheit, dass sie sich in guten Händen befanden, wandte sich Harvath wieder seinen eigenen Tischnachbarn zu.

Argento klappte seinen Laptop auf. Harvath und Lovett rückten ihre Stühle zurecht, damit sie die Fotos darauf sehen konnten. Während Argento sie durchging, bat Harvath ihn gelegentlich, ein Foto zu vergrößern oder zu einem vorherigen Foto zurückzugehen.

Er versuchte, sich einen umfassenden Eindruck von dem Anwesen zu verschaffen. Er suchte nach Schwachstellen, die sie sich zunutze machen konnten. Zu seiner großen Erleichterung sah er keine Hunde.

»Vottaris Anwesen ist ganz anders angelegt als Ragusas«, meinte Harvath.

Argento nickte. »In Sizilien herrscht eine andere Mentalität. Alle wollen eine Festung haben. In Kalabrien schützt dich die Anonymität.«

»Auf mich wirkt er nicht besonders anonym.«

»Das nun wirklich nicht«, stimmte ihm der Italiener zu.

»Wissen wir etwas über seine Routine?«, fragte Harvath. »Irgendetwas, das uns die Gelegenheit bietet, ihn zu schnappen?«

»Nichts in der Art von Ragusas Barkeeperin.«

»Ein Restaurant, in das er öfters geht? Besucht er seine Mutter regelmäßig? Oder trifft er sich vielleicht mit seinem Onkel?«

Argento machte eine ablehnende Geste. »Wir wollen auf keinen Fall etwas mit dem Onkel zu tun haben.«

Harvath verstand. »Mit welchem Schutz umgibt sich Vottari normalerweise? Sind es viele Männer oder nur ein paar? Womit können wir rechnen?«

»Vier bis sechs Männer.«

»Bewaffnet?«

»Davon sollten wir ausgehen.«

Harvath streckte den Arm nach dem Computer aus und klickte auf ein Foto des Anwesens. »Wie sieht es mit den Sicherheitsmaßnahmen in der Nacht aus?«

Argento öffnete einen weiteren Ordner, fand die Information, nach der sich Harvath erkundigt hatte, und las sie ihm vor. »Zwei Männer außerhalb des Hauses, zwei im Haus. Definitiv bewaffnet. Halbautomatische Gewehre.«

»Wissen wir, wie das Grundstück gesichert ist? Gibt es Bodensensoren oder etwas Ähnliches?«

Der Italiener scrollte durch die Datei und schüttelte den Kopf. »Das wissen wir nicht.«

»Ist das Haus alarmgesichert? Gibt es einen Panikraum? Haustiere?«

Wieder ging Argento die Datei durch. »Keine Ahnung, was die ersten beiden Punkte betrifft. Mit Haustieren meinst du wohl Hunde. Wir haben keine gesehen.«

Harvath nickte.

Es würde bei jedem Einsatz immer unbeantwortete Fragen geben. Je weniger Vorbereitungszeit zur Verfügung stand, desto mehr Fragen blieben normalerweise offen. Vottaris Akte lesen zu können erleichterte die Angelegenheit.

»Bevor wir über einen Plan sprechen«, sagte der Italiener, »möchte ich ein paar Grundregeln aufstellen.«

Harvath sah ihn an. »Zum Beispiel?«

Argento atmete tief ein, und in diesem Moment wusste Harvath, dass sie ein Problem hatten.

69

»Das soll ja wohl ein Scherz sein«, sagte Harvath.

»Es ist kein Scherz«, erwiderte Argento.

»Warum sparen wir uns dann nicht einfach die Mühe? Wir können an die Tür klopfen und sie bitten, uns zu erschießen.«

»Jetzt übertreibst du etwas.«

Harvath schüttelte den Kopf. »Wenn ich übertreiben würde, sähe das ganz anders aus. Glaub mir, ich sage bloß die Wahrheit.«

»Und ich ebenfalls«, hielt ihm der Italiener entgegen. »Mir gefällt das genauso wenig wie dir. Aber so ist es nun mal.«

»Das ist doch Quatsch.«

»Jetzt hör mir mal zu. Meine Männer und ich sind keine Carabinieri geworden, um genauso zu sein wie die Mafia. Wir sind Carabinieri geworden, weil wir *bessere* Menschen sind als sie. Wir wollen sie nicht mit ihren eigenen Methoden bekämpfen, sondern mit unseren.«

»Bei allem Respekt: Manchmal muss man die Regeln neu auslegen.«

Argento widersprach nicht. »Es stört mich nicht, hier und da ein Auge zuzudrücken. Aber so übel diese Leute auch sein mögen – sie sind immer noch Bürger Italiens. Das Gesetz beschützt alle Italiener. Auch die Schlimmsten von ihnen.«

Harvath mochte Argento. Er war ein guter Mann. Aber hier lag er komplett daneben. »Und wenn ich deine Grundregeln ignoriere?«

»Komm schon, sei nicht bescheuert.«

»Ich meine es ernst. Was passiert, wenn ich sie ignoriere?«

»Die CIA hat sich auf Mailands Straßen einen Imam geschnappt und ihn nach Ägypten verfrachtet. Dort wurde er gefoltert. Allen daran beteiligten CIA-Agenten wurde in Abwesenheit der Prozess gemacht, und sie wurden für schuldig befunden. Es wurden Gefängnisstrafen und hohe Geldstrafen verhängt. Was glaubst du, wie die italienischen Gerichte reagieren werden, wenn du Vottari oder einem seiner Leute etwas zuleide tust?«

»Definiere *etwas zuleide tun!*«

»Erschießen«, erwiderte der Italiener. »Was passiert wohl mit dir und deinem Team, wenn du auch nur einen von diesen Typen erschießt?«

»Niemand weiß, dass wir hier sind.«

»Ich weiß, dass ihr hier seid«, stellte Argento klar. »Meine Männer wissen es auch. Meine Piloten wissen es.«

»Na und?«

»Was denkst du denn, wen ich gestern Nacht in unserem Haus in Palermo angerufen habe? Was denkst du, woher meine Akte über Vottari stammt? Ich musste dafür den Oberstaatsanwalt anrufen, der für die 'Ndrangheta zuständig ist. Ich hab ihn mitten in der Nacht aufgeweckt.«

Harvath fand sich in derselben Situation wie zuvor mit Lovett in Bezug auf Ragusa. Um voranzukommen, musste eine weitere Person einbezogen werden. Sobald das geschah, war die Operation – und vor allem die Agenten – exponiert. Es bestand keine vollständige Geheimhaltung mehr.

»Dann verrate mir mal, wie wir vorgehen sollen«, sagte Harvath.

»Glaub mir, ich denke über nichts anderes nach. Wenn Vottari oder irgendeiner seiner Männer als Leiche endet, wird man zunächst auf mich schauen. Und auch, falls er verschwindet.«

»Und doch hat es dir nichts ausgemacht, Ragusa, seine Freundin und die beiden Bodyguards für eine Weile verschwinden zu lassen.«

»Weil er Vottari bereits verraten hatte«, sagte Argento. »Er wird niemals zugeben, was passiert ist. Er wird Naya Angst machen, damit sie nichts sagt, und seine Männer haben keine Ahnung, was sich in der Wohnung abgespielt hat. Und selbst wenn, würden sie nichts ausplaudern, sonst würde er sie töten lassen. Ich muss mir keine Sorgen machen, Ragusa könnte zur Presse laufen oder mich anzeigen.«

»Dann überlegen wir mal, wie wir La Formícula in dieselbe Lage bringen können«, meinte Harvath.

»So weit wird es aber gar nicht erst kommen, wenn du und dein Team nicht den Grundregeln zustimmen.«

»Jede Operation hat ihre Einsatzregeln. Das verstehe ich. Ich verstehe auch, dass für dich viel auf dem Spiel steht. Für mich auch. Ich bin für mein Team verantwortlich. Ich will es keiner Situation aussetzen, in der ich es nicht schützen kann. Das werde ich einfach nicht zulassen.«

Harvath war mit seinem Latein am Ende.

»Darf ich mal?«, fragte Lovett und zeigte auf Argentos Computer.

Der Italiener nickte und schob ihn zu ihr rüber. Zu Harvath sagte er: »Dir ist klar, dass das nicht persönlich gemeint ist? Ich habe bei meinen Missionen viele Freiheiten, aber in dieser Hinsicht nicht.«

Das war Harvath klar. An Argentos Stelle hätte er wahrscheinlich dieselbe Einstellung. Wenn man nicht völlig auf sich allein gestellt ist und absolut ohne Rechenschaftspflicht, wird es Einschränkungen geben, mit denen man zurechtkommen muss.

Im vorliegenden Fall waren diese jedoch ein wenig zu extrem, fand Harvath. Mit solchen Einsatzregeln würden sie niemals Fortschritte gegen die Mafia machen. Sie würden immer das Nachsehen haben.

Er blickte zu Lovett und sah, dass sie ein paar weitere Fotos aus Vottaris Akte geöffnet und nebeneinander angeordnet hatte. »Was ist damit?«, fragte er.

»Das sind Bilder von seiner Facebook-Seite.«

»Die Ameise ist bei Facebook?«

»Allerdings. Und er benutzt sogar seinen echten Namen.«

Harvath schüttelte den Kopf. Alle möglichen Leute waren bei Facebook. Warum nicht auch ein Mafioso Mitte 30?

Die Fotos zeigten Vottari beim Feiern mit seinen Freunden und hübschen Frauen. Alle schienen Spaß zu haben.

Beim näheren Hinsehen fiel ihm etwas auf. »Kommen dir die Sofas auf diesen Fotos bekannt vor?«

Lovett vergrößerte sie. »In der Tat.«

Die Fotos waren nur Ausschnitte. Harvath wollte sie in Originalgröße sehen, so wie Vottari sie gepostet hatte.

Harvath wandte sich an Argento. »Hast du ein Facebook-Konto?«

»Ich nutze kein Facebook«, kommentierte der Italiener.

»Schon erledigt«, sagte Lovett und reichte Harvath ihr Handy. *Sie* nutzte Facebook.

In der App auf ihrem Handy hatte sie Vottaris Seite aufgerufen. Harvath scrollte durch die Fotos, bis er fand, wonach er suchte. La Formícula war so freundlich gewesen, den Ort zu markieren, an dem das Foto aufgenommen worden war.

»Schon mal von einem Laden namens The Beach Club in Reggio Calabria gehört?«, fragte Harvath.

Argento nickte. »Eine große Disco, nicht weit vom Flughafen entfernt.«

Harvath gab Lovett das Handy zurück. »Dort werden wir ihn uns schnappen.«

»Woher wissen wir, wann er dort sein wird?«, fragte der Italiener. »Bei seiner Überwachung haben wir keine festen Verhaltensmuster feststellen können.«

»Wir werden einen hübschen Köder direkt vor seine Nase pflanzen.«

»Wie stellst du dir das vor?«

Harvath lächelte. »Keine Sorge. Ich habe den perfekten Typen dafür.«

70

Nicholas war gerade vor Reed Carltons Haus aus seinem Wagen geklettert, als hinter ihm Lydia Ryan vorfuhr. Ihr wiederum folgte ein verdunkelter Van.

Er ging zur Heckklappe des grauen Mercedes, ließ die Hunde aus dem Wagen und nahm seinen Rucksack. Selbst aus der Entfernung merkte er, dass etwas nicht stimmte und dass Ryan äußerst aufgebracht war.

»Was ist los?«, fragte er, als sie aus dem Auto stieg und anfing, dem Team in dem schwarzen Van Anweisungen zu geben.

»Das hier!«, antwortete sie und reichte ihm eine winzige Überwachungskamera. »Die waren in meinem ganzen verdammten Haus! Auch mein Wagen war verwanzt. Sogar ein Peilsender war daran angebracht.«

»Das ist nicht gut«, meinte Nicholas. »Wer, glaubst du, steckt dahinter?«

»Das sage ich dir, sobald wir das Haus komplett abgesucht haben. Tu mir bis dahin einen Gefallen und warte hier draußen.«

Nicholas nickte. Ryan führte die Mitarbeiter ins Haus.

45 Minuten später kam das Team zurück. Nachdem sie auch Nicholas' Wagen und die von Carltons Leibwächtern geprüft hatten, verstauten sie ihre Sachen in dem Van und fuhren los.

Nicholas befahl seinen Hunden mitzukommen und betrat das Haus. Er fand Ryan und Carlton am Esszimmertisch. Auf dem Tisch ausgebreitet lagen die Abhörgeräte, die man im Haus gefunden hatte.

»Das ist echt nicht gut«, merkte Nicholas an und stellte seine Tasche ab. »Sind davon noch welche aktiv?«

Ryan schüttelte den Kopf. »Die Stromversorgung wurde gekappt. Keines der Geräte überträgt ein Signal.«

»Trotzdem«, sagte er. »Einen Moment!«

Kurz darauf kam er mit einem Müllbeutel zurück. Mit Ryans Hilfe räumte er alle Geräte vom Tisch in den Beutel. Dann verknotete er ihn, schmiss ihn in die Garage und kehrte ins Esszimmer zurück.

»Nur zu deiner Information«, sagte Ryan. »Dein Auto war sauber.«

»Danke für die Kontrolle. Was war mit dem Sicherheitsteam?«

»Ihre Fahrzeuge waren kompromittiert. Sender und Wanzen.«

Nicholas schüttelte den Kopf. »Wie hast du's rausgefunden?«

»Als CIA Deputy Director werde ich regelmäßig auf so etwas überprüft. Ich hatte ein komisches Gefühl. Also habe ich die Sicherheitsleute gebeten, meinen nächsten Kontrolltermin vorzuziehen. Vielleicht war es Intuition.«

»Und wie sind diese Typen in deine Wohnung gelangt?«

»So wie sie auch hier ins Haus gekommen sind. Sie haben gewartet, bis ich zur Arbeit gefahren bin und Reed zu einem Arzttermin. Dann haben sie zugeschlagen. Sie könnten heute Nacht zurückkommen und alle Fahrzeuge erneut verwanzen. Angesichts der Qualität ihrer Ausrüstung scheinen sie sich auszukennen.«

Reed Carlton warf ihr einen Blick zu. »Jemand ist offensichtlich stark daran interessiert, was wir vorhaben.«

»Dieselbe Person, die ein Kopfgeld auf unsere E-Mail-Konten ausgesetzt hat«, ergänzte Ryan.

»Apropos«, warf Nicholas ein. »Dazu habe ich Neuigkeiten. Aber ich will mich nicht äußern, weil es vielleicht nicht sicher ist, hier offen zu reden.«

Ryan nickte. »Ich habe mein Team ein paar aktive Gegenmaßnahmen installieren lassen. Wir sind abhörgesichert, aber dein Handy wird im Haus jetzt nicht funktionieren.«

»Zu einem Treffen wie diesem bringe ich mein Handy sowieso nicht mit.«

»Gut. Dann fangen wir an«, entschied Carlton. »Was hast du zu berichten?«

Der kleine Mann zog ein paar Zettel aus seinem Rucksack und breitete sie auf dem Tisch aus. »Wer auch immer hinter alldem steckt, ist schlau. *Wirklich* schlau. Ich ärgere mich sogar ein bisschen, dass ich nicht selbst auf die Idee gekommen bin.«

»Was meinst du damit?«, fragte Ryan.

»Für den Auftrag musste ich all eure E-Mails hochladen, sobald ich Zugang zu ihnen hatte. In eine Dark-Web-Version von Dropbox. Sobald ich die benötigten Malice-Programmzeilen hatte, habe ich …«

»Was ist Malice?«, unterbrach Carlton.

Nicholas wurde es schwer ums Herz. Carlton hatte zunehmend Probleme, neue Informationen zu behalten. »Das ist ein Computerprogramm, das ich brauchte«, erklärte er höflich, als hätten sie noch nie zuvor darüber gesprochen. »Ich konnte die CIA überzeugen, mir einen Teil davon zu überlassen.«

»Hervorragende Arbeit. Entschuldige die Unterbrechung. Erzähl weiter.«

»Kein Grund, um Entschuldigung zu bitten!«, erwiderte er. »Kurz gesagt: Sobald ich dieses Programm hatte, konnte ich es in die weitergeleiteten E-Mails einbetten. Ich habe gestern Nacht alles hochgeladen.«

»Und?«, fragte Ryan.

»Und heute Morgen hat sie jemand runtergeladen.«

»Wer war das?«

»Ich weiß nicht, wer«, sagte Nicholas. »Aber ich weiß, *wo*. Sobald der Zugriff auf die Daten erfolgte, sendete Malice ein stilles Leuchtfeuer aus.«

»Also, von wo erfolgte der Zugriff?«

»Vom Cedars-Sinai Medical Center in Los Angeles.«

Jetzt war Ryan ebenso verwirrt wie Carlton. *»Cedars-Sinai?«*, vergewisserte sie sich. »Das kapier ich nicht.«

»Weißt du, was der HIPAA ist?«, fragte der kleine Mann.

»So ungefähr.«

»Das ist die Abkürzung für Health Insurance Portability and Accountability Act. Im Grunde ist es ein Gesetz, das die Vertraulichkeit von Daten und Sicherheitsbestimmungen für medizinische Informationen reguliert. Der Regierung ist dieses Thema sehr wichtig.«

»Ja und?«, fragte sie.

»Das Cedars-Sinai ist eines der am meisten ausgelasteten und technisch fortschrittlichsten Krankenhäuser der Welt. Aufgrund des HIPAA verfügen sie dort über einige der sichersten Computersysteme, die es gibt. Wenn du in ihr System gelangst, wären zum einen deine Daten sicher. Wenn du ein böser Bube wärst, wärst du zudem in einem der letzten Systeme, in denen dich die Regierung vermuten würde. Die Idee ist genial.«

»Kannst du dich reinhacken?«

»Mit genügend Zeit und Ressourcen kann ich alles hacken. Aber hier ist das Problem.« Nicholas schob einen der Zettel über den Tisch zu Ryan. Darauf befand sich eine Art Flussdiagramm. »Auf Grundlage der Malice-Informationen glaube ich nicht, dass die Leute, die wir suchen, ihre Daten im Cedars-Sinai-System speichern.«

»Sondern?«

»Sie nutzen das System zur Tarnung und übertragen die Daten in ein anderes System.«

»Hast du eine Ahnung, wo sich dieses andere System befinden könnte?«, fragte Ryan.

Nicholas nickte. »Ich glaube, es befindet sich innerhalb des Krankenhauses.«

»Was brauchst du, um dir absolut sicher zu sein?«

»Ich müsste vor Ort sein, um mir alles mit eigenen Augen anzusehen.«

Ryan sah Carlton an. Jegliche Verwirrung war aus seinem Gesicht gewichen. Stattdessen wirkte er konzentriert und entschlossen.

»Stell ein Team zusammen«, befahl er. »Mach einen Flieger startklar und bring Nicholas so schnell wie möglich nach L. A.«

Nachdem sie alle Einzelheiten besprochen hatten, nahm Nicholas seinen Rucksack und verließ das Haus mit den Hunden an seiner Seite.

In seinem Van schnallte er sich an und nahm sein Handy. Eine Nachricht war eingetroffen, während er sich im Haus aufgehalten hatte. Sie stammte von Scot Harvath.

DRINGEND: Benötige großen Gefallen. Schnell.

71

Reggio, Kalabrien

Das Letzte, wozu Harvath momentan Lust hatte, war ein Clubbesuch. Aber es war Donnerstagabend, der Laden würde einigermaßen voll sein, und vielleicht hatten sie ja Glück. Zumindest würden sie einen Eindruck davon bekommen, wie es dort aussah. Dann konnten sie Ideen entwickeln, wie sie sich La Formícula schnappen würden.

Harvaths Plan war recht unkompliziert. Er würde Argentos »Grundregeln« weitgehend beachten, aber gewisse Dinge konnte er nicht versprechen. Das Leben war voller Überraschungen – vor allem in ihrem Beruf. Viele dieser Überraschungen waren äußerst gefährlich.

Während des Abendessens verschickte Harvath zwei Nachrichten, verließ das Restaurant, um ein paar Anrufe zu tätigen, und stellte eine Liste der Dinge zusammen, die Argento und sein Team für ihn auftreiben mussten.

Als sie wieder in ihrem Haus waren, ging Harvath auf sein Zimmer, um zu duschen und seine Augen eine Stunde lang zu schließen.

Zur verabredeten Zeit trafen sich beide Teams im Wohnzimmer. Harvath ging den Plan mit ihnen durch. Argento dolmetschte, um sicherzustellen, dass alle genau verstanden, worum es ging.

Alle waren sich einig, dass der größte unbekannte Faktor Vottaris Leibwächter sein würden. Sie würden keine Profis sein. Und weil sie keine Profis waren, konnte ihr Verhalten nicht vorhergesagt werden. Alles Mögliche konnte passieren. Das war die größte Gefahr.

Die Männer, die Vottari beschützten, waren im Grunde genommen einfache Schläger. Sie stammten aus seinem oder einem nahe gelegenen anderen Dorf. Sie würden ihm gegenüber uneingeschränkt loyal sein. Falls es Ärger geben sollte, würden sich diese Jungs nicht zurückhalten.

Das störte Harvath nicht weiter. Er war ihnen zahlenmäßig überlegen. Sogar ohne Argento und seine Truppe hätten Harvaths Männer die von La Formícula im Griff gehabt. Sie mussten bloß die richtigen Werkzeuge mitbringen.

Jemand aus dem Team stellte die Frage, wie es mit dem Sicherheitspersonal im Beach Club aussah und wie sie sich verhalten sollten, falls die Sicherheitsleute sich einmischen würden. Harvath hatte diese Möglichkeit bereits mit Argento besprochen und überließ es ihm, seine Männer zu informieren. Falls sie im Zuge der ganzen Aktion die Carabinieri-Karte ausspielen mussten, dann in so einem Moment.

Als alle Fragen beantwortet waren, drängten sie sich in ihre Fahrzeuge und fuhren los.

Sie hatten beschlossen, dass die Teams den Club einzeln betreten und so tun würden, als kannten sie einander nicht. Die Amerikaner gingen zuerst.

Harvath zog ein Bündel Scheine aus seiner Kuriertasche, um einen mit Kohle um sich werfenden Amerikaner zu spielen. Wenn der Beach Club einen VIP-Bereich hatte – was höchstwahrscheinlich der Fall war –, würde sich Vottari dort aufhalten. In diesen Bereich wollte Harvath.

Im Gegensatz zu dem Restaurant, in dem sie zu Abend gegessen hatten, befand sich der Beach Club an einem Küstenabschnitt mit einem lang gezogenen Strand. Auf seiner Website sah der Club aus wie ein Laden im Miami der 1950er-Jahre. Es gab draußen viele Tische, Chaiselongues, Cabañas und sogar einen Pool.

Das Gebäude hatte ein Schiebedach und eine Glasfront, die nach außen geöffnet werden konnte. Es gab drei Bars, eine große Tanzfläche und an manchen Abenden sogar ein Feuerwerk. The Beach Club war einer der angesagtesten Clubs in Kalabrien.

Als sie sich auf den Eingang zubewegten, kam Harvath gleich zur Sache. Er steckte den beiden Türstehern je einen 100-Dollar-Schein zu. Nach dieser Aktion würde sich die Nachricht wie ein Lauffeuer verbreiten, dass jemand im Haus war, der viel Geld ausgeben wollte.

The Beach Club hatte in der Tat einen VIP-Bereich. Harvath und sein Team wurden direkt dorthin geführt.

Der Mann an dem VIP-Absperrposten mit einem samtenen Seil bekam ebenfalls 100 Dollar. Er teilte Harvath mit, der Eintritt koste 500, allerdings beinhalte das eine Flasche Champagner. Harvath zog diskret vier weitere Scheine hervor und drückte sie dem Mann in die Hand. Lächelnd entfernte dieser das Seil von dem Pfosten und ließ das Team eintreten. Eine gut aussehende junge Kellnerin führte sie zu ihrem privaten Sitzbereich. Dort standen weiße Sofas wie auf Vottaris Facebook-Fotos.

»Gut gemacht«, sagte Lovett, als sie sich alle hinsetzten.

Es war erst kurz nach zehn, und in dem Club war noch nicht viel los, aber die Musik ließ anderes vermuten. Sie war laut und dröhnte, als wäre es Freitagnacht und der Laden zum Bersten voll.

Harvath nahm sein Handy und schrieb Argento, dass sie es ins Innere geschafft hatten. Dann nahm er ein kurzes Video von der Umgebung des VIP-Bereichs auf und schickte es an Nicholas. Je mehr Nicholas über diesen Laden wusste, desto leichter würde er seinen Auftrag erfüllen können.

Ein paar Minuten später kam die Kellnerin mit einem Tablett voller Gläser zurück. Direkt hinter ihr folgte eine

Hilfskraft mit einem Kübel Eiswürfel. In dem Eis steckte die VIP-Flasche Champagner, die mit der Eintrittsgebühr von 500 Dollar einherging.

Die Kellnerin zeigte Harvath das Etikett. Von der Marke hatte Harvath noch nie gehört. Wahrscheinlich war die Flasche nicht mehr als 20 Dollar wert. Mit einem breiten Lächeln dankte er der Frau und versuchte es mit ein wenig Small Talk über die laute Musik hinweg, während sie die Flasche öffnete.

Ihr Englisch war sehr schwach, aber das war gut so. Je weniger sie von ihm und den Leuten verstand, die ihn begleiteten, desto besser. Sie sollte sich lediglich daran erinnern, dass er viel Trinkgeld gegeben hatte, und hoffen, dass er wiederkäme.

Sobald sie alle Gläser gefüllt hatte, reichte er ihr einen 100-Dollar-Schein.

»*Grazie*«, sagte sie. *Danke.* Sie hielt die Flasche in die Höhe, die nach dem Füllen von fünf Gläsern leer war. »Noch mehr?«

Harvath lächelte. »Später.«

Sie lächelte ebenfalls und entfernte sich, um sich um eine andere Gästegruppe zu kümmern.

»Auf die schönen Frauen!«, sagte Barton und hob sein Glas.

Über sein Glas hinweg fügte Morrison hinzu: »Anwesende eingeschlossen!«

»Darauf muss ich ja wohl anstoßen«, meinte Lovett und hob ebenfalls ihr Glas.

Harvath und Staelin nahmen ihre Champagnergläser, und alle stießen miteinander an. 15 Minuten später traf auch das italienische Team ein.

Harvath ignorierte sie, so wie vereinbart. Staelin hielt jedoch aus dem Komfort des VIP-Bereichs heraus dezent sein

Champagnerglas in die Höhe. Er deutete damit auf die Neu-ankömmlinge.

Ebenso dezent hielt Argentos Leutnant sich die Hand unters Kinn und machte damit eine wegwerfende Bewegung in Richtung des Amerikaners. Harvath gab sich Mühe, nicht zu lächeln.

Im Laufe der nächsten zwei Stunden streiften sie durch den Club und sahen sich genau um. Sie bestellten Drinks, mach-ten Fotos und gaben weiterhin viel Trinkgeld.

Sie prüften die Ausgänge, lernten weiteres Sicherheitsper-sonal kennen und entwickelten doppelte Notfallpläne. Als Harvath den Eindruck hatte, dass sie genug gesehen hatten, meinte er, dass es für heute reiche. Beim Verlassen des Clubs wurden sie von allen Mitarbeitern, mit denen sie zu tun gehabt hatten, ermutigt, doch morgen Abend wiederzukommen. Der Chef des VIP-Bereichs bot an, ihnen dieselben Plätze zu reser-vieren. Die Türsteher am Eingang teilten ihnen mit, sie sollten die Schlange ignorieren und sich direkt an der Tür bei ihnen melden.

Mit ein bisschen Geld konnte man weit kommen.

Nach diesen Vorbereitungen kehrten sie zu dem sicheren Unterschlupf in Villa San Giovanni zurück.

Harvath war bettreif, aber er hatte immer noch ein paar Dinge auf seiner To-do-Liste abzuhaken.

Nachdem er eine Zusammenfassung für McGee geschrie-ben und mehrere wichtige E-Mails beantwortet hatte, lud er die restlichen Fotos und Videos für Nicholas hoch. An-schließend machte er Feierabend.

Er zog sich aus, kroch ins Bett und löschte das Licht.

Normalerweise schlief er ziemlich schnell ein, wenn er im Einsatz war. Heute war es anders. Sein Gehirn sprang von einem Gedanken zum nächsten. Was sollte er tun, falls sich der Grund, warum die CIA ihn Mustafa Marzouk nachjagen ließ, erledigt hatte? Wenn der IS bereits einen Chemiker gefunden hatte, um ihn zu ersetzen? Ob Rom wohl ihr Ziel wäre? Und für welche Art von Anschlag würden sie einen Chemiker benötigen? Was, wenn Harvath sich Vottari nicht im Beach Club schnappen konnte? Wenn Vottari gar nichts wusste?

Harvath fing sogar an, sich zu fragen, ob es eine gute Idee gewesen war, mit Lara nach Boston zu ziehen, und ob er zurück nach D. C. sollte, um für den alten Mann eine Sondereinsatzgruppe zu leiten. In diesem Moment wusste er, dass er übermüdet war.

Er verlangsamte seine Atmung und konzentrierte seine Gedanken auf einen einzelnen Punkt. Er entschied sich für den Blick auf den Charles River aus dem Haus, das er in Boston gemietet hatte. Das Bild verwandelte sich langsam in ein ihm viel vertrauteres Bild, bei dem er sich weitaus wohler fühlte – die Anlegestelle seines alten Hauses mit dem Blick auf den Potomac.

Mit diesem Bild vor seinem geistigen Auge und in Erinnerung daran, wie oft er dort schon mit einem Sixpack gesessen und sich nach einem Auftrag entspannt hatte, schlief er endlich ein.

72

Rom

Um genau 18:55 Uhr fuhr der Hochgeschwindigkeitszug aus Mailand in den Bahnhof Roma Termini ein. Tursunow war schon früh aufgestanden und hatte sich am Ausgang positioniert, damit er als einer der Ersten aus seinem Waggon steigen würde. Er wollte sich an der bestmöglichen Stelle aufhalten, um den Chemiker zu beobachten.

Er trat auf den Bahnsteig, ging zum anderen Ende und zog seine Zigaretten hervor. Die Bußgelder für unerlaubtes Rauchen waren in Italien exorbitant. Wenn man am falschen Ort eine Zigarette anzündete, konnte das 300 Euro oder mehr kosten.

Er hatte mit dem Gedanken gespielt, einfach eine Zigarette zwischen den Lippen hängen zu lassen, bis er sie draußen anstecken konnte. Aber damit hätte er die ungewollte Aufmerksamkeit der Polizei auf sich lenken können. Also schob er die Packung zurück in seine Tasche.

Indem er so tat, als läse er Nachrichten auf seinem Handy, wartete er, bis Younes ausgestiegen war. Als der junge Mann auftauchte, folgte er ihm.

Der Chemiker hatte ein weißes Taschentuch um den Griff seiner Tasche gewickelt. So war es ihm aufgetragen worden. Langsam ging er auf die Haupthalle des Bahnhofs zu.

Er betrat ein McDonald's und stellte sich in der längsten Schlange an. Als er an der Reihe war, bestellte er einen Hamburger und Pommes zum Mitnehmen. Mit seinem Imbiss in der Hand ging er auf einen Nebenausgang des Bahnhofs zu. Dabei behielt Tursunow ihn die ganze Zeit im Auge. Nichts deutete darauf hin, dass er beobachtet wurde.

In der Nähe des Ausgangs ging ein Sinti-Taxifahrer auf Younes zu. Der junge Mann hatte einen Ziegenbart und trug Jeans sowie ein AC/DC-T-Shirt. Er bot an, Younes an jeden beliebigen Ort zu fahren.

Der Chemiker lehnte sein Angebot ab, indem er ihm sagte, dass Uber in Rom sicher genauso gut war wie Uber in Paris.

Als der Fahrer versicherte, ein hervorragender Reiseführer zu sein und einen Cousin zu haben, der ihn kostenlos ins Kolosseum bringen konnte, war ihr Code-Gespräch beendet. Younes überreichte dem Mann seine Tasche, und die beiden verließen den Bahnhof.

Der Tadschike folgte ihnen und beobachtete alles. Der Fahrer führte den Chemiker einen Häuserblock weiter zu seinem »Taxi«, in dessen Kofferraum er die Tasche legte. Younes nahm auf dem Rücksitz Platz, und der Wagen fuhr los. Niemand folgte den Männern.

Erleichtert schickte Tursunow ein kurzes Dankgebet an Allah und ging zu seinem Hotel.

Er hatte sich wie in Paris für ein kleines, unauffälliges Hotel unweit des Bahnhofs entschieden. Es war eines dieser Hotels, in denen jedes Jahr so viele Gäste abstiegen, dass ihre Gesichter für die Angestellten zu einem einzigen Durcheinander verschwammen.

Nach dem Einchecken führte er seine Waschungen durch, betete und packte seinen Koffer aus.

Er zog eine Klinge aus seinem Rasierset. Damit schnitt er den Saum seines Sakkos auf und ließ das Futter heraushängen. Er legte sich das Sakko über den Arm, verließ das Hotel und ging zur Straßenbahn. Sein Ziel lag im Osten der Stadt und hieß Tor Pignattara.

Tor Pignattara war Roms Version von Aubervilliers. Ein vorwiegend muslimisches Viertel, das sich selbst überlassen worden war. Im ganzen Viertel und der näheren Umgebung hatten die italienischen Behörden unter Verweis auf Bauvorschriften und Sicherheitsbestimmungen islamische Kulturzentren geschlossen, die als Moscheen dienten.

Da es keine Orte mehr gab, um sich zu versammeln und gemeinsam zu beten, waren die Gläubigen dazu übergegangen,

Garagen und leer stehende Geschäfte zu übernehmen. Die Schließungen hatten unter den Einwohnern für viel Unmut gesorgt. Mehr als einmal war es zu Gewaltausbrüchen gekommen, die sich jederzeit wiederholen konnten.

Und obwohl es Tursunow nicht zusagte, wenn seinen muslimischen Brüdern und Schwestern Gebetshäuser verweigert wurden, kamen soziale Spannungen seinen Zielen zugute.

Unter Polizisten hatte Tor Pignattara still und leise den Ruf einer »No-go-Area« erworben. Mit anderen Worten: Wenn die Polizei dort auftauchte, sollte sie lieber Unterstützung mitbringen. Die Gegend war ein Pulverfass, und die Polizei bemühte sich redlich, sie zu meiden.

Dank dieser Einstellung des Sich-nicht-Einmischens konnte der IS dort rekrutieren, planen, trainieren und operieren, ohne sich große Sorgen machen zu müssen, dabei entdeckt zu werden.

Gelegentlich kam es zu Verhaftungen. Meistens handelte es sich dabei um Dummköpfe, die mit IS-Leuten im Ausland kommunizierten oder sie unterstützten. Die örtlichen IS-Mitglieder waren viel vorsichtiger. Jeder Bewerber, der so wirkte, als könnte er sich als Problem erweisen, wurde sofort abgewiesen. Für diese Leute stand zu viel auf dem Spiel, als dass sie jemanden aufnehmen würden, der alles ruinieren konnte.

Tursunow stieg aus der Straßenbahn und ging ein paar Häuserblocks zu Fuß. Der Abend war warm und schwül.

Autos und Motorräder schwirrten umher. Kinderwagen schiebende Frauen mit Hidschab gingen an ihm vorbei. Ihre Männer oder andere männliche Familienangehörige hielten sich in der Nähe auf. Wieder andere Männer saßen vor Geschäften an kleinen Tischen und spielten Karten oder Domino. Es gab mehr arabische als italienische Schilder.

Tursunow fühlte sich, als könnte er genauso gut in Amman, Kairo oder Nadschaf sein.

Vor sich erblickte er endlich sein Ziel. Es war eine kleine Schneiderei. Das Licht brannte noch, aber das Schild an der Tür besagte *Chiuso. Geschlossen.* Darunter stand dasselbe Wort auf Arabisch. Ein Mann mittleren Alters mit schütterem Haar saß an einem Tisch und reparierte eine Hose mit Nadel und Faden.

Tursunow trat vor die Glastür und klopfte an. Als der Mann von dem Tisch aufsah, hielt der Tadschike sein Sakko in die Höhe, damit er den Schaden sah.

Der Mann legte Nadel und Faden hin, stand auf und kam näher, um die Tür aufzuschließen.

Er öffnete sie einen Spaltbreit und sagte: »Ich habe geschlossen.«

Der Tadschike entgegnete mit einem Zitat aus dem Koran: »Allah, Friede sei mit ihm, ist mit denen, die anderen dienen.«

»Und er ist mit denjenigen, die gottesfürchtig sind und Gutes tun.«

Tursunow lächelte. »Der Lohn der Güte ist Güte.«

Der Schneider lächelte und öffnete die Tür, damit sein Gast eintreten konnte. »*As-sala-mu 'alaykum*«, sagte er. *Der Friede auf euch.*

»*Wa 'alaykum al-salaam*«, entgegnete der Tadschike.

Der Name des Schneiders lautete Hamad Sarsur. Er war in Syrien geboren, aber vor mehr als 25 Jahren aus seinem Heimatland geflohen. Als der IS zum Dschihad aufgerufen hatte, war er dem Ruf gefolgt, aber in Rom geblieben.

Sarsur war ein äußerst begabter Schneider. Er hatte für mehrere Modehäuser in Mailand und einige hochpreisige Boutiquen in Rom gearbeitet. Trotzdem hatte er seinen Laden in Tor Pignattara nie aufgegeben.

Er war viel wohlhabender, als es sein Aussehen vermuten ließ. Und wohlhabende Muslime neigten dazu, andere wohlhabende Muslime zu kennen. Niemand war in Italien besser darin, Spenden zu sammeln, als Sarsur.

Noch wichtiger war jedoch seine Frömmigkeit. Er besaß ausgezeichnete Kenntnisse des Korans und der Hadithe. Er hätte einer der angesehensten Imame in ganz Europa werden können. Doch das war nicht die Bestimmung, die Allah für ihn vorgesehen hatte. Allah hatte Sarsur dazu auserkoren, die Bemühungen des IS in Italien zu koordinieren und letzten Endes die Ungläubigen direkt in ihrem Zentrum zu treffen.

Er schloss die Tür hinter seinem Gast und sagte: »Ich fühle mich geehrt, dich in meinem Laden zu begrüßen, Bruder.«

»Die Ehre ist ganz meinerseits«, erwiderte Tursunow. »Wo können wir reden?«

Der Schneider schloss die Eingangstür ab und führte den Tadschiken in ein Hinterzimmer, das als sein Büro fungierte. Auf einer Kochplatte stand ein Kessel. »Tee?«, fragte Sarsur.

»Hast du auch Kaffee?«

Sarsur nickte, nahm eine Dose Instantkaffee aus einem Schrank und wählte einen Becher aus. Er gab ein paar Löffel des Pulvers in den Becher, übergoss es mit heißem Wasser und rührte um.

Er reichte seinem Gast den Kaffee und bat um Entschuldigung. »Das ist leider alles, was ich habe.«

»Das ist völlig in Ordnung«, erwiderte der Tadschike und nahm den Becher. Er hasste Instantkaffee.

Sarsur bereitete sich einen Tee zu. Anschließend nahmen die beiden Männer auf Stühlen an seinem Schreibtisch Platz.

»Alles ist vorbereitet«, sagte der Schneider.

Tursunow trank einen Schluck Kaffee und setzte den Becher sofort wieder ab. »Die Waffen wurden geliefert?«

Sarsur nickte.

»Gab es Probleme mit dem Wechsel der Lieferadresse?«

Der Mann schüttelte den Kopf.

»Haben deine Männer die Kisten so geprüft, wie ich es dir gesagt habe?«

Der Schneider nickte erneut, und dieses Mal lächelte er.

Er griff in eine Schreibtischschublade, zog sein Handy hervor und zeigte dem Tadschiken ein Foto von dem, was seine Leute entdeckt hatten.

»Was habt ihr damit gemacht, nachdem ihr sie entdeckt hattet?«, fragte der Tadschike.

Sarsur trank einen Schluck Tee und antwortete: »Wir haben sie aufs Meer rausgeschickt.«

Tursunow war mit der Antwort seines Gegenübers zufrieden. »Gut gemacht!«, meinte er. »Ist alles andere vorbereitet?«

»Der Chemiker ist eingetroffen. Die Waffen liegen bereit. Und jetzt wird sich – wie die Italiener sagen – das Essen von selbst kochen.«

Lächelnd antwortete Tursunow. »In meinem Land haben wir auch ein Sprichwort. Der Koch, der nicht auf seinen Herd aufpasst, wird sein Haus verlieren.«

Sarsur sah verwirrt aus. »Das verstehe ich nicht.«

»Wir werden alles noch mal durchgehen«, sagte er. »Selbst wenn es die ganze Nacht dauert. Ich will jeden einzelnen Schritt und jedes Detail besprechen. Solange ich nicht davon überzeugt bin, dass wirklich *alles* perfekt ist, werde ich nichts anderes machen. Ist das klar?«

Der Schneider nickte.

»Gut«, sagte Tursunow, während er seinen Becher nahm und den Inhalt in den Eimer neben dem Schreibtisch kippte. »Als Erstes treibst du mir einen anständigen Kaffee auf.«

73

Kalabrien
Freitag

Trotz der Aufforderung, »ordentlich auszuschlafen«, standen fast alle im Haus in Villa San Giovanni früh auf.

Barton und Morrison gingen mit mehreren von Argentos Männern eine Runde laufen. Lovett fuhr los, um in der Stadt etwas zu besorgen. Staelin war auf dem Dach, trank Kaffee und las sein Buch. Harvath war der Letzte, der verschlafen in die Küche schlurfte.

»*Buon giorno*«, sagte Argento. Er trug nur eine kurze Sporthose und bediente eine Orangenpresse. »Bereit fürs Frühstück? Sag Roberto, wie du die Eier willst.«

Neben dem Herd stand in ähnlicher Kleidung Roberto. Er unterbrach seine Tätigkeit und sah zu Harvath.

Harvath, der Boxershorts von Under Armour und ein Parliament-Funkadelic-T-Shirt trug, sagte: »Rührei bitte.«

»*Strapazzate*«, übersetzte Argento und presste weitere Orangen aus.

»Gibt es Kaffee?«

Der Italiener nickte in Richtung des Esstischs. Harvath nahm einen Becher von der Arbeitsplatte, ging zum Tisch und schenkte sich Kaffee ein.

»Wie sieht es mit meiner Liste aus?«, fragte Harvath.

»*Essere pane per i propri denti.*«

»Und das heißt?«

Argento zuckte mit den Schultern. »Es gibt gewisse Schwierigkeiten. Manche Sachen kann ich organisieren. Andere sind illegal.«

Harvath musste laut lachen. »Paolo, du bist ein Bulle. Und zudem ein ernst zu nehmender Bulle. Du kannst alles kriegen, was du willst.«

»*Ecco*«, räumte er ein, »aber ...«

»Nichts aber!«, unterbrach ihn Harvath. Er zeigte auf Argentos Laptop. »Darf ich?«

Der Italiener nickte.

Auf ihrer Fahrt vom Flughafen hierher hatte sich Harvath bemüht, ein persönliches Verhältnis mit ihm aufzubauen. Sie hatten sich über Filme unterhalten. So wie alle italienischen Männer liebte Argento amerikanische Filme, vor allem mit Robert De Niro.

»Du hast doch *Die Unbestechlichen* gesehen, oder?«, fragte Harvath und öffnete Youtube.

»Robert De Niro und Kevin Costner. Na klar. Der Regisseur war Brian De Palma, ein weiterer Italiener.«

»Kannst du dich an die Szene mit Kevin Costner und Sean Connery in der Kirche erinnern?«

Argento hörte mit dem Orangenpressen auf und sah ihn an, als wäre er sich nicht sicher, ob die Frage ernst gemeint war. »Das ist eine der besten Szenen im ganzen Film!« Er imitierte Connerys irischen Akzent. »*That's the Chicago Way.*«

»Jetzt habe ich zum ersten Mal einen Italiener Englisch mit irischem Akzent sprechen gehört«, meinte Harvath.

»Und?«

»Lass es lieber.«

Der Italiener warf die Hände in die Luft. »*Levati dai coglioni!*«, rief er lachend. *Fahr zur Hölle.*

»Ernsthaft. Es war echt schlecht. Aber darum geht es nicht. Komm rüber und sieh dir das an.«

Argento trocknete seine Hände mit einem Geschirrtuch ab und trat an den Tisch.

Harvath klickte auf Play. Gemeinsam sahen sie sich die Szene an.

Als sie vorbei war, zeigte Harvath auf den Computer und fragte: »Wer bist du in dem Film und wer bin ich?«

»Ist doch eindeutig«, antwortete der Italiener. »Ich bin älter und sehe viel besser aus, also bin ich Sean Connery.«

Harvath lachte. »Falsch. Du bist Kevin Costner. Du bist Eliot Ness. Du bist der Typ, der alles entsprechend den Vorschriften erledigt, egal welche schmutzigen Tricks dein Gegner einsetzt. Ich bin Sean Connery. Ich bin derjenige, der dich zur Vernunft bringen will. Ich stelle dir die Frage, wozu du bereit bist, um Capone zu schnappen.«

Argento wollte gerade etwas erwidern, als Roberto vom Herd aus verkündete: »*Colazione!*« *Frühstück.*

Argento reichte Harvath den Krug mit Orangensaft, damit er ihn auf den Tisch stellte.

Auf das Stichwort *Colazione* hin erschienen alle, die sich im Haus aufhielten, in der Küche zum Frühstück. Irgendwie hatte selbst Staelin auf dem Dach Roberto gehört und war nach unten gekommen.

Die Männer schaufelten Eier, Kartoffeln und Würstchen auf ihre Teller, begaben sich ins Esszimmer und setzten sich an den Tisch. Wer keinen Platz mehr fand, trug seinen Teller ins Wohnzimmer.

Staelin hatte sich neben Harvath gesetzt. »Ist alles klar für heute Abend?«

»Das hoffe ich«, antwortete Harvath, während er nach dem Orangensaft griff.

»Wie stehen die Chancen, dass wir Vottari dort erwischen?«

»Wenn es irgendjemand schafft, dann Nicholas.«

»Und wie soll das funktionieren?«

Harvath füllte sein Glas, setzte den Krug ab und nahm einen Bissen Rührei, bevor er antwortete: »Er hat den Algorithmus von Facebook gehackt.«

»Wie bitte?«

»Er hat bereits ein paar dicke Daten von Google geklaut. Dann hat jemand mit ihm gewettet, dass er Facebook nicht hacken könnte. Also hat er's getan. Kannst du mir bitte das Salz reichen?«

Staelin gab ihm den Salzstreuer. »Und was hat das damit zu tun, Vottari im Beach Club zu erwischen?«

»Alle Fotos und Videos, die ich dort gestern Abend gemacht habe, werden in ein Programm geladen. Damit hat Nicholas Zugriff auf sämtliche Posts in den sozialen Medien, die jemals über den Club veröffentlicht wurden.

Er vergleicht diese Posts mit allem, worauf Vottari in den sozialen Medien reagiert. Jetzt weiß Nicholas, was Vottari gefällt. Er richtet ein paar Fake-Konten ein und rührt damit die Werbetrommel, dass heute ein einmaliger Abend im Beach Club bevorsteht.

Nicholas ist schlau. Er reibt Vottari diese Posts nicht direkt unter die Nase, sondern verbreitet sie über Leute, die Vottari auf Snapchat, Instagram und so weiter kennt und denen er vertraut. Diese Leute reposten die Ankündigung, und sie taucht mehrmals in seinen Feeds auf. Fertig.«

Staelin schüttelte den Kopf. »Das ist extrem manipulativ.«

Harvath zuckte mit den Schultern, als sein Handy piepte. »So funktionieren die sozialen Medien nun mal. Es gibt einen guten Grund, warum die Nachrichtendienste sie so sehr lieben.«

Er las die Nachricht, die er erhalten hatte. Er wandte sich an Argento und sagte: »Das ist mein VIP. Sein Flieger ist startklar. Er will wissen, ob es bei heute Abend bleibt.«

Alle am Tisch verstummten und warteten auf Argentos Antwort. Er nickte langsam.

Harvath wollte jegliches Missverständnis ausschließen. »Wir sind alle dabei?«

Argento nickte noch einmal. »Schnappen wir uns Capone.«

74

Als Lovett das Team im Hosenanzug am Flugzeug in Sigonella abgeholt hatte, hatte sie elegant ausgesehen. Aber jetzt, komplett aufgetakelt, sah sie umwerfend aus.

»Und? Was meinst du?«, fragte sie, während sie sich für Harvath einmal im Kreis drehte.

»Mir gefällt deine Frisur nicht.«

Sie war sich kurz nicht sicher, ob er es ernst meinte. Als ihr klar wurde, dass er einen Scherz machte, warf sie ihm einen bösen Blick zu.

Lachend gab er zu: »Du siehst wunderbar aus.«

»Gestern Abend liefen in dem Club eine Menge hübscher Italienerinnen Anfang 20 rum. Mal sehen, wie es nachher wird.«

»Keine Sorge«, meinte er. »Du wirst ein großer Hit sein.«

Lovett lächelte. »Danke.«

»Willst du alles noch mal durchgehen?«

»Nur wenn du willst. Ich bin vorbereitet.«

»Ich auch«, sagte er und blickte auf seine Uhr. »Jetzt hängt alles von Argento ab.«

In diesem Moment öffnete sich die Haustür, und der Italiener kam mit zwei seiner Männer herein.

»*Sei bellissima!*«, rief er, als er Lovett sah, durchgestylt und bereit für einen Abend im Club. *Du bist wunderschön.*

Ihre Frisur und ihr Make-up waren perfekt. Aber das sehr kurze Kleid, das sie gekauft hatte, war das eigentliche Highlight.

»*Grazie*«, sagte sie mit einem weiteren Lächeln.

»Hast du etwas für mich?«, fragte Harvath Argento.

»Gehen wir nach hinten«, erwiderte Argento.

Sie gingen durch den Flur zu Harvaths Zimmer und schlossen die Tür. Der Italiener wollte nicht, dass der Rest seines Teams sah, was er Harvath aushändigen würde. Zwei seiner Jungs waren mitgekommen, um es zu organisieren, und alle wussten, was der Plan beinhaltete. Aber Argento war ein guter Bulle und hasste Drogen.

»Hier«, sagte er und reichte Harvath ein mit Pillen gefülltes Kuvert.

»Hey Paolo«, sagte Harvath und lachte, als er spürte, wie viele Pillen sich darin befanden. »Wir gehen nicht mit einer Fußballmannschaft feiern!«

Der Italiener lachte nicht. »Alle, die du nicht brauchst, spülst du im Klo runter!«

Harvath öffnete den Umschlag und inspizierte die Tabletten. »Hast du – oder hat einer deiner Jungs – eine davon eingeworfen, um zu sehen, ob sie wirken?«

»Natürlich nicht«, erwiderte Argento.

Harvath lächelte. »Ich mach nur Spaß.«

Der Italiener lachte wieder nicht. »Der Dealer weiß, was passieren wird, wenn sie nicht wirken. Mehr Garantien brauche ich nicht.«

»Kennst du den Typen schon länger?«

»Er ist ein Informant. Er verrät uns, wenn die Cosa Nostra Drogen auf einer Autofähre aus Messina schmuggelt. Er ist allein aus dem Grund noch im Geschäft, weil wir es zulassen.«

Harvath faltete das Kuvert und steckte es in seine Tasche. »Das ist die Sorte Informant, die mir gefällt.«

Argento war nervös. »Hast du schon mal jemandem Rohypnol verabreicht?«

»Ich hab's nie gebraucht. Normalerweise verlasse ich mich auf Debütantinnen-Heroin.«

»*Debütantinnen-Heroin*?«, vergewisserte sich der Italiener.

Harvath zwinkerte ihm zu. »Chardonnay.«

Jetzt musste Argento lächeln.

Harvath war froh, dass sich sein Gegenüber entspannte. »Alles wird funktionieren. Vertrau mir.«

»Das tue ich«, sagte der Italiener. »Alle meine Männer vertrauen dir ebenfalls. Falls die Sache schiefgeht, haben wir gemeinsam ein Riesenproblem.«

75

Als die Teams bereit waren, das Haus zu verlassen, bestand kaum noch ein Zweifel, dass La Formícula heute Abend im Beach Club sein würde. Nicht nur hatte er jedem Post, der in seinem Feed auftauchte, ein »Like« gegeben. Nicholas zufolge hatte er auch mit Freunden private Nachrichten darüber ausgetauscht, wann er dort auftauchen wollte.

Harvath und Argento waren den Plan in allen Einzelheiten ein letztes Mal durchgegangen. Sie erklärten erneut, wie alles ablaufen sollte, und vergewisserten sich, dass es keine offenen Fragen gab. Das war nicht der Fall. Alle verstanden ihre Aufgabe.

Heute Abend betraten nicht zuerst die Amerikaner den Club, sondern die Italiener. Sie alle wollten im Club sein, bevor es zu voll wurde.

Harvath machte sich jedoch keine Sorgen. Nachdem er gestern so viel Geld in dem Laden gelassen hatte, könnte ein Brandmeister am Eingang Leute wegschicken, und die Mitarbeiter des Clubs hätten Harvath dennoch irgendwie reingeschleust.

Es war erst kurz nach sieben, und der Club war brechend voll. Das Licht war gedämpfter und die Musik lauter als gestern. Beides würde sich als Vorteil erweisen.

Nachdem sie den Türstehern ein Trinkgeld gegeben hatten, wurden die Amerikaner in den überfüllten VIP-Bereich geführt. Dort reichte Harvath dem Mann am Eingangsbereich einen Schein, und er führte sie zu ihren Sitzen. Der Mann entfernte das *Riservato*-Schild von ihrem Tisch und sagte, dass die Bedienung gleich zu ihnen kommen würde.

Als sie sich setzten, bemerkte Harvath, dass nur noch eine weitere Sitzecke frei war. Auch dort stand ein *Riservato*-Schild auf dem Tisch. Harvath hoffte, dass die Reservierung für La Formícula vorgesehen war.

Da Vottari sämtliche seiner Social-Media-Konten über sein Handy aufrief, hatte sich Nicholas in dessen »Finde mein Mobiltelefon«-Funktion einhacken können. Harvath bekam regelmäßige Updates, wo er sich befand.

Er sah sich das neueste Update an und erfuhr so, dass der Mafioso in weniger als 20 Minuten eintreffen würde. Harvath konnte auch sehen, wem Vottari Nachrichten geschrieben hatte. Fünf oder sechs seiner Freunde schienen sich bereits im Club aufzuhalten.

Er vergrößerte ihre Profilbilder, machte Screenshots davon und schickte sie an den Gruppenchat des Teams. Es würde wichtig sein, zu wissen, wer Vottaris Freunde waren.

Eine Sache, die Harvath nicht veranlasst hatte, war eine Drohnen-Überwachung aus der Luft. Es wäre nützlich gewesen, im Voraus zu sehen, mit wie vielen Leuten und mit wie vielen Fahrzeugen La Formícula unterwegs war.

Argento hatte ihm versichert, dass sie darauf verzichten konnten, denn sie hatten ja Roberto – den ROS-Agenten, der am Morgen das Frühstück zubereitet hatte. Roberto würde vor dem Club warten, bis La Formícula eintraf, und sämtliche Informationen weitergeben. Auch ob irgendwelche Fahrer in den Autos sitzen blieben.

Naldo, ein weiterer von Argentos Männern, würde mit laufendem Motor am Ende der Straße parken. Er würde sich in Bewegung setzen, sobald Harvath den Befehl gab.

Die übrigen Italiener befanden sich im Club. Harvath hatte bereits ein paar von ihnen erspäht. In dem Club war es jedoch so dunkel und überfüllt, dass sie sofort wieder aus seinem Blickfeld verschwanden, nachdem er sie gesichtet hatte.

Eine hübsche Bedienung mit begrenzten Englischkenntnissen brachte ein Tablett mit Gläsern. Hinter ihr folgte der Kollege mit dem Eiskübel und Champagner.

Die Bedienung öffnete den Champagner und schenkte jedem ein Glas ein. Als die Flasche leer war, fragte sie: »Noch mehr?«

Harvath lächelte, reichte ihr einen Schein als Trinkgeld und antwortete so wie letztes Mal: »Später. *Grazie.*«

Sie dankte ihm für das Trinkgeld und ging zu einem anderen Tisch.

Dieses Mal sprach Staelin den Toast aus. »Mögen unsere Söhne reiche Väter und schöne Mütter haben.«

»Darauf trinke ich gern«, sagte Lovett, nach der sich beim Betreten des Clubs alle Köpfe umgedreht hatten.

Sie stießen miteinander an, und alle genehmigten sich einen Schluck Champagner.

Dann gab Harvath die Anweisung: »Es wird Zeit, neue Freundschaften zu schließen.«

Alles sollte so wirken, als wären sie hier, um sich zu amüsieren. Je mehr Spaß sie scheinbar hatten, desto ungefährlicher würden sie wirken.

Außerdem kannte Harvath sein Team nur allzu gut. Sie waren Alphatiere. Wenn sie keine hübschen Mädchen kennenlernen konnten, würden sie bloß Vottari und dessen Männern finstere Blicke zuwerfen. Und das konnte nur schlecht ausgehen.

Morrison und Barton bewegten sich auf die größte von mehreren Bars zu. Ihre Taschen waren mit Bargeld gefüllt. Staelin hingegen rührte sich nicht. Er saß nur da und schrieb eine Nachricht auf seinem Handy.

»Ticktack«, sagte Harvath und drängte ihn, sich in Bewegung zu setzen.

Der Delta-Force-Agent ignorierte ihn.

Harvath sah zu Lovett, aber sie hatte keine Ahnung, was mit Staelin los war.

Endlich sperrte er sein Handy und steckte es zurück in seine Tasche.

»Bist du fertig?«, fragte Harvath. »Würdest du jetzt bitte an die Arbeit gehen?«

Der Delta-Force-Agent lächelte, aber es galt nicht Harvath. Er lächelte an ihm vorbei.

Staelin hob die Hand und gab dem Mann am VIP-Eingangsbereich ein Zeichen. Der entfernte das Seil an dem Pfosten und ließ zwei sehr schöne Frauen eintreten. Als sie näher kamen, fiel Harvath auf, dass eine von ihnen zu den Frauen gehörte, denen Vottari geschrieben hatte.

»Was läuft hier ab?«, fragte Harvath.

Staelin tippte gegen das Handy in seiner Tasche, als er aufstand, um die Ladys zu begrüßen. »Tinder«, sagte er und lehnte sich vor, damit Harvath ihn verstehen konnte. »Geh nie ohne Tinder aus dem Haus.«

Eine Dating-App? Harvath musste zugeben, dass Staelin gute Ideen hatte. Während Morrison und Barton versuchten, Frauen zu Drinks einzuladen und mit ihnen zu tanzen, hatte Staelin nicht einmal aufstehen müssen.

Als die zwei Frauen am Tisch ankamen, stellte Staelin sich vor, küsste beide auf die Wangen und stellte anschließend Harvath und Lovett vor. Alle setzten sich, und die Bedienung tauchte wieder auf, um die Frauen zu fragen, was sie trinken wollten. Sie bestellten Vodka Red Bull. Sobald die Bedienung wieder verschwunden war, begannen sie, mit Staelin zu flirten und ihn mit Fragen zu löchern. Ihr Englisch war ziemlich gut.

Sie wollten wissen, wer Staelin war, woher er stammte und was er beruflich machte. Weil er sich am Vorabend eine Tarngeschichte ausgedacht hatte, konnte er alle Fragen ohne zu zögern beantworten.

Das Team hatte entschieden, dass sie – falls jemand fragte – behaupten würden, dass sie nach einem Austragungsort für einen extremen Fitnesswettbewerb in der Art des Ironman-Triathlons suchten. Eine einfache Geschichte war doch immer am besten.

Als die Drinks kamen, konnten die beiden Damen gerade mal einen Schluck nehmen, bevor Staelin sie beide auf die Tanzfläche drängte.

»Er hat's wirklich drauf«, kommentierte Lovett, während sie zusah, wie das Trio sich entfernte.

Harvath wollte ihr gerade zustimmen, als sein Handy aufleuchtete. Er las die neu eingetroffene Nachricht.

»Vottari ist gerade vorgefahren«, berichtete er. »Zwei Autos. Insgesamt begleiten ihn vier Männer. Sieht so aus, als würden sie alle reinkommen.«

Während Lovett unauffällig ihr Kleid zurechtzupfte, schickte Harvath eine Nachricht an den Gruppenchat und informierte das Team über die Einzelheiten.

Es wurde Zeit, den Laden zum Kochen zu bringen.

76

La Formícula betrat den Club ganz in Weiß gekleidet. Weiße Leinenhosen, weißes Leinenhemd und weiße Schuhe. Sein schwarzes Haar war zurückgegelt. An seinem schmalen rechten Handgelenk trug er eine riesige Rolex in Roségold.

Der Trupp wurde direkt in den VIP-Bereich durchgelassen und, wie nicht anders zu erwarten, zu den letzten freien Sitzen geleitet. Das Aftershave des Mannes roch so stark, dass Harvath es von seinem Platz aus riechen konnte.

Vottari ließ sich auf einem der weißen Sofas nieder, während sich seine Bodyguards in strategischer Nähe platzierten.

Die Blicke des Mafioso wanderten durch den Raum. Harvath tat so, als wäre er in sein Handy vertieft. Er wollte, dass La Formícula Lovett so lange anstarrte, wie er wollte.

Schon bald trafen zwei Freunde von Vottari ein, und er stand auf, um sie zu begrüßen.

»Hat er ordentlich geglotzt?«, fragte Harvath, der immer noch mit seinem Handy rumspielte.

»Und ob!«, sagte Lovett. »Er hat mich mit seinen Blicken geradezu ausgezogen. Ich würde am liebsten duschen.«

Harvath lächelte. »Kann ich verstehen. Frauen starren mich die ganze Zeit so an. Es ist erniedrigend.«

Lovett legte den Mittelfinger auf ihr Bein. Harvath lachte.

In Vottaris Sitzecke waren ein paar weitere Freunde ein-getroffen – ebenso wie die Kellnerin mit zwei Hilfskräften, die Eiskübel und Champagner brachten.

Anschließend knallten die Korken, und alle amüsierten sich.

Morrison und Barton hatten zwei Schwestern kennen-gelernt. Nachdem sie zusammen ein paar Drinks zu sich genommen und getanzt hatten, brachten sie die Schwestern in den VIP-Bereich und stellten sie vor. Harvath bestellte eine weitere Flasche Champagner.

Kurz danach kamen auch Staelin und seine neuen Freun-dinnen zurück. Aber anstatt sich wieder zu seinem Team zu begeben, ließ sich Staelin von den beiden Frauen zu Vottari und dessen Freunden schleifen, um ihn vorzustellen. Harvath war beeindruckt.

Als Harvaths zweite Flasche geöffnet war, hob Barton sein Glas in die Höhe und sagte: »*Cent'anni!*«

Die Schwestern waren begeistert, dass er auf Italienisch einen Toast aussprechen konnte. »Wo hast du das gelernt?«

»Aus *The Godfather*«, antwortete er stolz.

»Du meinst den Film?«, fragten beide gleichzeitig. Als er nickte, mussten alle lachen.

Harvath kannte den Trinkspruch ebenfalls, aus derselben Quelle. Damit wurden 100 Jahre Glück gewünscht.

Er wünschte sich jedoch, Barton würde mit dem Zitieren aus Mafiafilmen aufhören, während sie einem der gefähr-lichsten Mafiosi Kalabriens gegenübersaßen.

Rein vom Äußeren her schien es unwahrscheinlich, dass Vottari sonderlich gefährlich sein sollte. Aber Harvath wusste, dass die äußere Erscheinung täuschen konnte. Die Tatort-Fotos, die Argento ihm gezeigt hatte, waren schlimm gewesen.

Er konzentrierte sich wieder auf seine Gruppe. Als Morrison einen schlüpfrigen irischen Limerick als Toast aussprach und alle lachten, machte Harvath mit.

Aus dem Augenwinkel sah er, dass Staelin einen Riesenspaß dabei hatte, mit La Formícula Witze zu reißen und zu lachen. Dann winkte der Delta-Force-Agent das gesamte Team zu sich rüber.

Sie nahmen ihre Drinks, durchquerten den VIP-Bereich und gesellten sich zu Vottari und seinen Leuten. Staelin stellte jeden Einzelnen vor, und bevor Harvath sich versah, befahl Vottari seinen Bodyguards, die Möbel umzustellen.

Die kräftigen Männer gingen zu Harvaths Sitzbereich, hoben Sofas, Stühle und sogar den Tisch und ordneten sie so an, dass die beiden Gruppen zusammensitzen konnten. Sobald sie alles umgestellt hatten, gingen sie zurück auf ihre Positionen.

»Antonio ist im Olivenölgeschäft«, sagte Staelin laut genug, um über die Musik hinweg gehört zu werden. »Er gibt uns eine Kiste seines besten Öls!«

»Natives Olivenöl«, versprach Vottari. »Nur vom Feinsten.«

Harvath zeigte ihm den erhobenen Daumen, während Vottari sich zu Staelin lehnte, um ihn etwas zu fragen.

»Sie arbeiten lediglich zusammen«, antwortete der Delta-Force-Agent und nickte in Harvaths und Lovetts Richtung. »In Amerika sagen wir, dass er ihr *Arbeits*-Ehemann ist. Sie sind nicht verheiratet. Sie ist Single.«

Harvath war kein eifersüchtiger Typ. Überhaupt nicht. Eher beschützend. Dennoch gefielen ihm die Schwingungen ganz und gar nicht, die der Typ Richtung Lovett aussendete. Falls Lovett sie spürte – und es konnte nicht anders sein –, war sie erstaunlich gut darin, gelassen zu bleiben. Vottari war abstoßend.

Alle betrieben Small Talk, während eine weitere Champagnerflasche die Runde machte und die Gläser wieder aufgefüllt wurden.

In diesem Moment fing ein Song an, der die Italiener ausflippen ließ.

Vottari stand auf und griff nach Lovetts Hand. »Der Nummer-eins-Hit des Sommers in Italien!«, rief er. »Komm tanzen!«

Eine der Frauen schnappte sich Staelin und zog ihn mit sich, als sich der gesamte VIP-Bereich Richtung Tanzfläche bewegte.

Dort war es so voll, dass man sich kaum bewegen konnte. Harvath bemühte sich, Lovett und Vottari im Auge zu behalten.

Die Bodyguards waren bei den Sitzen geblieben, und Harvath hoffte, dass Lovett es bemerkt hatte. Das war womöglich ihre einzige Chance.

Auf der Tanzfläche gab sich La Formícula alle Mühe. Seine Hände berührten Lovett unablässig. Harvath wollte ihm auf der Stelle eine reinhauen.

Als der Song schneller wurde, drehten die Tänzenden immer mehr durch. Sie kannten den Text und brüllten ihn mit.

Der DJ, der die Stimmung seines Publikums auf eine Weise verstand, wie es nur ein DJ kann, ließ der Sommerhymne einen weiteren großen europäischen Hit folgen.

Mit einem Jubeln erkannte die Menge den neuen Song, und die Energie in dem Club steigerte sich noch weiter.

Im Rhythmus der Musik zuckende Laserstrahlen wanderten durch den Raum, Stroboskope blitzten, Nebelmaschinen begannen ihre Arbeit.

Der DJ war in Höchstform und ließ einen Dance-Hit in den nächsten übergehen. Die Clubbesucher waren begeistert und zeigten keinerlei Zeichen der Ermüdung.

Die Frau, mit der Harvath tanzte, war geradezu in Ekstase. Sie bewegte ihren Körper im Rhythmus und ließ ihr Haar fliegen. Wenn er in diesem Moment plötzlich gegangen wäre und die Tanzfläche verlassen hätte, wäre es ihr wahrscheinlich gar nicht aufgefallen.

Und das war auch gut so. Denn als Harvath nach Vottari und Lovett sehen wollte, stellte er fest, dass sie verschwunden waren.

77

Nach gut 20 Minuten Tanzen überredete Lovett Vottari dazu, kurz raus an die frische Luft zu gehen. Angesichts dessen, wie offen sie gegenüber seinen Avancen auf der Tanzfläche gewesen war, hatte er nichts dagegen einzuwenden.

Sie gingen zu einer großen Terrasse und dort auf die Außenbar zu.

»Was möchtest du trinken?«, fragte er.

»Whiskey Sour«, antwortete sie.

Als Vottari einen der Barkeeper auf sich aufmerksam gemacht hatte, bestellte er zwei Whiskey Sour.

Vottaris Hemd war schweißnass. Er nahm sich ein paar Servietten von der Bar, wischte damit über sein Gesicht und anschließend unter seinen Achseln und warf die Servietten auf den Boden.

»In welchem Hotel übernachtest du?«, fragte er.

Die Frage überrumpelte Lovett. Sie kannte keine Hotels in der Gegend. »In einem Airbnb«, sagte sie. Sie musste sich näher zu Vottari lehnen, um sich trotz der Musik verständlich zu machen, die aus einem Lautsprecher an der Bar dröhnte.

La Formícula verstand ihre Geste als Einladung und legte seine Hände an ihre Hüfte. »Bei mir zu Hause habe ich einen Swimmingpool und einen Whirlpool. Magst du Whirlpools?«

»Die sind nicht schlecht«, meinte sie, als der Barkeeper mit den Drinks zurückkam. Vottari brauchte jetzt seine Hände, um dafür zu zahlen.

»Gehen wir ans Wasser«, schlug sie vor und neigte den Kopf in Richtung eines Tisches in Strandnähe.

Vottari nickte und bedeutete ihr, sie solle vorgehen. Sie wusste, dass er das nicht tat, um ein Gentleman zu sein, sondern um ihren Hintern anzuglotzen. Der Typ war ein richtiger Kotzbrocken.

Unter Sonnenschirmen aus Palmwedeln standen Bartische mit Barhockern. Gerade als sie an dem Tisch ankamen, der ihr Ziel war, änderte er seine Meinung.

»Wohin gehst du?«

»Hier entlang«, sagte er und ging zu den Cabañas.

Scheiße, dachte sie. Einer dieser Strandpavillons aus Segeltuch, und niemand in der Nähe, das war der letzte Ort, an dem sie mit Vottari allein sein wollte. Aber wenn sie nicht mit ihm ging, würde sie vielleicht keine zweite Chance bekommen, das Rohypnol in sein Getränk zu geben. Widerwillig folgte sie ihm.

»Sieh mal, wie schön es hier ist«, sagte er, als sie die Cabaña betraten.

Dort standen ein kleines Zweiersofa, zwei Stühle und ein kleiner Tisch mit dicken weißen Kerzen in Windschutzgläsern. Das Ganze war wirklich sehr nett und hätte unter anderen Umständen als romantisch gelten können.

Auf dem Tisch stand ein kleines *Riservato*-Schild. Lovett zeigte darauf. »Reserviert«, meinte sie.

Vottari ging zu dem Tisch, nahm das Schild und warf es auf den Boden. »Jetzt nicht mehr. Komm und setz dich«, erwiderte er und führte sie zu dem Sofa.

Als sie sich zu ihm setzte, hob er sein Glas und stieß mit ihr an. »Cheers.«

»Cheers«, sagte sie und nahm einen Schluck ihres Cocktails.

Sobald sie ihr Glas absetzen wollte, nahm er es und stellte es neben sein eigenes Glas auf den Tisch. In diesem Moment fiel er über sie her.

Für einen Mann seiner bescheidenen Größe war er recht stark. Er drückte sie auf das Sofa, packte sie an den Handgelenken und hielt sie fest, während er sein Gesicht zwischen ihren Brüsten vergrub und dann mit seiner Zunge über ihren Hals fuhr. Lovett wehrte sich, um von ihm loszukommen. »Warte einen Augenblick!«, sagte sie. »Stopp.«

Vottari wollte davon jedoch nichts wissen und machte weiter, indem er an ihrem Ohrläppchen knabberte und seine Zunge in ihr Ohr steckte.

»Stopp!«, beharrte sie, diesmal vehementer. Damit bekam sie seine Aufmerksamkeit.

»Was ist?«

Über seine Schulter hinweg sah sie ihre Whiskey Sours auf dem Tisch stehen. Hinter dem Tisch befand sich der Eingang zur Hütte. »Was ist, wenn uns jemand sieht?«

Vottari lächelte und beugte sich vor, um sie zu küssen. Sein intensives Aftershave löste Brechreiz in ihr aus. Sie wandte das Gesicht ab – was ihn frustrierte.

»Mach die Zeltklappen zu«, sagte sie leise.

»Die was?«

»Die Tür. Mach die Tür zu. Ich will nicht, dass jemand etwas sehen kann.«

Vottari nahm wohl an, dass alles gut für ihn lief. Sein Lächeln wurde breiter. Er rückte von ihr ab und ging zum Eingang, um die Zeltplane zu schließen.

Als er ihr den Rücken zuwandte, richtete Lovett sich auf und griff unter ihren BH.

Verdammt, dachte sie. *Wo sind die Dinger?*

Lovett hatte die Pillen unter ihrem BH versteckt, wo sie sie leicht hervorholen konnte. Aber da Vottari sie überall mit seinen Händen – und sogar seinem Gesicht – berührt hatte, mussten die Tabletten irgendwie verrutscht sein.

Komm schon, komm schon! Sie stand kurz vor einem Panikanfall. *Wo zum Teufel sind die Dinger?*

Genau in diesem Moment spürte sie die erste Tablette und dann auch die zweite. Ihre Finger hielten sie fest wie ein Schraubstock und zogen sie langsam unter ihrem BH hervor.

Sie sah Vottaris Silhouette, der draußen am Zelteingang zugange war. Er hatte bereits eine der Planen losgebunden und war nun mit der zweiten beschäftigt.

Sie brach die erste Tablette in zwei Teile, damit sie sich schneller auflösen würde, und ließ sie in Vottaris Drink fallen.

Sie wollte gerade die zweite Tablette teilen, als sie aus ihren Fingern rutschte und auf dem Tisch landete.

Ohne auch nur eine Sekunde zu zögern, nahm sie ihr Glas mit der darunter klebenden Cocktail-Serviette, stellte es auf die Pille und zerdrückte sie damit.

Dann schob sie ihr Glas zur Seite, nahm Vottaris und mischte das Pulver in seinen Drink. Sie schwenkte das Glas und stellte es wieder ab.

Sie hob ihr eigenes Glas, lehnte sich in dem Sofa zurück – und sah ihn.

Er stand am Eingang und starrte sie an. Er schien zwischen Leidenschaft und Zorn zu schwanken.

Endlich sagte er etwas. »Was zum Teufel hast du gerade gemacht?«

78

Vottari trat in die Strandhütte. »Was hast du gerade in meinen Drink getan?«

Lovetts spontaner Instinkt riet ihr, ihn davon zu überzeugen, dass er sich getäuscht hatte. »Wovon redest du? Ich habe nichts in deinen Drink getan!«

»Du verdammte Lügnerin.«

»Weißt du was?«, fragte sie und setzte an, sich vom Sofa zu erheben. »Das reicht.«

»Nein, das reicht nicht«, erwiderte er und zog etwas aus seiner Tasche. »Es geht gerade erst richtig los.«

Sobald sie das typische *Klick* hörte, mit dem eine Klinge aus dem Heft sprang, wusste sie, dass er ein Klappmesser gezückt hatte. Mit einem Schlag war ihr gesamtes Training wieder präsent.

Sie trat den Tisch um und schleuderte ihm damit die Kerzen und die Windschutzgläser entgegen.

Es brachte nicht viel, verschaffte ihr aber immerhin genug Zeit, um ganz auf die Beine zu kommen.

Sie schnappte sich ein Sofakissen und wehrte damit seinen Angriff ab. Er bewegte sich jedoch schnell und trieb sie zurück.

Lovett war so sehr auf das Messer konzentriert, dass sie einen Stuhl übersah und stolpernd zu Boden stürzte.

Sobald sie aufprallte, war er über ihr und drückte ihr die Klinge an den Hals. Sie wagte es nicht, sich zu rühren.

Er berührte ihr Ohr mit den Lippen und flüsterte: »Wie gesagt, es geht gerade erst los.«

Sie spürte seine andere Hand unter ihrem Rock. Er war grob und fuhr damit über ihren Schenkel. Als er ihren Slip erreichte, hielt er inne. Mit einem Ruck riss er ihn auseinander.

Plötzlich war seine Hand nicht mehr unter ihrem Rock, denn er knöpfte seine Hose auf. Sie erstarrte. *Er will mich vergewaltigen.*

Weil er ahnte, dass sie sich wehren wollte, drückte er das Messer noch fester gegen ihren Hals.

Lovett spürte, dass die Klinge in ihre Haut schnitt. Sie sah, dass ihm der Speichel aus dem Mund floss, und wusste, dass sie etwas unternehmen musste – und sei es auch nur zu schreien, in der Hoffnung, dass jemand sie hören würde.

Sie wollte zu einem Schrei ansetzen, aber Vottari schlug ihr sofort ins Gesicht.

Sie sah Sterne und musste ihre gesamte Willenskraft aufbringen, um nicht ohnmächtig zu werden. Andernfalls wäre alles vorbei, das wusste sie.

Er feuchtete seine Hand mit seinem Speichel an und versuchte, die Hand zwischen ihre Beine zu zwängen. Mit all ihrer Kraft wehrte sie sich.

Verärgert zog er seine Hand zurück und holte aus, um sie erneut zu schlagen. In diesem Moment wurde er aufgehalten.

Wie Pythons legten sich zwei starke Arme von hinten um Vottaris Hals.

Lovetts Retter zog Vottaris Schultern nach hinten und schnürte ihm so die Blutversorgung zum Gehirn ab. Innerhalb von Sekunden verlor er das Bewusstsein.

»Alles in Ordnung?«, fragte Harvath, als er Vottari auf den Boden fallen ließ und dessen Messer zur Seite kickte.

Lovett konnte nicht sprechen und nickte nur.

»Wirf mir deinen Slip zu«, sagte er, während er ein Paar Plastikfesseln hervorholte. »Er liegt links neben dir.«

Es war eine seltsame Aufforderung, aber Lovett tat es.

Jemand, der gewürgt wurde, blieb nicht lange bewusstlos – nur ein paar Sekunden.

Harvath fesselte Vottari hinter dessen Rücken an den Handgelenken, stopfte ihm Lovetts Slip in den Mund und drückte ihm das Klebeband darüber, das er um die Taschenlampe in seiner anderen Hosentasche gewickelt hatte.

Er deutete auf die umgestoßenen Möbelstücke. »Öffne den Reißverschluss an einem der Kissen, zieh die Füllung raus und gib mir den Bezug.« Während sie sich daranmachte, verschickte Harvath auf seinem Handy eine weitere Gruppennachricht.

Als sie ihm den Kissenbezug reichte, wählte er eine Nummer und gab ihr das Telefon. »Sag Naldo, wo wir sind und dass er sofort herkommen soll.«

Lovett nahm das Handy und gab die Anweisung auf Italienisch weiter. Harvath zog den Stoff währenddessen als provisorische Mütze über Vottaris Kopf.

90 Sekunden später fuhr Naldo mit ausgeschalteten Lichtern am Strand vor.

»Beweg dich, Arschloch«, befahl Harvath und zerrte den maskierten Vottari grob auf die Beine.

Als dieser versuchte, sich aus Harvaths Griff zu befreien und zu fliehen, schlug ihm Harvath so hart in die Nieren, dass er mit Sicherheit eine Woche lang Blut pinkeln würde.

Naldo half Harvath dabei, Vottari zum Wagen zu schleppen und auf die Ladefläche zu hieven. Harvath sprang hinterher und hielt ihn auf den Boden gedrückt fest.

Sobald Naldo und Lovett eingestiegen waren, sagte Harvath: »Los geht's!«

Der ROS-Agent legte den Gang ein, trat aufs Gas und raste über den Strand.

Harvath zog sein Handy und verschickte eine letzte Gruppennachricht.

Wenige Sekunden nach Empfang der Nachricht begann Harvaths Team, den Club zu verlassen.

Argento und seine Männer blieben nur so lange, bis sie sichergestellt hatten, dass ihre amerikanischen Kollegen ohne Zwischenfälle aus dem Club gekommen waren. Sobald dies bestätigt war, brachen sie ebenfalls auf.

Als La Formículas Bodyguards besorgt genug waren, um nach ihm zu suchen, waren die Teams, die ihn geschnappt hatten, längst über alle Berge.

79

Washington, D. C.

Andrew Jordan zog das MacBook Air aus seiner Aktentasche und schob es über Paul Pages Wohnzimmertisch.

»Schon mal was von einem USB-Stick gehört?«, fragte Page und nahm den Laptop entgegen.

»Habe ich auch vorgeschlagen, aber Susan Viscovich ist zu nervös.«

»Du hast Viscovich benutzt, um Carlton und Ryan zu hacken?«

Jordan nickte. »Sie ist die Beste, und ich weiß, dass du keine Zeit verschwenden wolltest.«

»Was hat uns das gekostet?«

»Frag nicht.«

Eigentlich wollte Page es auch gar nicht wissen. Ein Job wie dieser musste extrem teuer gewesen sein. »Warum aber der Laptop?«

»Sie sagte, es sei zu unserer Sicherheit«, antwortete Jordan. »Sie musste den Hack im Dark Web ausschreiben. Die Dateien wurden gründlich nach Malware abgesucht, und es wurde nichts gefunden. Aber sie wird dafür bezahlt, vorsichtig zu sein. Sie wollte, dass wir uns das Material auf einem Computer ansehen können, der sich nicht mit dem Internet verbinden kann.«

»Und wie hat sie die Informationen auf den Laptop gekriegt?«

Jordan schüttelte den Kopf. »Keine Ahnung. Und es ist mir auch egal, um ehrlich zu sein.«

»Was hat sie gefunden?«

»Die persönlichen E-Mails von Reed Carlton und Lydia Ryan.«

Page war beeindruckt. »Das ging schnell.«

»Wie gesagt, sie ist die Beste. Die E-Mails reichen ziemlich weit zurück, und es sind eine Menge.«

»Hast du Viscovich auch für die restliche Überwachung angeheuert?«

Jordan nickte. »Das ist allerdings nicht so gut gelaufen.«

»Was soll das heißen?«

»Ryans Wohnung sollte erst in zwei Wochen überprüft werden. Unser Plan lautete, sie zu verwanzen und alles wieder zu entfernen, bevor die CIA-Leute ihre Kontrolle durchführen. Aber aus irgendeinem Grund waren die schon früher da und haben alles gefunden.«

Darüber war Page nicht erfreut. Noch weniger erfreut war er, als Jordan ergänzte: »Sie haben auch bei Carlton Abhörutensilien entdeckt.«

»Kacke«, fluchte er. »Jetzt wissen sie, dass wir hinter ihnen her sind.«

»Sie wissen, dass *jemand* hinter ihnen her ist. Aber nicht, wer.«

Page sah seinen Partner an. »Die stellvertretende CIA-Direktorin und der verdammte Reed Carlton haben rausgefunden, dass ihre Häuser verwanzt waren. Glaubst du etwa nicht, dass sie Himmel und Hölle in Bewegung setzen werden, um rauszufinden, wer dahintersteckt?«

»Viscovich hat mir versichert, dass die Geräte, die sie benutzt hat, unmöglich zurückverfolgt werden können.«

»Sie wäre ja auch nicht die *Beste*«, erwiderte er und machte Anführungszeichen mit den Fingern, »wenn es anders wäre. Aber ich mache mir keine Sorgen, dass die Geräte sie verraten könnten. Ich mache mir Sorgen über die Personen, die sie installiert haben. Viscovich erledigt haufenweise Auftragsarbeiten für die Agency. Wenn irgendwas über diese Sache bekannt wird, könnten ihre Installateure ihr Wissen ausplaudern.«

»Sie hat mir versichert, dass so etwas nicht passieren wird.«

»Na toll, Andrew. Freut mich, dass du alles riskieren willst, weil Susan Viscovich dir etwas versprochen hat.« Page hielt inne, dann fügte er hinzu: »Fickst du sie?«

Jordan lachte. »Na, *dafür* würde ich so einiges riskieren!«

Page war angepisst. Ihm missfiel Jordans lockere Einstellung. »Sie ist eine Gefahr. Du musst das in Ordnung bringen.«

»In Ordnung bringen?«, fragte Jordan mit einem weiteren Lachen. »Wie soll das gehen?«

»Töte sie«, sagte Page. »Und töte die Installateure.«

»Sonst noch was?«

»Du scheinst nicht zu verstehen, wie ernst das Problem ist.«

Jordan sah ihn an. »Und du scheinst nicht zu verstehen, wie geisteskrank du klingst.«

»Was glaubst du denn, was passieren wird, wenn Reed Carlton uns wegen der Sache drankriegen will? Hast du darüber schon mal nachgedacht?«

»Um ehrlich zu sein: Reed ist deine Obsession. Nicht meine. Ich wollte dir nur einen Gefallen tun. Und anscheinend bleibt keine gute Tat ungestraft.«

»Wir werden beide bestraft, wenn wir nicht den Kopf aus der Schlinge ziehen.«

»Ich bringe niemanden um«, erklärte Jordan. »Punkt. Das wird nicht passieren.«

»Bedauerlich«, sagte Page, als er eine Walther-Pistole Kaliber 22 mit Schalldämpfer hervorholte, die unter dem Esstisch angebracht war. Er schoss seinem Partner damit in die linke Schläfe und tötete ihn. »Jetzt muss ich alles selbst erledigen.«

80

Kalabrien

Als die Teams wieder im Haus ankamen, hatte Harvaths VIP schon alles vorbereitet und wartete auf ihn.

Während die Fahrzeuge im Hof zum Stehen kamen, stand Dr. Vella an der Tür. Er hielt eine ganz besondere schwarze Mütze in der Hand. Er wollte sie Vottari so bald wie möglich überziehen.

Nachdem Naldo den SUV geparkt hatte, öffnete Harvath die Luke und winkte Vella zu sich. Niemand sagte etwas. Sie gingen komplett wortlos vor.

Mit seiner Taschenlampe blendete Harvath Vottari, damit er nicht sah, wo er sich befand und was hier vor sich ging. Er riss Vottari den Kissenbezug vom Kopf und ersetzte ihn durch die Mütze, die Vella aus dem Solarium auf Malta mitgebracht hatte.

Morrison und Staelin schleppten den Mafioso ins Haus.

In dem Raum, der für das Verhör ausgestattet worden war, tasteten sie Vottari ab, nahmen ihm sämtliche persönlichen Gegenstände weg und fesselten ihn an einen Stuhl. Alle anderen Möbel waren aus dem Raum entfernt worden. Vor den Fenstern waren schwere, schwarze Vorhänge zugezogen worden. Halogenlampen standen auf höhenverstellbaren Ständern, und auf Stativen waren in verschiedenen Winkeln drei Videokameras angebracht. Der Raum sah aus, als wäre er für ein Terroristenvideo hergerichtet.

Außerdem befanden sich in dem Raum eine große Notfall-tasche sowie fünf verschieden große Schutzkoffer aus Plastik, die Vellas restliche Ausrüstung enthielten.

Es war Zeit, dass der Doktor das Verhör begann.

Sobald er sicher war, dass Vella alles Nötige hatte, ging Harvath in die Küche, um sich einen Becher Kaffee zu holen. Er ahnte, dass es eine lange Nacht werden würde.

Aufgrund der Natur des Einsatzes hatten sich Harvath und Argento auf eine spezielle Form von Arbeitsteilung geeinigt. Argento und dessen Männer würden für die Sicherheit des Hauses zuständig sein. Harvath und seine Männer würden für den Umgang mit Vottari zuständig sein. So konnten die Italiener vorgeben, nichts davon zu wissen, was mit Vottari geschah. Streng genommen hatten sie La Formículas Gesicht außerhalb des Clubs nie gesehen.

Während Barton vor dem Verhörzimmer Wache schob, hatten sich Staelin und Morrison schon schlafen gelegt, so wie auch die meisten von Argentos Männern.

Harvath füllte einen Becher, nahm seinen Rucksack und ging nach oben aufs Dach. Er wollte ein wenig Arbeit erledigen. In Langley würde McGee auf ein Update warten.

Als er ins Freie trat, sah er Argento an einem Tisch sitzen. Er hatte ein paar der Citronella-Kerzen angezündet, um die Moskitos zu vertreiben. Die Füße auf dem Tisch, rauchte er eine Zigarette. Als er Harvath sah, winkte er ihn zu sich.

Harvath stellte seinen Rucksack auf dem Tisch ab, zog einen Stuhl heran und setzte sich. Der Blick auf die nachts erleuchtete Stadt erinnerte ihn stark an seine Zeit in Griechenland.

Der Italiener bot Harvath eine Zigarette an, aber er lehnte ab.

»Wie lange wird das Verhör dauern?«, fragte Argento und stieß eine Rauchwolke aus.

»Schwer zu sagen.«

»Hat er auf Reisen immer diese Mütze dabei?«

Harvath nickte. »Es ist eine Designermütze.«

»Was ist daran so besonders?«

»An der Vorderseite befindet sich eine Tasche. Darin stecken Stoffstücke, die in eine besondere chemische Mischung getaucht wurden. Sie macht den Befragten angeblich kooperativer.«

»Funktioniert das?«

»Vella meint, ja.«

»Hast du's selbst schon mal ausprobiert?«, fragte Argento.

»Ich habe mal zugesehen, wie er jemanden damit verhört hat, und es hat funktioniert. Das eine Mal, als ich es versucht habe, hat es *nicht* funktioniert.«

»Was ist passiert?«

»Der Befragte hatte einen Herzinfarkt. Anschließend habe ich es nicht wieder probiert. Deswegen überlasse ich solche Verhöre lieber Vella.«

Der Italiener nickte und zog erneut an seiner Zigarette. Als er ausatmete, fragte er: »Deine Technikleute haben La Formículas Handy geblockt, stimmt's? Keiner seiner Leute kann es orten?«

»Genau. Ich hab meinem Techniker sofort Bescheid gesagt, als wir Vottari geschnappt haben. Alles wirkt so, als hätte sein Handy den Beach Club niemals verlassen«, antwortete Harvath.

»Und auf seinem Körper werden keine Spuren zu finden sein, richtig? Keine Einstiche. Keine blauen Flecken.«

»So, wie wir es vereinbart haben.«

Argento schien zufrieden zu sein und hatte keine weiteren Fragen. Er konzentrierte sich wieder darauf, seine Zigarette zu rauchen und zu den Sternen zu blicken. Harvath nahm seinen Laptop aus dem Rucksack und fing an, ein Update für McGee zu tippen.

Als er damit fertig war, schaltete er sein verschlüsseltes Satellitentelefon an, verband es mit dem Computer und schickte das Update in die Vereinigten Staaten.

Da diese Aufgabe nun von seiner Liste gestrichen war, legte er ebenfalls seine Füße auf den Tisch und entspannte sich mit seinem Kaffee.

Obwohl Lovett wahrscheinlich anderer Meinung war – und das konnte er ihr kaum verübeln –, waren sie heute Abend glimpflich davongekommen. Er hatte sich eigentlich darauf eingestellt, dass es viel komplizierter sein würde, sich Vottari zu schnappen. Argentos Männer waren mit Tasern bewaffnet gewesen, um die Bodyguards auszuschalten. Harvath und sein Team hatten Blend- und Rauchgranaten in den Club geschmuggelt, um ein Ablenkungsmanöver zu starten und in dem Chaos den Mafioso aus dem Laden zu entführen.

Er sah auf seine Uhr und stellte fest, dass es weit nach Mitternacht war. Das bedeutete, es war hier in Italien Samstag. Harvath konnte kaum glauben, dass er sich vor gerade einmal einer Woche mit McGee und Ryan in dem blauen Schleusenhaus getroffen hatte.

Vor acht Tagen hatte der Anschlag beim Burning-Man-Festival stattgefunden. Anschließend waren die Anschläge in Spanien und Paris erfolgt. Viele Menschen waren gestorben. Noch mehr waren verletzt worden.

Harvath hatte still gehofft, dass der Anschlag im Jardin des Tuileries der große Anschlag gewesen war, den die CIA befürchtet hatte. Er hatte gehofft, dass die geplante Aktion, für die der IS einen Chemiker benötigte, mit dem Ertrinken von Mustafa Marzouk beendet worden war.

Er wusste es jedoch besser. Er wusste, dass der IS sich nicht umsonst die Mühe mit dem Chemiker gemacht hatte. Was auch immer die Organisation plante, würde sie auch um jeden Preis weiterführen. Harvath wusste auch, dass noch viel mehr Menschen sterben würden, wenn er nicht herausfand, worum es dabei ging – und wie er es verhindern konnte.

Die nächsten zwei Stunden saß Harvath auf dem Dach und dachte an nichts. Die meiste Zeit hatte er dabei die Augen geschlossen, um seinen Verstand zur Ruhe kommen zu lassen und seine Batterien wieder aufzuladen.

Als er plötzlich Schritte auf dem Dach hörte, riss er die Augen auf und war hellwach.

Er drehte sich auf seinem Stuhl um und sah Vella, der ein Tablet in der Hand hielt.

»Was gibt es?«

»Vottari hat aufgegeben«, sagte der Doktor. »Das hier musst du sehen.«

»Worum geht es?«

Vella stellte das Tablet auf den Tisch. Das Video befand sich bereits an der Stelle des Verhörs, die er Harvath und Argento zeigen wollte. Er tippte auf das Play-Icon und trat einen Schritt zurück.

Sie schauten sich die Aufnahme an. Ihr Grauen angesichts dessen, was Vottari getan hatte, wuchs mit jeder Sekunde weiter an.

Noch bevor La Formícula zu Ende gesprochen hatte, fummelte Harvath bereits hastig sein Satellitentelefon hervor.

81

Die *Grande Senegal* war ein Containerschiff der Grimaldi Lines, das Roms Hafen Civitavecchia in Richtung Baltimore, Maryland, verlassen hatte.

Das Schiff war fast so groß wie zweieinhalb American-Football-Felder. Vottari zufolge befanden sich darauf in einem Container zwei Kisten Sprenggranaten, sechs russische Granatwerfer und zwölf Granaten für binäre chemische Waffen mit tödlichem Sarin-Gas.

Da Vottari gegenüber seinen IS-Kunden immer misstrauisch war, hatte er zugegeben, heimlich RFID-Funketiketts an den Kisten angebracht zu haben, um sicherzustellen, dass die Schmuggelware Italien auch wirklich verließ. Mit einer App auf seinem Handy ließen sich die Etiketts verfolgen.

»Aber dein IS-Kontakt hat dir doch gesagt, dass Mustafa Marzouk und die Waffen aus Italien rausgebracht werden sollten, in irgendein europäisches Land«, sagte Vella während des Verhörs.

»Die lügen«, antwortete Vottari. »Das ist immer so.«

Der IS wollte die Waffen über den Hafen von Rom angeblich außer Landes schmuggeln. Zu diesem Zweck sollte Vottari die Waffen in ein Lagerhaus in Civitavecchia liefern.

Doch Vottaris Leute sagten ihm nach einigen Nachforschungen, dass dieser Weg zu gefährlich war. Die Sicherheitsvorkehrungen am Hafen waren zu hoch. Also hatte Vottari einen anderen, sichereren Ort vereinbart, an den die Waffen geliefert werden sollten.

Für Harvath setzten sich die Puzzlestücke nun zusammen. Der IS hatte russische Waffen über die italienische Mafia gekauft, mit denen Sarin-Gas freigesetzt werden konnte. Diese Waffen sollten nach Rom geschmuggelt werden – zusammen mit einem Chemiker des IS.

Was deren endgültiges Ziel betraf, so hatte der IS gelogen. Die Waffen und der Chemiker sollten an Bord eines Containerschiffes in die Vereinigten Staaten transportiert werden. Laut der App auf Vottaris Handy, mit der sich die RFID-Etiketts verfolgen ließen, waren die Waffen unterwegs. Und wenn Lovett in Palermo recht gehabt hatte, war der neue IS-Chemiker ebenfalls auf dem Schiff.

Die gute Nachricht lautete, dass die Vereinigten Staaten genau wussten, wo sich die *Grande Senegal* gerade befand. Ein SEAL-Team der U. S. Navy war bereits von einem Schiff im westlichen Mittelmeer aus aufgebrochen.

Harvath und Argento saßen auf dem Dach des ROS-Hauses in Villa San Giovanni und verfolgten eine Live-Videoübertragung des Abfangmanövers auf Harvaths Laptop. Das Signal stammte von seinem Satellitentelefon.

Eine Drohne war entsendet worden, um das Schiff zu beobachten und Informationen zu übermitteln.

Die SEALs waren mit zwei Sikorsky SH-60 Seahawk Helikoptern unterwegs.

Alle SEALs trugen Miniaturkameras, die Echtzeitbilder von dem Zugriff übertragen würden.

Eine Hälfte des Teams war dafür zuständig, die Waffen einschließlich aller chemischen Komponenten zu finden. Die andere Hälfte würde Crew und Passagiere festsetzen. Anschließend würden sie ermitteln, ob jemand an Bord ein IS-Mitglied oder -Sympathisant war.

Da die SEALs wussten, was auf dem Spiel stand, erwarteten sie nicht nur, dass sich der Chemiker an Bord befand, sondern auch, dass er beschützt wurde.

Als sich die Teams aus den Helikoptern abseilten, teilte sich Harvaths Bildschirm in zwei Hälften, und er empfing die Videoübertragungen beider Teamleiter.

Das Alpha-Team war mit einem RFID-Scanner ausgestattet, der sie die Frequenzen von Vottaris Etiketts aufspüren ließ. Die SEALs begaben sich in Richtung der Container. Das Bravo-Team eilte zur Brücke.

Es dauerte etwa 20 Minuten, bis die schlechten Neuigkeiten eintrafen. Zunächst kam ein Bericht des Alpha-Teams. Sie hatten die RFID-Etiketts gefunden. Zusammengeknüllt in einer Einkaufstüte aus Plastik. In dem Container befanden sich keine Waffen oder Chemikalien.

Dann folgte der Lagebericht des Bravo-Teams. Alle Passagiere und Crewmitglieder waren erfasst worden. Sofern es keine unentdeckten blinden Passagiere gab, befand sich niemand sonst an Bord.

Der Bravo-Teamleiter hielt die Pässe aller Personen nacheinander in seine Kamera, damit die Zuschauer sie sehen konnten. In Langley verglich die CIA alle Namen und Fotos mit ihrer Datenbank. Niemand davon stand auf irgendwelchen

Listen oder stand in einer Beziehung zu bekannten oder möglichen Terroristen, Terrorismus-Unterstützern oder Terrororganisationen.

Die gesamte Aktion, all die Arbeit, war ein Reinfall gewesen. Harvath stand wieder ganz am Anfang.

Aber als er über die RFID-Etiketten nachdachte, ging ihm auf, dass der Anfang genau richtig war.

82

Washington, D. C.

»Wenn ich es nicht mit eigenen Augen gesehen hätte«, sagte Nicholas über die sichere Kommunikationsverbindung, »hätte ich es nie im Leben geglaubt. Die haben nicht nur ihre eigenen geheimen Server, sondern auch einen ganzen SCIF im Cedars-Sinai versteckt.«

»Wie um alles in der Welt ist das möglich?«, fragte Ryan.

»Sie haben ganz legal den Auftrag bekommen, Patientenakten zu verschlüsseln. Im Rahmen dieser Arbeit haben sie Büroräume im Krankenhaus zugewiesen bekommen. Dazu gehört auch ein Computerraum mit einem Doppelboden. Allerdings verlaufen unter dem Boden nicht nur Kabel und ein Kühlsystem. Der ganze Raum ist entsprechend den TEMPEST-Bestimmungen abgesichert.«

TEMPEST war die Abkürzung für die Datenschutzrichtlinien der NSA. Sie legten den Standard zum Schutz höchst sensibler Informationen vor unbefugten Zugriffen fest.

»Du hast gesagt, dass *sie* den Auftrag bekommen haben. Wer sind *sie*?«

»Als der Auftrag ausgeschrieben wurde, galt die Priorität unter den Bewerbern Veteranen, Frauen und Unternehmen, die von Minderheiten geführt werden. Die Zusage bekam eine Firma namens Blue Pine Technologies.«

»Nie gehört«, meinte Ryan.

»Ich auch nicht. Ich musste mich schwer anstrengen, um ihre Bewerbung aufzutreiben. Anscheinend erfüllten sie alle Kriterien. Blue Pine befindet sich im Besitz von zwei Frauen, die beide IT-Expertinnen sind. Eine von ihnen ist asiatischer Abstammung. Die andere ist Army-Veteranin.«

»Und?«

»Die Army-Veteranin hat beim Nachrichtendienst der Armee gearbeitet. Anschließend hat sie für die NSA gearbeitet.«

Also hatte die CIA eine Gruppe mit Überwachungsaufgaben beauftragt, die von einer Frau geleitet wurde, die sowohl für den Nachrichtendienst der Armee als auch für die NSA gearbeitet hatte. Ryan glaubte nicht an Zufälle.

»Wie heißt sie?«

»Susan Viscovich.«

Wer Aufträge für die CIA-Abteilung für geheime Informationsbeschaffung übernahm, musste gelegentlich an Treffen teilnehmen, die an ungewöhnlichen Orten zu ungewöhnlichen Zeiten stattfanden. Ein Schleusenhaus im C&O National Historical Park an einem Freitagabend stand für Susan Viscovich zweifellos ganz oben auf der Liste ungewöhnlicher Orte.

Beim Eintreffen sah sie, dass vor dem Haus ein einzelner Lexus geparkt war. Das wirkte etwas seltsam, aber was hatte sie erwartet? *Eine Reihe verdunkelter Geländewagen?* Das war nicht der Stil des Director of the Clandestine Service.

Vor allem nicht, wenn es um einen derart sensiblen Überwachungsauftrag ging.

Sie vermutete, dass es um ihre Überwachung von Lydia Ryan und Reed Carlton ging. Würde sie Ärger bekommen, weil die Kameras, Mikrofone und Fahrzeug-Tracker entdeckt worden waren? Vielleicht. Sie hatte versucht, Andy Jordan zu erreichen, um den Stand der Dinge zu erfahren. Aber jedes Mal war nur seine Voicemail rangegangen. Er hatte auch nicht auf ihre Nachrichten geantwortet. *Na ja, egal.*

Manchmal kamen geheime Überwachungsmissionen ans Licht. So war das nun mal. Sie hatte die E-Mails jedoch abgeliefert. Vielleicht war sie einbestellt worden, um die Mails zu besprechen.

Dennoch war es merkwürdig für sie, sich mit dem Direktor zu treffen. Vielleicht hatten sie etwas hochgradig Sensibles entdeckt und wollten die Details mit ihr besprechen, bevor sie Lydia Ryan zur Rede stellten. Nun, sie würde es ja gleich herausfinden.

Sie stellte ihren Volvo neben dem Lexus ab, stieg aus, nahm die paar Stufen zu der blauen Tür und klopfte an.

Gleich darauf wurde sie geöffnet. Doch statt des Directors of the Clandestine Service stand ihr der Director of Central Intelligence gegenüber.

»Danke, dass Sie gekommen sind«, sagte Bob McGee.

Verblüfft blickte sie an McGee vorbei in den Raum und sah Deputy Director Lydia Ryan am Kamin sitzen.

Der Direktor öffnete die Tür vollständig und bat Viscovich mit einer Handbewegung herein.

Was um alles in der Welt ist hier los? Kurz spielte Viscovich mit dem Gedanken, umzudrehen und wieder zu gehen. Eine leise Stimme in ihrem Kopf riet ihr, nicht nur zu gehen, sondern *ganz schnell* zu gehen.

Jedoch behielt die Vernunft die Oberhand. Sie wollte wissen, worum es hier ging. Sie atmete tief ein und betrat das Haus.

Zwei Stunden später wusste Viscovich, dass Andrew Jordan sie angelogen und sogar die schriftliche Anordnung des Direktors zur Überwachung von Lydia Ryan und Reed Carlton gefälscht hatte. Viscovich verließ das Schleusenhaus, stieg wieder in ihren Volvo und fuhr nach Hause.

Der Director of Central Intelligence hatte ihr eine neue Anweisung gegeben. Solange sie nichts von ihm persönlich hörte, sollte sie nichts unternehmen und mit niemandem sprechen – auch nicht mit Andrew Jordan.

Noch bevor sie den Park hinter sich gelassen hatte, entschieden McGee und Ryan über ihre nächsten Schritte.

Die Frage war nur, ob sie dafür die CIA oder die Anonymität der Carlton Group nutzen sollten.

83

Rom, Italien

Argento hatte dafür gesorgt, dass am Flughafen Reggio Calabria ein Privatjet auf sie wartete. Der Flug nach Rom dauerte weniger als eine Stunde. Bei ihrer Ankunft standen zwei Helikopter auf der Rollbahn bereit. Sie waren schon startklar, um sie bis zu ihrem Ziel zu fliegen.

Aus Gründen der öffentlichen Sicherheit wollte das ROS so schnell wie möglich das Warenlager im Hafen Civitavecchia untersuchen. Um unauffälliger vorzugehen, wollte

Harvath abwarten, bis es dunkel war und die meisten Menschen schliefen. Das Team konnte beim besten Willen keinen Nachrichtensender mit Reportern vor Ort gebrauchen oder jemanden, der mit seinem Handy aufgenommene Videos im Internet postete. Je weniger die Terroristen ahnten, was Harvath und seine Leute wussten, desto besser.

Als sie Nicholas per Satellit direkt mit Vottaris Handy verbunden hatten, konnten sie den Weg der RFID-Etiketts im Nachhinein verfolgen.

La Formículas Männer hatten die Waffen in der Nähe von Cerveteri ausgeliefert, einer Stadt im Nordwesten von Rom. Von dort waren die IS-Männer zu einem Warenhaus in Civitavecchia gefahren. Anschließend hatten sich die Etiketts nicht fortbewegt, bis sie auf dem Containerschiff *Grande Senegal* angebracht worden waren und so den Hafen verlassen hatten.

Harvath hatte keinen Zweifel, dass sich das Ziel des geplanten Anschlags irgendwo in Rom befand. Wenn der IS vorgehabt hätte, die Waffen in einem anderen europäischen Land einzusetzen, wären sie – und Mustafa Marzouk – viel weiter nördlich abgeliefert worden, vielleicht in Turin oder Mailand. Einen geheimen Transportweg nutzte man schließlich so gut wie möglich.

Die Helikopter landeten ein gutes Stück nördlich des Zielpunktes. Sie wurden von einem weiteren ROS-Team empfangen.

Während der Teamleiter mit Argento sprach, übersetzte Lovett für Harvath.

»Das Lagerhaus wird seit anderthalb Stunden überwacht. Es gibt keine Anzeichen, dass sich dort etwas tut. Der Mietvertrag ist erst ein paar Monate alt. Der Eigentümer sagt, der Mieter sei ein Handelsunternehmen aus Panama. Wahrscheinlich eine Briefkastenfirma.

Die ROS-Einheit für Gefahrengut kommt aus Rom und wird gleich am Zielort sein. Sie hat die Überwachungsaufnahmen gesichtet und ist bereit, in das Lager einzudringen, sobald Argento den Befehl erteilt.«

Es kam zu einem verbalen Schlagabtausch zwischen den Männern, bei dem der Ton aggressiver wurde. Lovett wartete, bis der Streit beendet war, bevor sie erklärte, worum es ging.

»Offenbar gab es eine Meinungsverschiedenheit darüber, ob die Nachbarschaft evakuiert werden sollte. Größtenteils handelt es sich um ein Industriegebiet, aber in einigen Betrieben arbeitet die Nachtschicht.«

»Argento hat den Streit gewonnen?«, fragte Harvath.

»Vorläufig.«

Nachdem Argento und seine Kollegen den Plan durchgegangen waren, stiegen alle in ihre wartenden Fahrzeuge und brachen zum Zielort auf.

Der Befehlsstand wurde drei Blocks von dem Lagerhaus entfernt eingerichtet. Sie wollten außerhalb des direkten Gefahrenbereichs sein, falls Sarin oder andere giftige Chemikalien eingesetzt werden sollten.

Neben dem einsatzbereiten und mit Gasmasken und ABC-Schutzanzügen ausgestatteten ROS-Team waren auch Einheiten des italienischen Katastrophenschutzes vor Ort, die für chemische Gefahrengüter zuständig waren. Sie hielten sich in der Nähe bereit.

Argento hatte sich bemüht, den Einsatz so unauffällig wie möglich verlaufen zu lassen. Aber bei einem so hohen Risiko konnte er ihn nicht heimlicher gestalten.

Harvath und Lovett erreichten den Sammelpunkt, sprangen aus dem Wagen und folgten Argento zu dem mobilen Befehlsstand. Er befand sich in einem klimatisierten Lkw.

Vor Computerbildschirmen saßen in armeegrüne Overalls gekleidete Mitarbeiter. An den Wänden befestigte Monitore übertrugen Bilder aus verschiedenen Kameras, einschließlich der Aufnahmen, die die Drohnen von dem Lagerhaus machten.

Nach einer kurzen Besprechung gab Argento den Befehl, das ROS-Team in das Gebäude zu schicken.

Kurz darauf waren zwei schwarze Vans auf zwei Monitoren zu sehen. Eines der Fahrzeuge näherte sich dem Lagerhaus von vorn, das andere von hinten. Beide hielten lange genug an, um ihre Passagiere abzusetzen, bevor sie weiterfuhren.

Obwohl die bewaffneten Männer wuchtige Schutzanzüge gegen chemische, biologische, radiologische und nukleare Materialien sowie Gasmasken trugen, bewegten sie sich schnell und geschickt. An beiden Eingängen des Lagerhauses benutzten die Teamleiter Endoskop-Kameras, um sich zu vergewissern, dass die Türen nicht mit Sprengfallen versehen waren. Erst dann riefen sie die Männer, die die Türen aufbrechen sollten.

So wie die SEALs, die die Razzia auf dem Containerschiff durchgeführt hatten, waren auch die ROS-Einsatzkräfte mit jeweils einer Kamera ausgestattet. Als die Türen aufgebrochen waren und die Teams in das Lager stürmten, wandten sich alle Blicke im Befehlsstand von den Drohnenübertragungen ab, um den Bildern der Helmkameras zu folgen.

Die Männer verteilten sich mit erhobenen Waffen und suchten ihre Umgebung nach Bedrohungen ab. In der Mitte des ansonsten leeren Lagerhauses stand ein großer Schiffscontainer.

Die Männer näherten sich vorsichtig. Die Einsatzleiter traten mit ihren Endoskop-Kameras vor und versuchten, mit dem dünnen Kabel in den Container zu blicken. Das Problem war jedoch, dass der Container so gründlich versiegelt war, dass sie keinen Zugang fanden.

Da sie wussten, dass es ewig dauern würde, bis ein tragbares Röntgengerät hierhergebracht werden konnte, trafen die Leiter eine Entscheidung.

Sie schickten ihre Männer aus dem Gebäude und beschlossen, das Risiko einzugehen und die Türen des Containers zu öffnen.

Nachdem sie den Verschluss entriegelt hatten, zählten sie bis drei und zogen die schwere Metalltür schwungvoll auf.

84

In dem Container befand sich ein vereinfachtes, aber voll funktionstüchtiges Labor. Neben einem Chemielabor mit Bechergläsern, Schläuchen und Bunsenbrennern gab es auch eine Werkbank mit einem großen Schraubstock sowie ein Regal voller Werkzeug.

Die leeren Chemiebehälter interessierten Harvath jedoch am meisten. Während die ROS-Beamten sie sich anschauten, las Harvath die Etiketts laut vor.

»Methylphosphonyldichlorid. Fluorwasserstoff. Isopropylamin. Und Isopropylalkohol«, sagte er. »Die Terroristen stellen Sarin her.«

Sarin war ein geschmack- und geruchloses Nervengas, das von der Chemiewaffenkonvention verboten war. Es war in den 1990ern bei dem Anschlag in der U-Bahn von Tokio eingesetzt worden sowie in jüngerer Vergangenheit bei furchtbaren Anschlägen in Syrien, die international verurteilt worden waren.

Sarin wurde als Massenvernichtungswaffe eingestuft. Ein Tropfen allein konnte eine gesunde Person töten. Es konnte leicht von flüssiger Form in Gas umgewandelt werden und über eine halbe Stunde lang in Kleidung hängen bleiben. So führte es zu noch mehr Opfern, indem es sich auf etliche Menschen auswirkte, die damit in Kontakt kamen.

Da Sarin so gefährlich und nur kurz haltbar war, hatte der IS sogenannte binäre Granaten gekauft. Die Granaten waren im Grunde ein Wirkungsträger mit zwei getrennten Bereichen. In einen davon wurde Methylphosphonyldifluorid eingefügt, das aus der Reaktion zwischen Methylphosphonyldichlorid und Fluorwasserstoff entstand. In dem anderen eine Mischung aus Isopropylamin und Isopropylalkohol. Dazwischen befand sich eine Scheibe, die während des Flugs zerbrach, sodass sich die Komponenten vermischten und zu Sarin wurden.

Wenn die Granate explodierte, setzte sie eine Wolke aus Saringas frei, die alle tötete, die das Gas einatmeten oder deren Haut damit in Berührung kam. Sarin galt als 26-mal so tödlich wie Blausäure. Was auch immer der IS geplant hatte: Im Vergleich dazu würden alle bisherigen Anschläge geradezu amateurhaft wirken.

»Ich muss in das Lagerhaus«, sagte Harvath.

Argento sah ihn an. »Wieso das?«

Er hob sein Telefon in die Höhe. »Ich muss den nächsten Mobilfunkmast identifizieren.«

Der Italiener fragte einen der Giftstoff-Spezialisten, ob das Betreten des Gebäudes sicher sei. Solange nicht alle Tests abgeschlossen waren, riet der Mann davon ab.

Argento fiel jedoch ein Kompromiss ein. Er sprang in eines der ROS-Fahrzeuge, und sie fuhren die drei Blocks bis zum Lagerhaus.

Sie parkten vor dem Gebäude. Harvath schaltete sein Handy aus und wieder ein. Dann fuhren sie zur Rückseite und wiederholten den Vorgang. Anschließend kontaktierte Harvath Nicholas.

Eine halbe Stunde später, als sie sich wieder in dem Befehlsstand befanden, klingelte Harvaths Handy. »Gestern Nacht wurden sechs brandneue Telefone eingeschaltet. Alle sechs haben sich mit deinem Mast in Civitavecchia verbunden«, erklärte der kleine Mann. »Anschließend wurden sie allesamt wieder ausgeschaltet.«

»Und seitdem?«, fragte Harvath.

»Alle sind nur ein weiteres Mal aktiv gewesen. Jedes Handy hat eine aus einem Wort bestehende Nachricht verschickt. Das war wohl eine Art Code. Alle Nachrichten gingen an dieselbe Nummer.«

»Wissen wir, wo die Handys jetzt sind?«

»Negativ«, sagte Nicholas. »Nach der Ein-Wort-Nachricht verstummten sie. Keine Ahnung, ob das Signal gezielt blockiert wird oder ob sie die Handys in die Badewanne geworfen haben.«

»Als sie das eine Mal aktiv waren, wo befanden sie sich da?«

»Ich schicke dir die Koordinaten.«

»Und die Nummer, die die Nachrichten empfangen hat?«

»Die ist ebenfalls verstummt, aber ich schicke dir die Position des entsprechenden Masts.«

Harvath bat Nicholas, auf weitere Aktivitäten der Handys zu achten, beendete das Gespräch und wartete auf die Nachricht von Nicholas.

Als sie eintraf, las er die Information Argento vor. Er ließ jemanden aus seinem Team die Standorte auf einer Karte markieren, die auf einem Monitor zu sehen war. Es handelte sich bei allen Standorten um Punkte in Rom.

Die maximale Reichweite eines vergleichbaren amerikanischen Granatwerfers betrug fast sechs Kilometer. Mit einer solchen Reichweite konnten sie alles in der Stadt treffen, egal wo sich der nächste Mast befand.

»Verbinde die Funkmasten miteinander«, sagte Harvath.

Argento gab den Befehl weiter. Alle sahen zu, wie auf dem Bildschirm ein roter Kreis erschien.

Alle Blicke richteten sich auf das, was sich genau in der Mitte des Kreises befand – der Vatikan.

85

Rom, Italien

Es war ein wunderschöner, sonniger und warmer Morgen. Tursunow war früh aufgestanden, hatte seine Waschungen durchgeführt, seine Gebete rezitiert, trainiert und geduscht.

So wie in Santiago de Compostela und in Paris wollte er der Stätte, an der er als Nächstes zuschlagen würde, zuvor einen Besuch abstatten.

Er trug Kakihosen, ein weißes Hemd und einen blauen Blazer. Damit sah er haargenau wie ein wohlhabender westlicher Besucher der Ewigen Stadt aus. Niemand, an dem er vorbeigegangen war, hatte auch nur die geringste Ahnung von dem Hass, den er für Rom und alles, was die Stadt repräsentierte, empfand.

Rom war das Zentrum des Christentums. Die Stadt war nicht nur der Feind des IS, sondern aller wahren Anhänger des Islam auf der ganzen Welt. Die Eroberung Roms war ein entscheidendes Ziel des IS.

Der Prophet Mohammed selbst hatte prophezeit, dass eines Tages zwei große Städte des Römischen Reichs an den Islam fallen würden – Konstantinopel und Rom. Konstantinopel, das heutige Istanbul, war von Muslimen erobert worden. Rom würde als Nächstes folgen. Nach Rom würde Israel fallen. Und dann die Vereinigten Staaten und ihre Verbündeten. Dann würde es zum Armageddon kommen und einer letzten Schlacht zwischen Gut und Böse, Muslimen und Nichtmuslimen. Mithilfe des muslimischen Messias, des Mahdi, würde der Sieg der islamischen Welt gewiss sein.

Und jetzt war Tursunow hier und spazierte die Straßen des Feindes entlang. Schon bald würde er seinen Teil dazu beitragen, die Offenbarung des Propheten wahr werden zu lassen. Der Schmerz, den er Rom zufügen würde, würde auf der ganzen Welt zu spüren sein. Er würde die Überlegenheit des Islam gegenüber der Christenheit demonstrieren und der Sache des IS noch mehr Menschen zutreiben.

Allahu akbar, flüsterte der Tadschike. *Allahu akbar*.

Bei seinem Spaziergang hielt er die Augen nach einer *Tabaccheria* offen. Es war noch früh am Morgen und viele Geschäfte waren noch geschlossen.

Er rauchte die letzte seiner französischen Zigaretten. Er kostete den Geschmack aus und rauchte die Zigarette bis zum Filter. Er kontrollierte, ob sich keine Polizei in der Nähe befand, und schmiss den Stummel in die Gosse.

Er atmete den letzten Zug aus und dachte an alles, was er für morgen vorbereitet hatte. Es war die ehrgeizigste Operation seines Lebens.

Shahid zu finden, die bereit waren, den Märtyrertod zu sterben, war nicht besonders schwer. Intelligente, kompetente und kampferfahrene Männer zu finden hingegen schon.

Und unter diesen Männern auch noch Kandidaten zu finden, die sich mit gewissen Waffensystemen auskannten, und ihre Erfahrung zu nutzen, war schwieriger als alles, was er bislang getan hatte.

Er hatte zwölf Männer ausgewählt und sie in aus je zwei Männern bestehende Teams eingeteilt. Er hatte die IS-Führung davon überzeugt, dass sie mit den richtigen mathematischen Informationen ihr Ziel treffen konnten, auch ohne es vorher gesehen zu haben.

Die Führung hatte von ihm verlangt, seine Behauptung zu beweisen. Das hatte er auf einem Trainingsgelände in der syrischen Wüste getan. Pfähle und farbiges Maßband hatten ihm zur Darstellung der Ziele gedient.

Er hatte seinen Plan nicht nur ein Mal, sondern immer wieder demonstriert. So gut waren seine Teams mit den Granatwerfern.

Die Führung war vor allem von der Tatsache begeistert, dass man sich nicht gegen die Granatwerfer wehren konnte. Sobald die Granaten abgefeuert waren, konnten sie nicht mehr aufgehalten werden.

Ein zusätzlicher Vorteil war, dass sich kein Märtyrer dafür direkt an den Zielort begeben musste. Aufgrund des räumlichen Abstands war das Risiko, entdeckt zu werden und dadurch den Anschlag zu verhindern, geringer. Sobald alles bereit war, würde der Anschlag nicht mehr aufzuhalten sein.

Die Granaten waren mit den Chemikalien befüllt worden. Die Granatwerfer-Teams waren mit ihrer Ausrüstung an ihre Standorte geschickt worden. So wie vereinbart, hatten sie ihre neuen Handys gerade lange genug aktiviert, um ihre Bereitschaft zu bestätigen.

Im Gegensatz zu Santiago de Compostela und Paris würde Tursunow den Anschlag nicht aus der Nähe beobachten. Er würde ihn über eine Webcam aus der Sicherheit seines Hotelzimmers mitverfolgen.

Zuvor wollte er jedoch an dem Ort spazieren gehen, wo morgen so viele Ungläubige sterben würden. Außerdem wollte er von dort etwas ganz Besonderes mitnehmen.

86

Die öffentlichen Termine des Papstes wurden schon Monate im Voraus im Internet angekündigt. Wenn er sich in Rom aufhielt, zeigte er sich meist zweimal pro Woche.

Mittwochs hielt er eine öffentliche Audienz auf dem Petersplatz ab, die Zehntausende Menschen anzog. Er wurde in dem berühmten Papamobil über den Platz gefahren. Dabei hielt er mehrmals an, um Menschen zu segnen oder Babys zu küssen, bevor er in mehreren Sprachen eine Messe feierte.

An Sonntagen hielt er von einem Fenster des Papst-Apartments aus eine Ansprache und sprach das Angelus-Gebet. Obwohl dabei nicht so viel Publikum auf dem Platz war wie mittwochs, zog das Gebet dennoch Tausende von Touristen und Gläubigen an. Der bevorstehende Sonntag war jedoch der letzte Sonntag der Sommersaison. Weil der Papst aufgrund seiner Reisen viele Mittwoche im Herbst nicht in Rom sein würde, hatte er entschieden, seinen Terminplan ein wenig zu ändern und eine öffentliche Audienz abzuhalten.

Als Argento den Termin auf der Website des Vatikans las, wussten er und seine Kollegen nicht nur, wo der IS zuschlagen wollte, sondern auch wann.

Der Helikopter landete in den Vatikanischen Gärten. Dort wurden sie von dem Ansprechpartner der Carabinieri im Dienste des Heiligen Stuhls empfangen sowie von einem Mann mit dunklem Anzug und Krawatte, der sich nur als Josef vorstellte.

Als sie zu einer wartenden Mercedes-Limousine geführt wurden, flüsterte Harvath: »Wer ist der Typ in dem Anzug?«

»*L'entità*«, sagte Argento.

Lovett übersetzte. »Die Entität. Der vatikanische Geheimdienst.«

Harvath stieg in den Wagen und stellte keine weiteren Fragen. Ganz offensichtlich nahm man die Bedrohung im Vatikan sehr ernst.

Nach einer kurzen Fahrt durch die tadellos gepflegten Gärten erreichten sie ein großes schmiedeeisernes Tor, das sich automatisch öffnete. Sie fuhren durch das Tor zu einem eindrucksvollen Brunnen mit Fontäne. Dahinter stand ein lang gezogenes Gebäude aus cremefarbenem Stein. Auf dem Dach waren etliche Satellitenschüsseln und eine riesige Antenne für Radio Vatikan angebracht.

»Das Kloster Mater Ecclesiae«, erklärte Argento, als sie sich näherten. »Früher war die vatikanische Gendarmerie in dem Gebäude untergebracht. Heute leben hier *Ordensfrauen*.«

So wie Argento das Wort betonte, klang es, als glaubte er nicht daran. Und angesichts der vielen Satellitenschüsseln auf dem Dach war sich Harvath ebenfalls nicht so sicher. Es wirkte so, als würde sich hier noch weitaus mehr befinden als ein Kloster mit Funkturm.

Kurz darauf hielt der Mercedes vor einem Portikus an. Josef öffnete die Hintertür und wies alle an, ihm zu folgen. Im Gebäude wartete linker Hand ein Fahrstuhl mit offener Tür. Es gab keine Knöpfe, sondern nur einen Schlitz.

Sobald alle den Fahrstuhl betreten hatten, zog Josef eine Schlüsselkarte hervor und steckte sie in den Schlitz. Die

Türen schlossen sich, und der Fahrstuhl bewegte sich abwärts.

Als sich die Türen wieder öffneten, befanden sie sich im Untergeschoss. Wie weit es unter der Erde lag, war schwer zu sagen.

Wenn der Mosaikfußboden mit der Friedenstaube, ein großes Kreuz an der gegenüberliegenden Wand und das Porträt des Papstes nicht gewesen wären, hätten sie sich auch in irgendeiner geheimen Einrichtung der NSA, der CIA oder des FBI befinden können.

»Folgen Sie mir«, sagte Josef.

Sie gingen durch einen langen Flur und trafen zwischendurch auf ein paar Nonnen, die aus einer Tür traten und Akten bei sich trugen. Harvath gelang es, einen kurzen Blick in den Raum hinter der Tür zu werfen, und er sah mehrere abgeschirmte Arbeitsplätze, an denen weitere Nonnen saßen.

Josef ging weiter.

Am Ende des Flurs befand sich eine weitere, ähnlich aussehende Tür. Josef wedelte mit seiner Schlüsselkarte vor der Tür, um sie zu entriegeln. Als sich das Schloss öffnete, schob Josef die Tür auf und hielt sie offen, damit alle eintreten konnten.

Der Raum war eine Einsatzzentrale.

Darin standen ein langer Konferenztisch und mehrere Computer-Arbeitsplätze. Die Fahne der Vatikanstadt hing von einem Kupferständer. An der Wand war eine Weltkarte befestigt, auf der die Besitztümer der Kirche und ihre Einflussbereiche markiert waren. Darüber hing eine blaue Digitaluhr mit sechs Zeitzonen. Gegenüber befand sich eine große Videowand, umgeben von kleineren Bildschirmen.

In der Mitte des Raums stand ein Mann, der genau wie Josef gekleidet war, aber gut 20 Jahre älter war.

Er war ein großer, gut aussehender Mann Mitte 60 mit grauem Haar und grünen Augen. Er trat vor, streckte die Hand aus und stellte sich einfach als Carl vor. Wer auch immer diese Jungs waren – von Nachnamen oder Formalitäten schienen sie nicht viel zu halten.

An jedem Platz des Tisches befanden sich Notizblöcke und Wasserflaschen. In der Mitte standen Kannen mit heißem Kaffee. Daneben stand eine Espressomaschine. Carl lud alle Anwesenden ein, sich zu bedienen.

Als alle Platz genommen hatten, sagte er: »Also. Wie ist die Lage?«

Harvath überließ Argento das Reden. Freundlicherweise tat er das auf Englisch. In den seltenen Fällen, in denen ihm ein Wort nicht einfiel, half Lovett oder Carl weiter.

Als der ROS-Beamte fertig war, sah Carl zu Harvath. »Wie ich höre, haben Sie einmal den Präsidenten der Vereinigten Staaten beschützt.«

»Das stimmt«, erwiderte Harvath.

»Wenn Sie an meiner Stelle wären, was würden Sie mit diesen Informationen anfangen?«

»Kommt darauf an. Ich weiß ja nicht mal genau, wer Sie sind.«

Carl lächelte. »Meine Aufgabe lautet, den Heiligen Vater und die Vatikanstadt zu beschützen. Wenn ich einbestellt werde, dann wurde die Gefahr als ernst und schwerwiegend eingestuft.«

»Wenn Sie mich fragen, was ich als Geheimdienstmitarbeiter machen würde, um den amerikanischen Präsidenten zu beschützen: Ich würde jeden öffentlichen Auftritt absagen. Ich würde wahrscheinlich sogar eine Geschichte zur Tarnung aushecken. Ich würde heute Abend einen Krankenwagen vorfahren lassen, der ihn ins Krankenhaus bringt. Der

Presse würde ich etwas über eine Krankheit oder einen Sturz erzählen.«

Harvath zögerte, und der Vatikan-Agent bemerkte es. »Aber?«

»Das vertagt den Anschlag bloß. Die Waffen und die Terroristen befinden sich bereits in Rom. Wenn sie genügend Geld haben – und das ist anzunehmen –, würden sie vielleicht einfach bis zur Rückkehr des Papstes abwarten. Oder …«

»Oder was?«

»Oder sie suchen sich ein anderes Anschlagsziel aus, und es sterben immer noch viele Menschen.«

»Um den Papst und die Besucher auf dem Petersplatz zu schützen, müsste ich alles absagen«, meinte Carl.

Harvath nickte. »Aber um die Terroristen zu schnappen und diese Bedrohung ganz aus der Welt zu schaffen, müsste es so aussehen, als ob die Veranstaltung nach wie vor stattfinden wird.«

Der Vatikan-Geheimagent sah auf die Digitaluhr über der Karte. »Ich kann Ihnen acht Stunden geben. Anschließend sagen wir den öffentlichen Auftritt des Heiligen Vaters ab.«

87

Aus demselben Grund, warum er das WLAN nicht in dem ROS-Haus in Villa San Giovanni genutzt hatte, wollte er auch nicht auf das WLAN des Vatikan-Nachrichtendienstes zurückgreifen. Auch Verbündete spähten einander aus. So lief das Spiel nun mal.

Harvath ließ sich von Josef eine temporäre Schlüsselkarte geben, setzte seinen Rucksack auf, ging zurück zum Fahrstuhl und fuhr nach oben, um zu telefonieren.

Argento, der dringend rauchen wollte, kam mit.

Im Erdgeschoss stiegen sie aus dem Fahrstuhl und traten ins Freie auf die gepflasterte Zufahrt.

Die Vatikanischen Gärten umfassten mehr als 20 Hektar. Drei davon waren bewaldet. Von ihrem Standort aus glaubte Harvath, Gardenien zu riechen. Aber dafür war die Jahreszeit schon zu weit fortgeschritten. Es musste etwas anderes sein.

Er atmete noch einmal ein und versuchte, den Duft einzuordnen. Aber er wurde von einer grauen Rauchwolke überlagert. Argento hatte sich soeben eine Zigarette angesteckt.

Gerade wollte er einen Scherz darüber machen, dass Argento am saubersten Ort von ganz Rom rauchte, als das Handy des Italieners klingelte.

Harvath hörte dem lebhaften Gespräch zu. Als es zu Ende war und Argento die Verbindung trennte, wandte er sich an Harvath. »Der IS-Mann, der die Granatwerfer von La Formícula gekauft hat – wir haben sein Foto!«

»Woher?«

Der Italiener lächelte. »Dein Mann Vella hat ganze Arbeit geleistet. Er hat dafür gesorgt, dass Vottari ihm alles erzählt, jeden einzelnen Schritt, von Anfang an. Anscheinend hatte La Formícula ein Treffen arrangiert. In einem unsicheren Viertel von Reggio Calabria gibt es eine Bar. Er sagte dem IS-Mann, er solle dorthin kommen und warten, bis er abgeholt wird. In der Bar sollte er etwas Spezielles mit einer Zeitung machen und einen Negroni bestellen, damit sie dort wussten, dass er der Richtige war. Anschließend kontaktierte der Barbesitzer Vottari.«

»Und in der Bar befand sich eine Kamera?«

Argento nickte. »Auch außerhalb. Wie gesagt, es ist ein unsicheres Viertel.«

»Hat Vottari bestätigt, dass die Aufnahme von dem IS-Mann ist?«

»Ja. Vella hat sie ihm gezeigt.«

Das war ein bedeutender Fortschritt. »Schick mir das Foto«, sagte Harvath, während er nach seinem Handy griff und Vella zur Bestätigung anrief.

»Vottari behauptet, das sei der Kerl«, erklärte der Doktor, der sich noch in dem ROS-Haus aufhielt.

»Aber Vottari hat nichts, womit wir ihn identifizieren und aufspüren können?«

»All ihre Gespräche fanden in einem verschlüsselten Chatroom statt.«

»Okay«, sagte Harvath. »Bearbeite ihn weiter.«

Er wandte sich Argento zu. »Hast du das Standbild geschickt?«

Der Italiener nickte, und gleich darauf kam es bei Harvath an. Sofort leitete er das Foto an Nicholas weiter. Innerhalb weniger Sekunden klingelte das Handy.

»Ist das der Typ?«, fragte der kleine Mann.

»La Formícula behauptet, ja.«

»Okay, ich kümmere mich darum. Keine Ahnung, wie lange ich dafür brauche.«

»Sieh zu, dass du ihn in Rom ortest. Wenn das der Typ ist, der die Waffen organisiert hat, könnte er mit den sechs brandneuen Handys verbunden sein, die wir verfolgen.«

»Verstanden. Lass dein Handy angeschaltet«, erwiderte Nicholas.

Bevor Harvath ihm mitteilen konnte, wo er sich befand und dass er im Untergeschoss keinen Empfang hatte, legte der kleine Mann schon auf.

Argento drückte seine Zigarette aus und fragte: »Gehen wir wieder nach unten?«

»Ich muss auf einen Anruf warten«, antwortete Harvath und deutete auf sein Handy.

Der Italiener sah ihn an. »Du weißt, dass der Papst WLAN hat?«

»Wegen des Papstes mache ich mir keine Sorgen.«

»Verstehe«, meinte Argento. »Der Tag ist auch zu schön, um ihn in einem Verlies zu verbringen. Wir sollten draußen bleiben. Ich hole mir einen Espresso. Kann ich dir etwas bringen?«

»Espresso klingt gut«, sagte Harvath und übergab Argento seine Schlüsselkarte, damit er den Fahrstuhl benutzen konnte.

Als der Italiener wieder in das Gebäude trat, lehnte sich Harvath gegen die Mauer und drehte sein Gesicht Richtung Sonne.

Er spürte ihre Wärme auf seiner Haut. Es tat gut, die Augen zu schließen. Er hatte nur hier und da kurz ein wenig Schlaf ergattern können.

Sein Körper schmerzte an vielen Stellen immer noch von den Ereignissen in Libyen. Die Wunden schrien danach, dass er in seinen Rucksack griff und das Fläschchen Ibuprofen hervorholte, damit er nicht vergaß, ein paar davon einzunehmen. Aber sein restlicher Körper wollte nicht, dass er sich auch nur einen Millimeter bewegte. Hier an Ort und Stelle fühlte sich alles gut an. Und seitdem Argento seine Zigarette ausgedrückt hatte, roch es sogar gut. Wann würde sich jemals wieder die Gelegenheit ergeben, die Augen zu schließen und sich in den Vatikanischen Gärten zu entspannen?

So stand er eine Weile da, bis ein Geräusch seinen Tagtraum unterbrach. Es kam aus der Ferne, näherte sich aber.

Er öffnete die Augen und konzentrierte sich. Undeutlich erkannte er ein Auto, das mit hoher Geschwindigkeit fuhr.

Kurz darauf konnte er es sehen. Ein schwarzer Fiat ohne Kennzeichen raste über die Zufahrt heran. Harvath wusste nicht, was er davon halten sollte, bis Argento aus dem Gebäude gerannt kam und sich hastig seinen Rucksack über die Schulter warf.

Als der Wagen mit auf den Pflastersteinen quietschenden Reifen zum Stehen kam, konnte Harvath hinter dem Steuer einen jungen Carabiniere sehen.

»Eines der Handys wurde gerade aktiv«, rief Argento. »Wir haben eine Positionsangabe.«

»Wo ist Lovett?«, fragte Harvath, als der Italiener die Beifahrertür öffnete und in den Wagen sprang.

»Unten«, antwortete er. »Sie kann hier nicht helfen. Sie hat den Botschafter auf den neuesten Stand gebracht, und jetzt will er, dass sie hierbleibt.«

Harvath konnte nur den Kopf schütteln. Er hasste Bürokratie. Er zog die Hintertür auf, schmiss seinen Rucksack auf die Rückbank und sprang in den Wagen.

Noch bevor er die Tür geschlossen hatte, schaltete der Fahrer sein Blaulicht und die Sirene an und raste los.

88

Das Handy des Terroristen war bis zu einer Dachwohnung mit Blick auf den Campo de' Fiori, knapp südlich der Piazza Navona, zurückverfolgt worden. Von der Dachterrasse aus würde ein Granatwerfer ungehindert über den Tiber bis zum Petersplatz feuern können.

Zwei Blocks vor dem Gebäude schaltete der Carabiniere das Blaulicht und die Sirene aus. Er parkte einen halben

Block entfernt, damit Argento und Harvath aussteigen konnten.

Ein taktisches Team war unterwegs, aber bis zu seinem Eintreffen würde es noch fünf Minuten dauern. »Komm und beobachte die Tür«, wies Argento den jungen Beamten auf Italienisch an. »Lass niemanden rein oder raus. Verstanden?«

Der junge Mann nickte und folgte dem Befehl. Harvath und Argento liefen die Straße entlang.

Sie betraten die Vorhalle des jahrhundertealten Wohnhauses. Der ROS-Beamte klingelte nach der Concierge. Sie erschien wenige Sekunden später. Eine Frau in ihren Siebzigern, die nicht so aussah, als wäre sie zum Scherzen aufgelegt. Argento zeigte ihr seinen Polizeiausweis und sprach in ultraschnellem Italienisch mit ihr. Anschließend verschwand die Frau wieder im Inneren des Gebäudes.

Argento erklärte Harvath, was los war. »Sie sagt, dass die Dachwohnung einem Paar aus Florenz gehört. Sie sieht die beiden nicht oft. Das Paar vermietet die Wohnung übers Internet an Touristen.«

»Wer hält sich jetzt darin auf?«

»Zwei Männer.«

»Wie sehen sie aus?«, fragte Harvath.

»Wie Araber, sagt die Concierge. Mehr weiß sie nicht. Sie sind seit einer Woche in der Wohnung und verhalten sich unauffällig.«

»Und wohin ist die Concierge jetzt verschwunden?«

Argento wollte gerade antworten, als die Frau zurückkam und ihm einen Schlüssel überreichte. Sie hielt die Eingangstür auf und ließ die Männer eintreten.

Breite Stufen führten bis in den vierten Stock hinauf. In der Mitte des Hauses befand sich ein uralter Fahrstuhlkäfig. Harvath und Argento mussten gar nicht erst absprechen, wie sie vorgehen würden. Beide gingen gleichzeitig auf die Treppe zu. Auf halbem Weg nach oben zogen sie ihre Waffen und stiegen die restlichen Stufen hinauf. Kurz vor dem letzten Treppenabsatz blieben sie kurz stehen, um zu verschnaufen.

Als sie bereit waren, nickten sie einander zu und stiegen leise die letzten paar Stufen nach oben.

Sie schlichen durch den Korridor und fanden die Tür, nach der sie suchten. Argento blieb stehen, um zu lauschen. Er hielt sein Ohr mehrere Sekunden lang gegen die Tür. Er sah Harvath an und schüttelte den Kopf. Harvath ging in Position und gab dem Italiener das Zeichen, die Tür zu öffnen.

Vorsichtig steckte Argento den Schlüssel ins Schloss und drehte ihn vorsichtig und möglichst geräuschlos. Als das Schloss entriegelt war, zählte er von drei abwärts.

Bei »eins« drückte er die Tür leise auf, und Harvath schlich sich in die Wohnung.

Hinter der Tür befand sich ein enger Flur mit Holztüren. Am Ende des Flurs konnte er ein Fenster, eine kleine Küche und den Ausschnitt eines Esszimmers sehen. Argento zog die Tür zu und folgte Harvath.

Harvath ging voran und lauschte aufmerksam nach irgendwelchen Geräuschen. Aber da war nichts. Er fragte sich, ob die zwei Bewohner vielleicht das Handy hier liegen gelassen hatten oder auf der Dachterrasse waren.

Er schlich weiter und trat auf eine Diele, die unter seinem Fuß knarrte. Harvath erstarrte. In der stillen Wohnung klang das Knarren wie ein Signalhorn. Ganz so laut war es zwar nicht, aber es kündigte ihr Näherkommen deutlich an.

Plötzlich trat ein Mann mit einer AK-47 um die Ecke. Harvath betätigte den Abzug seiner schallgedämpften H&K und traf den Mann in die Brust. Er ließ dem Schuss einen weiteren Treffer in die Brust und einen in den Kopf folgen.

Der Mann fiel auf den Rücken. Seine Waffe rutschte scheppernd über den Küchenboden. *Einer weniger.*

Harvath ging weiter und betrat den Wohnbereich. Niemand hielt sich hier auf, auch nicht in der Küche oder im Esszimmer. Er sah durch die Fenster. Auf der Veranda war ebenfalls niemand.

Mit Argento direkt hinter ihm bewegte sich Harvath in das Schlafzimmer. In einer Ecke lehnte eine weitere AK-47 an der Wand. Argento kontrollierte den Schrank und sah unter dem Bett nach. Alles sauber. Damit blieb nur noch ein Raum.

Schon bevor Harvath nach der Badezimmertür griff, konnte er jemanden auf der anderen Seite hören. Je näher er kam, desto mehr konnte er ihn auch riechen. Dort hatte eindeutig jemand Verdauungsprobleme.

Harvath trat die Tür auf und fand den zweiten Terroristen. Er saß blass und verschwitzt auf der Toilette. Ihm war offensichtlich hundeelend. Der Gestank war atemberaubend.

Harvath befahl ihm auf Englisch und Arabisch, die Hände über den Kopf zu heben. Bei dem entsprechenden Versuch stützte sich der Mann an einem Mülleimer ab, in den er sich übergeben hatte, und musste eine schwierige Gleichgewichtsübung absolvieren.

Nachdem er sich vergewissert hatte, dass der Mann unbewaffnet war, wies Harvath Argento an, draußen nach dem Rechten zu sehen.

Ein paar Minuten später kam er zurück in die Wohnung und gab jemandem über sein Handy Befehle. Er unterbrach das Telefonat kurz, um anzubieten, dass er auf den Gefangenen aufpassen könnte, während sich Harvath auf der Terrasse die Beweisstücke ansah.

Harvath entfernte sich aus dem Badezimmer und war dankbar für die frische Luft. Er betrat die Terrasse. Unter einer Plane, die Argento zurückgezogen hatte, befanden sich der russische Granatwerfer und eine Kiste mit zwei chemischen Granaten.

Ein Terror-Team ausgeschaltet, fünf sind noch übrig, dachte Harvath.

Als das Polizeiteam eintraf, gab es nichts mehr für die Männer zu tun, außer den Tatort zu sichern. Gleich darauf traf auch eine Einheit für explosive Waffen ein sowie ein Team für chemische Sicherheit.

Auch ein Krankenwagen war unterwegs. Die Sorge war, dass der Terrorist auf der Toilette vielleicht einer giftigen Chemikalie ausgesetzt gewesen war. Diese Chemikalie könnte innerhalb der Wohnung aus einem Behältnis oder aus den Granaten auf der Terrasse ausgetreten sein.

Es stellte sich jedoch heraus, dass der Mann eine Lebensmittelvergiftung hatte und stark dehydriert war. Sein Partner hatte das Handy eingeschaltet, weil er ihren Anführer fragen wollte, wie sie mit der Situation umgehen sollten. Der Anführer hatte nie geantwortet.

Das medizinische Team wollte den Mann an einen Tropf legen. Mit Argentos Hilfe drängte Harvath die Sanitäter und alle anderen Anwesenden aus dem Bad und aus dem Schlafzimmer. Er wollte herausfinden, welche Informationen er aus dem Terroristen herausbekommen konnte.

Was er erfuhr, war jedoch weitgehend nutzlos. Der Terrorist wusste nichts über die anderen Zellen, ihre Positionen oder den Anführer. Alle Beteiligten und ihre Aktionen waren voneinander getrennt. Er kannte die anderen Granatwerfer-Teams, weil er mit ihnen in Syrien trainiert hatte. Aber jeder von ihnen hatte Italien auf anderen Wegen betreten, und der Mann hatte keine Ahnung, wo sie sich jetzt aufhielten. Harvath glaubte ihm.

Der Terrorist konnte jedoch die Identität des Anführers bestätigen. Harvath zeigte ihm das Foto des Mannes in der Bar in Reggio Calabria, das Argentos Leute geschickt hatten, und der Terrorist nickte. *Das ist er.*

Der Terrorist kannte nur den Kampfnamen des Mannes. Harvath hatte noch nie einen überzeugten Dschihadisten getroffen, der sich für den Kampf keinen eigenen Namen gegeben hatte. Das war eine altehrwürdige islamische Tradition.

Harvath ließ alle wieder ins Badezimmer und trat auf die Terrasse, um mehr frische Luft zu schnappen. Argento stand am Rand und rauchte eine Zigarette. *So viel zum Thema frische Luft.*

»Hat er irgendwas ausgeplaudert?«

Harvath schüttelte den Kopf. »Nicht viel. Er hat das Foto bestätigt, das du geschickt hast. Er kennt aber keinen Namen oder Ort.«

»Was hat er zu dem Handy gesagt?«

»Sie sollten es nur im Notfall benutzen. Alle acht Stunden besteht ein Kommunikationsfenster. Der eine Mann ist so krank, dass sein Partner befürchtete, er würde nicht überleben. Deswegen hatten sie das Handy aktiviert und eine Nachricht geschickt. Sie hatten gehofft, der Anführer könnte schon früher erreichbar sein.«

»Wann ist das nächste Fenster?«, fragte Argento.

Harvath sah auf seine Uhr. »Erst in sechs Stunden.«

»Das ist lange hin.«

Mit einem Nicken lehnte sich Harvath gegen die Brüstung der Dachterrasse und sah auf die Dächer Roms. *Wo zum Teufel steckst du?*

Argento rauchte seine Zigarette zu Ende und schnippte den Stummel vom Dach, als plötzlich sein Handy klingelte.

Fast gleichzeitig klingelte auch Harvaths Telefon. Er sah auf dem Display, dass es Lovett war.

»Du musst sofort hierher zurückkommen«, sagte sie, als er den Anruf annahm.

»Was ist los?«

»Es geht um das Foto, das Argento dir geschickt hat – von dem IS-Mittelsmann, der Vottari die Waffen abgekauft hat. Wir haben ein Kamerabild von ihm. Vor 45 Minuten hat er den Petersplatz überquert.«

89

Harvath kehrte in die Einsatzzentrale unter dem Kloster Mater Ecclesiae in der Vatikanstadt zurück und bat Carl, ihm die Aufnahme vorzuspielen.

»Geht sofort los«, sagte Carl, während er durch die Videodateien scrollte. »Okay, hier betritt er die Vatikanstadt. Blauer Blazer, hellbraune Kakis.«

Er hielt die Aufnahme an und zoomte näher auf den Mann, der darauf zu sehen war.

Harvath verglich die Aufnahme mit dem Foto auf seinem Handy. Es war definitiv derselbe Typ. »Wie haben Sie ihn gefunden?«

»Wir haben das Foto in die Gesichtserkennung eingespeist. Den Rest hat der Computer übernommen.«

»Lassen Sie das Video weiterlaufen«, sagte Harvath. »Ich will sehen, wohin er geht.«

Der Vatikan-Nachrichtendienstler tat, wie ihm geheißen.

Alle im Raum sahen zu, wie der IS-Mann über den Petersplatz spazierte und anschließend durch die Sicherheitskontrolle zu den Bronzetüren des Petersdoms. Dort sprach er zwei Schweizergardisten an.

»Was macht er da? Haben Sie mit diesen Schweizergardisten gesprochen?«

»Höchstpersönlich«, sagte Carl. »Er hat eine Eintrittskarte für die morgige Papstaudienz abgeholt.«

»Hat er einen Ausweis vorgelegt?«

»Ja. Er besaß einen österreichischen Pass. Die Karte war im Voraus reserviert worden.«

Carl überreichte Harvath eine Kopie der Reservierung.

»Was will er mit einem Ticket anfangen?«, fragte Argento. »Er wird sich morgen ja nicht in der Nähe des Petersplatzes aufhalten.«

Harvath dachte kurz nach. »Es könnte für ihn eine Art Trophäe sein. Ein krankes Souvenir. Bei der Bin-Laden-Razzia fanden die SEALs angeblich in seinem Haus in Abbottabad Erinnerungsstücke an den 11. September.«

Mit dieser Antwort schien Argento zufrieden zu sein, und sie sahen sich den Rest der Aufnahme an. Am Ende verließ der Mann die Vatikanstadt. Er trat auf die Via della Conciliazione und verschwand schließlich im morgendlichen Touristenstrom.

»In Rom gibt es eine Milliarde Videoüberwachungskameras. Konnten Sie ihn nicht weiterverfolgen?«

»Meine Befugnisse enden an den Mauern der Vatikanstadt.«

Harvath sah zu Argento, der bereits eine Nummer auf seinem Handy anrief. »Ich arbeite dran«, sagte er.

Die ROS-Beamten hatten hervorragende Arbeit geleistet, aber Harvath wusste nicht, wessen Aufgabe es sein würde, die städtischen Videoaufnahmen nach dem Verdächtigen zu durchforsten. Vielleicht würde es irgendein 20-Jähriger sein, der für die Stadtverwaltung arbeitete, die ganze Nacht durchgefeiert hatte und heute verkatert und unausgeschlafen zur Arbeit erschienen war. Dabei zählte jede Sekunde.

»Carl, kann ich eine Kopie Ihres Materials bekommen?«, fragte Harvath.

»Sicher. Wie soll ich es Ihnen schicken?«

Harvath ging sein Handy durch und öffnete ein Dropbox-Konto, das er mit Nicholas teilte. Der Vatikan-Nachrichtendienstler notierte die Angaben und beauftragte einen seiner IT-Leute, die Videoaufnahme auf das Konto hochzuladen.

Harvath nahm sich einen Becher, füllte ihn mit Kaffee, kippte einen Espresso dazu und fragte Argento, ob er seine Schlüsselkarte zurückhaben könnte. Damit ging er nach oben, um ein paar Telefonate zu führen.

Als er das Gebäude verlassen hatte, trat er in den Garten und fand eine kleine Bank im Schatten. Er stellte seinen Rucksack neben sich ab, nahm sein Handy, zog die Antenne heraus und schaltete das Telefon ein.

Als Nicholas seinen Anruf beantwortete, teilte er ihm sämtliche Neuigkeiten mit. Als er ihm die Kleidung der Zielperson beschrieb, stimmte ihm Nicholas zu, dass viele Leute in Rom heute so gekleidet sein würden. Er stimmte ihm auch zu, dass es nicht einfach für die Italiener wäre, diese Nadel in einem so großen Heuhaufen zu finden.

»Deswegen musst du dich in ihr Videoüberwachungssystem hacken. In unserer Dropbox liegen bereits Aufnahmen aus der Vatikanstadt. Benutz sie als Ausgangspunkt und wende dann den Gang-Algorithmus auf alle Kameras in Rom an.«

Der Gang-Algorithmus war ein Programm, das begleitend zu einer Gesichtserkennungssoftware laufen konnte. Doch anstatt Gesichter zu analysieren, untersuchte es die Gangart. Der Gang jedes Einzelnen war einmalig, fast wie ein Fingerabdruck. Sobald das Programm wusste, wonach es suchen sollte, konnte es Videoaufnahmen blitzschnell prüfen, bis es die Zielperson identifiziert und lokalisiert hatte.

»Das könnte eine Weile dauern«, sagte der kleine Mann.

»Ich brauche das Ergebnis so schnell wie möglich.« Bevor Nicholas etwas erwidern konnte, hatte Harvath das Gespräch bereits beendet und wandte sich dem nächsten Telefonat zu.

Er rief Staelin an, der mit Barton und Morrison zurückgeblieben war, um Vella bei seinem weiteren Verhör von Vottari zu helfen. Nachdem Harvath ihm das Neueste mitgeteilt hatte, erkundigte er sich nach einem Update ihrerseits. Staelin holte Vella ans Telefon.

Der Doktor erklärte, dass er bald nichts Weiteres mehr tun könne. Im Solarium würde er Vottari vielleicht weitere Informationen entlocken können, aber er bezweifelte es. Er war sich ziemlich sicher, dass er alles Relevante aus dem Mafioso herausbekommen hatte.

Harvath dankte ihm für den Lagebericht und sagte, dass er sich so bald wie möglich wieder melden werde.

Jetzt kam der schwierige Teil. Er nahm seinen Becher und stellte sich aufs Abwarten ein. Er streckte seine Beine aus und wollte gerade einen Schluck Kaffee trinken, als ihm plötzlich etwas an der Videoaufnahme sonderbar vorkam.

Er schnappte sich seinen Rucksack und rannte zurück ins Gebäude.

90

Es war nicht so, als hätten sie die falsche Frage bezüglich der Videoaufnahme gestellt. Aber sie hatten nur *eine* Frage gestellt: *Wohin ging der Mann?* Niemand hatte die Frage gestellt, *woher er kam.*

Argentos Kontaktperson beim Kamerasystem der Stadt konzentrierte sich auf den Augenblick, als der Mann die Vatikanstadt betreten hatte. Von da aus konnte er ihn zurückverfolgen. Obwohl der Mann in der Menschenmenge untergetaucht war, sobald er den Petersplatz verlassen hatte, war er über ruhige und unbelebte Straßen zuvor dort angekommen.

Sobald das Computersystem der Stadt ihn erfasst und seinen Weg zusammengefügt hatte, sprangen Argento und Harvath wieder in den Fiat und teilten dem Fahrer ihr Ziel mit.

Argentos Kontaktmann hielt ihn weiterhin über das Handy auf dem Laufenden, bis die Spur zu einer Aufnahme des Mannes führte, wie er ein Hotel in der Nähe des Bahnhofs Roma Termini verließ. Sobald der ROS-Beamte diese Information hatte, rief er das taktische Team in Campo de' Fiori an und wies es an, schnellstmöglich dorthin zu kommen.

Einen Häuserblock entfernt hielt der Carabiniere an und ließ Argento und Harvath aussteigen. Mit ihren Rucksäcken auf den Schultern betraten sie die Hotellobby.

Während sich Argento der Rezeption näherte, behielt Harvath die Eingangstür und alles andere im Auge.

In weniger als zwei Minuten wusste der ROS-Beamte die Zimmernummer des Mannes und bekam eine Türkarte als Generalschlüssel. Die junge Dame an der Rezeption hatte vor zwei Abenden ebenfalls an der Rezeption gearbeitet, als der

Mann eingecheckt hatte. Sie rühmte sich ihrer Erinnerung an alle Gäste.

Auf Argentos Bitte hatte sie im Zimmer angerufen. Niemand war ans Telefon gegangen. Argento und Harvath waren vor dem Mann im Hotel eingetroffen!

Sie eilten die Treppen hinauf, betraten den Korridor und gingen zu dem Hotelzimmer. Während der Mann im Vatikan einen österreichischen Pass vorgezeigt hatte, hatte er im Hotel mit einem ukrainischen Pass eingecheckt.

Sie zogen ihre Waffen und gingen auf beiden Seiten der Tür in Position. Argento klopfte an. Niemand antwortete.

Argento stellte sich als Mitarbeiter der Hotelsicherheit vor und klopfte noch einmal. Immer noch keine Antwort. Er hielt die Karte an das Lesegerät, das Licht blinkte grün auf, und Argento öffnete die Tür.

Das Zimmer mitsamt Inhalt war nicht weiter auffällig. Im Schrank hing Kleidung, in den Schubladen lagen ein paar Dinge und im Badezimmer befanden sich Toilettenartikel und Rasierzeug. Das Einzige, was Harvath auffällig fand, waren die zwei verschiedenen Sorten von Handy-Ladegeräten auf dem Schreibtisch. Ansonsten deutete nichts in dem Zimmer darauf hin, dass sein Bewohner ein Terrorist sein könnte.

Sie durchsuchten seine Kleidung und seinen Koffer nach Geheimfächern oder Gegenständen, die in das Futter eingenäht sein könnten. Aber sie fanden nichts.

Dann stellten sie das Zimmer auf den Kopf. Sie suchten unter den Schubladen, hinter der Belüftungsklappe, hinter den Vorhängen. Immer noch nichts.

Nachdem sie alles wieder aufgeräumt hatten, mussten sie eine Entscheidung treffen. Sollten sie auf den Mann warten oder seiner Spur in der Stadt folgen?

Ohne einen brauchbaren Anhaltspunkt war Harvath nicht davon überzeugt, quer durch Rom zu fahren und sich auf ihr Glück zu verlassen. Alles, was der Mann besaß, befand sich in diesem Zimmer. Sie hatten guten Grund zu glauben, dass er zurückkommen würde. Ob das in fünf Minuten oder fünf Stunden der Fall sein würde, ließ sich jedoch nicht vorhersagen.

In der Zwischenzeit konnten sie immerhin damit anfangen, Gäste in andere Zimmer zu verlegen und diesen Bereich des Hotels zu isolieren. Die Zimmer nebenan und gegenüber waren unbewohnt. Falls es zu einer Schießerei oder Schlimmerem kommen sollte, wollten sie den möglichen Kollateralschaden so weit wie möglich minimieren.

Harvath blieb in dem Zimmer. Argento ging nach unten, um mit der Rezeptionistin zu sprechen und auf das taktische Team zu warten. Harvath nahm sein Handy, um nachzusehen, ob ihm jemand eine Nachricht geschickt hatte. Und in der Tat hatte er eine Nachricht von Haney, die besagte, dass er und Gage wieder in den Vereinigten Staaten waren und … Harvaths Gedankengang wurde von einem Geräusch an der Tür unterbrochen. Argento hätte angeklopft. Das hier war kein Klopfen. Es klang, als hätte jemand seine Zimmerkarte gegen das Lesegerät gehalten, es sich dann aber anders überlegt und plötzlich innegehalten. Harvath zog seine Pistole und entfernte sich von dem Bett, als eine Kugelsalve durch die Tür jagte. Er warf sich auf den Boden, rollte ab und erwiderte das Feuer. Er schoss das Magazin seiner H&K leer, warf es aus und ersetzte es durch ein neues. Er lud durch, konzentrierte sich auf die Tür und wartete auf weitere Schüsse. Aber sie blieben aus.

Er zog den Wecker vom Nachttisch und riss dabei das Stromkabel aus der Wand. Dann schmiss er den Wecker gegen die Tür und wartete ab. Nichts passierte.

Flach auf den Boden gedrückt kroch er zur Tür. Er griff nach oben, zog den Türgriff nach unten und öffnete die Tür gerade weit genug, um seine Finger zwischen Tür und Rahmen zu schieben. Er atmete tief ein und zog die Tür ganz auf.

Vom anderen Ende des Flurs kam ein weiterer Feuerstoß, aber er war zu hoch gezielt – dorthin, wo der Mann ihn erwartet hatte.

Harvath erwiderte die Schüsse und traf ihn in beide Beine. Er hörte, wie der Mann aufschrie und rücklings auf die Stufen fiel.

Unten in der Lobby hatte Argento die Schießerei gehört. Ohne eine Funkverbindung konnten sie nur über ihre Handys miteinander kommunizieren.

Harvath zog sein Handy, um Argento anzurufen und ihm mitzuteilen, was hier los war. Aber er sah, dass Argento ihm bereits eine Nachricht geschickt hatte.

Ich komm hoch, südliches Treppenhaus.

Das konnte Harvath nicht zulassen. Dort hielt sich der verwundete Schütze auf. Argento würde ihm direkt in die Arme laufen.

Er rannte in den Korridor, drückte die Anrufen-Taste seines Handys und eilte mit gezogener Waffe zum südlichen Treppenhaus.

Bevor er dort ankam, erbebte das gesamte Gebäude unter zwei furchtbaren Explosionen.

Sie kamen aus Richtung des Treppenhauses. Auch ohne die dortige Tür zu öffnen und die Zerstörung zu sehen, wusste Harvath, was geschehen war. Ein Stockwerk tiefer und stark aus beiden Beinen blutend lag der Mann am Boden, den er verfolgt hatte.

Harvath musste sich zusammenreißen, um dem Ganzen nicht auf der Stelle ein Ende zu setzen und dem Mann eine Kugel in den Kopf zu jagen.

»Hände hoch!«, brüllte Harvath. »Sofort!«

Langsam gehorchte der Mann.

Harvath hielt seine Waffe auf ihn gerichtet, stieg die Stufen hinab und schleuderte die Pistole des Mannes mit einem Fußtritt außer Reichweite. Als er sich sicher war, dass der IS-Mann keine weitere Granate versteckt bei sich trug, mit der er sie beide in die Luft sprengen konnte, rollte er ihn auf den Bauch. Er band seine Hände mit Plastikfesseln zusammen und suchte ihn nach Waffen ab.

Davon überzeugt, dass der Mann sauber war, spähte Harvath über das Geländer. Auf dem Treppenabsatz sah er Argento. Die Granaten hatten ihn in Stücke gerissen. Harvath fehlten die Worte.

Er hörte, wie das taktische Team, das endlich eingetroffen war, im Erdgeschoss das Treppenhaus betrat.

91

Ländliches Virginia
Drei Wochen später

Harvath stand am Fenster des Arbeitszimmers des alten Mannes und sah nach draußen. Das Wetter veränderte sich bereits. Dieses Jahr würde es keinen Altweibersommer geben. Der Winter würde schon bald anbrechen, und es würde laut den Vorhersagen ein langer und kalter Winter werden.

Er hatte lange genug in Italien bleiben müssen, um alles zu erledigen, was noch zu erledigen war, und um an Argentos Beerdigung teilzunehmen. Lovett hatte so getan, als würde sie alles gut wegstecken, aber es war offensichtlich, dass sein Tod ihr schwer zu schaffen machte.

Wenn die ganze Sache ein einziges Gutes hatte, dann war es der Umstand, dass der Anschlag auf dem Petersplatz verhindert worden war. Mit dem Handy des Mannes wartete das ROS auf das nächste Kommunikationsfenster und bewegte die Terroristen mit einem Trick dazu, ihre Telefone angeschaltet zu lassen. Während sie dachten, dass sie auf weitere Anweisungen für den Anschlag warteten, wurden sie vom ROS geortet.

Die Terroristen gaben nicht friedlich auf. Viele von ihnen lieferten sich ein Schussgefecht mit den Beamten und wurden getötet. Drei ROS-Mitarbeiter wurden verletzt. Die Zahl der geretteten Leben war jedoch unermesslich.

Sobald sich Tursunow in einem stabilen Zustand befand, waren die Italiener einverstanden, dass Harvath ein kurzes Zeitfenster für ein Verhör bekam. Er ließ Vella einfliegen und überließ ihm die Arbeit. Mit den so gewonnenen Informationen konnten sie hochrangige IS-Mitglieder in ganz Europa und sogar in den Vereinigten Staaten festnehmen. Es stellte sich heraus, dass Tursunow voller nützlicher Informationen steckte. Sie konnten sogar den Chemiker aufspüren, der dabei geholfen hatte, die Granaten für den Anschlag auf dem Petersplatz vorzubereiten.

Harvath hätte nichts dagegen gehabt, alle beteiligten Terroristen für immer außer Gefecht zu setzen, aber sie wurden als Quelle nützlicher Informationen betrachtet. Außerdem wollten die Länder, in denen sie ihre abscheulichen Verbrechen begangen hatten, sie vor Gericht stellen.

Die Familien der Toten und die verwundeten Opfer brauchten einen passenden Abschluss der Ereignisse. Das konnte Harvath verstehen. Aber wenn sie gewusst hätten, zu was Harvath bereit gewesen wäre, dann hätten ihm viele bestimmt freie Hand gelassen. Da war er sich sicher.

Da er immerhin in Bezug auf Vottari tun konnte, was er wollte, schickte er Staelin, Barton und Morrison los, um ihn mit Rohypnol vollzupumpen und ihn nackt in einem billigen Hotelzimmer zurückzulassen. Er hätte eine härtere Strafe verdient, aber so hatte Harvaths Vereinbarung mit Argento gelautet, und daran wollte er sich halten.

Nachdem sie Ragusa, die Barkeeperin Naya und die beiden Bodyguards 72 Stunden lang festgehalten hatten, verbanden die ROS-Beamten in Palermo ihnen die Augen und ließen sie mitten auf der Straße vor der Schwarzen Katze zurück.

Nach seiner Rückkehr baten Rob McGee und Lydia Ryan um eine private Abschlussbesprechung mit Harvath. Wie zuvor trafen sie sich in dem blauen Schleusenhaus.

Harvath berichtete alles, was sich ereignet hatte. Dann erklärte Ryan, womit sie und der alte Mann sich hatten herumschlagen müssen.

Susan Viscovich hatte alles über Andrew Jordan gebeichtet. Nicholas war es zusammen mit Jake Fleischer gelungen, Jordan mit zahlreichen Offshore-Konten von Paul Page und Page Partners, Ltd. in Verbindung zu bringen.

Sie hatten sogar zwei weitere Quellen innerhalb der Agency identifizieren können, denen Page mit Jordans Wissen Informationen abgekauft hatte.

Das Problem war nur, dass Jordan verschwunden war. Niemand hatte von ihm gehört, und niemand wusste, wo er war. Page wurde verdächtigt, etwas damit zu tun zu haben. Harvath bekam den Auftrag, der Sache auf den Grund zu gehen.

Das tat er auch. Pages Geständnis – das er unter höchst unangenehmen Umständen abgelegt hatte – war vor Gericht komplett unzulässig. Ryan und McGee waren einfach nur froh, Jordans Leiche in dem naturgeschützten Wald zu finden, in dem sie vergraben worden war. Sie wollten sich unter keinen Umständen mit einem gut bezahlten, abtrünnigen CIA-Agenten herumschlagen müssen.

Jordans Leiche zu finden und zu wissen, dass Page für den Mord verantwortlich war, stellte zwar eine Form des Abschlusses dar, aber nicht im Sinne eines gerechten Abschlusses. Da hatte der alte Mann eine Idee.

Sobald Harvath die Idee hörte, war er hundertprozentig mit an Bord. Die Idee beinhaltete zwar einen weiteren Flug, aber damit war er einverstanden.

Harvath pumpte Paul Page voller Ketamin und flog mit ihm nach Malta. Dort traf er sich mit Vella, der ihm ein Fahrzeug und ein Ticket für die Hochgeschwindigkeitsfähre nach Sizilien zur Verfügung stellte. Bei der Ankunft wurden sie von Argentos Leutnant sowie Roberto und Naldo empfangen.

Im Kofferraum befand sich Page, der – so sollte es den Eindruck machen – versuchte, sich nach Italien einzuschleichen. In seiner Tasche befand sich ein Schlüssel für ein Bankschließfach in Palermo. In dem Schließfach lagen mehrere ungeschliffene Diamanten. Sie waren mit Geld aus einem von Andrew Jordans Offshore-Konten bezahlt worden.

Für ein solches Vermögen lohnte sich das heimliche Betreten des Landes durchaus … Egal was für eine wilde Geschichte Page darüber erzählen würde, wie er gegen seinen Willen nach Italien geschleust worden war – kein Geschworener würde ihm glauben. Er würde nicht nur seine Haftstrafe für die Entführung des Imams in Mailand vollständig absitzen müssen. Die Diamanten würden zudem vom Staat eingezogen und auf die Strafzahlung angerechnet werden, zu der er in dem Entführungsfall verurteilt worden war.

Für einen Mann mit Alzheimer war Reed Carlton immer noch ziemlich gerissen.

»Ich habe gute und schlechte Tage«, sagte er, als er seinen Drink nahm und sich zu Harvath ans Fenster stellte. »Das Einzige, was ich mit Sicherheit weiß, ist, dass es nicht besser wird.«

Es war der Besuch, den Harvath ihm hatte abstatten wollen, bevor er nach Libyen aufgebrochen war. Doch jetzt, wo er hier war, wollte er weit weg sein. Zu sehen, wie der alte Mann langsam abbaute, war noch schmerzhafter, als ihn plötzlich zu verlieren.

Die beiden waren wie eine Familie. Nun wollte der Vater das Unternehmen an seinen Sohn weiterreichen. Das Problem bestand darin, dass der Sohn es nicht wollte. Nicht ganz. Noch nicht.

»Ich weiß, du willst, dass ich eine Abteilung für Sondereinsätze für dich leite«, sagte Harvath. »Aber es gibt eine Menge Sonderaktivitäten, die ich eigentlich gern noch vorher durchführen würde. Ich will nicht an einem Schreibtisch sitzen.«

»Und wenn du das nicht musst?«, fragte Carlton. »Wenn die Arbeit eine Mischform wäre und du ein bisschen was von allem machen kannst?«

»Dann bräuchte ich ein gutes Team und zunächst einmal einen Stellvertreter, der genau weiß, was er oder sie zu tun hat.«

»Ich hab gehört, dass du dich recht gut mit Mike Haney verstanden hast. Wie wäre es mit ihm?«

Harvath lächelte. Der alte Mann wusste bereits genau Bescheid. »Haney hat einen seltsamen Gang.«

Carlton lächelte zurück. »Das könnte dauerhaft sein. Wir werden sehen. Jedenfalls wäre er interessiert. Wenn du es auch bist.«

»Du hast bereits mit ihm gesprochen?«

»Natürlich. Ich habe nicht mehr viel Zeit, um meine Nachfolge zu organisieren.«

Harvath mochte den alten Mann, und er mochte dessen Angebot, aber er hatte D. C. aus einem bestimmten Grund verlassen und war nach Boston gezogen. »Ich versuche ebenfalls, etwas zu organisieren. Das geht aber nicht von hier aus.«

»Und wenn du nicht hier sein müsstest?«, sagte eine Stimme.

Er drehte sich um und sah Lara in der Tür des Arbeitszimmers stehen. Er wusste nicht, ob er Carlton umarmen oder ihm eine reinhauen sollte. Er war schon immer ein einfallsreicher, aber auch manipulativer Spion gewesen. Harvath entschied, sich vorerst nicht mit der Entscheidung zu befassen.

Er ging zu Lara und schloss sie in die Arme. »Was machst du denn hier?«

»Lydia Ryan hat mich angerufen.«

»Gegen meinen Willen!«, sagte Carlton.

»Ihr beide liegt Ryan gleichermaßen am Herzen«, fuhr Lara fort. »Und sie findet, du solltest diese Stelle annehmen.«

Harvath lachte. »Na, das glaube ich! Es würde ihren Job stark erleichtern, wenn ich in der Nähe wäre.«

»Dann tu es. Nimm die Stelle an.«

»Und was ist mit uns? Was ist mit Boston?«

»Wir finden schon eine Lösung«, erwiderte sie. »Im Moment brauchen jedenfalls eine Menge Leute dich hier vor Ort. *Das Land* braucht dich hier. Nicht in Boston.«

»Und du und Marco?«, fragte er.

»Du bist für uns umgezogen, und dafür liebe ich dich. Aber vielleicht hätten wir zu dir ziehen sollen. Vielleicht liegt die Lösung für uns alle hier.«

Harvath küsste sie. Genau das war sein Wunsch. Genau hier wollte er sein.

Er blickte zu Carlton und sah, dass der alte Mann lächelte.

Danksagung

Das Beste daran (für einen Autor), einen Roman zu beenden, ist, die Danksagung zu schreiben und sich bei all den Menschen zu bedanken, die für die Entstehung des Romans so wichtig waren.

An erster Stelle steht natürlich ihr, meine fantastischen **Leser** – sowohl die alten als auch die neuen. Danke, dass ihr mir den Beruf ermöglicht, den ich liebe. Danke für all die wunderbaren Besprechungen. Danke für die tollen Weiterempfehlungen. Ich arbeite für euch und habe die besten Arbeitgeber in dieser Branche.

Als Nächstes ein großes Dankeschön an all die sensationellen **Buchhändler** auf der ganzen Welt, die meine Thriller verkaufen. Ihr seid das Tor zu einer Welt der Abenteuer, Spannung und Abwechslung von der Wirklichkeit. Wir haben eine romantische Vorstellung von dem, was ihr macht, obwohl wir wissen, wie viel harte Arbeit dahintersteckt. Lasst euch gesagt sein, dass dieser Autor (und Leser) euch sehr zu schätzen weiß.

Danke, **James Ryan**, für deine Hilfe bei diesem Roman. Während du es im echten Leben machst, sitze ich an meinem Tisch und schreibe davon. Du inspirierst mich nach wie vor, mich in jedem Lebensbereich zu verbessern. Zu wissen, dass ich mich Tag und Nacht an dich wenden kann, ist unbezahlbar.

Dieses Jahr bin ich ein paar alte Fotos durchgegangen und habe eines von mir und **Sean F** als ganz kleine Kinder gefunden. Ich habe einen Abzug eingerahmt und ihm zu Weihnachten geschenkt. Es war ein Zeichen unserer Freundschaft, aber auch eine Anerkennung dessen, was er diesem Land gegeben hat, und für seine Hilfe bei meinen Büchern. Danke für alles, Sean.

Apropos Fotos: Ich bin **Greg Hammonds** für die Bilder und faszinierenden Informationen zu Dank verpflichtet, die er mir über Tadschikistan hat zukommen lassen.

Rodney Cox ist jemand, mit dem ich durch dick und dünn gegangen bin und den ich wirklich schätze. Seine Ratschläge sind immer hervorragend, und ich weiß seine in den dunkelsten Winkeln der Welt hart gewonnenen Erfahrungen zu würdigen.

J'ro, das war die beste Flasche Whiskey, die ich je getrunken habe. Es war eine lange, sehr lange Nacht, aber die Informationen waren von unschätzbarem Wert. Danke dafür und für so viele andere Dinge.

Thomas Williams war beim Schreiben und auch sonst eine große Hilfe. Danke, Bruder – von der ganzen Familie.

George Petersen war äußerst großzügig bei seiner Beantwortung ganz unterschiedlicher Fragen und wird bald selbst ein frischgebackener Thriller-Autor sein. Kein Detail war ihm je zu klein. Danke, George, ich weiß alles zu schätzen.

Pete Scobell, **Margan Luttrell** und **Paul Craig** sind gute Kumpels und außergewöhnliche Amerikaner. Sie halfen mir an entscheidenden Stellen des Buches, und ich bin dankbar für ihre Unterstützung. Wenn wir das nächste Mal in derselben Stadt sind, geht das Abendessen auf mich.

Die in Rom arbeitende Journalistin **Barbie Latza Nadeau** hätte mit ihrer Zeit nicht großzügiger sein können. Ihre Beiträge zur Flüchtlingskrise in Europa, zum Thema Menschenschmuggel sowie der Verbindung zwischen dem IS und der Mafia sind hervorragend. Wenn ihr mehr über diese Themen erfahren wollt, lest ihre Bücher und Artikel. Danke, Barbie.

Danke auch an **Chad Norberg**, **Jon Sanchez**, **Robert O'Brien**, **Peter Osyff**, **John Schindler** und **Jeff Boss**. Amerika ist nicht gut, weil es großartig ist, sondern großartig, weil es gut ist. Der selbstlose Dienst, den diese Männer unserer großartigen Nation erwiesen haben, macht mich nach wie vor demütig. Ich fühle mich geehrt, sie zu kennen und sie um Hilfe bitten zu können, wenn ich meine Romane schreibe. Danke.

Neben so vielen Leuten, die ich aufzählen könnte, gibt es auch diejenigen, die ich nicht aufzählen kann. Ich danke den **selbstlosen Kriegern**, die dort draußen jeden einzelnen Tag die bösen Jungs bekämpfen.

Debra Lovett und **Susan Viscovich** haben zu zwei wohltätigen Zwecken beigetragen, die mir sehr am Herzen liegen. Diese beiden wunderbaren Ladys wären einen eigenen Roman wert. Ich hoffe, ihnen gefallen ihre Namensschwestern in diesem Buch. Und vielleicht, wer weiß, werden sie in der Zukunft wieder auftreten. Ich danke euch beiden.

Das Verlagswelt-Äquivalent von Scot Harvath ist die großartige **Carolyn Reidy**. Ich könnte keine bessere Fürsprecherin an meiner Seite haben. Danke für alles, Carolyn, und auf viele weitere Jahre der gemeinsamen Spannung und des gemeinsamen Erfolgs.

Die herausragende **Judith Carr** und die wunderbare **Louise Burke** kümmern sich so gut um mich! Wenn es ein Problem gibt, das gelöst werden muss, nehmen sie sich der Sache an. Ich bin für alles dankbar, was ihr für mich getan habt und weiterhin tut. Ich habe großes Glück, mit euch zusammenzuarbeiten.

Alle meine Romane sind von **Simon & Schuster** veröffentlicht worden, und ich möchte allen in dem gesamten wunderbaren Verlag danken. Eine wundervollere Gruppe von Menschen wäre nicht denkbar. Ich fühle mich geehrt, ein Teil dieser Familie sein zu dürfen. Danke.

Meine absolut geniale Lektorin und Verlegerin **Emily Bestler** verdient mehr Dank, als ich ihr hier je aussprechen könnte. Sie ist in jeden einzelnen Entstehungsschritt des Buches eingebunden, und alle sind dadurch viel besser geworden. Kurz gesagt, sie ist die Beste. Danke, Emily, für deine Weisheit und den unendlichen Quell deines Talents.

Dann habe ich auch diesen irre guten Typen aus Frank Sinatras Heimatstadt in New Jersey, der absolut *alles* möglich macht. Du könntest das beste Buch der Welt schreiben, aber was würde es dir bringen, wenn niemand davon weiß? Hier kommt der unglaubliche **David Brown** ins Spiel. Niemand erledigt die Pressearbeit besser als er. Danke, D – für alles.

Außerdem sind da **Cindi Berger** und **PMK–BNC**, die sich um die weitere PR-Arbeit kümmern – was so ist, wie die Avengers auf der Kurzwahltaste zu haben. Sie sind tolle Leute und tolle Profis. Danke.

Die ganze aus **Atria**, **Emily Bestler Books** und **Pocket Books** bestehende Familie ist mir sehr wichtig, und ich möchte ihnen für alles danken, was sie das gesamte Jahr lang tun. Ihr seid die Besten.

Ich möchte auch **Michael Selleck**, **Gary Urda** und **John Hardy** sowie den erstaunlichen **Colin Shields**, **Adene Corns**, **Lisa Keim**, **Irene Lipsky**, **Lara Jones**, **Alison Hinchcliffe**, dem gesamten **Emily Bestler Books/Pocket Books Sales-Team**, **Albert Tang** und den **Emily Bestler Books/Pocket Books Art Departments**, **Al »Keine Sorge, ich hab alles im Griff« Madocs** und dem **Atria/Emily Bestler Books Production Department**, **Chris Lynch**, **Tom Spain**, **Sarah Lieberman**, **Desiree Vecchio**, **Armand Schultz** und der gesamten **Simon & Schuster Audio Division** danken.

Einer der besten Tage meines privaten und beruflichen Lebens war der Tag, an dem ich meine sensationelle Agentin **Heide Lange** von **Sanford J. Greenburger Associates** kennengelernt habe. Ich schulde Heide mehr Dank, als ich es je werde vermitteln können. Danke, Heide. Du bedeutest mir alles.

So wie James Bond auf Q zurückgreifen kann, können Heide und ich auf die unglaublichen **Stephanie Delman** und **Samantha Isman** zurückgreifen. Ich danke euch beiden für alles, was ihr Tag für Tag für mich macht. Darüber hinaus möchte ich auch allen anderen bei **Sanford J. Greenburger Associates** für die tolle Unterstützung das ganze Jahr über danken.

Yvonne Ralsky ist, um es mit einem Wort zu sagen, fabelhaft. Der Schlüssel zum Erfolg besteht darin, sich mit großartigen Leuten zu umgeben und sie machen zu lassen, was sie am besten können. Yvonne, die bist eine der Großartigsten. Mein Dank gilt dir und deiner wunderbaren Familie dafür, dass ihr Teil des Teams seid.

Jedes Jahr danke ich meinem Medienanwalt und guten Freund **Scott Schwimer**. Er ist nicht nur ein Superstar in Hollywood, sondern auch einer der besten Menschen, die ich je kennengelernt habe. Danke, mein Freund.

Und mein allergrößtes Dankeschön geht an **meine grandiose Familie**. Ohne euch wäre dieses Buch nicht zustande gekommen. Wir betreiben wirklich ein Familienunternehmen. Ihr macht mehr für mich, als ich hier aufzählen kann. Kein Vater oder Ehemann könnte sich mehr Unterstützung in seinem Leben wünschen. Ich liebe euch und danke euch von ganzem Herzen.

Zum Schluss sei noch gesagt: Bitte besucht meine Website! Nicht nur veröffentliche ich dort eine Menge Bonusinhalte für die Romane, sondern ich schreibe auch jeden Monat einen lustigen, schnellen und kostenlosen Newsletter, in dem es auch einen tollen Preis zu gewinnen gibt. Schaut mal auf BradThor.com vorbei!

Und jetzt, da der Roman beendet und allen gedankt ist, fange ich mit dem nächsten Abenteuer an!

Quellen

Zwischen zwei Romanen verbringe ich viel Zeit mit Lesen und Nachforschen. In meinem Büro sammelt sich überall das Material in Stapeln und an die Wände geklebt. Stellt es euch vor wie in dem Film *A Beautiful Mind*, aber bei mir sieht es doppelt so schlimm aus.

Für die Arbeit an *Use of Force* waren einige Quellen besonders wichtig, und ich möchte sie euch nennen:

- *No Easy Day* von Mark Owen mit Kevin Maurer
- *No Hero* von Mark Owen mit Kevin Maurer
- *Fearless* von Eric Blehm
- *Beyond Repair* von Charles S. Faddis
- *Fair Play* von James M. Olson

So wie bereits in der Danksagung erwähnt, kann ich die Reportagen von Barbie Latza Nadeau zu den Themen IS, Mafia und europäische Flüchtlingskrise nur empfehlen.

Scott Onstotts Blog secretsinplainsight.com bot mir faszinierende Informationen über heilige Geometrie und Entfernungsmuster zwischen bedeutenden Wahrzeichen auf der ganzen Welt.

Für alle, die mehr über das Burning-Man-Festival erfahren wollen, bieten burningman.org und burners.me hervorragende Quellen.

Allen Schriftstellerinnen und Schriftstellern da draußen sei gesagt, dass Angela Ackerman und Becca Puglisi eine großartige Buchreihe über Charakterausdruck, -schwächen und -eigenschaften veröffentlicht haben. Wenn ihr besser verstehen wollt, warum Menschen so handeln, wie sie es tun, ist dies eine ausgezeichnete Hilfe.

Um den zeitlichen Rahmen des Romans passend zu gestalten, habe ich mir etwas künstlerische Freiheit mit den Daten des Burning-Man-Festivals und der Fête des Tuileries erlaubt. Bei allem anderen habe ich versucht, so wirklichkeitsgetreu wie möglich vorzugehen.

Jegliche Fehler in dem Roman sind meine Schuld, und ich übernehme dafür die volle Verantwortung.

Danke für das Lesen von *Use of Force.*

Zuletzt erschienen in der Reihe FESTA ACTION:

Wenn Lesen zur Mutprobe wird ...
www.Festa-Verlag.de

Festa: If you don't mind sex and violence and lots of action

Niemand veröffentlicht härtere Thriller als Festa. Werke, die keine Chance haben, in großen Verlagen veröffentlicht zu werden, weil sie zu gewagt sind, zu neuartig, zu extrem.

Statt der üblichen Matt- oder Glanzfolie haben die Bücher von Festa eine raue, lederartige Kaschierung. Sie symbolisiert die Härte und sexuelle Gewagtheit unseres Programms. Diese »Bücher im Ledermantel« sind auch sehr widerstandsfähig – die Bücher wirken nach dem Lesen noch wie neu.

Unsere erfolgreichsten Buchreihen:

HORROR & THRILLER – Moderne Meister des Genres

FESTA ACTION – Blockbuster zum Lesen

MUST READ – Große Erzähler. Muss man gelesen haben

FESTA EXTREM – Wenn Lesen zur Mutprobe wird ...

Wegen der brutalen und pornografischen Inhalte erscheinen die Titel ohne ISBN und werden nur ab 18 Jahre verkauft. Sie können nur direkt beim Verlag bestellt werden.

Festa steht beim Thema harte Spannung für viele Jahre bewährte Qualität. Darauf geben wir sogar eine Zufriedenheitsgarantie. Dieser Service ist für einen Buchverlag einzigartig.

Warum tun wir das?

Frank Festa: »Wir wollen, dass die Leser unsere Bücher lieben. Das geht nur mit Qualität. Und als Spezialist für Horror und Thriller aus Amerika können wir in dem Bereich diese Qualität garantieren – so einfach ist das.«